21世纪高等学校规划教材

JISUANJI YINGYONG JICHU

计算机应用基础

主　编　洪　霞

副主编　李　华　王东山　范　霞

编　写　熊华东　李登俊

主　审　孙奕学

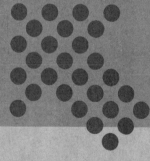

中国电力出版社
http://jc.cepp.com.cn

内 容 提 要

本书为 21 世纪高等学校规划教材。全书详细、系统地介绍了计算机应用方面的基础知识。全书共 6 章，主要包括计算机基础知识、中文 Windows XP 操作系统、文字处理软件 Word、电子表格处理软件 Excel、演示文稿处理软件 PowerPoint、Internet 网络基础知识等内容。本书图文并茂，语言流畅、通俗易懂，内容循序渐进、实用性强、突出了实践性。

本书可作为高等职业技术学院、高等专科学校、成人高校、本科院校举办的二级职业技术学院计算机应用基础类课程的教材，也可作为全国计算机等级考试（一级）的辅导教材。

图书在版编目（CIP）数据

计算机应用基础 / 洪霞主编. —北京：中国电力出版社，2009

21 世纪高等学校规划教材

ISBN 978-7-5083-8738-3

Ⅰ. 计… Ⅱ. 洪… Ⅲ. 电子计算机－高等学校－教材 Ⅳ. TP3

中国版本图书馆 CIP 数据核字（2009）第 060094 号

中国电力出版社出版、发行

（北京三里河路 6 号 100044 http://jc.cepp.com.cn）
北京市同江印刷厂印刷
各地新华书店经售

*

2009 年 6 月第一版 2009 年 6 月北京第一次印刷
787 毫米×1092 毫米 16 开本 19.25 印张 469 千字
定价 31.00 元

前　言

随着 21 世纪的到来及我国加入 WTO，人们对计算机工具的需求日益增长，对计算机知识的学习热情也日益高涨。于是计算机应用基础成了高校开设的一门公共基础课。

计算机应用基础是一门实践性特别强的学科，为了满足教学与实践的需求，编者主要以 Windows XP 系统软件为基础来组织教材的编写。本着"上课好用、课后适用、今后实用"的原则，形成了"简单、易懂、可操作"的编写风格，一切都为了学习者能真正学以致用。

本书的特点是步骤清晰、适用性强、强调能力提高。编写时力求叙述精练、准确。本书由浅到深、循序渐进地讲述了计算机基础知识、中文 Windows XP 操作系统、文字处理软件 Word、电子表格处理软件 Excel、演示文稿处理软件 PowerPoint、Internet 网络基础知识以及上机模拟试题等内容。

本书由洪霞主编，李华、王东山、范霞副主编，熊华东、李登俊参编，孙奕学主审。其中第 1 章和第 3 章由洪霞编写，第 2 章由范霞编写，第 4 章和第 5 章由李华编写，第 6 章由王东山编写，其余部分由熊华东和李登俊编写。同时，时军、卢银花、罗勇和王懿华等对本书的编写提出了许多宝贵意见，另外编写工作还得到了江西电力职业技术学院各级领导、计算机信息系全体同仁的大力支持，在此表示感谢。

限于编者水平，书中难免会有疏漏和不足之处，恳请广大读者和同行赐教。

编　者
2009 年 3 月

目　录

第1章 计算机基础知识

　　自从人类具备了认识世界的能力，计算就已经存在了，为了提高计算速度，人们不断发明和改进各种工具。可以说，计算工具经历了从简单到复杂、从低级到高级的发展过程。

　　最初，人类利用手指或身边的石块、贝壳、绳结等进行计数。到了我国春秋战国时期，出现了简单的人造计算工具——算筹，它与后来出现的算盘、计算尺均被称为手动计算工具。17世纪，随着数学、物理学、天文学、机械制造等科学技术的发展，产生了可以用于实际加减运算的机械计算机（帕斯卡机）。直到20世纪中期，新兴的电子学和深入发展的数学将第一台电子数字计算机推上了历史舞台。从此，人类社会进入了一个全新的历史时期。时至今日，计算机已经渗透到各行各业，成为人们工作和生活必不可少的工具，而了解并掌握其基本的使用方法，则成为对当今大学生的基本要求。

　　本章将从计算机的基础概念、系统组成、数制与编码、多媒体技术以及计算机的维护与安全等方面对计算机进行简单介绍，以求读者对计算机有一个初步的了解。

1.1 计算机概述

　　在这一节中，介绍了计算机的产生、发展历史、主要性能指标、分类、特点以及在各个不同领域的应用等知识。

1.1.1 计算机的产生

　　1946年，在美国宾夕法尼亚大学，诞生了世界上第一台通用电子数字计算机 ENIAC（Electronic Numerical Integrator And Calculator，电子数字积分计算机），如图1-1所示。它使用了1500多个继电器，18 800个电子管，占地170平方米，重达30多吨，耗电150千瓦，耗资40万美元，真可谓"庞然大物"。但重要的是它每秒能完成5000次加法，300多次乘法运算，比当时最快的计算工具快300倍。它的问世标志着计算机时代的到来。

图1-1 第一台电子计算机 ENIAC

1.1.2　计算机的发展

1. 计算机发展的几个阶段

从第一台计算机的诞生到现在，计算机得到了飞速的发展。习惯上，人们根据计算机所用逻辑元件的不同，将计算机的发展划分为四代，同时它正在向第五代过渡。

（1）第一代电子计算机（1946—20世纪50年代末），电子管计算机时代。第一代计算机采用电子管作为其逻辑元件，主存储器先采用汞延迟线，后采用磁鼓、磁芯，外存储器使用磁带。软件方面，只用机器语言和汇编语言编写程序。这个时期计算机的特点是体积庞大、运算速度低（一般每秒几千次到几万次）、成本高、可靠性差、内存容量小（仅为几千个字节）。主要用于科学计算，从事军事和科学研究方面的工作。

（2）第二代电子计算机（1959—1964年），晶体管计算机时代。它们全部采用晶体管作为逻辑元件，主存储器采用磁芯，外存储器使用磁带和磁盘。软件方面开始使用管理程序，后期使用操作系统并出现了 FORTRAN、COBOL、ALGOL 等高级程序设计语言。其运算速度比第一代计算机的速度提高了近百倍（每秒几十万次），体积为原来的几十分之一，可靠性和内存容量（扩大到几十万字节）也有较大的提高。这一代计算机不仅用于科学计算，还开始用于数据处理、工程设计、实时过程控制等方面。

（3）第三代电子计算机（1965—1970年），集成电路计算机时代。这一时期的主要特征是以中、小规模集成电路为逻辑元件，用半导体存储器代替了磁芯存储器，外存储器使用磁盘。软件方面，操作系统进一步完善，高级语言数量增多，出现了分时操作系统。第三代计算机体积更小、耗电量更少、可靠性更高。它广泛地应用于科学计算、数据处理、事务管理、工业控制等领域。

（4）第四代电子计算机（1971年至今），大规模、超大规模集成电路计算机时代。这个时期的计算机主要逻辑元件是大规模和超大规模集成电路，存储器采用半导体存储器，外存储器采用大容量的软、硬磁盘，并开始引入光盘。软件方面，操作系统不断发展和完善，同时发展了数据库管理系统、通信软件等。运行速度可达到每秒上千万次到亿万次，存储容量和可靠性又有了很大提高，功能更加完备。计算机开始向着巨型化和微型化两个方面发展。计算机技术与通信技术相结合改变了世界技术经济面貌，广域网和局域网正把世界紧密联系在一起，计算机应用进入了一个全新的时代。

目前新一代计算机正处在设想和研制阶段。新一代计算机是把信息采集、存储、处理、通信和人工智能结合在一起的计算机系统，具有形式推理、联想、学习和解释能力。人们将其称为第五代计算机—人工智能计算机。

2. 我国计算机的发展

1958年8月，我国第一台小型电子管通用计算机 103 机（速度为每秒 2000 次）研制成功，标志着我国第一台电子计算机的诞生。1959年，研制成功 104 机，其运算速度每秒 10 000 次以上。1968年，第一台 717 晶体管计算机研制成功。1971年研制成功第一台集成电路计算机 TQ-16，运算速度可达每秒十几万次。1977年，研制成功第一批微型机 DJS050 系列、0520 系列。1983年，"银河"巨型机在国防科技大学研制成功——运算速度高达每秒 1 亿次。1992年，"银河Ⅱ"巨型机在国防科技大学研制成功。1997年，我国的大规模并行计算机"曙光"出口喀麦隆，是我国首次出口大规模并行机系统。1999年9月，由国家并行计算机工程研究中心带头研制的"神威"巨型计算机系统研制成功，并投入商业运行，运算速度达每秒 3840

亿次。

进入 21 世纪以来，我国的计算机技术发展非常迅速，无论是巨型机还是微型机的研制都取得了长足的进步。特别是在巨型机的研制方面，已接近或达到了国际先进水平。

3. 计算机的发展趋势

当前计算机的发展趋势是向功能巨型化、体积微型化、多媒体化、资源网络化和处理智能化方向发展。从这一趋势来看，未来的计算机将是微电子技术、光学技术、超导技术和电子仿生技术相互结合的产物。第一台超高速全光数字计算机，已由欧盟的英国、法国、德国、意大利和比利时等国的 70 多名科学家和工程师合作研制成功，光子计算机的运算速度比电子计算机快 1000 倍。在不久的将来，超导计算机、神经网络计算机等全新的计算机也会诞生。届时计算机将发展到一个更高、更先进的水平。

1.1.3 计算机的主要性能指标

不同用途的计算机，对不同部件的性能指标要求有所不同。例如，用作科学计算为主的计算机，对主机的运算速度要求很高；用作大型数据库处理为主的计算机，对主机的内存容量、存取速度和外存储器的读写速度要求较高。显然，计算机的性能指标标志着计算机性能优劣的程度以及应用的范围，在这里我们介绍几种常用的性能指标。

1. 运算速度

计算机的运算速度是标志计算机性能的重要指标之一。衡量计算机速度的标准一般是用计算机每秒内能执行的指令数。单位为每秒百万条指令（简称 MIPS）或者每秒百万条浮点指令（简称 MFPOPS）。它是一项综合性的性能指标。

2. 字长

又称"数据宽度"，是指 CPU 一次操作中能处理的最大数据位，体现了 CPU 处理数据的能力。PC 机的字长，已由 8088 的准 16 位（运算用 16 位，I/O 用 8 位）发展到现在的 32 位、64 位。字长越长，运算速度越高。

3. CPU 的主频

即计算机的时钟频率，是指计算机 CPU 在单位时间内工作的脉冲数，它在很大程度上决定了计算机的运算速度。其单位有 Hz、MHz（兆赫兹）、GHz。Intel 公司的 CPU 主频最高已达 3.73GHz 以上。

4. 存取周期（存取速度）

内存储器完成一次读（取）或写（存）操作所需的时间，称为存储器的存取时间或者访问时间。而连续进行两次独立的存取操作之间所需的最短时间称为存储周期，这个时间越短，说明存储器的存取速度越快。内存的存取周期是影响整个计算机系统性能的主要指标之一。

5. 存储容量

存储器中能存储的信息总数量。它表示存储设备存储信息的能力。存储容量一般用字节数（Byte）来度量。

1.1.4 计算机的分类

计算机的分类方法比较多，可以从不同角度、类型对计算机进行分类。

1. 按处理数据的形态分类

按处理数据的形态可分为数字计算机、模拟计算机和数字模拟混合计算机三类。

（1）数字计算机：用不连续的数字即 0 和 1 来表示信息，基本运算部件是数字逻辑电路。具有运算速度快、精度高、灵活性大和便于存储等优点。我们通常所用的计算机，一般都是指的数字计算机。

（2）模拟计算机：用连续变化的模拟量（电流、电压等）来表示信息，运算速度快，但精度不高，通用性不强，不便于存储信息，因此应用受到限制。一般用于解微分方程或自动控制系统设计中的参数模拟。

（3）数字模拟混合计算机：将数字技术与模拟技术相结合，具有上述两种计算机的优点，但此类计算机结构复杂，设计困难。

2. 按使用范围分类

（1）通用计算机：为解决各种问题而设计的计算机。通用性强，且功能多、配置全，因而使用广泛，一般的计算机多属于此类。

（2）专用计算机：为解决一个或一类特定问题而设计的计算机。专用机功能单一，配有解决特定问题的固定程序，能高速、可靠地解决特定问题。

3. 按性能分类

依据字长、运算速度、存储容量、外部设备等多方面性能指标，可将计算机分为以下几类。

（1）巨型机（包括小巨型机）。巨型机是运算高速、存储容量大、功能强的巨型计算机，又称为超级计算机。一般占地面积比较大，价格昂贵，技术含量高。巨型机主要应用在计算量大和精确度要求高的高科技领域，如天气预报、航空航天、高科技武器研制等方面。它是计算机发展的一个非常重要的方向，也是衡量一个国家经济实力和科技水平的重要标志。小巨型机又称为小型超级计算机，20 世纪 80 年代开始大量流行，运算能力略差于巨型机，但比巨型机价格低。

（2）大型机。大型机即传统的大、中型计算机，它有很强的数据处理能力，运算速度相对较快。目前大型机主要应用于银行、科研所、高等院校等领域，但随着技术的进步，微机运算能力越来越强，现在大型机已受到高档微机的冲击。

（3）小型机。小型机结构相对简单，价格相对较低，一般应用于工业上的自动控制方面，比较著名的产品有美国 DEC 的 PDP 系列和 VAX 系列等。

（4）微型机。微型机又称个人计算机，即人们平常使用的个人电脑，它是应用最广泛的一种计算机，有台式机和便携机两种类型。

个人计算机的体积小、功耗低、使用灵活、价格便宜，适合家用。随着计算机技术的发展，个人计算机的功能越来越强大，应用范围越来越广泛。高档微机甚至取代了一些小型机的位置。

4. 按工作模式分类

（1）服务器。服务器是为网络用户提供共享信息资源和各种服务的一种高性能计算机。它一般安装网络操作系统，管理网络中所有网络资源，具有高速度的运算能力、长时间的可靠运行、强大的外部数据吞吐能力，是网络的中枢和信息化的核心。

（2）工作站。工作站是以个人计算环境和分布式网络环境为前提的高档计算机。工作站一般多使用大屏幕、高分辨率的显示器，有大容量的内外存储器，而且具有网络功能。它们的用途一般比较特殊，主要用于软件工程、图像处理、计算机辅助设计以及大型控制中心等领域。

1.1.5 计算机的特点

计算机作为一种通用的信息处理工具，具有以下特点：

1. 运算速度快

计算机由电子器件构成，具有很高的处理速度。高档微机运算速度已达 500～700MIPS；而巨型计算机的运算速度更达到了每秒亿次、万亿次运算，如我国的"神威"巨型机运算速度已达到每秒千亿次。计算机的高速运算能力极大地提高了人们的工作生产效率。

2. 计算精确度高

计算机可以保证计算结果非常精确，它不会像人一样对繁杂的重复性工作感到厌烦、疲倦和分心。当然这还取决于计算机表示数据的能力，现代计算机提供多种表示数据的能力，以满足对各种计算精确度的要求。例如，利用计算机可以计算出精确到小数点后 200 万位的圆周率 π 值。

3. 存储容量大

计算机的存储能力是由其存储器决定的。现代的普通微型计算机的主存储器一般都在几百兆以上，甚至更大，加上磁盘、光盘等存储器的出现，实际容量已达到海量。

4. 具有逻辑判断能力

计算机不仅能进行算术运算，同时也能进行各种逻辑运算，进行逻辑判断。它能根据判断结果决定后续命令的执行。这使得计算机在工业的自动控制中得到广泛应用。随着第五代计算机的研究，计算机将逐渐模仿人类大脑的部分功能。

5. 可靠性高

采用大规模和超大规模集成电路的计算机具有非常高的可靠性，其平均无故障时间可达到以年为单位。

6. 自动运行能力

只要人们预先把处理要求、处理步骤、处理对象等编成程序存储在计算机系统内，计算机就可以在无人参与控制的条件下，由程序控制，自动完成预定的全部处理任务。这是计算机最突出的特点。

1.1.6 计算机的应用

计算机发明的最初目的是为了能够进行高速的数值计算，但渐渐的计算机更多的用于非数值计算领域。时至今日，它的应用涉及了社会的各个领域，而且其应用不断上升和扩展的趋势还在加剧。

计算机的应用主要有以下几个方面：

1. 科学计算

科学计算也称数值计算，这一直是计算机的重要应用领域之一。科学计算的特点是计算量大和数值变化范围广。计算机的高速、高精度、大容量存储和高自动化性能是最适合做科学计算之用的。如应用于卫星轨道计算、天气预报等。

2. 数据处理

数据处理是计算机应用中最广泛的领域。数据处理是指用计算机对生产和经营活动、社会科学研究中的大量信息进行收集、转换、分类、统计、处理、存储、传输和输出等处理。与科学计算相比较，数据处理的特点是数据输入输出量大，而计算相对简单得多，因此广泛的应用于办公自动化、事务管理、银行业务等方面。

　　3. 过程控制（实时控制）

　　计算机还被用于工业、军事、科技等领域的过程控制。所谓过程控制（又称实时控制），指及时的采集、检测数据，使用计算机快速的进行处理并自动的控制被控对象的动作，实现生产过程的自动化。如炼钢厂中用计算机系统控制投料、炉温、冶炼等。过程控制中各类参数变化复杂，所以要求计算机具有良好的实时性和高性能性。

　　4. 计算机辅助功能

　　利用计算机协助人们完成各种工作，提高工作效率，包括：

　　计算机辅助设计（Computer Aided Design，CAD）：利用计算机帮助设计人员进行工程或产品的设计，实现设计过程的自动化或半自动化，如飞机设计、建筑设计、服装设计等。

　　计算机辅助制造（Computer Aided Manufacturing，CAM）：使用计算机进行生产设备的管理、控制和操作，辅助人们完成工业产品的制造任务。

　　近年来流行的计算机集成制造系统（Computer Integrated Manufacturing System，CIMS），则是自动化程度不同的多个子系统（如管理信息系统 MIS、计算机辅助设计系统 CAD、计算机辅助制造系统 CAM 等）的集成，通过计算机及其软件，把制造工厂全部生产活动所需的各种分散的自动化系统有机地结合起来，它是适合于多品种、小批量生产和实现总体高效益的制造系统。

　　计算机辅助测试（Computer Aided Test，CAT）：利用计算机协助或替代人完成大量复杂、枯燥或恶劣环境的检测工作。

　　计算机辅助教学（Computer Aided Instruction，CAI）：利用计算机制作课件来进行教学，最终达到交互教育、个别指导和因人施教的目的。

　　5. 人工智能

　　人工智能（Artificial Intelligence）是一个特殊的研究领域，它主要探讨如何让电脑具有与人类相同或近似的智慧，如直觉、想象力、思维方式、推理能力和自我学习等。目前关于人工智能的研究主要集中在机器人、专家系统和自然语言等各个方面。

　　6. 多媒体技术应用

　　多媒体技术是一种以交互方式将文本、图形、图像、音频、视频等多种媒体信息，经过计算机设备的获取、操作、编辑、存储等综合处理后以单独或合成的形态表现出来的技术和方法。其应用领域日益广泛，如电子图书、电子商务、远程医疗、视频会议等。

　　7. 网络应用

　　将计算机技术与现代通信技术相结合就产生了计算机网络，计算机网络实现了计算机之间的通信交往、资源共享和协同工作，它的出现给各行各业带来了极其深远的影响。

1.2　计算机的工作原理与系统组成

1.2.1　计算机的工作原理

　　1. "存储程序控制"原理

　　1946 年，美籍匈牙利科学家冯·诺依曼（Von Neumann）提出"存储程序控制"的原理。1949 年，英国剑桥大学的威尔克斯教授领导设计了"埃德沙克"计算机（EDSAC），它是世界上首台按冯·诺依曼"存储程序控制"思想设计制造的计算机，时至今日，我们使用的绝大部分计算机仍属于冯·诺依曼结构计算机。

"存储程序控制"原理的核心是把程序和数据都事先存储在存储器中，然后自动取出程序中的指令——执行，所以只要知道了程序的执行过程，也就了解了计算机的工作原理。为理解这一原理，下面介绍几个相关的概念。

2. 指令、指令系统和程序的概念

（1）指令。指令是能被计算机理解并执行的最基本的操作命令。一条指令可以完成一个特定的操作，而完成不同的操作则需要不同的指令。每一条指令都是由两部分组成的：操作码和操作数。操作码用来表示该指令是做什么的。操作数（或称地址码），是表示操作应处理的数据信息（用数据本身或数据在存储器中的地址表示）。一般计算机指令包括算术运算、逻辑运算、程序控制、输入输出等几类指令。

（2）指令系统。计算机中的所有指令的集合称为计算机的指令系统。计算机的指令系统反应了计算机的基本特点和功能，不同的计算机系统其指令系统是不同的。

（3）程序。为了解决某个特定的处理任务，可以将该任务分解成一系列最简单的操作步骤，每一个操作步骤用一条计算机指令表示，并进行有序的排列，就形成一个有序的指令序列，这就是程序。简而言之，程序就是为完成一个处理任务而设计的一系列指令的有序集合。

3. 计算机指令的执行过程

计算机指令的执行一般可以分成三个阶段：取出指令、分析指令、执行指令。取出指令是指把将要执行的指令从内存读取到 CPU 中；分析指令是指 CPU 对读入的指令进行分析，判断出它要完成的操作；执行指令是指取出操作数，按操作的要求向计算机的相关部件发出命令信号，完成该指令的任务。

4. 程序的执行过程

计算机要执行程序就必须先存储程序，存储程序是其控制、执行程序的前提。

计算机执行程序要经过几个步骤：首先，要将存储的程序读入内存，并实现"取指令"过程，也就是说找到程序"开始"指令的地址，并将之存放在一个叫"指令计数器"的地方，然后控制器会根据这个地址取出第一条指令，并将指令本身存放在控制器的"指令寄存器"中，这就完成了第一步动作；其次，控制器的"译码器"会对该指令的操作码进行分析，了解指令要做什么；最后，根据刚才分析的结果进行具体操作，完成指令要求的具体操作任务，并为取得下一条指令做好准备。程序执行就是这样通过逐条执行程序中的各条指令而完成的。

5. 计算机的工作原理

时至今日，"存储程序控制"原理仍是计算机的基本工作原理。程序存储、程序控制使计算机自动完成运算、完成数据处理。

1.2.2 计算机系统的组成

从计算机的工作原理上理解，计算机系统包括两部分：硬件系统和软件系统。

硬件系统是组成计算机系统的各种物理设备的总称，是客观存在的实体。软件系统是指为运行、管理、维护计算机而编制的各种程序、数据和文档的总称。硬件系统与软件系统两者相互依存，缺一不可。图 1-2 是计算机基本组成的简要表示。

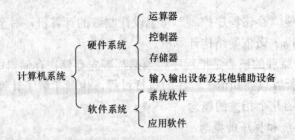

图 1-2　计算机系统的组成

1.2.3　计算机硬件系统

当今绝大部分计算机的硬件基本结构仍然停留在冯·诺依曼结构上，即至少包括运算器、控制器、存储器、输入设备和输出设备五大部件。计算机硬件系统的基本组成如图 1-3 所示。

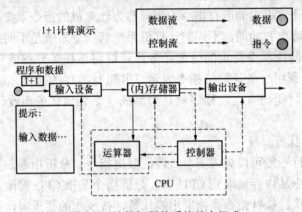

图 1-3　计算机硬件系统基本组成

1. 运算器

运算器是计算机中进行算术运算和逻辑运算的部件，又称算术逻辑单元（Arithmetic Logic Unit，ALU）。

2. 控制器

控制器是计算机的指挥与控制中心，用以控制和协调计算机各部件自动、连续地执行各条指令，通常由指令寄存器、指令译码器以及时序、控制电路组成。

运算器和控制器合在一起称为中央处理器（Central Processing Unit，CPU）。它是计算机的核心，主要完成科学计算和数据处理的功能，相当于人的大脑。它的品质直接影响着整个计算机系统的性能。CPU 的性能指标主要有字长和主频（即 CPU 时钟频率）。

3. 存储器

存储器的主要功能是用来保存各类程序和数据信息。

存储器分为内存储器和外存储器。对存储器的操作主要有两种：写入和读取。写入就是把数据、程序存入存储器。读取是把数据、程序从存储器取出。读和写的操作统称对存储器的访问。内存储器是 CPU 可以直接访问的存储器，外存储器中的数据只有先调入内存储器才能被 CPU 访问处理。

存储容量是描述存储器性能优劣的重要指标。

表示存储容量的单位如下：

（1）位（bit）。一个二进制位（bit）是构成存储器的最小单位，它只能表示 0 或 1 这两个信息。

（2）字节（Byte）。每 8 位二进制位组成一个存储单元，简称为字节（Byte）。是计算机内表示信息的常用单位。

（3）其他单位。由于计算机存储容量较大，使用的单位还有千字节（KB）、兆字节（MB）、吉字节（GB）、太字节（TB），其换算关系为

$$1KB = 2^{10}Byte = 1024 \; Byte \qquad 1MB = 2^{10} \; KB = 2^{20}Byte$$

$$1GB = 2^{10}MB = 2^{30}Byte \qquad 1TB = 2^{10} \; GB = 2^{40}Byte$$

4. 输入设备

输入设备用于从外界将数据、命令输入到计算机的内存，供计算机处理。常用的输入设备有键盘、鼠标器、卡片阅读机、磁带输入机、光笔、CD-ROM 驱动器、视频摄像机等。

5. 输出设备

输出设备用以将计算机处理后的结果，转换成外界能够识别和使用的数字、文字、图形、声音、电压等信息形式，并加以输出。常用的输出设备有显示器、打印机、绘图仪、音响设备等。

计算机系统结构的五大基本组成部件，加上连接这些基本部件的总线，还有提供动力的电源，就构成了完整的计算机的硬件系统。

1.2.4 计算机软件系统

计算机的软件系统包括了使计算机运行所需的各种程序及其有关的文档资料。它是计算机系统的"灵魂"。计算机软件系统可以分为系统软件和应用软件两种类型。

1. 系统软件

系统软件是指控制计算机的运行、管理计算机的各种资源并为应用软件提供支持和服务的一类软件。一般包括操作系统、语言处理程序、数据库管理系统、网络管理程序、工具与服务程序等。其中操作系统是最核心的软件。

（1）操作系统。操作系统是为使计算机能方便、高效、高速地运行而配置的一种系统软件，它统一管理和分配计算机系统资源，提高计算机工作效率，同时方便用户使用计算机。它是运行在计算机系统上的最基本的系统软件，亦是裸机（未安装任何软件的计算机）上的第一层软件，是对硬件功能的首次扩充。操作系统可以被看做是用户与计算机的接口（Interface），用户通过操作系统来使用计算机。

操作系统的功能如下。

1）处理器管理：当多个程序同时运行时，如何把 CPU 的时间合理的分配给各个程序是处理器管理要解决的问题。

2）作业管理：作业指完成某个独立任务的程序及其所需的数据。作业管理的任务主要是为用户提供一个使用计算机的界面，使其方便地运行自己的作业，并对所有进入系统的作业进行调度和控制，尽可能高效地利用整个系统的资源。

3）文件管理：主要负责整个文件系统的运行，包括文件的存储、检索、共享和保护，为用户操作文件提供接口。

4）存储器管理：主要解决多个程序在内存中的分配，保证各个程序互不冲突。

5）设备管理：根据用户提出使用设备的请求进行设备分配。

此外，操作系统还提供如中断（Interrupt）管理、安全控制等各种系统管理工作。

操作系统的种类较多，可以按多种方式对其分类。以下是常见的几种类型。

1）批处理操作系统：它的最大特点是脱机工作，其工作流程是先由操作员将若干个待处理的作业合成一批，输入外存，然后传到内存并投入运行，这类操作系统一般用于计算中心等较大型计算机系统中，目的是为了充分利用中央处理机及各种设备资源。

2）分时操作系统：它将主机 CPU 的运行时间划分成很多短的时间段（称为时间片），按时间片轮流把处理器分配给各请求作业使用。这样可以在一台主机上连接多个终端供多个用户使用，而 CPU 的运行速度极快，每个用户都感觉是自己独占一台主机。

3）实时操作系统：它是一种广泛应用在工业实时生产、航空订票等领域的操作系统类型，它能在规定的时间内响应、处理外部输入的信息。其主要特点就是响应及时并且可靠性高。

4）网络操作系统：它是为计算机网络配置的一种操作系统，它可以把网络中的各台计算机有机地结合起来，提供一个统一、经济而有效地使用各个计算机的方法，实现各计算机之间的通信以及网络中各种资源的共享。

5）单用户单任务操作系统：计算机系统只能一次支持运行一个用户程序，个人独占计算机的全部资源，CPU 运行效率低，同一时间只能执行一项工作的操作系统，像微机中的 DOS 就属于此类。

6）多用户多任务操作系统：可以同时由多位用户操作，且能执行多项工作的操作系统。

常见的个人操作系统如下：

1）Windows 系统。Windows 系统在微型计算机上最为常见，属于单用户多任务操作系统，由美国微软公司（Microsoft）开发。发展至今出现的 Windows NT、Windows XP 等则是多用户多任务操作系统。

2）UNIX、Linux 系统。UNIX 系统是一种相对复杂的操作系统，具有多任务、多用户特点。20 余年来，UNIX 操作系统已经在大型主机、小型机以及工作站上形成一种工业标准操作系统。目前在微型计算机领域，也正以其多用户分时、多任务处理的特点及强大的文字处理与网络支持性能，开始得到广泛的应用。

Linux 系统起源于 1991 年芬兰的一个大学生的思想，也有人认为是 UNIX 系统的一个变种。Linux 系统以其良好稳健的性能、丰富的功能以及代码公开和完全免费正得以迅速发展。

（2）语言处理程序。要了解语言处理程序，必须先了解计算机语言。

1）计算机语言及其发展。计算机语言是人与计算机之间进行信息交流时使用的语言，是编写计算机程序的重要工具。它是计算机能够接受和处理的、具有一定格式的语言。从计算机诞生至今，计算机语言已经发展到了第五代。

第一代计算机语言，机器语言。机器语言是由二进制 0/1 代码指令组成的、计算机能够直接执行的语言。用机器语言编写的程序占用内存小、执行速度快、效率高、无需翻译（CPU 可以直接识别）；但不直观、难读难懂、难调试，致命弱点是不通用，可移植性差。

第二代计算机语言，汇编语言。汇编语言为符号化的语言，为了克服机器语言的缺点，它用助记符（英文单词及其缩写）表示指令的操作码和操作数。如 add 表示"加"，sub 表示"减"。它比机器语言直观，可读性好，但编制程序的效率不高，难度较大，维护较困难，与机器语言均属于低级语言。

　　第三代计算机语言，高级语言。也称算法语言。采用比较接近自然语言的文字和表达式等一系列符号来表示，有很大的通用性，解决了机器语言和汇编语言难以学习和编写的问题，又可以在不同的计算机系统上运行，所以成为现在程序编写的潮流之选。

　　常用的高级语言有早期的 BASIC 语言；适用于科学、工程计算等领域的 FORTRAN 语言；适用于教学、科学计算、数据处理等领域的结构化语言 PASCAL 和 C 语言；还有现在十分热门的、跨平台的面向对象的分布式程序设计语言 JAVA 等。

　　第四代计算机语言，非过程化的语言。它是面向问题的语言，使用这种语言设计程序，用户不必给出解题过程的描述，仅需向计算机提出所要解决的问题即可。如关系数据库的标准语言 SQL。

　　第五代计算机语言，智能化语言。第五代语言在保持第三代语言的通用性的前提下，继承了第四代语言的优点。吸收人工智能的成就，包含知识库，具有相应的专家系统成为这一代语言发展的必然趋势。PROLOG 语言是第五代语言的代表。

　　2）语言处理程序。无论是汇编语言、高级语言，还是非过程化语言。用它们编写的程序，都不能直接运行，要经过翻译，产生机器语言的"目标程序"才能运行。通常把翻译前，用汇编语言或高级语言编写的程序称为"源程序"，实现这个翻译过程的工具称为语言处理程序。语言处理程序有汇编程序、解释程序和编译程序。

　　汇编程序。将汇编语言编写的源程序翻译成机器语言目标程序的软件称为汇编程序，这一翻译过程称为"汇编"。

　　解释程序。高级语言的翻译有两种方法：一种是"解释"，另一种是"编译"。解释方式就是通过解释程序对源程序边翻译边执行，因而不产生机器语言的目标程序，如图 1-4 所示。如早期的 BASIC 语言。

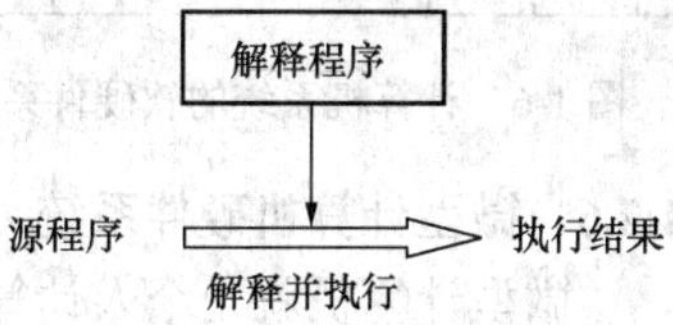

图 1-4　解释方式

　　编译程序。编译方式是先使用编译程序将源程序一次翻译成等价的目标程序，然后用连接程序将目标程序和库文件连接形成一个可执行文件，最后运行可执行文件，如图 1-5 所示。多数高级语言采用此方式，如 PASCAL 语言、C 语言等。

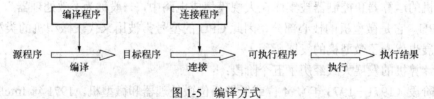

图 1-5　编译方式

　　（3）数据库管理系统。数据库是 20 世纪 60 年代才开始产生的，但是由于解决了生活中的大量非数值计算问题的需要，使得数据库成为计算机科学中发展最快的领域之一。数据库是按照一定的数据组织形式组合起来的集合。它与软件、数据管理员一起组成数据库系统。

　　数据库管理系统（Data Base Management System，DBMS）顾名思义，是操纵和管理数据库的工具。它提供对数据的处理功能，包括对数据库的编辑、修改，对数据的检索、排序、输入、输出等。目前，市场上流行并且有分量的数据库管理系统有 Oracle、DB2、SQL

Server 等。

（4）网络管理程序。网络管理程序是用于计算机网络系统中的通信管理软件，其作用是控制信息的传送和接收。

2. 应用软件

应用软件是为了解决各种计算机应用中的实际问题而编制的程序。它包括商品化的通用软件和专用软件。

通用软件是为解决大多数人都会遇到的问题而研发的软件，如 Microsoft Word 文字处理软件、Microsoft Excel 电子表格处理软件、AutoCAD 计算机辅助绘图软件等。专用软件是针对特殊用户开发的软件，如用户自己编制的各种用户程序。

1.2.5 计算机硬件系统与软件系统的关系

计算机是靠硬件和软件一起协同工作的，如果说硬件是计算机系统的"躯体"，那么软件就是计算机系统的"灵魂"，它是用来驱动、指挥这个"躯体"行动、工作的。在实际应用中，硬件系统与软件系统相互依存，缺一不可，同时它们又无严格界面。计算机的某些功能既可由硬件实现，也可由软件实现。所以说，在很多情况下软硬件之间的界面是浮动的。从发展的角度看，计算机的硬件与软件之间又是相互促进的。硬件技术的发展会对软件提出新的要求，促进软件的发展；反之，软件发展又对硬件提出新的课题。图 1-6 体现了计算机系统的软硬件系统层次关系。

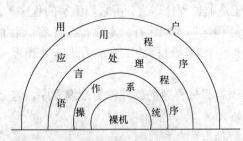

图 1-6　计算机系统的软硬件系统层次图

1.2.6 微型计算机硬件系统

微型计算机就是个人计算机（Personal Computer，PC），又称微型机、微机，是计算机发展到第四代的产物。它自 20 世纪 80 年代以来，发展十分迅速，已经成为了现代信息社会的一个重要标志。从本质上看，微型机与其他规模的计算机是相同的，都属于冯·诺依曼结构计算机，但微型机又有着自己独具的结构特点。

1. 微型计算机的发展

微型机的运算器和控制器被集成在大规模集成电路中，一般称为"微处理器"，即微型计算机的 CPU。它是微型机的核心部分，因此 CPU 的型号常被用来代表微型机的类型和档次，而它的发展也代表了微型机的发展历程。

微型计算机的发展大致经历了五个阶段：

第一阶段（1971—1973 年），4 位或低档 8 位微处理器和微型机。1971 年 Intel 公司研制出第一个 4 位微处理器——4004（见图 1-7），并以此微处理器为核心组成 MCS4 微型计算机。后来又推出以 8008 为核心的 MCS-8 型计算机。

第二阶段（1973—1977 年），中档 8 位微处理器和微型机。初期产品有 Intel 公司的 MCS-80 型（CPU 为 8080，8 位机）。后期有 TRS-80 型（CPU 为 Z80）和 APPLE-II 型（CPU 为 6502），在 20 世纪 80 年代初期曾一度风靡世界。

第三阶段（1978—1985 年），16 位微处理器和微型机。微型计算机代表产品是 IBM-PC（CPU 为 8086，见图 1-7）。此阶段的代表产品是 APPLE 公司的 Macintosh 和 IBM 公司的 PC/AT286 微型计算机。

第四阶段（1985—1991 年），以 32 位微处理器为主。1985 年 Intel 公司推出 x86 家族中第一款 32 位芯片 80386，之后出现了大量的 32 位 CPU，如 Intel 公司相继开发出的 486、586 和 Pentium、PentiumPro、Pentium Ⅱ、PentiumⅢ、Pentium 4（见图 1-8）等系列。

第一块 CPU——4004　　　　　　8086——x86 的鼻祖　　　　　　Intel Pentium 4 处理器

图 1-7　早期的 CPU　　　　　　　　　　　　　　　图 1-8　32 位微处理器

第五阶段（1992 年至今），1992 年，Compaq 公司推出业内第一款 64 位处理器，之后，Intel 和 AMD 也相继推出了 64 位的 Itanum 和 Opteron，如图 1-9 所示。

Intel 的 Ltanum 处理器　　　　　　　　　AMD 的 Opteron 处理器

图 1-9　64 位微处理器

2. 微型计算机的硬件系统

一般来讲，微型计算机硬件系统包括主机、外存储器、输入设备、输出设备、总线。

（1）主机。微型计算机的主机主要由中央处理器和内存储器两大部分组成。

中央处理器俗称 CPU、"芯片"，主要由控制器（Control Unit）和运算器（Arithmetic Logic Unit）组成。为了保存一些临时的数据，CPU 中还包含一些寄存器。另外，为了加快计算机的工作效率，现代的 CPU 一般都集成了高速缓存，分为一级 L1 缓存和 L2 二级缓存，它们在 CPU 和内存之间起到缓冲作用。CPU 是计算机的核心部件。

生活中所说的主机，其实是指主机箱，它包括了微型计算机的大部分功能部件，包括 CPU、内存、主板、显示卡、硬盘、软盘和光盘驱动器等。

（2）存储器。存储器是计算机用来存储程序和数据的部件。存储器可以分为两类：一类是主机中的内存储器，也叫主存储器（通常简称为内存），用于临时存放当前运行的程序和程序所用的数据，属于临时存储器；另一类是属于计算机外部设备的存储器，叫外存储器（简称外存），也叫辅助存储器（简称辅存）。外存中存放暂时不使用的数据和程序，在断电的情况下也可以长期保存，属于永久存储器。内存的主要特点是容量小、速度快；外存的特点是容量大、速度较慢、相对内存价格便宜。

1）内存储器。内存储器按工作方式可以分为随机存储器（RAM）和只读存储器（ROM）两种。

随机存储器 RAM 是一种可随机读写的存储器，它主要用于数据的暂时存放和程序指令的随时启用。其特点是可读写性（可读可写，双向访问）、易失性（非永久性，断电或死机重新开机后信息自行消失，用于临时存储，不能永久保存）。

RAM 根据速度又分为两种：

动态 RAM（DRAM），通常作为主机的普通内存或显示内存来使用。

静态 RAM（SRAM），其读写速度比 DRAM 快，通常用作高速缓冲存储器。

市场上看到的内存条，如图 1-10 所示，就是采用若干个 DRAM 芯片构成的直插式内存条，可以直接插在主板（见图 1-11）的内存槽上。

图 1-10　内存条

图 1-11　主板

只读存储器 ROM 可以固定地存放程序指令和数据，即使断电关机，里面的信息也不会丢失。ROM 也可以分成两类，即固化型 ROM 和可擦写型 ROM。固化型 ROM 在出厂前就将数据写好了，其信息一旦被写入，就只能被读出，用户不能再往其中写入其他信息，如常见的 PROM（可编程只读存储器）。可擦写型 ROM 与固化型 ROM 有些不同，它可以允许用户使用电或者紫外线来擦除数据，并允许再次写入数据，如常见的 EPROM（可擦可编程只读存储器）和 EEPROM（电可擦可编程只读存储器）。

由于内存存取速度一直比 CPU 操作速度慢，使 CPU 的高速处理能力不能充分发挥，为了缓和 CPU 和内存之间速度不匹配的矛盾，采用了高速缓冲存储器 Cache。

高速缓冲存储器 Cache 位于内存与 CPU 之间，采用双极型静态 RAM，它的容量一般只有内存的几百分之一，但它的存取速度能与中央处理器相匹配，价格昂贵。当 CPU 存取内存储器中数据时，计算机硬件会自动地将该数据调入高速缓冲存储器，于是 CPU 就可以直接对高速缓冲存储器进行存取。在整个处理过程中，如果 CPU 绝大多数存取内存储器的操作能为存取高速缓冲存储器所代替，计算机系统处理速度就能显著提高。

2）外存储器。在计算机发展过程中出现过许多种外存，常用的有磁盘、光盘和优盘等，它们一般由驱动器、控制器和盘片组成。

● 磁盘。

磁盘、磁带均属于外存中的磁表面存储器，其存储原理都是在金属或塑料片上涂一层磁性材料制成磁盘片，二进制信息则是记录在这层材料的表面。

磁盘分为软磁盘和硬磁盘两类，又简称为软盘和硬盘。

软盘分 3 英寸（或称 3.5 英寸）和 5 英寸（5.25 英寸）两种。软盘保护套上有两个小孔，其中左边的是写保护孔，当把滑块拉开，露出窗口时，软盘处于写保护状态，此时只能读而不能写入信息，如图 1-12 所示。

硬盘最早是由 IBM 公司发明的，它由硬盘驱动器、硬盘控制器和一组盘片组成，如图 1-13 所示。

图 1-12　软盘

图 1-13　硬盘

软盘只有一个盘片，硬盘通常由一组重叠的盘片组成，每个盘片的上下两面各有一个读写磁头，以帮助将数据读出、写入，每个盘片用以下的方式划分区域保存信息。

将盘片的两面均分成一组同心圆环形区域，每个同心圆都称为磁道，对磁道由外到内编号，最外圈同心圆编为 0 道，每个盘片上划分的磁道数目相同；再将每一磁道分成若干个相等的扇形区域，这就是扇区（一般每扇区容量 512B），划分磁道和扇区是在对磁盘格式化时完成的，信息被存储在扇区内，每个扇区均被编号。另外，对硬盘来说，盘片组中相同编号的磁道形成了一个假想的圆柱，将其称为硬盘的柱面，显然柱面号与磁道号相同。盘片的存储容量最终由其扇区的数目决定，而每个扇区可通过磁头号、柱面号（磁道号）和扇区号来确定，如图 1-14 所示。

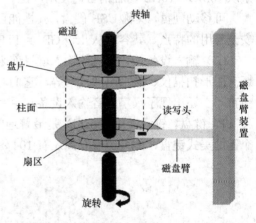

图 1-14　硬盘

硬盘存储容量的计算公式为

$$存储容量＝柱面数×磁头数×扇区数×每扇区字节数$$

例如，有一硬盘的柱面数为 158 816，磁头数为 16，每磁道扇区数为 63，则其总容量的计算方法为

$$16×158\ 816×63×512＝81\ 964\ 302\ 336B＝80.04GB$$

由于软盘只有一个盘片，因此软盘存储容量的计算公式为

$$软盘的存储容量＝磁道数×扇区数×每扇区字节数×磁盘面数$$

通过公式，可以轻松得出一张 3 英寸盘的容量。

例如，3 英寸盘共有 2 面，每面 80 个磁道，每道 18 扇区，每扇区 512B，所以，软盘容量＝80×18×512×2＝1474560B≈1.44MB。

● 光盘

光盘是通过激光刻蚀的手段来存储信息的圆盘。光盘存储器设备包括光盘、光盘驱动器和光盘控制器。

图 1-15　DVD 刻录机

根据性能和用途的不同，光盘主要分为 CD-ROM，只读型光盘（使用普通的光驱进行读取）；MD，磁性可擦写光盘（需要使用专门的 MD 驱动器）；CD-R，一次性可写入光盘（需要使用刻录机）；CD-RW，可反复擦写光盘（需要使用刻录机）；DVD-ROM，DVD 光盘（需要使用 DVD 驱动器）；DVD-RW 可反复擦写 DVD 光盘（需要使用 DVD 刻录机，如图 1-15 所示）。

驱动光盘的光盘驱动器（光驱），其读取速度越来越快。衡量光驱的读取速度通常用"几倍速"。每　倍速是 150KB/s，记为"1X"。一张 CD 型光盘容量达 650MB，其主流光驱速度是 50 倍速（50X），而 DVD 型光盘容量更大，一般为 4.7GB，现在的主流光驱的速度是 16 倍速（16X）。

● 可移动外存

常见的可移动外存有优盘和可移动硬盘。均采用 USB 接口与主机相连。

优盘本质上就是闪存存储器，不仅具有 RAM 内存可擦可写可编程的优点，而且所写入的数据在断电后不会消失。具有即插即用、抗干扰、防震、性能稳定、价格便宜的特性，容量从 16MB～16GB 均有销售，使用广泛。

可移动硬盘，又称 USB 硬盘，其性能已接近低档硬盘，有着大容量、高速度、轻巧便捷、安全易用的特点。其容量从几十 GB 至 1TB 不等，素有"海量"之称。

（3）输入设备。计算机的输入就目前来说主要还是依赖于键盘和鼠标来完成的。此外，还有图形扫描仪、条形码阅读器等，它们对于一些特殊的应用场合有着非常重要的作用。目前市场上还出现了汉字语音输入设备和手写识别输入设备，使得汉字输入变得更为方便。

1）键盘。键盘（Keyboard）是最普遍的计算机输入设备。现代微机的标准键盘是有 101 个键的美式键盘，此外键盘布局还有 104 键（见图 1-16）和 107 键。

图 1-16　标准键盘

整个键盘分为四个小区：主键盘区、功能键区、编辑键区和数字键区。另外，在键盘的右上角有三个状态指示灯：Num Lock、Caps Lock、Scroll Lock，用以显示不同的状态。

功能键区，定义了从 F1 到 F12 共 12 个键，各个键分别有自己特殊的功能。

主键盘区，键盘中央偏左的大部分区域，含字母、数字、常用符号和控制键等。见表 1-1。

表 1-1　　　　　　　　　　　　　　常用键、组合键的使用

键　名	功　能
Enter	执行键，又称回车键，当向电脑输入命令后，电脑并不马上执行，直至按下此键后才执行，所以称执行键。在输入信息、资料时，按此键光标会换到下一行开头，所以又称换行键。不管是执行，还是换行，我们统称回车
Shift	上档键、换档键。按下此键和一字母键，输入的是大写字母；按下此键和一数字键或符号键，输入的是这些键的上档字符
Esc	强行退出键，一般情况下，在软件中用于实现退出当前操作的功能
Space	空格键，位于键盘下面的长键，输入空格和汉字录入时使用
Alt	换码键，与其他键配合使用实现特定功能
Ctrl	控制键，一般与其他键组合使用起控制作用
←（BACKSPACE）	退格键，用于删除当前光标处的前一字符
Caps Lock	大写锁定键，按下此键，键盘右上角的 Caps Lock 灯亮，输入的字符为大写字母；再按下此键，Caps Lock 灯灭，输入的字母为小写字母
Tab	制表定位键，按此键可使光标右移 8 个字符。此键分为上、下两档，上档键为左移，下档键为右移
Ctrl＋Alt＋Del	系统热启动

编辑键区。集中在键盘右中侧，主要在编辑时使用。各键功能见表 1-2。

表 1-2　　　　　　　　　　　　　　编 辑 键 的 功 能

键　名	功　能
↑ ↓ ← →	使光标上、下、左、右移动一个字符
Home	光标移到行首
End	光标移到行尾
Page Up	上翻一页
Page Down	下翻一页
Delete（Del）	删除键，删除当前光标处或光标后的字符
Insert（Ins）	插入（改写）键，转换插入与改写状态
Print Screen	屏幕硬拷贝
Scroll Lock	滚屏锁定，此键一般不用
Pause/Break	暂停/中止键

数字键区。也称为小键盘区，位于键盘的右边，主要用于数据录入。该区域的左上角 Num Lock 键称为数字锁定键，按下 Num Lock 键后，如果键盘右上角的 Num Lock 指示灯亮，表

示这是一组数字键，可进行数据录入；如果指示灯不亮，表示这是一组编辑键，此时和编辑键区的按键作用一样。

鼠标滚轮　　　　　　　　　　鼠标右键
鼠标左键

图 1-17　鼠标

2）鼠标。最早的鼠标是苹果公司发明的，它也是一种非常重要的输入设备，用于点击指定或选定屏幕某一位置的信息对象，最终实现执行命令、设置参数和选择菜单等操作。

按照不同的工作原理，可将鼠标分为机械式、光电式、机电式。按按键来分，有两键式、三键式（只用左右两个键），如图 1-17 所示。

当用户移动鼠标时，桌面上的鼠标指针就会随之移动。而且随着指向对象的不同和操作的不同，鼠标指针的形状也会发生变化。如图 1-18 所示为常见的几种鼠标指针形状。

正常选择	求助	后台运行	忙	精确定位	选定文字	手写
不可用	垂直调整	水平调整	沿对角线调整	沿对角线调整	移动	候选

图 1-18　常见的几种鼠标指针形状

（4）输出设备。微机常用输出设备有显示器、打印机、绘图仪等。

1）显示器。显示器是微机必不可少的输出设备。目前主要的显示器有传统的阴极射线管 CRT 显示器和日益流行的液晶显示器 LCD（Liquid Crystal Display），如图 1-19 所示。CRT 显示器比较常见，是很成熟的显示设备，图像艳丽、反应迅速，但是体积大而笨重，并且耗电较多。相比之下，LCD 体积小、重量轻、环保、省电，逐渐成为 CRT 的替代品。最近又出现了"触摸屏"显示器，如图 1-19 所示，不仅可显示信息，也可接受某些信息。

CRT 显示器　　　　　　　　LCD 显示器　　　　　　　　"触摸屏"显示器

图 1-19　显示器

显示器的主要的性能指标如下：

显示器的尺寸：用显示屏幕的对角线来度量，如 15 英寸、17 英寸等。

像素（Pixel）：屏幕上每一个发光的点就称之为一个像素。

点距（Dot Pitch）：指的是荧光屏上两个同色荧光点之间的最短距离。

分辨率（Resolution）：指整个屏幕上水平方向和垂直方向上最大的像素个数，一般用水平方向像素数×垂直方向像素数来表示。通常使用的分辨率有 800×600 或 1024×768 或 1280×1024 等。一般而言，显示器的清晰程度主要取决于分辨率。

显示器要与相应的显示卡（即显示适配器）配合使用。

显示卡一般是一块独立的电路板，但也有集成在主板上的（All-in-one 结构）。

显示卡是显示器与主机通信的电路和接口，其功能是将 CPU 送来的信息处理成显示器可以识别的格式，再送到显示器形成图像。

显示卡随着显示器的发展经历过几个阶段：MDA（单色）、CGA（低分辨率彩色）、EGA（中分辨率彩色）、VGA（高分辨率彩色）、SVGA（超级 VGA）等。

2）打印机。打印机（见图 1-20）也是微机的基本外设之一。目前微机使用的打印机主要有针式打印机、喷墨打印机和激光打印机三种。

针式打印机的基本工作原理类似于用复写纸复写资料，打印的字符或图形是以点阵的形式构成的，打印时使相应的针头接触色带击打纸面来完成。目前较多使用 24 针打印机。

喷墨式打印机使用大量的喷嘴，将墨点喷射到纸张上。由于喷嘴的数量较多，而且墨点细小，能够打印出比针式打印机

图 1-20　打印机

更细致、更多色彩的效果，并且相对而言噪声小，速度快，现在已经广泛替代了针式打印机，多用于家庭和小型单位。

激光打印机是激光技术和电子成像技术的复合产物。激光打印机速度非常快，打印质量高，噪声小，单位打印成本低，但是激光打印机本身的价格昂贵，多用于中、大型企业。

注：有些设备既可以作为输入设备，又可以作为输出设备，如软盘驱动器、硬盘、磁带机等。输入设备与输出设备统称输入输出（I/O）设备，输入输出（I/O）设备和外存储器统称为外部设备（简称外设），它们是沟通人与主机联系的桥梁。

（5）总线（Bus）。微型计算机系统的各部件通常是用总线方式连接在一起的，所谓总线就是计算机系统各组成部件之间传送信息的公共通道。

总线按照连接部件的不同，可以分为以下两种：

1）内部总线。内部总线通常是指同一部件内部的连接，如 CPU 内部连接各寄存器和运算部件的总线。

2）系统总线。系统总线连接同一台计算机的各部件，如 CPU、内存、输入输出设备等接口之间的互相连接的总线。

系统总线按其功能又可以分为数据总线、地址总线和控制总线三类，分别用来传送数据、地址和控制信号。

微机从其诞生以来，就采用了总线结构方式。先进的总线技术对于解决系统瓶颈、提高整个微机系统的性能有着十分重要的影响。

1.3　计算机常见的数制与编码

1.3.1　计算机内部采用二进制

计算机内部使用二进制的原因。

计算机处理的信息，都要经过某些编码变化，输入计算机并存储在计算机内的具体存储单元，然后才能被计算机处理或输出。计算机中处理的数据有数值型数据,也有如图形、声音、文字等这样的非数值型数据，它们在计算机中都是以二进制来表示和存储的，其主要原因是什么呢？

（1）技术实现简单。计算机是由逻辑电路组成，逻辑电路通常只有两个状态。例如，开关的接通与断开。这两种状态正好可以用来表示二进制的两个数码"0"和"1"，而且，两个状态代表的两个数码在数字传输和处理中不容易出错，因而电路更加可靠。

（2）简化运算规则。两个一位二进制数的和、积运算组合各仅有三种，即$0+0=0$、$0+1=1+0=1$、$1+1=0$（向高位进1）及$0 \cdot 0=0$、$0 \cdot 1=1 \cdot 0=0$、$1 \cdot 1=1$。而可以验证，两个一位十进制数的和、积运算组合有 55 种之多。运算规则简单，有利于简化计算机内部结构，提高运算速度。

（3）适合逻辑运算。计算机的工作是建立在逻辑运算基础上的，逻辑代数是逻辑运算的理论依据。二进制只有两个数码，正好与逻辑代数中的"真"和"假"相吻合。

（4）易于进行转换。二进制数与十进制数易于互相转换，这样，既有利于充分发挥计算机的特点，又不影响人们使用十进制数的习惯。

1.3.2　进制数及其相互转换

计算机内部处理的数据都是使用二进制数表示。而在人们输入数据或是计算机输出运行结果时，习惯上多采用十进制形式，甚至有时还会使用八进制或十六进制形式。因此我们要了解数制的概念及各进制数之间的关系。

1. 数制的概念

编码是采用少量的基本符号，根据一定的组合原则，来表示大量复杂、多样的信息。在这些信息当中，数是表示事物的量的基本数学概念。用一组固定的数字（元素）和一套规则来表示数值的方法称为数制。在一种数制中，能使用的一组固定的数字的个数称为基数，一般记为 R。进位计数制（简称计数制）是将数字符号按序排列成数位，并遵照某种由低位到高位的进位方式计数来表示数值的方法，它是一种计数方法，习惯上使用的是十进制计数制。

十进制计数制由 0、1、2、3、4、5、6、7、8、9 共 10 个数字符号组成，即基数为 10，相同数字符号在不同的数位上表示不同的数值，每个数位计满十就向其高位进一，即"逢十进一"。如"555.5"之所以读出"五百五十五又二分之一"这个值，是因为它可以表示为$555.5=5 \times 100+5 \times 10+5 \times 1+5 \times (1/10)$。

每个 5 代表的实际大小都不同，而某个位置的数代表的实际大小就称为位权（或权数），位权的大小是以基数 R 为底、数字符号所处的位置的序号为指数的整数次幂（注意，各数字符号所处位置的序号计法为以小数点为基准，整数部分自右向左依次为 0、1、…递增，小数部分自左向右依次为-1、-2、…递减。）记为 R^n。

2. 不同进位制数的特点

在生活中，除了大家所熟知的十进制以外，还大量使用着各种不同的进位计数制，如十二进制（如 12 件物品为 1 打、12 个月为 1 年）、六十进制（如分的计时），以及计算机中使用的二进制计数制等。这里仅介绍二进制、十进制、八进制和十六进制。

（1）十进制数（Decimal）的特点。

1）元素：0、1、2、3、4、5、6、7、8、9 共 10 个元素。

2）基数：10，即 $R=10$。

3）进位规则：逢 10 进 1（向高位进 1）。

4）位权：$R^n=10^n$。

5）如：　　2　4　6　8　$=2\times10^3+4\times10^2+6\times10^1+8\times10^0$

　　　　　　↓　↓　↓　↓　$=(2468)_{10}$

6）权数：$10^3\ 10^2\ 10^1\ 10^0$。

7）写法：$(2468)_{10}$ 或 2436D。

为区别不同进制的数，可采用两种书写方式：一种将数用括号括起，并在其括号外右下角写明基数，如 $(2468)_{10}$；另一种在数的后面加上不同的字母以示区别，如十进制数后加 D，二进制数后加 B，八进制数后加字母 O，十六进制数后加 H。由于十进制使用得最为普遍，所以不加任何后缀字母的数字便默认为十进制数。

（2）二进制数（Binary）的特点。

1）元素：0、1 共 2 个元素。

2）基数：2，即 $R=2$。

3）进位规则：逢 2 进 1（向高位进 1）。

4）位权：$R^n=2^n$。

　　如：　　1　0　1　1　$=1\times2^3+0\times2^2+1\times2^1+1\times2^0$

　　　　　　↓　↓　↓　↓　$=(11)_{10}$

5）权数：$2^3\ 2^2\ 2^1\ 2^0$。

6）写法：$(1011)_2$ 或 1011 B。

进制数中各位数字与相应位权乘积的累加和形式，称为按权展开的多项式和。它的值为十进制数，代表这个数在十进制中的实际大小。

（3）八进制数（Octal）的特点

1）元素：0、1、2、3、4、5、6、7 共 8 个元素。

2）基数：8，$R=8$。

3）进位规则：逢 8 进 1（向高位进 1）。

4）位权：$R^n=8^n$。

　　如：2 4 6 7 $=2\times8^3+4\times8^2+6\times8^1+7\times8^0$

　　　　　　$=1024+256+48+7=(1335)_{10}$。

5）权数：2、4、6、7 的位权分别对应 8^3、8^2、8^1、8^0。

6）写法：$(2467)_8$ 或 2467O。

（4）十六进制数（Hexadecimal）。

1）元素：0、1、2、3、4、5、6、7、8、9、A、B、C、D、E、F 共 16 个元素。

2）基数：16，$R=16$。

3）进位规则：逢 16 进 1（向高位进 1）。

4）位权：$R^n=16^n$。

如：$2A6F=2\times16^3+10\times16^2+6\times16^1+15\times16^0$

$=8192+2560+96+15=(10863)_{10}$。

5）权数：数字 2、A、6、F 的位权分别为 16^3、16^2、16^1、16^0。

6）写法：$(2A6F)_{16}$ 或 2A6F H。

表 1-3 所示为 16 以内的二进制、八进制、十进制、十六进制对照表。

表 1-3 各进制之间数的对照表

二进制	八进制	十进制	十六进制
0	0	0	0
1	1	1	1
10	2	2	2
11	3	3	3
100	4	4	4
101	5	5	5
110	6	6	6
111	7	7	7
1000	10	8	8
1001	11	9	9
1010	12	10	A
1011	13	11	B
1100	14	12	C
1101	15	13	D
1110	16	14	E
1111	17	15	F

3. 不同进制数据间的转换

在计算机的普通应用中这种进制之间的相互转换一般都是直接由机器自动完成的，但是为了方便以后的学习，了解一下它们之间的转换方法还是很有必要的。

（1）R 进制数转换为十进制数。将 R 进制数按权展开，对多项式按十进制规则求和，它的值即转换后的十进制数。

（2）十进制数转换为其他 R 进制数。十进制数转化为其他 R 进制数（R 为基数），要将整数部分和小数部分分别转换，整数部分使用的方法一般采用的是"除 R 取余"，而小数部分则使用"乘 R 取整"的方法。

1）十进制转换为二进制。

例：将十进制数 2004.625 转换为等值的二进制数。

十进制整数 2004 转换成二进制整数：

将 2004 除以基数 2，商为 1002，余数为 0；再将商 1002 除以基数 2，商为 501，余数为 0；不断用新的商除以基数 2，保留余数，直到商为 0 时停，所得余数即对应的二进制数。如图 1-21 所示。

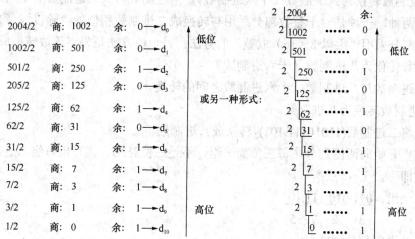

图 1-21　十进制整数转换为二进制数

由此得出：$(2004)_{10}=(11111010100)_2$

注：余数取用顺序从下向上，对应高位到低位。

十进制小数 0.625 转换成二进制小数：

十进制的纯小数转化成二进制的方法是，对十进制纯小数 P 进行辗转乘以 2，然后取整。具体做法是每次用 P 乘以 2，取其结果的整数部分作为二进制数的高位，然后对乘积的小数部分重复以上动作，直到结果的小数部分等于 0 为止，如不能得到 0，则取所要求的精度位数［如 $(0.4)_{10}$ 转换成二进制为 $(0.0110)_2$。在转换时，经过辗转相乘不能得到一个整数，就按给定的精度来求解。这里取小数点后 4 位小数］。因此 $(0.625)_{10}$ 转换成二进制为 $(0.101)_2$。转换过程如图 1-22 所示。

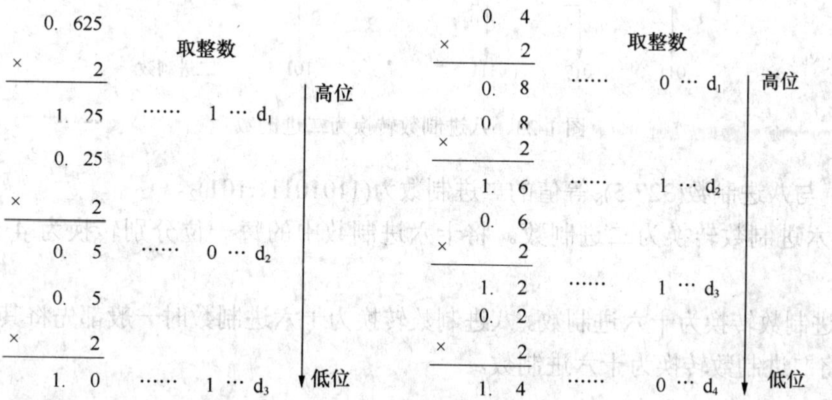

图 1-22　将十进制小数转换为二进制数

注：整数取用顺序从上往下，对应高位到低位。

学习纯整数和纯小数的转化方法后，对于一个任意实数进行转换就容易了。

将十进制的 2004.625 变成等值的二进制数，方法就是把 2004.625 分成 2004 和 0.625 两个部分，分别进行转化，再相加得到$(2004.625)_{10}=(11111010100.101)_2$。

2）十进制数转换为八进制数（十六进制数）。十进制数转成八进制数（十六进制数）的方法主要有两种，一种是对于整数部分采用与转换成二进制数相似的"除以 8（16）取余"方法，小数部分采用"乘以 8（16）取整"的方法；另一种方法是先将该数转换成二进制数，再由二进制数转化为八进制数（十六进制数）。

（3）二进制数与八进制数、十六进制数之间的转换。

1）二进制数转换为八进制数。

例如：将二进制数$(11010111.101)_2$转换成八进制数。

从小数点开始向两侧划分，每三位为一组，不足三位补 0，再写出每组二进制数所对应的八进制数即可。

每三位一组：<u>011</u> <u>010</u> <u>111</u>.<u>101</u>

　　　　　　　3　　2　7　　5

转换为八进制数是$(327.5)_8$。

2）二进制数转换为十六进制数。

例如：将二进制数$(11010111.101)_2$转换成十六进制数。

从小数点开始向两侧划分，每四位为一组，不足四位补 0，再写出每组二进制数所对应的十六进制数即可。

每四位一组：<u>1101</u> <u>0111</u>.<u>1010</u>

　　　　　　　D　　7　　A

转换为十六进制数是$(D7.A)_{16}$。

3）八进制数转换为二进制数。把八进制的每一位转换为三个二进制位。

例如求与八进制数$(327.5)_8$等值的二进制数，如图 1-23 所示。

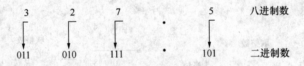

图 1-23　八进制数转换为二进制数

因此，与八进制数$(327.5)_8$等值的二进制数为$(11010111.101)_2$。

4）十六进制数转换为二进制数。将十六进制数中的每一位分别转换为 4 位二进制位即可。

5）八进制数转换为十六进制数。八进制数转换为十六进制数时一般都先将其转换为二进制数，再将二进制数转换为十六进制数。

1.3.3　编码

大千世界包含着各式各样的信息，而计算机只认识"0"和"1"两个数字。要使计算机能处理这些信息，首先必须将各类信息转换成用"0"、"1"表示的代码，这一过程称作编码。

经编码以后产生的"0"、"1"代码，便称该对应信息的数据。

1. 基本术语

（1）数据（Data）与信息。所有能被计算机接受和处理的符号的集合都称为数据。数据和信息是一对比较容易混淆的术语。数据是计算机处理的对象，是信息的载体或称是编码了的信息；而信息，则可以认为是有意义的数据的内容。

数据的编码必须遵循统一的规则，否则就不能被人们理解而失去承载信息的意义。如"82121911"是一个数据，我们很难确定它到底是一个人的出生年、月、日、序号（如 1982年 12 月 19 日生、序号为 11）呢，还是仅仅是一个电话号码。

（2）比特（bit）。在 1.2.3 节已介绍，比特指的是 1 位二进制的数码（即 0 或 1），是计算机中表示信息的数据编码中的最小单位，由于比特具有两种可能的编码状态（即 0 或 1），实际使用中，常将多个比特组成一更大的单位，来对各种信息进行有效地编码。

（3）字节（Byte）。1 个字节由 8 个比特组成。字节及其组合可用于表示各种信息所对应的数据，如字母 A 可表示为如表 1-4 所示的形式。同时，该形式也可以认为是一个正整数 41H或 65D，这要看应用中的具体约定了。

表 1-4   **字母 A 的表示形式**

b_7	b_6	b_5	b_4	b_3	b_2	b_1	b_0
0	1	0	0	0	0	0	1

注 这里的 b_0～b_7 表示有 8 个比特，最低位 b_0 在最右端，最高位在最左端。

2. 数字的编码—BCD 码

人们输入输出数值型数据习惯采用十进制数，十进制数要存到计算机中必须进行二进制编码。BCD 码是用四位二进制数对一位十进制数编码，又称二—十进制编码，它是仅限于对数字的编码。如数字 0 表示为 0000。

3. 非数值信息的编码

（1）西文字符编码。字符是计算机经常要处理的数据，如英文字符、标点符号、数字字符等。要使计算机能处理、存储字符信息，首先也必须用二进制"0"、"1"代码对字符进行编码。而常用的字符编码是 ASCII 编码。

ASCII 编码是由美国国家标准委员会制定的一种包括数字、字母、通用符号、控制符号在内的字符编码集，全称叫美国国家信息交换标准代码（American Standard Code for Information Interchange）。ASCII 编码有两种规格，一种是 7 位的 ASCII 码，称为标准的 ASCII码；一种是 8 位的 ASCII 码，又称扩展的 ASCII 码。

标准的 ASCII 码是国际上正通用的字符编码，它虽然采用一个字节（8 位）来表示一个字符，但是最高位不被使用，被置为 0，所以实质上只用了低 7 位来表示字符，可以表示 128个（2^7=128）字符。用来表示 10 个阿拉伯数、52 个大小写英文字母、32 个标点符号以及34 个控制符号，共计 128 个字符。这些字符按照一定的顺序排列在一起，即构成一个表。ASCII码字符集如表 1-5 所示。

表 1-5 ASC II 码 表

$d_3d_2d_1d_0$ \ $d_6d_5d_4$	000	001	010	011	100	101	110	111
0000	NUL	DLE	SP	0	@	P	`	p
0001	SOH	DC1	!	1	A	Q	a	q
0010	STX	DC2	"	2	B	R	b	r
0011	ETX	DC3	#	3	C	S	c	s
0100	EOT	DC4	$	4	D	T	d	t
0101	ENQ	ANK	%	5	E	U	e	u
0110	ACK	SYN	&	6	F	V	f	v
0111	BEL	ETB	'	7	G	W	g	w
1000	BS	CAN	(	8	H	X	h	x
1001	HT	EM	)	9	I	Y	i	y
1010	LF	SUB	*	:	J	Z	j	z
1011	VT	ESC	+	;	K	[	k	{
1100	FF	FS	,	<	L	\	l		
1101	CR	GS	-	=	M	]	m	}
1110	S0	RS	.	>	N	^	n	~
1111	SI	US	/	?	O	_	o	DEL

对于任意一个 ASCII 编码中的字符，只要通过 ASCII 表，都可以很容易地查出它的编码值。其方法是先找到该字符的位置，然后确定它所处的行和列，由列数可以得出其高位，行数可以得出其低位，连起来就是其 ASCII 码值。如英文字母 B，由它的列数得出高三位 $d_6d_5d_4$ 是 100，由它的行数得出其低四位 $d_3d_2d_1d_0$ 是 0010，所以字母 B 的 ASCII 码值是 1000010，转换为十进制是 66。

表中包括四类最常用的字符：

1）数字"0"～"9"：注意，这里的"0"～"9"为 10 个数字字符，从表中可以查出，它们对应的 ASCII 码值分别为 0110000B～0111001B，用十六进制数表示为 30H～39H（十进制为 48～57）。可以看出，数字符号"0"～"9"的 ASCII 码减去 30H，即可得到对应数字字符的数值。

2）字母：包括 52 个大、小写的英文字母。字母"A"～"Z"的 ASCII 码值为 1000001B～1011010B，用十六进制数表示为 41H～5AH（十进制为 65～90）。字母"a"～"z"的 ASCII 码值为 1100001B～1111010B，用十六进制数表示为 61H～7AH（十进制为 97～122）。可以看出，对应的大、小写字母的 ASCII 码值相差 20H（即十进制的 32），也即小写字母的 ASCII 码减去 20H，即可得到对应的大写字母的 ASCII 码值。

3）通用字符：如"+"、"-"、"="、"*"、"/"、","等共 32 个。

4）控制符号：包括空格 SP（20H）、回车 CR（0DH）、换行 LF（0AH）等共有 34 个。

虽然字符本身不具有数值的概念，但是，由于一个字符的 ASCII 码正好占用一个字节的二进制代码，从代码的角度来看 ASCII 码是有值的概念的，也就是说字符的 ASCII 码可比较大小。从上表中可以看出，字符的 ASCII 码值大小规律是小写字母大于大写字母、同一字体的字母按在字典中出现的先后顺序由小到大（如"B"＞"A"）、字母大于数字、数字字符大于空格、空格大于所有的控制符（控制符"DEL"除外）。

（2）汉字编码。汉字也是字符，所以必须进行适当的编码后才能被计算机所接受。根据将汉字输入计算机进行处理，然后输出的流程，汉字编码一般可分为汉字输入码、汉字内码以及字形码等几部分（见图1-24）。

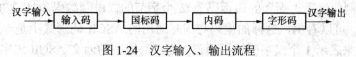

图 1-24　汉字输入、输出流程

1）汉字输入码。像西文字符的输入一样，汉字输入也依靠键盘来实现。不过，标准的计算机键盘不具备直接输入汉字的功能，只能依靠另行设计的汉字输入码来实现。汉字输入码又可称为汉字外码，指的是把汉字输入计算机时使用的编码。主要有四类：数字编码、拼音编码、字形编码和音形编码。

数字编码：采用一串数字来代表一个汉字。常用的是电报码、国标区位码。采用数字编码输入基本上无重码，但是由于它是由一些枯燥的数字串组成的，因此很难记忆，也很难广泛使用。

拼音编码：是以汉字读音为基础的输入方法。由于拼音本身的特点，使得拼音编码简单易学，并且使用广泛。但是由于汉字的同音字很多，所以拼音编码的重码率相对较高，输入速度也比较慢。目前比较优秀的基于拼音编码的产品有紫光拼音、微软拼音、智能 ABC 等。

字形编码：是根据汉字形状来确定的编码规则。因为汉字是方块字，是由一定的部件（偏旁和部首）构成的，所以对这些部件进行编码，按一定的顺序输入，就能表示汉字。字形编码的典型代表是五笔字型，它简单易记，重码率低。

音形（编）码：这是一类兼顾汉语拼音和形状结构两方面特性的输入码，它是为了同时利用拼音码和字形码两者的优点而设计的。自然码是一种适应面较广的音形码。

2）国标码和汉字内码。英语因为是拼音文字，所有的字均由 26 个字母拼组而成。加上数字及其他符号，常用的字符只有 95 种，所以 ASCII 码采用 7 位编码已经够用。英文在计算机里是没有内码、外码之分的，都是直接使用 ASCII 码进行输入、输出或处理。汉字为非拼音文字，如果一字一码，1000 个汉字需要 1000 个码才能区分。显然汉字的编码要比 ASCII 码要复杂得多，所以无法用一个字节的二进制代码来实现汉字编码。又由于汉字编码方案众多，各种方案又各有千秋。1980 年，我国根据有关国际标准颁布了第一个汉字编码标准 GB 2312—80《国家信息交换用汉字编码字符集——基本集》，也称汉字交换码，或简称国标码。

国标码收集了我国及世界其他华语地区常用的汉字 6763 个，加上 682 个字母符号，共计 7445 个字符。其中 6763 个基本汉字分为两级，使用频度较高的 3755 个汉字定为一级字符，按汉语拼音顺序排列；使用频度稍低的 3008 个汉字定为二级字符，按偏旁部首及笔画多少排列。国标码在大陆地区广泛使用至今（有的地区并不使用国标码，如中国港台地区使用 Big5

码），成为中文信息处理的基础。

所有的国标码汉字及符号组成一个 94×94 的方阵。在此方阵中，每一行称为一个"区"，每一列称为一个"位"。这个方阵实际上组成一个有 94 个区（编号由 01～94），每个区有 94 个位（编号由 01～94）的汉字字符集。一个汉字所在的区号和位号的组合就构成了该汉字的"区位码"。其中，高两位为区号，低两位为位号。这样区位码可以唯一地确定某一汉字或字符；反之，任何一个汉字或符号都对应一个唯一的区位码，没有重码。如"中国"的"中"字位于 54 区的第 48 位，所以 5448 就是"中"的区位码。

国标码是规定每个汉字用 2 个字节的二进制编码，每个字节最高位为 0，其余 7 位用于表示汉字信息。例如汉字"啊"的国标码为 2 个字节的二进制编码 00110000B、00100001B（即 30H、21H）。可以看出，这样的编码与国际通用的 ASCII 码形式上是一致的，只不过是用 2 个 ASCII 码来表示 1 个汉字国标码而已。为了与原来的西文 ASCII 码字符相区别，另外设计一种计算机内部使用的汉字码（简称机内码或内码），将汉字国标码的 2 个字节二进制代码最高位都改成 1，从而得到对应的汉字机内码。如汉字"啊"的机内码为 10110000B、10100001B（即 B0H、A1H）。计算机处理字符数据时，当遇到最高位为 1 的字节，便可将该字节连同其后续最高位也为 1 的另一个字节看作 1 个汉字机内码；当遇到最高位为 0 的字节，则可以看作一个 ASCII 码西文字符。这样，就实现了汉字、西文字的共存和区分。汉字内码是在机内表示、处理、存储汉字用的编码。

国标码与区位码、机内码之间的转换：

区位码转换为国标码：先将汉字的十进制区号和十进制位号分别转换成十六进制数，然后再分别加上 20H，就是该字的国标码。即区位码（十六进制）+20H20H→国标码。

如"中"区位码（十进制）5448 转换为区位码（十六进制）3630H，再加 20H20H 得"中"的国标码 5650H。

国标码转换为机内码：将汉字的十六进制国标码的两个字节都加上 80H。即，国标码+80H80H→机内码。

如"中"国标码 5650H+80H80H→机内码 D6D0H。

3）字形码。字形码是用来记录字符的可视字形的编码。可视字形是显示和打印出字符和汉字的外部形状，一般称之为"字模"。要输出汉字，计算机就要维护一个汉字"字库"，字库中存储汉字字模，供显示和打印输出时使用。字库可以是固化在只读存储器芯片上的汉卡（曾流行于 20 世纪 90 年代以前），也可以是以文件形式存储在软盘或硬盘上的软字库。记录字形一般采用轮廓和点阵两种方法。

点阵字形方法，就是用一个排列成方阵的点的黑白来描述汉字。如图 1-25 中的"中"字，用 16 行、16 列，即 16×16 的点阵表示，表示时笔画所到的格子点为黑，用二进制数"1"表示，否则为白，用二进制数"0"表示。这样，一个汉字的字形就可用一串二进制数表示了。由于表示每行的二进制数为 16 位，占 2 个字节，因此在计算机存储中这个"中"字需要 32（16×16/8）个字节。一般来说，表现汉字时使用的点阵越大，则汉字字形的质量也越好，当然每个汉字点阵所需的存储量也越大。点阵字形在放大后会出现锯齿现象，很不美观。

轮廓字形方法，是用一组曲线来勾画一个汉字的笔画，每个汉字的轮廓曲线均采用数学方法来描述。这种方法的字形精度高可以任意放大、缩小而不产生锯齿现象，但输出之前必须经过复杂的数学运算处理。

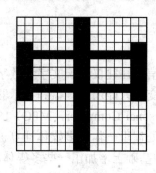

0000	0001	1000	0000	0180
0000	0001	1000	0000	0180
0000	0001	1000	0000	0180
1100	0001	1000	0011	C183
1111	1111	1111	1111	FFFF
1100	0001	1000	0011	C183
1100	0001	1000	0011	C183
1100	0001	1000	0011	C183
1111	1111	1111	1111	FFFF
1100	0001	1000	0011	C183
0000	0001	1000	0000	0180
0000	0001	1000	0000	0180
0000	0001	1000	0000	0180
0000	0001	1000	0000	0180
0000	0001	1000	0000	0180
0000	0001	1000	0000	0180

二进制　　　　　　　十六进制

图 1-25　汉字点阵示意图

4）汉字地址码。汉字地址码是指汉字库（主要指点阵式字模库）中存储各汉字字形信息的逻辑地址。在汉字库中，每个汉字字形都有一个连续的存储区域，该存储区域的首地址就是汉字的地址码，每个汉字可以通过汉字机内码换算求得相应汉字字形码在汉字字库中的地址，最终取出该汉字的字模，即字形。

5）在汉字的输入、处理和输出的过程中，汉字的各种代码之间进行着相互转换。汉字依靠汉字输入码输入计算机，计算机通过使用输入字典（或称索引表，即外码与内码的对照表）将汉字输入码转换为内码，继而汉字以内码的形式在计算机的内部进行存储和各种必要的加工。当汉字要显示和打印输出时，处理机根据汉字内码计算出地址码，按地址码从字库中取出汉字字形码，实现汉字的显示或打印输出。

6）随着因特网络技术的发展，电脑应用的领域越来越广，GB 2312 中的 6763 个汉字明显不够用了。为满足用字需求，我国在 2000 年发布了 GB 18030—2000《信息技术 信息交换用汉字编码字符集 基本集的扩充》。在新标准中采用了单、双、四字节混合编码，收录了 27 000 多个汉字和藏、蒙、维吾尔等主要的少数民族文字，总的编码空间超过了 150 万个码位。新标准适用于图形字符信息的处理、交换、存储、传输、显现、输入和输出，并直接与 GB 2312 信息处理交换码所对应的事实上的内码标准相兼容。从根本上解决了电脑汉字用字问题。

1.4　多媒体技术初步知识

在这一节中，主要介绍了多媒体的相关概念及其应用。

1.4.1　多媒体的基本概念

媒体（Medium）有两重含义，一是指存储信息的实体，如磁盘、光盘等，中文常译作媒质；二是指传递信息的载体，如数字、文字、声音、图形、图像等，中文译作媒介。

多媒体（Multimedia）是计算机领域的一个新兴的应用领域，它是计算机技术与图形、图像、动画、声频和视频等领域尖端技术相结合的产物，是融合了两种以上媒体技术的一种有机集成。传统的媒体，无论是以文字形式传播的报纸、杂志，还是以声音、图像形式传播的广播、电视节目等都是采用某一种或几种媒体的方式，都是以人们被动接受为特点的，多媒体和它们的显著区别是不仅以图、文、声、像等多种媒体传播，而且和接受者之间是一种互动的关系。因此，多媒体具备了人机交互性、信息数字化处理、多种媒体集成性、实时性、多样性等多种特点。

1.4.2　多媒体计算机

1. 多媒体计算机的概念

在多媒体计算机之前，传统的个人计算机处理的信息往往仅限于文字和数字，这只能看做是计算机应用的初级阶段。同时，由于人机之间的交互只能通过键盘和显示器，故交流信息的途径缺乏多样性。多媒体计算机（Multimedia Personal Computer，MPC）的出现，改变了人机交互的接口，使计算机能够集声、文、图、像处理于一体。多媒体计算机，实际就是具有多媒体处理功能的个人计算机，即在传统计算机的基础上增加了一些多媒体软硬件配置。现在，对计算机厂商和开发人员来说，MPC已经成为一种必须具有的技术规范。

2. 多媒体计算机的基本配置

一般来说，多媒体个人计算机的基本硬件配置至少应该有以下几个部分：至少一个功能强大、速度快的CPU；具有一定容量（尽可能大）的存储空间；可管理、控制各种接口与设备的配置；高分辨率显示接口与设备，包括显示卡和显示器；可处理音响的接口与设备，包括声卡和音箱；可处理图像的接口设备等。除此以外，MPC能扩充的配置还可能包括其他几个方面：CD-ROM光盘驱动器、音频卡、视频卡、扫描卡、网卡等。除了硬件系统以外，在软件系统上，多媒体系统还应该有多媒体操作系统（目前广泛使用的是Windows系列的操作系统）、媒体处理系统工具和用户应用软件。

1.4.3　多媒体技术的应用

以计算机为中心的多媒体技术，其应用领域十分广泛，除了覆盖传统的计算机应用领域之外，还包括很多新兴领域。如计算机辅助教育，电子出版，多媒体电子娱乐，电子游戏产业，虚拟现实技术，以及对计算机应用系统、信息系统、办公系统、军事系统等的信息多媒体化。

当然，计算机多媒体技术仍在继续发展完善，其应用领域也在不断拓展，未来将有更多的领域使用多媒体技术。

1.5　计算机维护与安全

1.5.1　计算机一般维护与安全使用

计算机及其外部设备，其核心部件主要是由大规模和超大规模集成电路组成的。这些集成电路由半导体材料经过特殊工艺加工而成，对供电电源、静电、接地、温度、湿度及抗干扰均具有一定的要求。正确地安装、操作、维护和使用，不仅能大大地提高计算机的使用寿命，也有利于充分发挥它的使用效率。

1. 计算机硬件方面

（1）首先是供电的电源环境。微型计算机一般要求有稳定的50/60Hz、220V的交流电源，因此在电网波动较大的地区，最好使用外接的交流稳压器，对于经常断电的地区，则需要配备UPS（不间断电源）。

（2）其次，微型计算机的工作环境温度一般为15～35℃，相对湿度为20%～80%，这对于一般办公和家庭来说都可做到。另外，最好能为微型计算机单独配置工作台及防尘罩。

（3）震动和噪声会造成计算机中部件的损坏（如硬盘的损坏或数据的丢失等），因此计算机不能工作在震动和噪声很大的环境中，如确实需要将计算机放置在震动和噪声大的环境中应考虑安装防震和隔音设备。

（4）正确开机、关机。目前微型计算机除了 USB 设备支持热插拔并即插即用外，其他外设都应遵循先开外设、后开主机的顺序；关机时则顺序相反，即先关主机，再关外设。主机启动后，除了 USB 设备，不可插、拔其余任何系统部件（如插拔显示器等的电源插头及信号连接线），防止造成主机部件的损坏。

计算机启动方式有以下几种方式。

1）冷启动。切断电脑电源后，重新接通电源启动计算机的过程，称为冷启动。冷启动后机器要首先进行硬件的自检，以确定各个部件是否工作正常，如果自检顺利通过，则进入磁盘引导，即查找装有操作系统的磁盘驱动器。当以上过程完成时，此时的机器才是真正意义上的计算机，如图 1-26 所示。

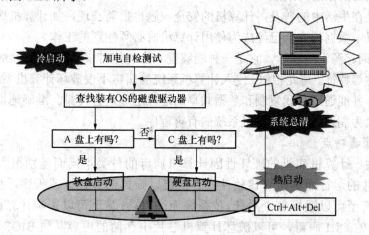

图 1-26　冷启动、热启动示意图

要注意，如果使用关闭电源的方法进行冷启动，一定要关闭后至少间隔 8 秒至 10 秒后再开机，以免由于间隔时间过短损坏部件。

2）热启动。热启动是指在计算机已经开启的状态下，通过"开始"菜单、任务管理器或者快捷键"Ctrl＋Alt＋Del"，重新启动计算机，引导操作系统，如图 1-26 所示。计算机不重新上电，不检测硬件，直接加载数据，因此热启动的速度显然要比冷启动快。由于热启动没有切断电脑各部件的电源，因此能有效地延长硬件的寿命，在没有特殊情况（如电脑受到病毒侵袭、某些软件在运行过程中死机并封锁键盘等）的时候，应尽量使用热启动。它与冷启动的主要区别在于热启动没有机器自检这一过程。

3）复位启动。复位启动是指在计算机已经开启的状态下，按下主机箱面板上的复位按钮 RESET 重新启动计算机，又称软启动。在该种启动方式下，计算机要重新上电，检测硬件。一般在计算机的运行状态出现异常，而热启动无效时才使用。

4）硬启动。至于硬启动，可以说是遇到死机后的最终解决方案，会丢失所有未存盘数据，非到最后关头不要使用。方法是按下电源键不放，直至关闭电源，再启动计算机。

正常关机。首先，关闭所有工作窗口；其次，打开"开始"菜单→"关闭计算机"→"关闭"（主机→显示器→电源）。

（5）键盘要保持清洁，不将液体洒到键盘上，操作时要轻按键，不要带电插拔。

（6）鼠标要避免摔碰和强力拉拽导线，点击鼠标时不要用力过度，以免损坏弹性开关，最好配一个专用的鼠标垫。

（7）显示器亮度不要调得太亮。

2. 计算机软件方面

正确地选择和使用软件，也是计算机安全操作的重要内容。目前各大生产厂家为微型计算机开发的各类软件数不胜数，各软件功能不同，对系统的要求也各不相同，用户应该根据自己的实际需要，参照自己的硬件配置环境来选择适当的软件，真正使软件做到物尽其用，甚至物超所值。另一方面，应充分认识到盗版软件的危害。盗版软件常常残缺不全，给应用带来麻烦。更严重的是，盗版软件常常隐藏着各种计算机病毒，直接威胁着计算机系统的正常工作和数据安全。

1.5.2　计算机病毒的预防与消除

随着计算机在生活中的普及，计算机的安全问题也日益凸现，如计算机病毒、黑客入侵等。保证计算机中数据的安全已经成为使用计算机时必须注意的工作。

"病毒"一词起源于生物学，它是一种能够侵入生物体带来疾病的微生物，具有破坏性、扩散性和繁殖性等特征。与此相似，侵入计算机系统的病毒不仅破坏计算机系统的正常运行，毁坏系统数据，并能通过自我复制和数据共享的途径迅速进行传染。准确地说，计算机病毒实质上是一种人为制造的入侵计算机系统的有害程序。

1. 计算机病毒特点

（1）破坏性。计算机病毒的破坏性因计算机病毒的种类不同而差别很大。有的计算机病毒仅干扰软件的运行而不破坏该软件；有的可以毁掉部分数据或程序，使之无法恢复；有的恶性病毒甚至可以毁坏整个系统，使系统无法启动；甚至可以影响计算机硬件的运行，如1999年出现的CIH病毒，可以破坏计算机芯片中存储的内容（如BIOS），使计算机无法开机。总之，计算机病毒的破坏性表现为侵占系统资源，降低运行效率，使系统无法正常运行。

（2）传染性。传染性是计算机病毒的一个重要特点，也是确定一个程序是否为计算机病毒的首要条件。计算机病毒会自身复制以传染到内存、硬盘，甚至传染到所有文件中。网络中的病毒可以传染给联网的所有计算机系统，已染毒的可移动磁盘可能使所有使用该盘的计算机系统受到传染。

（3）寄生性。病毒程序一般不独立存在，而是寄生在磁盘系统区或文件中。

（4）隐蔽性、潜伏性和发作性。病毒的存在、传染和对数据的破坏过程不易为计算机操作人员发现，它会用多种方式（如藏在合法文件夹中）隐藏起来，具有隐蔽性。藏起来之后，并不立即发作，而是潜伏下来，悄悄地进行传播、繁殖，使更多的正常程序成为病毒的"携带者"。一旦满足一定的条件（称为触发条件），便表现其破坏作用。触发条件可以是一个或多个，例如某个日期、某个时间、某个事件的出现，某个文件的使用次数以及某种特定软件硬件环境。因此它还具有发作性。

2. 计算机病毒的分类

为了更好地了解病毒、防范病毒，人们采用多种方式对病毒分类。如按照计算机病毒攻击的系统分类；按照计算机病毒的破坏情况分类等。下面仅介绍按照计算机病毒存在的媒体分类：

（1）网络病毒：通过计算机网络传播感染网络中的可执行文件。

（2）文件病毒：感染计算机中的文件（如 COM、EXE、DOC 等），如以色列病毒（黑色星期五）等。

（3）引导型病毒：感染启动扇区（Boot）和硬盘的系统引导扇区（MBR），如大麻病毒、2708 病毒等。

（4）以上情况的混合型：如多型病毒（文件和引导型）感染文件和引导扇区两种目标，这样的病毒通常都具有复杂的算法，它们使用非常规的办法侵入系统，同时使用了加密和变形算法。如"幽灵"（Ghost）病毒、Flip 病毒等

3. 识别计算机病毒

计算机病毒虽然很难检测，但是留心计算机的运行情况，还是可以发现计算机感染病毒的一些异常症状的。下面列举实践中常见的病毒症状作为参考。

（1）磁盘文件数目无故增多。

（2）微型计算机系统内存空间明显变小。

（3）文件的日期时间值被修改成新近的日期或时间（用户自己并没有修改）。

（4）感染病毒的可执行文件长度通常会明显增加。

（5）正常情况下可以运行的程序却报告内存不足而不能装入。

（6）程序加载的时间比平时明显变长。

（7）经常出现死机或不正常启动。

（8）显示器出现一些莫明其妙的信息和异常现象。

（9）蜂鸣器发出异常声音。

（10）一些正常的外部设备无法使用，如无法正常打印等。

4. 病毒侵入计算机系统途径

（1）网络通信：文件传输、下载软件、电子邮件等。

（2）携带病毒的存储介质：被感染的光盘、软盘、闪盘（优盘）等。

（3）感染病毒的软件：盗版软件、游戏软件、互借使用工具软件等。

（4）游戏程序：游戏程序极易携带计算机病毒，有的游戏程序本身就有病毒。

5. 病毒的消除

（1）硬件方法。硬件方法是利用防病毒卡清除和检测病毒。

硬件方法的优点是能时刻检测系统的操作情况，对危害系统的操作及时发出报警，并能自动杀毒或带毒运行等。缺点是误报较多，有些则与系统的兼容性较差，有些还会降低系统的运行速度。目前国内用的较多的产品有"瑞星卡"、"求真卡"等。

（2）软件方法。软件方法是目前比较流行的反病毒做法，也是较好的方法，既方便，又安全。并且对使用人员的要求不高。通常，反病毒软件能检出和清除上万种病毒，用反病毒软件消除病毒，一般不会破坏系统中的正常数据。特别是优秀的反病毒软件都具有较好的界面和提示，使用相当方便。遗憾的是，反病毒软件通常只能检测出已经知道的病毒并消除它们，很难处理新的病毒变种及新的病毒。所以各种反病毒软件都不能一劳永逸，而要随着新病毒的出现不断升级。其主要缺点是实时性和自身的安全性较差。

目前的反病毒软件一般都带有实时、在线检测系统运行的功能。而较好的反病毒软

件有卡巴斯基、诺顿杀毒软件（Norton Antivirus）、Mcafee、Nod32、金山毒霸、瑞星、江民等。

6. 计算机病毒的防范

经常检测计算机系统是否有病毒，一旦发现染上病毒，就设法将其清除。这是一种消极被动的病毒防范策略。因为，虽然有功能日见强大的反病毒软件不断推出，但是未知新病毒的产生也极其嚣张。彻底堵塞病毒的传播渠道，预防为主，将病毒拒之于计算机系统之外，这才是更积极，更安全的病毒防范策略。堵塞病毒的传播渠道是防范病毒的有效手段，具体措施如下。

（1）尽量使用硬盘启动系统。

（2）不使用盗版软件，不使用来历不明的程序盘或不正当途径复制的程序盘。

（3）不要将软盘随便借给他人使用，以免感染病毒。

（4）对通过互联网络和其他途径得到的共享软件，也必须事先进行检查，确认无病毒后方可使用。

（5）对执行重要工作的计算机要专机专用，专人专用。

（6）经常对系统的重要文件进行备份，以备在系统遭受病毒侵害、造成破坏时能从备份中恢复。

（7）安装微型计算机的病毒防范卡，或病毒防火墙，可对各类病毒进行有效防范。

（8）对来历不明的邮件，特别是带有可执行文件附件的邮件，不要轻易打开附件。

计算机病毒的防治是一项系统工程，除了技术手段之外还涉及诸多因素，如法律、教育、艺术、管理制度等。我国目前已制定了软件保护法，非法拷贝和使用盗版软件都是不道德的和违法的行为，如因此感染病毒则既损害别人又损害自己。此外，通过教育，使广大用户认识到病毒的严重危害性，了解病毒的防治常识，提高尊重知识产权的意识，增强法律、法规意识，不随便复制他人的软件，以便最大限度地减少病毒的产生与传播。

习　题　1

一、选择题（请选择一个或多个正确答案）

1. 计算机内所有的信息都是以（　　　）数码形式表示的。

   A．八进制　　　　　　　　　　　　B．十六进制

   C．十进制　　　　　　　　　　　　D．二进制

2. 计算机最主要的工作特点是（　　　）。

   A．高速度　　　　　　　　　　　　B．高精度

   C．记忆能力　　　　　　　　　　　D．存储程序和数据

3. 微型计算机中使用的人事档案管理系统，属下列计算机应用中的（　　　）。

   A．人工智能　　　　　　　　　　　B．专家系统

   C．信息管理　　　　　　　　　　　D．科学计算

4. 下列四个不同进制的无符号整数中，数值最小的是（　　　）。

   A．10010010（B）　　　　　　　　B．221（O）

   C．147（D）　　　　　　　　　　　D．94（H）

5. 与十六进制数（AB）等值的二进制数是（　　）。

    A. 10101010   B. 10101011   C. 10111010   D. 10111011

6. 一个完整的计算机系统应包括（　　）。

    A. 系统硬件和系统软件   B. 硬件系统和软件系统

    C. 主机和外部设备   D. 主机、键盘、显示器和辅助存储器

7. 下列四个无符号十进制数中，能用八位二进制表示的是（　　）。

    A. 256   B. 299   C. 199   D. 312

8. 微处理器处理的数据基本单位为字。一个字的长度通常是（　　）。

    A. 16 个二进制位   B. 32 个二进制位

    C. 64 个二进制位   D. 与微处理器芯片的型号有关

9. 1946 年 2 月，在美国诞生了世界上第一台计算机，它的名字叫（　　）。

    A. EDVAC   B. EDSAC   C. ENIAC   D. UNIVAC-I

10. 目前微型计算机中采用的逻辑元件是（　　）。

    A. 小规模集成电路   B. 中规模集成电路

    C. 大规模和超大规模集成电路   D. 分立元件

11. 软件与程序的区别是（　　）。

    A. 程序价格便宜、软件价格昂贵

    B. 程序是用户自己编写的，而软件是由厂家提供的

    C. 程序是用高级语言编写的，而软件是由机器语言编写的

    D. 软件是程序以及开发、使用和维护所需要的所有文档的总称,而程序是软件的一部分

12. 下列四条叙述中,有错误的一条是（　　）。

    A. 以科学技术领域中的问题为主的数值计算称为科学计算

    B. 计算机应用可分为数值应用和非数值应用两类

    C. 计算机各部件之间有两股信息流，即数据流和控制流

    D. 对信息（即各种形式的数据）进行收集、储存、加工与传输等一系列活动的总称为实时控制

13. 微型计算机中的辅助存储器，可以与下列（　　）部件直接进行数据传送。

    A. 运算器   B. 内存储器   C. 控制器   D. 微处理器

14. 下列字符中，ASCII 码最小的是（　　）。

    A. K   B. a   C. h   D. H

15. 微型计算机使用的键盘中，Shift 键是（　　）。

    A. 换档键   B. 退格键   C. 空格键   D. 回车换行键

16. 下列编码中，（　　）与汉字信息处理无关。

    A. BCD 码   B. 输入码   C. 字模点阵码   D. 区位码

17. 下列四条叙述中，正确的一条是（　　）。

    A. 微机内部的数据用二进制表示，而程序用 ASCII 码字符表示

    B. 把数据写入存储器或从存储器中读出数据的过程称为访问或存取

    C. 汇编程序的功能是把用高级语言的源程序翻译成等价的目标程序

    D. 计算机中使用的汉字编码和 ASCII 码是一样的

18. 存储器中存放的信息可以是数据，也可以是指令，这要根据（　　）。
    A．最高位是 0 还是 1 来判别　　　B．存储单元的地址来判别
    C．CPU 执行程序的过程来判别　　D．ASCII 码表来判别
19. 某单位自行开发的工资管理系统，按计算机应用的类型划分，它属于（　　）。
    A．科学计算　　　　　　　　　　B．辅助设计
    C．数据处理　　　　　　　　　　D．实时控制
20. 下列四种软件中，属于系统软件的是（　　）。
    A．Word　　　　B．WPS　　　　C．DOS　　　　D．Excel
21. CD-ROM 光盘片的存储容量大约为（　　）。
    A．100MB　　　B．650MB　　　C．1.2GB　　　　D．1.44GB
22. 硬盘与软盘相比，硬盘具有（　　）特点。
    A．速度慢　　　B．容量大　　　C．速度快　　　D．携带方便
23. 设 A 盘处于写保护状态，以下可以进行的操作是（　　）。
    A．将 A 盘中的某个文件改名　　　B．将 A 盘中的所有信息复制到 C 盘
    C．在 A 盘上建立文件 AA.C　　　D．显示 A 盘目录树
24. 下列属于系统软件的有（　　）。
    A．UNIX　　　　B．DOS　　　　C．CAD　　　　D．Excel
25. 下列关于计算机硬件组成的说法中，（　　）是正确的。
    A．主机和外设
    B．运算器、控制器和 I/O 设备
    C．CPU 和 I/O 设备
    D．运算器、控制器、存储器、输入设备和输出设备
26. 下面的说法中，正确的是（　　）。
    A．一个完整的计算机系统由硬件系统和软件系统组成
    B．计算机区别与其他计算工具最主要的特点是能存储程序和数据
    C．电源关闭后，ROM 中的信息会丢失
    D．16 位的字长计算机能处理的最大数是 16 位十进制
27. 下列软件中，（　　）属于系统软件。
    A．CAD　　　　B．Word　　　　C．汇编程序　　　D．C 语言编译程序
28. 下列部件中属于存储器的有（　　）。
    A．显示器　　　B．软盘　　　　C．运算器　　　D．CD-ROM
29. 下列软件中属于应用软件的有（　　）。
    A．UNIX　　　　B．Word　　　　C．汇编程序　　　D．C 语言源程序
30. 计算机程序设计语言的翻译程序有（　　）。
    A．编辑程序　　B．编译程序　　C．连接程序　　　D．汇编程序

二、填空题
1. 标准 ASCII 码是用_____位二进制进行编码。
2. _____语言的书写方式接近于人们的思维习惯，使程序更易阅读和理解。
3. 一组排列有序的计算机指令的集合称作_____。

4. 计算机中系统软件的核心是_____，它主要用来控制和管理计算机的所有软硬件资源。

5. 十进制数 25 转换成十六进制数，其值为_____ H。

6. 软盘的存储容量计算公式是：盘面数×每面磁道数×_____×每扇区字节数。

7. "N"的 ASCII 码为 4EH，由此可推算出 ASCII 码为 01001010B 所对应的字符是_____。

8. CPU 是计算机的核心部件，该部件主要由控制器和_____组成。

9. 0.5MB=_____KB。

10. 用 24×24 点阵的汉字字模存储汉字，每个汉字需_____字节。

第2章　中文版 Windows XP 操作系统

一台计算机的硬件组装完成后，还不能进行工作。为了使计算机按照人们的要求进行工作，必须安装必要的计算机软件。首先，必须安装操作系统，在操作系统的控制和管理下，完成其他软件的安装和配置。任何计算机的软件都必须在操作系统支持下才能正确地工作，例如，办公软件 Office 的运行，利用浏览器上网操作等，都必须在操作系统的支持下进行。

本章主要介绍中文版 Windows XP 的基本概念、桌面管理、开始菜单的使用、文件文件夹的管理、应用程序的使用、汉字输入、工作环境设置等内容。

2.1　Windows XP 基本概念

2.1.1　Windows 概述

Microsoft 公司推出了新一代中文版 Windows XP（XP 是 Experience 的缩写）操作系统，采用 Windows NT/2000 的核心技术，运行可靠、性能稳定，安全性已经得到了改进，提高了与其他程序的兼容性，为计算机安全、高效运行提供了保障。根据用户对象的不同，中文 Windows XP 可以分为家庭版（Windows XP Home Edition）、办公扩展专业版（Windows XP Professional）、大中型企业版（Windows XP Server）三种。

1. Windows 功能和特点

从 Windows 问世以来，它已经逐渐成为一种坚实的桌面操作系统。这个 32 位操作系统的易用性、支持能力和兼容性可以让所有用户提高效率、节省时间，并得到更多的乐趣。

概括起来，Windows 具有如下的功能和特点：

（1）真正 32 位的操作系统。

（2）提供完全的多任务功能。

（3）提供功能强大的"资源管理器"程序。

（4）Web 化的图形操作界面。

（5）支持长文件名。

（6）支持"即插即用"设备。

（7）广泛的硬件支持。

（8）较高的可靠性。

（9）高性能的多媒体功能。

（10）网络和通信功能。

2. Windows XP 新增功能

（1）用户登录界面。进入 Windows XP 后，将出现一个非常漂亮的用户登录界面，在外观上与以前的各个 Windows 版本都有很大的区别。在界面的右边列出了所有用户的账户，并且每个用户都配有一个图标，非常生动。用户的登录过程也进一步简化，无需输入用户名，对于没有设置密码的账户，只需单击用户图标即可登录。

（2）Windows 文件保护功能。Windows 文件保护功能可以防止系统核心文件被应用程序安装所替换，如果应用程序覆盖了某个关键性的文件，文件保护功能将恢复这个文件的正确版本。

（3）强大的多媒体功能。Windows XP 内置了 Windows Media Player 8.0 多媒体播放程序，在界面、音质方面都超过了以前的版本。在工作忙碌之余，用户可以听 CD、看 VCD、播放多种类型的多媒体文件等。Windows XP 还增加了 Windows Movie Maker（视频编辑制作）软件，完全可以满足家庭多媒体制作的要求。

（4）网络功能。Windows XP 为用户提供了安全快捷的网络连接。Windows XP 继承了 Windows Me 网络连接的便捷性，无论是通过调制解调器上网，还是家庭小型网络，或者大型局域网，都可以在连接向导的帮助下，非常方便地进行安装，如图 2-1 所示。

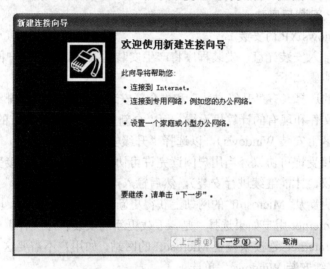

图 2-1　连接向导

2.1.2　Windows XP 下鼠标及键盘的基本操作

Windows XP 是一个完全图形化的环境，其中最主要的定点设备或称交互工具是鼠标器（简称鼠标）。利用鼠标可以直观地操作对象、选择菜单等。当然，使用鼠标的地方也可以用键盘来代替，对于熟练的用户，有时操作键盘比鼠标更快捷，所以也有"快捷键"的说法。

1. 鼠标操作

目前常用的鼠标器有两按键式和三按键式两种：前者有左、右两个按键，后者有左、中、右三个按键。实际上最常用的只有一个左按键，用户使用右手食指进行操作；只有少数操作需使用右按键。

大多数任务都可以通过在屏幕上将鼠标指针指在对象上，然后再单击鼠标按钮的方式来执行。将鼠标指针的尖端移到需要的项目和区域上方，就是"指向了对象"。

下面列出鼠标的几种常用操作方法：

（1）单击：按下再放开鼠标左键一次。

（2）双击：快速按下再放开鼠标左键两次。

（3）右键单击：按下再放开鼠标右键一次。出现快捷方式菜单。

（4）拖动：按住鼠标左键不放，移动鼠标到另一地方松开左键。

2. 键盘操作

键盘是人和计算机交流信息的主要输入设备之一。通过键盘，可以将英文字母、数字、标点符号等输入到计算机中，从而向计算机发出命令、输入数据等。键盘不仅可以用来输入文字和字符，而且还可以使用组合键来替代鼠标操作。在 Windows 及 Windows XP 中，有一些特殊的按键组合，用来加快操作的速度，这些按键组合称为快捷键。例如，组合键 Alt＋Esc可以完成活动窗口的切换，相当于用鼠标单击活动任务栏按钮。附录 A 给出了 Windows XP中快捷键的用法。

2.2　中文版 Windows XP 的安装与退出

2.2.1　Windows XP 安装与启动

1. 中文版 Windows XP 的安装

启动计算机，插入安装光盘，安装程序将产生安装向导对话框，用户回答提问，然后进行自动安装操作。步骤如下：

（1）安装方式的选择（有"升级安装"和"全新安装"两种选择，"升级安装"会保留已安装的程序、数据文件和现有的计算机设置，而"全新安装"将替换原有的 Windows 或在不同的硬盘或磁盘分区上安装 Windows），以选择"升级安装"为例。

（2）询问是否接受许可协议，当用户阅读完许可协议后，选择"我接受这个协议"单选项（只有接受此协议，才能继续进行安装），然后输入产品密钥。

（3）使用动态更新从 Microsoft 的网站上获得更新的安装程序文件，以保证现在所安装的程序是最新的，Internet 用户如果选择"是，下载更新的安装程序文件"单选项后，安装程序能够使用用户的 Internet 连接来检查 Microsoft 的网站，如用户不需要这项服务，可以选择"否，跳过这一步继续安装 Windows"单选项。

（4）系统复制安装所需要的文件，在"正在复制安装文件"中显示了文件复制的进度，在界面的右侧将出现中文版 Windows XP 的新增功能的介绍（如果用户在此时要退出安装，可以在键盘上按下 Esc 键，即可取消安装程序）。

（5）系统将自动重新启动计算机，进入"安装 Windows"阶段，在整个安装过程中，这一阶段是耗时最长的，它将复制和配置各种文件，由于要确保所加载的各种设备的驱动程序生效，在此过程中会陆续自动重新启动计算机，而后继续运行安装程序，用户可不必对其进行操作。

（6）当完成安装后，系统会自动登录，这时会要求用户输入用户名称，并且提供了多个用户名可选项，用户可以在此设置多个用户，系统将会为每个用户建立用户账户，这样各个用户都可以拥有个性化的使用空间，而相互之间不会影响。

（7）当用户根据提示输入一些个人信息后，就可以登录到计算机系统了，在进行登录时的欢迎界面上会出现所有的用户账户，单击所要使用的用户名称前的图标，就可以进入中文版 Windows XP 的界面了，在任务栏上会出现"漫游 Windows XP"的图标，双击这个小图标就可以打开一个多媒体教程，在其中详细介绍了中文版 Windows XP 的新增功能。

2. 中文版 Windows XP 的启动

在计算机系统中安装好 Windows XP 以后，每次打开计算机电源 Windows XP 会自动启动，在启动开始时系统将进行硬件检测，稍后短暂时间的欢迎画面，需要用户输入在 Windows

XP 注册的用户名和密码，就可进入 Windows XP 桌面。

2.2.2　中文版 Windows XP 的退出

当用户要结束对计算机的操作时，一定要先退出中文版 Windows XP 系统，然后再关闭显示器，否则会丢失文件或破坏程序。如果用户在没有退出 Windows 系统的情况下就关机，系统将认为是非法关机，当下次再开机时，系统会自动执行自检程序。

1. 关闭计算机

当用户不再使用计算机时，可单击"开始"按钮，在"开始"菜单中选择"关闭计算机"命令按钮，这时系统会弹出一个"关闭计算机"对话框，用户可在此做出选择，如图 2-2 所示。

（1）待机：当用户选择"待机"选项后，系统将保持当前的运行，计算机将转入低功耗状态，当用户再次使用计算机时，在桌面上移动鼠标即可以恢复原来的状态，此项通常在用户暂时不使用计算机，而又不希望其他人在自己的计算机上任意操作时使用。

图 2-2　"关闭计算机"对话框

（2）关闭：选择此项后，系统将停止运行，保存设置退出，并且会自动关闭电源。用户不再使用计算机时选择该项可以安全关机。

（3）重新启动：此选项将关闭并重新启动计算机。

2. 中文版 Windows XP 的注销

中文版 Windows XP 是一个支持多用户的操作系统，当登录系统时，只需要在登录界面上单击用户名前的图标，即可实现多用户登录，各个用户可以进行个性化设置而互不影响。为了便于不同的用户快速登录来使用计算机，中文版 Windows XP 提供了注销的功能，应用注销功能，使用户不必重新启动计算机就可以实现多用户登录，这样既快捷方便，又减少了对硬件的损耗。中文版 Windows XP 的注销，可执行下列操作：

（1）当用户需要注销时，在"开始"菜单中单击"注销"按钮，这时桌面上会出现一个对话框，询问用户是否确认要注销，用户单击"注销"按钮，系统将实行注销，单击"取消"按钮，则取消此次操作，如图 2-3 所示。

（2）用户单击"注销"按钮后，桌面上出现另一个对话框，如图 2-4 所示。"切换用户"：指在不关闭当前登录用户的情况下而切换到另一个用户，用户可以不关闭正在运行的程序，而当再次返回时系统会保留原来的状态；而"注销"将保存设置关闭当前登录用户。

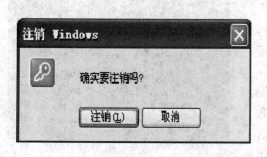

图 2-3　"注销 Windows"之一对话框

图 2-4　"注销 Windows"之二对话框

2.3 中文版 Windows XP 桌面管理

2.3.1 Windows XP 桌面和窗口操作

1. 桌面图标

当用户安装好中文版 Windows XP 第一次登录系统后，可以看到一个非常简洁的画面，这个画面如整个屏幕的背景，被称为桌面。它相当于工作的一个平台，在桌面上可以完成大部分的操作。在桌面的右下角只有一个回收站的图标，并标明了 Windows XP 的标志及版本号，如图 2-5 所示。

（1）如果用户想恢复系统默认的图标，可执行下列操作：

1）右击桌面，在弹出的快捷菜单中选择"属性"命令。

2）在打开的"显示 属性"对话框中选择"桌面"选项卡，如图 2-6 所示。

图 2-5 非常简洁的桌面

图 2-6 "桌面"选项卡

3）单击"自定义桌面"按钮，这时会打开"桌面项目"对话框。

4）在"常规"选项卡的"桌面图标"选项组中，选中"我的电脑"、"网上邻居"等复选框，单击"确定"按钮，返回到"显示属性"对话框中。

5）单击"应用"按钮，然后关闭该对话框，这时用户就可以看到系统默认的图标。如图 2-7 所示。

（2）桌面上的图标说明。"图标"是指在桌面上排列的小图像，也称为"对象"、"项目"，分布在桌面、各个窗口中，代表各种硬件、软件对象，它包含图形、说明文字两部分（如 图），如果用户把鼠标放在图标上停留片刻，桌面上会出现对

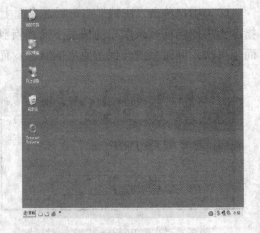

图 2-7 系统默认的图标桌面

图标所表示内容的说明或者是文件存放的路径，双击图标就可以打开相应的内容。

1）"我的文档" ：它用于管理"我的文档"下的文件和文件夹，可以保存信件、报告和其他文档，它是系统默认的文档保存位置。

2）"我的电脑" ：用户通过该图标可以实现对计算机硬盘驱动器、文件夹和文件的管理，在其中用户可以访问连接到计算机的硬盘驱动器、照相机、扫描仪和其他硬件以及有关信息。

3）"网上邻居" ：该项中提供了网络上其他计算机上文件夹和文件访问以及有关信息，在双击展开的窗口中，用户可以进行查看工作组中的计算机、查看网络位置及添加网络位置等工作。

4）"回收站" ：在回收站中暂时存放着用户已经删除的文件或文件夹等一些信息，当用户还没有清空回收站时，可以从中还原删除的文件或文件夹。

5）"Internet Explorer" ：用于浏览互联网上的信息，通过双击该图标可以访问网络资源。

（3）创建桌面图标。用户可以在桌面上创建自己经常使用的程序或文件的图标，这样使用时直接在桌面上双击即可快速启动该项目。

创建桌面图标可执行下列操作：

1）右击桌面上的空白处，在弹出的快捷菜单中选择"新建"命令。

2）利用"新建"命令下的子菜单，用户可以创建各种形式的图标，如文件夹、快捷方式、文本文档等，如图 2-8 所示。

3）当用户选择了所要创建的选项后，在桌面会出现相应的图标，用户可以为它命名，以便于识别。其中当用户选择了"快捷方式"命令后，出现一个"创建快捷方式"向导，该向导会帮助用户创建本地或网络程序、文件、文件夹、计算机或 Internet 地址的快捷方式，可以手动键入项目的位置，也可以单击"浏览"按钮，在打开的"浏览文件夹"窗口中选择快捷方式的目标，确定后，即可在桌面上建立相应的快捷方式。

（4）图标的排列。当用户在桌面上创建了多个图标时，如果不进行排列，会显得非常凌乱，这样不利于用户选择所需要的项目，而且影响视觉效果。使用排列图标命令，可以使用户的桌面看上去整洁而富有条理。

用户需要对桌面上的图标进行位置调整时，可在桌面上的空白处右击，在弹出的快捷菜单中选择"排列图标"命令，在子菜单项中包含了多种排列方式，如图 2-9 所示。

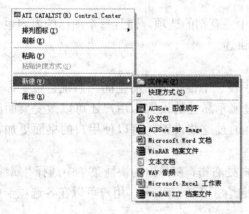

图 2-8　"新建"命令

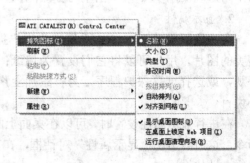

图 2-9　"排列图标"命令

名称：按图标名称开头的字母或拼音顺序排列。

大小：按图标所代表文件的大小的顺序来排列。

类型：按图标所代表的文件的类型来排列。

修改时间：按图标所代表文件的最后一次修改时间来排列。

（5）图标重命名及删除。若要给图标重新命名，可执行下列操作：

1）在该图标上右击。

2）在弹出的快捷菜单中选择"重命名"命令，如图2-10所示。

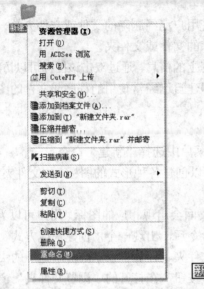

图 2-10 "重命名"命令

3）当图标的文字说明位置呈反色显示时，用户可以输入新名称，然后在桌面上任意位置单击，即可完成对图标的重命名。

桌面的图标失去使用的价值时，就需要删掉时，同样也是在需要删除的图标上右击，在弹出的快捷菜单中执行"删除"命令。用户也可以在桌面上选中该图标，然后在键盘上按下"Delete"键直接删除。

当然，在桌面上右击图标所弹出的快捷菜单中还有别的选项，而且每个图标的内容也有所不同，但操作步骤基本相同，这里不作过多的讲述。

2. 显示属性

在中文版 Windows XP 系统中为用户提供了设置个性化桌面的空间，系统自带了许多精美的图片，用户可以将它们设置为墙纸；通过显示属性的设置，用户还可以改变桌面的外观，或选择屏幕保护程序，为背景加上声音，通过这些设置，可以使用户的桌面更加赏心悦目。

在进行显示属性设置时，可以在桌面上的空白处右击，在弹出的快捷菜单中选择"属性"命令，这时会出现"显示属性"对话框，在其中包含了五个选项卡，用户可以在各选项卡中进行个性化设置。

（1）在"主题"选项卡（见图2-11）中，用户可以为背景加一组声音，在"主题"选项中单击向下的箭头，在弹出的下拉列表框中有多种选项。

（2）在"桌面"选项卡中用户可以设置自己的桌面背景，在"背景"列表框中，提供了多种风格的图片，可根据自己的喜好来选择，也可以通过浏览的方式从已保存的文件中调入自己喜爱的图片，如图 2-6 所示。

单击"自定义桌面"按钮，将弹出"桌面项目"对话框，在"桌面图标"选项组中可以通过对复选框的选择来决定在桌面上图标的显示情况。

用户可以对图标进行更改，当选择一个图标后，单击"更改图标"按钮，出现"更改图标"对话框，如图 2-12 所示。

图 2-11　"主题"选项卡

图 2-12　"桌面项目"及"更改图标"对话框

用户可以在其中选择自己所喜爱的图标，也可以单击"浏览"按钮，在弹出的对话框中进一步查找自己喜欢的图标。当选定图标后，单击"确定"按钮，即可应用所选图标。

用户不但可以将各种格式的图片设置为桌面，如果用户连上了 Internet，而且从网上下载保存了很多精美的网页，也可以将活动的网页设置为桌面背景。

（3）在"屏幕保护程序"选项卡（见图 2-13）中，若用户不对计算机进行任何操作时，可以使用此项将显示屏幕屏蔽掉，这样可以节省电能，有效地保护显示器，并且防止其他人在计算机上进行任意的操作，从而保证数据的安全。

选择"屏幕保护程序"选项卡，在"屏幕保护程序"下拉列表框中提供了各种静止和活动的样式，当用户选择了一种活动的程序后，如果对系统默认的参数不满意，可以根据自己的喜好来进一步设置。

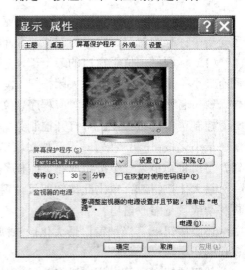

图 2-13　"屏幕保护程序"选项卡

如果用户要调整监视器的电源设置来节省电能，单击"电源"按钮，可打开"电源选项属性"对话框，可以在其中制定适合自己的节能方案。

（4）在"外观"选项卡（见图2-14）中，用户可以改变窗口和按钮的样式，系统提供了三种色彩方案——橄榄绿、蓝色和银色，默认的是蓝色，在"字体"下拉列表框中可以改变标题栏上字体显示的大小。

（5）在"设置"选项卡（见图2-15）中，用户可以在"屏幕分辨率"选项拖动小滑块来调整其分辨率，分辨率越高，在屏幕上显示的信息越多，画面就越逼真。在"颜色质量"下拉列表框中有中（16位）、高（24位）和最高（32位）三种选择。显卡所支持的颜色质量位数越高，显示画面的质量越好。用户在进行调整时，要注意自己的显卡配置是否支持高分辨率，如果盲目调整，则会导致系统无法正常运行。

图2-14 "外观"选项卡

图2-15 "设置"选项卡

3. 窗口的组成

在中文版 Windows XP 中有许多种窗口，其中大部分都包括了相同的组件，如图2-16所示是一个标准的窗口，它由标题栏、菜单栏、工具栏等几部分组成。

（1）标题栏：位于窗口的最上部，它标明了当前窗口的名称，左侧有控制菜单按钮，右侧有最小、最大化或还原及关闭按钮。

窗口名称：显示此窗口对应程序、文档或文件夹的名称。

控制菜单按钮：单击可打开控制菜单，其中包含对窗口的基本操作命令。

最小化按钮 ■：在暂时不需要对窗口操作时，可把它最小化以节省桌面空间，单击此按钮，窗口将缩小为一个按钮放在桌面任务栏上。

最大化按钮 ■：单击此按钮即可使窗口最大化。窗口最大化时铺满整个桌面，这时不能再移动或者是缩放窗口。

还原按钮 ■：当把窗口最大化后想恢复原来打开时的初始状态，单击此按钮即可实现对窗口的还原。

关闭按钮 ■：单击此按钮将关闭这个窗口，即关闭对应的程序、文件及文件夹，同时该窗口对应任务栏上的按钮也随即消失。

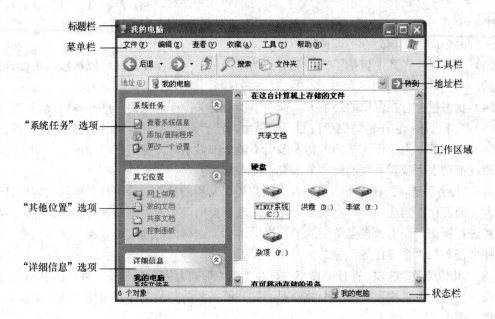

图 2-16　示例窗口

（2）菜单栏：在标题栏的下面，它提供了用户在操作过程中要用到的各种访问途径。

菜单栏列出了这个窗口可以使用的菜单项，每个菜单项可以打开一个下拉式菜单，下拉式菜单中列出这个窗口的各种操作命令。

在 Windows XP 系统中，窗口的菜单命令有各种不同的表现形式（见图 2-17），包括：

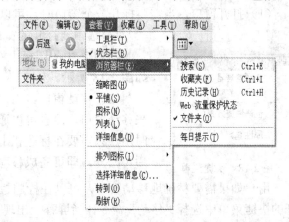

图 2-17　菜单

命令简称：指每个命令后面的英文字母。打开菜单后，按键盘上的这个字母，就可以执行这个菜单命令。

带省略号"…"的命令：表明是带有对话框的命令项。

带"▶"符号的命令：表明还有下一级级联菜单。

前面有"√"的命令项：表明是一种开关式的命令，选中或不选中。有"√"即为选中这项功能，没有"√"即为不选中这项功能，单击此命令就可以选中，再单击一次就是不选中。

前面有"·"的命令项：表示多选一的状态选择命令，即在提供的多个并列选项中选择其中一个。

灰色命令：表明该命令不可执行。

（3）工具栏：在其中包括了一些常用的功能按钮，用户在使用时可以直接从上面选择各种工具。

（4）状态栏：它在窗口的最下方，标明了当前有关操作对象的一些基本情况。

（5）工作区域：它在窗口中所占的比例最大，显示了应用程序界面或文件中的全部内容。

（6）滚动条：当工作区域的内容太多而不能全部显示时，窗口将自动出现滚动条，用户可以通过拖动水平或者垂直的滚动条来查看所有的内容。

（7）"任务"选项：在任务窗格中，为用户提供常用的操作命令，其名称和内容随打开窗口的内容而变化，当选择一个对象后，在该选项下会出现可能用到的各种操作命令，可以在此直接进行操作，而不必在菜单栏或工具栏中进行，这样会提高工作效率，其类型有"文件和文件夹任务"、"系统任务"等。

（8）"其他位置"选项：在任务窗格中，以链接的形式为用户提供了计算机上其他的位置，在需要使用时，可以快速转到有用的位置，打开所需的其他义件，例如"找的电脑"、"我的文档"等。

（9）"详细信息"选项：在任务窗格中，在这个选项中显示了所选对象的大小、类型和其他信息。

4. 窗口的操作

窗口操作在 Windows 系统中是很重要的，不但可以通过鼠标使用窗口上的各种命令来操作，而且可以通过键盘来使用快捷键操作。基本的操作包括打开、缩放、移动等。

（1）打开窗口。当需要打开一个窗口时，可以通过下面两种方式来实现：

1）选中要打开的窗口图标，然后双击打开。

2）在选中的图标上右击，在其快捷菜单中选择"打开"命令，如图 2-18 所示。

图 2-18　快捷菜单

（2）移动窗口。用户在打开一个窗口后，不但可以通过鼠标来移动窗口，而且可以通过鼠标和键盘的配合来完成。移动窗口时用户只需要在标题栏上按下鼠标左键拖动，移动到合适的位置后再松开，即可完成移动的操作。

用户如果需要精确地移动窗口，可以在标题栏上右击，在打开的快捷菜单中选择"移动"命令，当屏幕上出现"✛"标志时，再通过按键盘上的方向键来移动，到合适的位置后用鼠标单击或者按回车键确认，如图 2-19 所示。

注：窗口最大化状态时不能移动。

（3）缩放窗口。窗口不但可以移动到桌面上的任何位置，而且还可以随意改变大小将其调整到合适的尺寸：

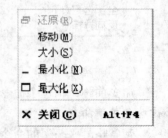

图 2-19　快捷菜单

1）当用户只需要改变窗口的宽度和高度时，可把鼠标放在窗口的垂直边框和水平边框上，当鼠标指针变成双向的箭头时，可以进行拖动。当需要对窗口进行等比缩放时，可以把鼠标放在边框的任意角上进行拖动。

2）用户也可以用鼠标和键盘的配合来完成，在标题栏上右击，在打开的快捷菜单中选择"大小"命令，屏幕上出现"✛"标志时，通过键盘上的方向键来调整窗口的高度和宽度，调整至合适位置时，用鼠标单击或者按回车键结束。

（4）最大化、最小化窗口。用户在对窗口进行操作的过程中，需要对窗口最小化、最大化等。我们只需操作最小化按钮、最大化按钮、还原按钮。

单击控制菜单按钮，打开控制菜单，和在标题栏上右击所弹出的快捷菜单的内容是一样的，也可进行窗口最大化、最小化操作等，如图 2-20 所示。

用户还可以通过快捷键来完成以上的操作。用 Alt＋空格键来打开控制菜单，然后根据菜单中的提示，在键盘上输入相应的字母，比如最小化输入字母 N，通过这种方式可以快速完成相应的操作。

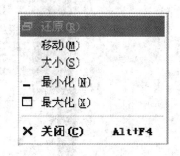

图 2-20　控制菜单

（5）切换窗口。当用户打开多个窗口时，需要在各个窗口之间进行切换，下面是几种切换的方式：

1）当窗口处于最小化状态时，用户在任务栏上选择所要操作窗口的按钮，然后单击即可完成切换。当窗口处于非最小化状态时，可以在所选窗口的任意位置单击，当标题栏的颜色变深时，表明完成对窗口的切换。

2）用 Alt＋Tab 组合键来完成切换，用户可以在键盘上同时按下 Alt 和 Tab 两个键，屏幕上会出现切换任务栏，在其中列出了当前正在运行的窗口，用户这时可以按住 Alt 键，然后在键盘上按 Tab 键从"切换任务栏"中选择所要打开的窗口，选中后再松开两个键，选择的窗口即可成为当前窗口，如图 2-21 所示。

3）用户也可以使用 Alt＋Esc 组合键，先按下 Alt 键，然后再通过按 Esc 键来选择所需要打开的窗口，但是它只能改变激活窗口的顺序，而不能使最小化窗口放大，所以，多用于切换已打开的多个窗口。

（6）窗口的排列。当用户在对窗口进行操作时打开了多个窗口，而且需要全部处于全显示状态，这就涉及排列的问题，在中文版 Windows XP 中为用户提供了三种排列的方案可供选择。在任务栏上的非按钮区右击，弹出一个快捷菜单，如图 2-22 所示。

图 2-21　切换

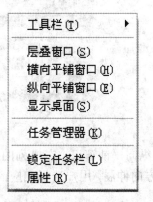

图 2-22　任务栏快捷菜单

1）层叠窗口：把窗口按先后的顺序依次排列在桌面上，当用户在任务栏快捷菜单中选择

"层叠窗口"命令后，桌面上会出现排列的结果，其中每个窗口的标题栏和左侧边缘是可见的，用户可以任意切换各窗口之间的顺序，如图 2-23 所示。

图 2-23　层叠窗口

2）横向平铺窗口：各窗口并排显示，在保证每个窗口大小相当的情况下，使得窗口尽可能往水平方向伸展，用户在任务栏快捷菜单中执行"横向平铺窗口"命令后，在桌面上即可出现排列后的结果，如图 2-24 所示。

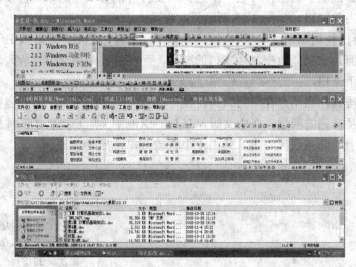

图 2-24　横向平铺窗口

3）纵向平铺窗口：在排列的过程中，使窗口在保证每个窗口都显示的情况下，尽可能往垂直方向伸展，用户选择相应的"纵向平铺窗口"命令即可完成对窗口的排列，如图 2-25 所示。

在选择了某项排列方式后，在任务栏快捷菜单中会出现相应的撤销该选项的命令，例如，用户执行了"层叠窗口"命令后，任务栏的快捷菜单会增加一项"撤销层叠"命令（见图 2-26），当用户执行此命令后，窗口恢复原状。

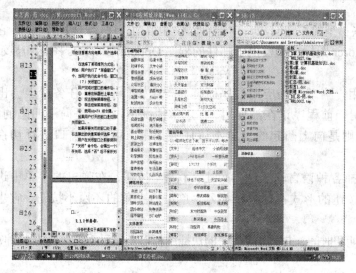

图 2-25　纵向平铺窗口

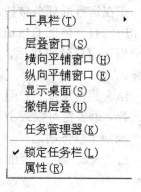

图 2-26　撤销层叠

（7）关闭窗口。用户完成对窗口的操作后，在关闭窗口时有下面几种方式：

1）直接在标题栏上单击"关闭"按钮 。

2）双击控制菜单按钮。

3）单击控制菜单按钮，在弹出的控制菜单中选择"关闭"命令，如图 2-20 所示。

4）使用 Alt＋F4 组合键。

如果用户打开的窗口是应用程序，可以在文件菜单中选择"退出"命令，同样也能关闭窗口。

如果所要关闭的窗口处于最小化状态，可以在任务栏上选择该窗口的按钮，然后在右击弹出的快捷菜单中（见图 2-19）选择"关闭"命令。

用户在关闭窗口之前要保存所创建的文档或者所做的修改，如果忘记保存，当执行了"关闭"命令后，会弹出一个对话框，询问是否要保存所做的修改，选择"是"后保存关闭，选择"否"后不保存关闭，选择"取消"则不能关闭窗口，可以继续使用该窗口。

2.3.2　任务栏

任务栏是位于桌面最下方的一个小长条，它显示了系统正在运行的程序和打开的窗口、当前时间等内容，用户通过任务栏可以完成许多操作，而且也可以对它进行一系列的设置。

1．任务栏的组成

任务栏可分为"开始"菜单按钮、快速启动工具栏、正在运行的任务按钮、语言栏和通知区域等几部分，如图 2-27 所示。

开始菜单按钮　　　快速启动栏　　　正在运行的任务按钮　　　　语言栏　　　通知区域

图 2-27　任务栏

　　"开始"菜单按钮：单击此按钮，可以打开"开始"菜单，在用户操作过程中，要用它打开大多数的应用程序。

　　快速启动工具栏：它由一些小型的按钮组成，单击可以快速启动程序，一般情况下，它包括网上浏览工具 Internet Explorer 图标、收发电子邮件的程序 Outlook Express 图标和显示桌面图标等。

　　正在运行的任务按钮：当用户启动某项应用程序而打开一个窗口后，在任务栏上会出现相应的有立体感的按钮，表明当前程序正在被使用，在正常情况下，按钮是向下凹陷的，而把程序窗口最小化后，按钮则是向上凸起的，单击该任务按钮，可以对窗口进行切换操作。

　　语言栏：在此用户可以选择各种语言输入法，单击"▦"按钮，在弹出的菜单中进行选择，语言栏可以最小化以按钮的形式在任务栏显示，单击右上角的还原小按钮，它也可以独立于任务栏之外。

　　通知区域：显示了当前的日期和时间、快速访问程序的快捷图标以及显示系统声音的小喇叭图标。

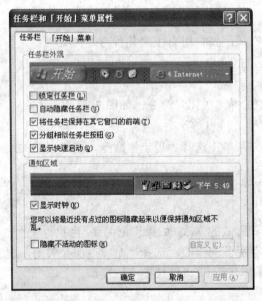

图 2-28　"任务栏和开始菜单"对话框

2. 自定义任务栏

　　系统默认的任务栏位于桌面的最下方，用户可以根据自己的需要把它拖到桌面的任何边缘处及改变任务栏的宽度，通过改变任务栏的属性，还可以让它自动隐藏。

　　（1）任务栏的属性。用户在任务栏上的非按钮区域右击，在弹出的快捷菜单中选择"属性"命令，即可打开"任务栏和菜单属性"对话框，如图 2-28 所示。

　　在"任务栏外观"选项组中，用户可以通过对复选框的选择来设置任务栏的外观。

　　1）锁定任务栏：当锁定后，任务栏不能被随意移动或改变大小。

　　2）自动隐藏任务栏：当用户不对任务栏进行操作时，它将自动消失，当用户需要使用时，可以把鼠标放在任务栏位置，它会自动出现。

　　3）将任务栏保持在其他窗口的前端：如果用户打开很多的窗口，任务栏总是在最前端，而不会被其他窗口盖住。

　　4）分组相似任务栏按钮：把相同的程序或相似的文件归类分组使用同一个按钮，这样不至于在用户打开很多的窗口时，按钮变得很小而不容易被辨认，使用时，只要找到相应的按钮组就可以找到要操作的窗口名称。

　　5）显示快速启动：选择后将显示快速启动工具栏。

　　在"通知区域"选项组中，用户可以选择是否显示时钟，也可以把最近没有点击过的图标隐藏起来以便保持通知区域的简洁明了。

　　单击"自定义"按钮，在打开的"自定义通知"对话框中，用户可以进行隐藏或显示图标的设置，如图 2-29 所示。

（2）改变任务栏及各区域大小。当任务栏位于桌面的下方妨碍了用户的操作时，可以把任务栏拖动到桌面的任意边缘，在移动时，用户先确定任务栏处于非锁定状态，然后在任务栏上的非按钮区按下鼠标左键拖动，到所需要边缘再放手，这样任务栏就会改变位置，如图 2-30 所示。

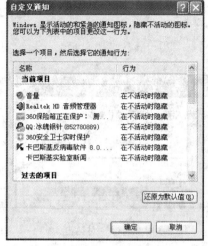

图 2-29　"自定义通知"对话框

图 2-30　移动后的任务栏

有时用户打开的窗口比较多而且都处于最小化状态时，在任务栏上显示的按钮会变得很小，用户观察会很不方便。这时，可以改变任务栏的宽度来显示所有的窗口，把鼠标放在任务栏的上边缘，当出现双箭头指示时，按下鼠标左键不放拖动到合适位置再松开手，任务栏中即可显示所有的按钮，如图 2-31 所示。

图 2-31　改变后的任务栏

图 2-32　任务栏的快捷菜单

3. 使用工具栏

在任务栏中使用不同的工具栏，可以方便而快捷地完成一般的任务，系统默认显示"语言栏"，用户可以根据需要添加或者新建工具栏。

当用户在任务栏的非按钮区域右击，在弹出的快捷菜单中指向"工具栏"，可以看到在其子菜单中列出的常用工具栏（见图 2-32），当选择其中的一项时，任务栏上会出现相应的工具栏。

2.3.3　对话框

对话框是用户与计算机系统之间进行信息交流的窗口，在对话框中用户通过对选项的选择，对系统进行对象属性的修改或者设置。

1. 对话框的组成

对话框的组成和窗口有相似之处，例如都有标题栏，但对话框要比窗口更简洁、更直观、更侧重于与用户的交流，它一般包含有标题栏、选项卡与标签、文本框、列表框、命令按钮、单选按钮和复选框等几部分，如图 2-33～图 2-35 所示。

图 2-33 "显示属性"对话框

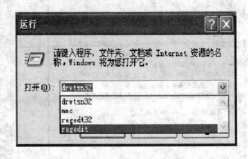

图 2-34 "运行"对话框

1）标题栏：位于对话框的最上方，系统默认的是深蓝色，上面左侧标明了该对话框的名称，右侧有关闭按钮，有的对话框还有帮助按钮。

2）选项卡和标签：在系统中有很多对话框都是由多个选项卡构成的，选项卡上写明了标签，以便于进行区分。用户可以通过各个选项卡之间的切换来查看不同的内容，在选项卡中通常有不同的选项组。例如，"显示属性"对话框中包含了"主题"、"桌面"等五个选项卡，在"屏幕保护程序"选项卡中又包含了"屏幕保护程序"、"监视器的电源"两个选项组，如图 2-33 所示。

3）文本框：在对话框中需要用户手动输入某项内容，或对输入内容进行修改和删除操作。一般在其右侧带有向下的箭头，单击箭头可在展开的下拉列表中查看最近曾经输入过的内容。例如，单击"开始"按钮，选择"运行"命令，可以打开"运行"对话框，系统要求用户输入要运行的程序或者文件名称，如图 2-34 所示。

4）列表框：在对话框的选项组下列出了众多的选项，用户可以从中选取。如图 2-33 中，选择"屏幕保护程序"，则可点击下拉按钮打开下拉列表框，系统自带了多种屏幕保护程序，用户可以进行选取。

5）命令按钮：在对话框中圆角矩形并且带有文字的按钮，常用的有"确定"、"应用"、"取消"等。

6）单选按钮：一个小圆形，其后有相关的文字说明，当选中后，在圆形中间会出现一个绿色的小圆点，在对话框中通常是一个选项组中包含多个单选按钮，当选中其中一个后，别的选项是不可以选的。

7）复选框：一个小正方形，在其后也有相关的文字说明，当用户选择后，在正方形中间会出现一个绿色的"√"标志，它是可以任意选择的。

另外，在有的对话框中还有调节数字的按钮 ，它由向上和向下两个箭头组成，用户在使用时分别单击箭头即可增加或减少数字，如图 2-35 所示。

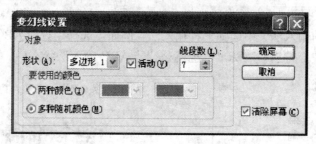

图 2-35 "变幻线设置"对话框

2. 对话框的操作

对话框的操作包括对话框的移动、关闭、对话框中的切换等。下面我们就来介绍关于对话框的有关操作。

（1）对话框的移动和关闭。

1）用户要移动对话框时，可选择与移动窗口相同的操作，即可完成移动。

2）关闭对话框的方法有下面几种：

单击"确认"按钮或者"应用"按钮，可在关闭对话框的同时保存用户在对话框中所做的修改。如果用户要取消所做的改动，可以单击"取消"按钮，或者直接在标题栏上单击关闭按钮，也可以在键盘上按 Esc 键退出对话框。

（2）在对话框中的切换。可以使用鼠标来进行切换，也可使用键盘，使用键盘操作方法如下。

1）在不同的选项卡之间的切换：

先选择一个选项卡，即该选项卡出现一个虚线框时，然后按键盘上的方向键来移动虚线框，这样就能在各选项卡之间进行切换。

用户还可以利用 Ctrl＋Tab 组合键从左到右切换各个选项卡，而 Ctrl＋Tab＋Shift 组合键为反向顺序切换。

2）在相同的选项卡中的切换：

在不同的选项组之间切换，可以按 Tab 键以从左到右或者从上到下的顺序进行切换，而 Shift＋Tab 键则按相反的顺序切换。

在相同的选项组之间的切换，可以使用键盘上的方向键来完成。

2.3.4 中文版 Windows XP 中的汉字输入

中文 Windows XP 系统支持汉字的输入、显示、存储和打印，为中文提供了一个方便的应用环境。随着汉字输入技术的不断发展，出现了许多的输入方法。

1. 常用的汉字输入法

中文 Windows XP 系统中，常用的汉字输入法主要有五笔字型输入法、智能 ABC 输入法、全拼输入法、微软拼音输入法等。具体的汉字输入方法见附录 B。

一般来说，汉字输入都是在小写字母状态下进行。

2. 中文输入法的选择、切换和添加

中文 Windows XP 在安装时，预装了英语、智能 ABC、微软拼音、全拼等多种输入方法，而"英语"是系统默认输入法。

（1）输入法的选择与切换。若需要切换到其他的输入法，可以使用以下的方法。

1）使用语言栏进行切换。单击语言栏上的▦图标，在弹出的菜单（见图2-36，菜单中列出已安装或添加的输入法）中选择一种输入法。例如，选择"智能ABC输入法5.0版"选项，即可在任务栏左上方出现"标准"也就是智能ABC输入法状态栏，如图2-37所示。

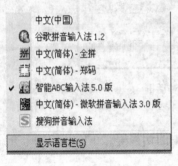

图 2-36　Windows XP 汉字输入法

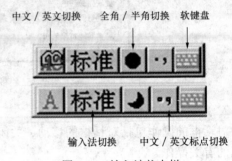

图 2-37　输入法状态栏

2）使用输入法状态栏进行切换。以智能ABC输入法的状态栏（见图2-37）为例，它由"中/英文切换"按钮、"输入方式切换"按钮、"全角/半角切换"按钮、"中英文标点符号切换"按钮和"软键盘"等五个部分组成，用鼠标左键单击按钮即可进行切换。

"全角/半角切换"按钮：用于切换全角/半角，☽表示半角，●表示全角，单击将在两者间切换。汉字是全角字符，非汉字符号的全角与半角有区别，如半角的英文字母为"abcde"，全角的英文字母为"ａｂｃｄｅ"。

"中英文标点符号切换"按钮：用于切换中文与英文标点符号，⋅⋅表示英文标点状态，"，表示中文标点状态，单击将在两者间切换。中文标点的输入必须在中文标点状态下完成。表2-1所示为部分中文标点的输入。

表 2-1　　　　　　　　　　　　　　中文标点符号的输入

按　　键	中文标点符号	按　　键	中文标点符号
Shift+^	省略号……	Shift+$	人民币￥
Shift+@	间隔号·	\	顿号、
Shift+<　Shift+>	书名号《》		

软键盘：它将键盘显示在屏幕上，用鼠标点击替代真正的键盘操作。

3）使用快捷键进行输入法的切换。系统默认的快捷键（热键）如下：

Ctrl+空格键：切换中英文输入法状态。

Ctrl+Shift键：在各种输入法之间进行切换。

Shift+空格键：切换半角/全角状态。

Ctrl+.键：在中英文标点符号之间进行切换。

（2）设置默认的输入法。Windows XP系统默认输入法是英语。若需要经常使用某种汉字输入法，可以将这种输入法设置为默认输入法，使Widows XP系统启动时同时启动该汉字输入法。

设置默认输入法的方法：右击输入法工具栏，在弹出的快捷菜单中选择"设置"选项，弹出"文字服务和输入语言"对话框，如图 2-38 所示。

在"默认输入语言"下拉列表框中选择一种输入法后，单击"确定"按钮，即完成了默认输入法的设定。

（3）输入法的删除与添加。用户可以根据需要添加和删除输入法。

1）删除输入法的方法。在"文字服务和输入语言"对话框中（见图 2-38）的"已安装的服务"列表框中选定要删除的输入法，单击"删除"按钮。

2）添加中文输入法的方法。在"文字服务和输入语言"对话框中中单击"添加"按钮，弹出"添加输入语言"对话框，如图 2-39 所示。在"输入语言"下拉列表框中选择"中文（中国）"选项，在"键盘布局/输入法"下拉列表框中选择要添加的中文输入法，单击"确定"按钮，即可添加所选择的中文输入法。

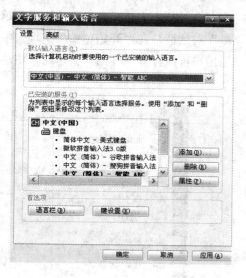

图 2-38　"文字服务和输入语言"对话框

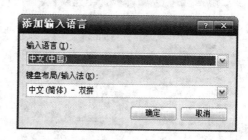

图 2-39　"添加输入法语言"对话框

2.4　中文版 Windows XP "开始"菜单

2.4.1　介绍"开始"菜单

1．默认"开始"菜单

中文版 Windows XP 系统中默认的"开始"菜单充分考虑到用户的视觉需要，设计风格清新、明朗，"开始"按钮由原来的灰色改为鲜艳的绿色，打开后的显示区域比以往更大，而且布局结构也更利于用户使用。通过"开始"菜单可以方便地访问 Internet、收发电子邮件和启动常用的程序。

在桌面上单击"开始"按钮，或者在键盘上按下 Ctrl＋Esc 键，就可以打开"开始"菜单，它大体上可分为四部分，如图 2-40 所示。

（1）"开始"菜单最上方标明了当前登录计算机系统的用户，由一个小图片和用户名称组成，它们的具体内容是可以更改的。

（2）在"开始"菜单的中间部分左侧是用户常用的应用程序的快捷启动项，根据其内容的不同，中间会有不很明显的分组线进行分类，通过这些快捷启动项，用户可以快速启动应用程序。在右侧是系统控制工具菜单区域，如"我的电脑"、"我的文档"、"搜索"等选项，通过这些菜单项用户可以实现对计算机的操作与管理。

（3）在"所有程序"菜单项中显示计算机系统中安装的全部应用程序。

（4）在"开始"菜单最下方是计算机控制菜单区域，包括"注销"和"关闭计算机"两个按钮，用户可以在此进行注销用户和关闭计算机的操作。

2. 经典"开始"菜单

在中文版 Windows XP 系统中，用户不但可以使用具有鲜明风格的"开始"菜单，考虑到 Windows 旧版本的用户的需要，系统中还保留了经典"开始"菜单。用户如果不习惯新的"开始"菜单，可以改为原来 Windows 沿用的经典"开始"菜单样式。用户需要改变为经典"开始"菜单样式时，在任务栏上的空白处或者在"开始"按钮上右击，在弹出的快捷菜单中选择"属性"命令，这时会打开"任务栏和开始菜单"对话框，在"开始菜单"选项卡中选择"经典开始菜单"单选项，单击"确定"按钮，当用户再次打开"开始"菜单时，将改为经典样式，如图 2-41 所示。

图 2-40　默认"开始"菜单

图 2-41　经典"开始"菜单

经典"开始"菜单由分组线分成三部分：

（1）第一部分是系统启动某些常用程序的快捷菜单选项，比如选择"新建 Office 文档"菜单项可以打开"新建 Office"对话框，在这个对话框中为用户提供了新建 Office 文档、电子表格、电子邮件等微软办公自动化系列软件的模板，用户可以利用这个命令直接打开相应的程序，而不用在"程序"下的子菜单中打开。

（2）第二部分中包含控制和管理系统的菜单选项，例如在"文档"菜单项下会自动存放用户最近打开的文档名称，使用"搜索"命令可以帮助用户查找所需要的文件或者文件夹、计算机等内容。

（3）第三部分是在"开始菜单"的最下边，是注销当前登录系统的用户及关闭计算机的选项，可用来切换用户或者关机。

2.4.2　使用"开始"菜单

当用户在使用计算机时，利用"开始"菜单可以完成启动应用程序、打开文档以及寻求帮助等工作，一般的操作都可以通过"开始"菜单来实现。

1. 启动应用程序

用户在启动某应用程序时，可以在桌面上创建快捷方式，直接从桌面上启动，也可以在任务栏上创建工具栏启动。但是大多数人在使用计算机时，还是习惯使用"开始"菜单进行启动。

当用户启动应用程序时，可单击"开始"按钮，在打开的"开始"菜单中把鼠标指向"所有程序"菜单项，这时会出现"所有程序"的级联子菜单，在其级联子菜单中可能还会有下一级的级联菜单，当其选项旁边不再带有黑色的箭头时，单击该程序名，即可启动此应用程序。

现在以启动 Photoshop 6.0 这个程序来说明此项操作的步骤：

（1）在桌面上单击"开始"按钮，把鼠标指向"所有程序"选项。

（2）在"所有程序"选项下的级联菜单中执行 Adobe→Photoshop 6.0→Adobe Photoshop 6.0 命令，这时，用户就可以打开 Photoshop 6.0 的界面了，如图 2-42 所示。

如果用户安装了很多应用程序，在"所有程序"菜单项中显示会难以识别，用户可以把常用的程序放在醒目的位置，操作时只要选中该菜单选项，然后

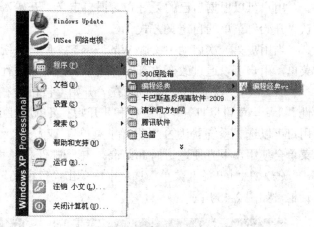

图 2-42　启动应用程序

按下鼠标左键拖动，这时会出现一个黑色的移动标志，到合适的位置再松开左键，这时选取拖动的对象便会在相应的位置出现。

2. 查找内容

有时用户需要在计算机中查找一些文件或文件夹的存放位置，如果手动进行查找会浪费很多时间，使用"搜索"命令可以帮助用户快速找到所需要的内容，除了文件和文件夹，还可以查找图片、音乐以及网络上的计算机和通信簿中的人等。

3. 运行命令

在"开始"菜单中选择"运行"命令，可以打开"运行"对话框，利用这个对话框用户能打开程序、文件夹、文档或者是网站，使用时需要在"打开"文本框中输入完整的程序或文件路径以及相应的网站地址，当用户不清楚程序或文件路径时，也可以单击"浏览"按钮，在打开的"浏览"窗口中选择要运行的可执行程序文件，然后单击"确定"按钮，即可打开相应的窗口。

"运行"对话框具有记忆性输入的功能，它可以自动存储用户曾经输入过的程序或文件路径。当用户再次使用时，只要在"打开"文本框中输入开头的一个字母，在其下拉列表框中即可显示以这个字母开头的所有程序或文件的名称，用户可以从中进行选择，从而节省时间，提高工作效

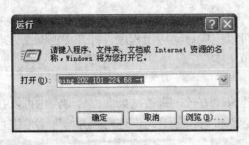

图 2-43　"运行"对话框

率，如图 2-43 所示。

4. 帮助和支持

中文版 Windows XP 提供了功能强大的帮助系统，当用户在使用计算机的过程中遇到了疑难问题无法解决时，可以在帮助系统中寻找解决问题的方法，在帮助系统中不但有关于 Windows XP 操作与应用的详尽说明，而且可以在其中直接完成对系统的操作。例如，使用系统还原工具撤消用户对计算机的有害更改。不仅如此，基于 Web 的帮助还能使用户从互联网上享受 Microsoft 公司的在线服务。

2.4.3　自定义开始菜单

用户可以根据自己的爱好和习惯自定义"开始"菜单，下面介绍中文版 Windows XP 默认"开始"菜单的自定义方式。

当用户第一次启动中文版 Windows XP 后，系统默认的是 Windows XP 风格的"开始"菜单，用户可以通过改变"开始"菜单属性对它进行设置。

（1）在任务栏的空白处或者在"开始"按钮上右击，然后从弹出的快捷菜单中选择"属性"命令，就可以打开"任务栏和「开始」菜单属性"对话框。在"「开始」菜单"选项卡中，用户可以选择系统默认的"开始"菜单，或者是"经典「开始」菜单"。选择默认的"开始"菜单会使用户很方便地访问 Internet、电子邮件和经常使用的程序，如图 2-44 所示。

（2）在"「开始」菜单"选项卡中单击"自定义"按钮，打开"自定义「开始」菜单"对话框，如图 2-45 所示。

图 2-44　"任务栏和「开始」菜单属性"对话框

图 2-45　"常规"选项卡

在"为程序选择一个图标大小"选项组中，用户可以选择在"开始"菜单显示大图标或者是小图标。

在"开始"菜单中会显示用户经常使用程序的快捷方式，用户可以在"程序"选项组中定义所显示程序名称的数目，系统默认为 6 个，用户可以根据需要任意调整其数目，系统会自动统计使用频率最高的程序，然后在"开始"菜单中显示，这样用户在使用时可以直接单击快捷方式启动，而不用在"所有程序"菜单项中启动。

如果用户不需要在"开始"菜单中显示快捷方式或者要重新定义显示数目时，可以单击"清除列表"按钮清除所有的列表，它只是清除程序的快捷方式并不会删除这些程序。

在"「开始」菜单上显示"选项组中，用户可以选择浏览网页的工具和收发电子邮件的程序，在"Internet"下拉列表框中提供了 Internet Explorer 和 MSN Explorer 两种浏览工具，在"电子邮件"选项组中，为用户提供了用于收发电子邮件的四种程序，当用户取消了这两个复选框的选择时，"开始"菜单中将不显示这两项。

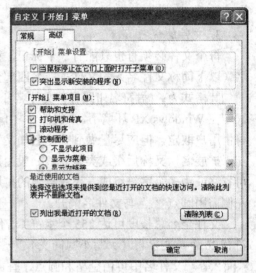

图 2-46 "高级"选项卡

（3）用户在完成常规设置后，可以切换到"高级"选项卡中进行高级设置，如图 2-46 所示。

在"「开始」菜单设置"选项组中，"当鼠标停止在它们上面时打开子菜单"指用户把鼠标放在"开始"菜单的某一选项上，系统会自动打开其级联子菜单，如果不选择这个复选框，用户必须单击此菜单项才能打开。"突出显示新安装的程序"指用户在安装完一个新应用程序后，在"开始"菜单中将以不同的颜色突出显示，以区别于其他程序。

在"「开始」菜单项目"列表框中提供了常用的选项，用户可以将它们添加到"开始"菜单，在有些选项中用户可以通过单选按钮来让它显示为菜单、链接或者不显示该项目。当显示为"菜单"时，在其选项下会出现级联子菜单，而显示为"链接"时，单击该选项会打开一个链接窗口。

在"最近使用的文档"选项组中，用户如果选择"列出我最近打开的文档"复选框，"开始"菜单中将显示这一菜单项，用户可以对自己最近打开的文档进行快速的再次访问。当打开的文档太多需要进行清理时，可以单击"清除列表"按钮，这时在"开始"菜单中"我最近打开的文档"选项下为空，此操作只是在"开始"菜单中清除其列表，而不会对所保存的文档产生影响。

（4）当用户在"常规"和"高级"选项卡中设置好之后，单击"确定"按钮，会回到"任务栏和「开始」菜单属性"对话框中，在对话框中单击"应用"按钮，然后"确定"关闭对话框，当用户再次打开"开始"菜单时，所做的设置就会生效了。

2.5 中文版 Windows XP 文件和文件夹的管理

2.5.1 文件和文件系统的概念

1. 文件概念

文件（File）是具有名字、存储于外存的一组相关且按某种逻辑方式组织在一起的信息的集合，可以是程序、数据、文字、图形、图像、动画或声音等。这就是说，计算机的所有数据（包括文档、各种多媒体信息）和程序都是以文件形式保存在存储介质上，是操作系统能独立进行存取和管理信息的最小单位。

2．文件系统的概念

操作系统中负责管理和存取文件的软件机构称为文件管理系统，简称文件系统。它负责为用户建立文件，存入、读出、修改、转储文件，控制文件的存取，当用户不再使用时撤销文件等。用户可对文件实现"按名存取"。

3．文件的命名

每个文件必须有也只能有一个标记，称为文件全名。文件全名由盘符名、路径、主文件名（以下简称文件名）和文件扩展名四部分组成。

其格式为：[盘符名:][路径]<文件名>[.扩展名]

在 Windows XP 环境下，<文件名>由不少于一个 ASCII 码字符组成，不能省略。文件名可由用户取定，但应尽量做到"见名知义"。

扩展名，又称后缀或类型名，一般由系统自动给出，"见名知类"，由三个字符组成；也可省略或由多个字符组成。系统给定的扩展名不能随意改动，否则系统将不能识别。扩展名左侧需用圆点"."与文件名隔开。

文件全名总长度可达 255 个字符（若使用全路径，则可达 260 个字符）。文件名组成的字符有 26 个英文字母（大写小写同义），0～9 的数字和一些特殊符号，如$ # &@ % （ ） ^ _- { }! 等。文件名中可由空格和圆点，宜由字母、数字与下划线组成。但禁用\ | / ?*<>:" 9 个字符。汉字也可用做文件名。

注：同一磁盘、同一文件夹下不能有同名文件。用户取的文件名中不能使用系统保留字符串以及 DOS 的命令动词和系统规定的设备文件名等。

4．文件名通配符

通配符也称统配符、替代符、多义符或全称文件名符，就是可以表示一组文件名的符号。通配符有两种，即星号*和问号?。

（1）*通配符也称多位通配符，代表所在位置开始的所有任意字符串。例如，在 Windows 文件夹或文件名的查找中，*.* 表示任意的文件夹名、文件名、文件扩展名；M*.*表示以 M 开头后面及文件扩展名为任意字符的文件；文件名 P*.DOC，表示以 P 开头后面为任意字符而文件扩展名为 DOC 的文件。

（2）?通配符也称单位通配符，仅代表所在位置上的一个任意字符。例如文件名 ADDR?.TXT，表示以 ADDR 开头后面一个字符为任意字符，而文件扩展名为 TXT 的文件。

5．文件的类型

在中文版 Windows XP 中，系统可以支持多种类型的文件。文件类型是根据它们信息类型的不同而分类的，不同类型的文件要用不同的应用软件打开，同时，不同类型的文件在屏幕上的缩略显示图也是不同的。主要类型文件如表 2-2 所示，文件类型一般以扩展名来体现的。

表 2-2	常 见 文 件 类 型　　　　　　　　　　　　·
文件类型	说　　明
程序文件	可直接运行包括可执行文件（.EXE）、系统命令文件（.COM）、批处理文件（.BAT）等
支持文件	可执行文件运行时起辅助作用，自己不能直接运行，包括连接文件（.DLL）和系统配置文件（.SYS）等
文本文件	可以直接用编辑器编辑的文本文件，主要包括文档文件（.DOC）、普通文本（纯文本）文件（.TXT）等
多媒体文件	以数字形式存储视频或音频信息，主要包括.WAV 文件、.MID 文件、.AVI 文件等
图像文件	由图像处理程序生成，可以通过图像处理软件进行编辑。主要包括.BMP 文件和.AVI 文件等
其他文件	如字库文件.FOT、帮助文件.HLP、临时文件.TMP 等

除上述已约定的外，常见扩展名还有以下类型。

.ASC　　ASCII 码文件	.ASM 汇编语言源文件	.ZIP 压缩文件
.DBF　　数据库文件	.CLP 剪贴板文件	.OBJ 目标文件
.INI　　初始化信息文件	.LIB 程序库文件	.PRG 库程序文件
.OVL　　程序覆盖文件	.HTM（.HTML）主页文件	
.%A%　　（或%B% 或.$$$）	临时（暂存）或不正确存储文件	

6. 文件夹的树结构及路径

文件夹是用来存放程序、文档、快捷方式和子文件夹的地方。

（1）文件夹的树结构。

1）多级文件夹。文件夹分单级文件夹与多级文件夹。单级文件夹即根文件夹。采用单级文件夹管理文件的方法，就是把所有的文件都置于根文件夹中，因此在磁盘上存放文件的个数受到限制，不便于文件管理。多级文件夹是在根文件夹下存放子文件夹和文件，在其子文件夹下又可存放子文件夹和文件，一层继一层。引入多级文件夹，就可把同一个磁盘上的文件进行分级管理，可以避免出现文件管理上的混乱现象。

2）文件夹的树状结构。Windows XP 操作系统采用文件夹的树状结构来实现对磁盘上所有文件的组织和管理。这种文件夹的树状结构类似于一本书的目录。如果把一本书看作是一个磁盘，则书中分成的若干章，相当于一个磁盘的根文件夹（根目录）下有若干个下一级的子文件夹（子目录）或文件；书中的每一章分为若干节，相当于磁盘根文件夹下的每一个子文件夹下又有若干个下一级的子文件夹或文件；书中的每小节还可以分为若干个小节，又相当于磁盘的该级子文件夹下又有若干个再下一级的子文件夹或文件。依次类推，如果需要，还可以继续分下去。显然，这样的目录结构层次清楚，也便于查找。如图 2-47 所示是某一磁盘的树状文件夹结构示意图。

（2）路径和路径的分类。

1）路径、路径的表示。树状文件夹结构的根部称为根文件夹。根文件夹用符号“\”表示。从根文件夹出发到任何一个文件夹或文件都有且仅有一条通路，该通路全部的结点组成一个路径。

路径是文件夹的字符表示，是用左斜线“\”相互隔开的一组文件夹（如子文件夹 1\子文件夹 2\…\子文件夹 n），用来标识文件和文件夹所属的文件夹（位置）。

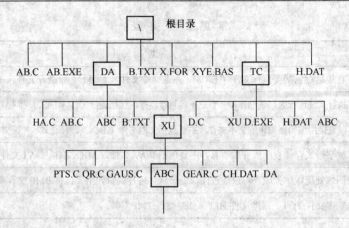

图 2-47　磁盘文件夹的树状结构

2）当前文件夹。指正在操作的文件所属的那个文件夹。

3）绝对路径和相对路径。指定路径有两种方法：绝对路径和相对路径。绝对路径是从根文件夹开始到文件所在文件夹的路径；相对路经是从当前文件夹开始到文件所在文件夹的路径。文件名全称中的路径，可用绝对路径，也可用相对路径。

2.5.2　文件和文件夹的基本操作

文件就是用户赋予了名字并存储在磁盘上的信息的集合，它可以是用户创建的文档，也可以是可执行的应用程序或一张图片、一段声音等。文件夹是系统组织和管理文件的一种形式，是为方便用户查找、维护和存储而设置的，用户可以将文件分门别类地存放在不同的文件夹中。

1. 创建新文件夹

用户可以创建新的文件夹来存放具有相同类型或相近形式的文件，创建新文件夹可执行下列操作步骤：

（1）双击"我的电脑"██图标，打开"我的电脑"对话框。

（2）双击要新建文件夹的磁盘（如 F：盘），打开该磁盘。

（3）选择"文件"菜单→"新建"→"文件夹"命令，或单击右键，在弹出的快捷菜单中选择"新建"→"文件夹"命令即可新建一个文件夹，如图 2-48 所示。

（4）在新建的文件夹名称文本框中（蓝色反白显示）输入文件夹的名称，单击 Enter 键或用鼠标单击其他地方即可。

2. 移动和复制文件或文件夹

在实际应用中，有时用户需要将某个文件或文件夹移动或复制到其他地方以方便使用，这时就需要用到移动或复制命令。移动文件或文件夹就是将文件或文件夹放到其他地方，执行移动命令后，原位置的文件或文件夹消失，出现在目标位置；复制文件或文件夹就是将文件或文件夹复制一份，放到其他地方，执行复制命令后，原位置和目标位置均有该文件或文件夹。

（1）文件和文件夹的选定。在对文件和文件夹进行复制、移动和删除等操作之前，必须先选定操作的文件和文件夹。选定一个文件和文件夹只需单击指定文件和文件夹即可，选定多个文件和文件夹则有不同情况：

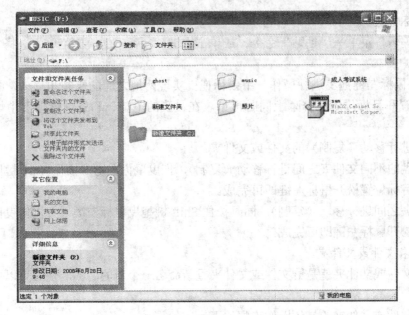

图 2-48 新建文件夹对话框

1）多个文件和文件夹的选定。若一次选定多个相邻的文件或文件夹，可单击第一个文件或文件夹，按住 Shift 键再单击最后一个文件或文件夹；若要一次选定多个不相邻的文件或文件夹，可按住 Ctrl 键单击多个不相邻的文件或文件夹。若需撤消某个对象，只需按住 Ctrl 键，单击要撤销的文件和文件夹即可。

2）反向选择。在选定窗口中大部分的文件和文件夹时，可以先选定少数这部分不需要选择的文件和文件夹，再单击窗口中的"编辑"菜单→"反向选择"命令，即可选中要选择的大部分文件和文件夹。

3）全部选定。当选定窗口所有文件和文件夹时，可单击窗口菜单中的"编辑"→"全部选定"命令或按 Ctrl＋A 键。

若需撤销选定，只要用鼠标单击文件和文件夹的任意空白处。

（2）剪贴板。剪贴板（ClipBoard）是 Windows 在内存中开辟的一块用于临时存放共享信息的区域，随时准备接受通过"复制"和"剪切"命令传入的信息，用户只要选择好要接受信息的目标位置，执行"粘贴"命令，就能把剪贴板传送中的信息粘贴到接收点位置。

剪贴板有一个很有用的操作——抓图，就是把整个屏幕或当前窗口作为图形画面复制到剪贴板，然后将剪贴板中的图形粘贴到"画图"程序（将在后续内容中介绍）窗口中，以供修改、保存和使用；也可粘贴到 Word、Excel 等应用程序中作为插图使用。

复制整个屏幕图像到剪贴板的方法是按 PrintScreen 键。

复制当前窗口图像到剪贴板的方法是按 Alt＋PrintScreen 键

（3）移动和复制文件或文件夹的操作方法。

1）通过剪贴板进行操作。

选择要进行移动（复制）的文件或文件夹；

单击"编辑"菜单→"剪切"（"复制"）命令；或单击右键，在弹出的快捷菜单中选择"剪切"（"复制"）命令；

选择目标位置；

选择"编辑"菜单→"粘贴"命令；或单击右键，在弹出的快捷菜单中选择"粘贴"命令即可。

2）通过鼠标左键拖曳进行操作。用鼠标拖曳实现两地之间的复制和移动，必须保证被操作的源位置和目标位置在屏幕上同时可见。在"我的电脑"和资源管理器中均可进行这种操作。

选择要进行移动（复制）的文件或文件夹；

同一磁盘的不同文件夹之间进行移动（复制），拖曳鼠标左键（按住 Ctrl 键同时拖曳鼠标左键）到目标位置松开鼠标左键即可完成。

不同磁盘之间进行移动（复制），同时按住 Shift 键拖曳鼠标左键（直接拖曳鼠标左键）到目标位置松开鼠标左键即可完成。

3. 重命名文件或文件夹

重命名文件或文件夹就是给文件或文件夹重新命名一个新的名称，使其可以更符合用户的要求。

重命名文件或文件夹的具体操作步骤如下：

（1）选择要重命名的文件或文件夹。

（2）单击"文件"菜单→"重命名"命令，或单击右键，在弹出的快捷菜单中选择"重命名"命令。

（3）这时文件或文件夹的名称将处于编辑状态（蓝色反白显示，见图 2-49），用户可直接键入新的名称进行重命名操作。

图 2-49　重命名

注：也可在文件或文件夹名称处直接单击两次（两次单击间隔时间应稍长一些，以免使其变为双击），使其处于编辑状态，键入新的名称进行重命名操作。

4. 删除文件或文件夹

当有的文件或文件夹不再需要时，用户可将其删除掉，以利于对文件或文件夹进行管理。从硬盘上删除后的文件或文件夹将被放到"回收站"中。

删除文件或文件夹的操作如下：

（1）选定要删除的文件或文件夹。

（2）选择"文件"菜单→"删除"命令，或单击右键，在弹出的快捷菜单中选择"删除"命令。

（3）弹出"确认文件\文件夹删除"对话框，如图 2-50 所示。

图 2-50　"确认文件夹删除"对话框

（4）若确认要删除该文件或文件夹，可单击"是"按钮；若不删除该文件或文件夹，可单击"否"按钮。

5. 删除或还原"回收站"中的文件或文件夹

"回收站"为用户提供了一个安全的删除文件或文件夹的解决方案，用户从硬盘中删除文件或文件夹时，Windows XP 会将其自动放入"回收站"中，直到用户将其清空或还原到原位置。

删除或还原"回收站"中文件或文件夹的操作步骤如下：

（1）双击桌面上的"回收站"图标。

（2）打开"回收站"对话框，如图 2-51 所示。

（3）删除"回收站"中所有的文件和文件夹，可单击"回收站任务"窗格中的"清空回收站"命令；还原所有的文件和文件夹，可单击"回收站任务"窗格中的"恢复所有项目"命令；还原部分文件或文件夹，可先选中该文件或文件夹，再单击"回收站任务"窗格中的"恢复此项目"命令。

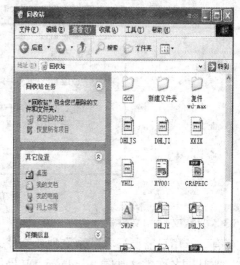

图 2-51　"回收站"对话框

删除"回收站"中的文件或文件夹，意味着将该文件或文件夹彻底删除，无法再还原；若还原已删除文件夹中的文件，则该文件夹将在原来的位置重建，然后在此文件夹中还原文件；当回收站充满后，Windows XP 将自动清除"回收站"中的空间以存放最近删除的文件和文件夹。若想直接删除文件或文件夹，而不将其放入"回收站"中，可将要删除的文件或文件夹在拖到"回收站"时按住 Shift 键，或选中该文件或文件夹，按 Shift＋Delete 键。

6. 更改文件或文件夹属性

属性是文件系统用来识别文件的某种性质的记号。文件或文件夹包含三种属性：只读、隐藏和存档。"只读"属性，表示该文件或文件夹不允许更改和删除；"隐藏"属性，表示该文件或文件夹在常规显示中将不被看到；"存档"属性，则表示该文件或文件夹已存档。更改文件或文件夹属性的操作步骤如下：

（1）选中要更改属性的文件或文件夹。

（2）选择"文件"菜单→"属性"命令，或单击右键，在弹出的快捷菜单中选择"属性"命令，打开"属性"对话框。

（3）选择"常规"选项卡，如图 2-52 所示。

（4）在该选项卡的"属性"选项组中选定需要的属性复选框。

（5）单击"应用"按钮，将弹出"确认属性更改"对话框，如图 2-53 所示。

（6）在该对话框中可选择"仅将更改应用于该文件夹"或"将更改应用于该文件夹、子文件夹和文件"选项，单击"确定"按钮即可关闭该对话框。

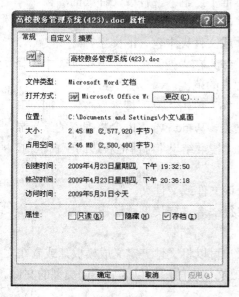

图 2-52　"常规"选项卡

（7）在"常规"选项卡中，单击"确定"按钮即可应用该属性。

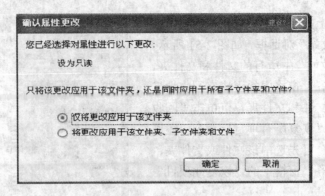

图 2-53　"确认属性更改"对话框

2.5.3　搜索文件和文件夹

　　有时候用户需要察看某个文件或文件夹的内容，却忘记了该文件或文件夹存放的具体的位置或具体名称，这时候 Windows XP 提供的搜索文件或文件夹功能就可以帮用户查找该文件或文件来。

　　搜索文件或文件夹的具体操作如下：

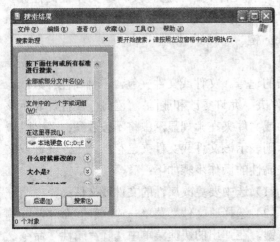

图 2-54　"搜索"对话框

　　（1）单击"开始"按钮，在弹出的菜单中选择"搜索"命令。

　　（2）打开"搜索结果"对话框，如图 2-54 所示。

　　（3）在"要搜索的文件或文件夹名为"文本框中，输入文件或文件夹的名称。

　　（4）在"包含文字"文本框中输入该文件或文件夹中包含的文字。

　　（5）在"搜索范围"下拉列表中选择要搜索的范围。

　　（6）单击"立即搜索"按钮，即可开始搜索，Windows XP 会将搜索的结果显示在"搜索结果"对话框右边的空白框内。

　　（7）若要停止搜索，可单击"停止搜索"按钮。

　　（8）双击搜索后显示的文件或文件夹，即可打开该文件或文件夹。

　　注：输入要搜索的文件或文件夹名时，经常不记得全名，可使用通配符。

2.5.4　自定义文件夹

　　在 Windows XP 中提供了自定义文件夹功能，用户可以将文件夹定义成模板，或者在文件夹上添加一个图片来说明该文件夹的内容，或者更改文件夹的图标以区分不同类型的文件。

　　自定义文件夹的具体操作步骤如下：

　　（1）右键单击要自定义的文件夹，在弹出的快捷菜单中选择"属性"命令。

　　（2）打开"属性"对话框，选择"自定义"选项卡，如图 2-55 所示。

　　（3）在该选项卡中有"您想要哪种文件夹"、"文件夹图片"和"文件夹图标"三个选项组，各选项组功能如下：

　　"您想要哪种文件夹"选项组：在该选项组中的"用此文件夹类型作为模板"下拉列表中可选择将该文件夹类型作为何种模板使用，用户可选择文档、图片、相册、音乐等多种模板类型。例如，选择"图片"模板作为一个文件夹的模板类型，则在打开该文件夹时，系统默认其为图片。若选中"把此模板应用到所有子文件夹"复选框，则该文件夹下的所有子文件夹也应用该所选模板。

　　"文件夹图片"选项组：在该选项组中，单击"选择图片"按钮，可打开"浏览"对话框，在该对话框中可选择图片，将其应用到文件夹上，如图 2-56 所示。

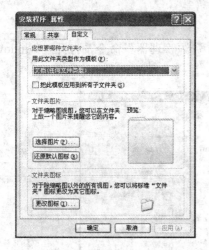

图 2-55　"自定义"选项卡

图 2-56　使用"文件夹图片"

　　若不想再使用"文件夹图片"，可单击"还原默认图标"按钮，还原系统默认的标准文件夹显示方式。

　　注："文件夹图片"只可在"查看"→"缩略图"视图中显示。

　　"文件夹图标"选项卡：在该选项卡中，单击"更改图标"按钮，打开"更改图标"对话框，如图 2-57 所示。

　　在该对话框中，可选择需要的图标，单击"确定"按钮关闭该对话框，效果如图 2-58 所示。

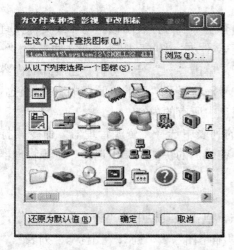

图 2-57　"更改图标"对话框

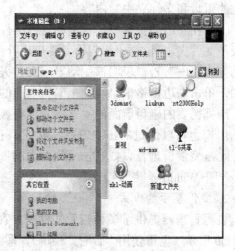

图 2-58　更改文件夹图标

若要还原系统默认的标准文件夹图标，可单击"还原为默认值"按钮。

（4）设置完毕后，单击"应用"和"确定"按钮即可。

2.5.5　使用资源管理器

资源管理器跟"我的电脑"一样可以显示计算机内所有文件的详细图表，在资源管理器窗口中，它以双窗格、分层的方式显示内容。使用资源管理器可以更方便地实现浏览、查看、移动和复制文件或文件夹等操作。

1. 打开资源管理器

打开资源管理器的步骤如下：

（1）单击"开始"按钮，打开"开始"菜单。

（2）选择"所有程序"→"附件"→"Windows 资源管理器"命令，打开"Windows 资源管理器"对话框，如图 2-59 所示。

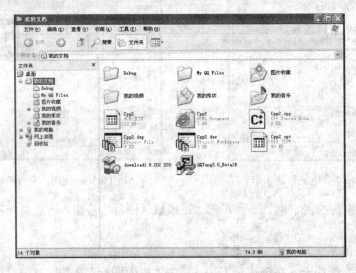

图 2-59　"Windows 资源管理器"对话框

（3）在该对话框中，左边的窗格显示了所有磁盘和文件夹的列表，右边的窗格用于显示选定的磁盘和文件夹中的内容。

（4）在左边的窗格中，若驱动器或文件夹前面有"＋"号，表明该驱动器或文件夹有下一级子文件夹，单击该"＋"号可展开其所包含的子文件夹，当展开驱动器或文件夹后，"＋"号会变成"－"号，表明该驱动器或文件夹已展开，单击"－"号，可折叠已展开的内容。例如，单击左边窗格中"我的电脑"前面的"＋"号，将显示"我的电脑"中所有的磁盘信息，选择需要的磁盘前面的"＋"号，将显示该磁盘中所有的内容。

用户也可以通过右击"开始"按钮，在弹出的列表中选择"资源管理器"命令，打开Windows 资源管理器，或右击"我的电脑"图标，在弹出的快捷菜单中选择"资源管理器"命令打开 Windows 资源管理器。

2. 文件显示的方式

资源管理器提供了多种查看文件夹内容的方法，点击工具栏中的"查看" ⊞· 按钮，如图 2-60 所示（也可使用"查看"菜单），系统提供"缩略图"、"平铺"、"图标"、"列表"、"详细资料"等五种不同的显示方式。默认状态下，Windows 资源管理器采用"图标"视图显示文件夹的内容，用户可以根据需要，选择不同的显示效果，如图 2-60 所示。

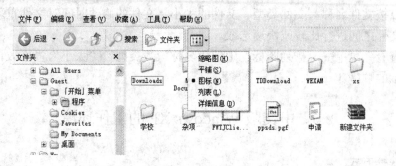

图 2-60　"查看"中提供的"图标"视图

"缩略图"：如果文件夹中存放有大量的图像文件（如"My Pictures"文件夹），我们可以选择"缩略图"方式显示其中的图像文件，如图 2-61 所示。

"平铺"：相对"图标"方式对象的图标大些，在不扩大窗口的情况下看到文件及子文件夹的名称更少，如图 2-62 所示。

图 2-61　"缩略图"视图

图 2-62　"平铺"视图

"列表"：方式相当于"图标"方式，其不同之处在于文件夹中的内容是垂直排列的，如图 2-63 所示。

"详细资料"：文件夹中的内容是垂直排列的，同时还显示每个条目的大小、类型以及最近编辑的日期等信息，如图 2-64 所示。

图 2-63　"列表"视图

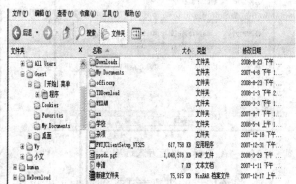

图 2-64　"详细资料"视图

3. 调整文件显示的顺序

用户可以按文件名称、文件类型、文件的大小、文件的修改时间对文件重新进行排列，以方便地在文件之间进行比较或快速选取。

利用"查看"菜单→"排列图标"中的"名称"、"类型"、"大小"、"修改日期"就可以调整文件显示的顺序。

2.6　中文版 Windows XP 的工作环境

2.6.1　设置快捷方式

图标中有一种左下角带小箭头的"快捷方式"，如 Word 的快捷方式图标为 W。快捷方式是外存中原文件或外部设备的一个映象文件，它建立了与实际资源对象的链接，实际对象并不一定存放在快捷方式所在的位置。因此快捷方式提供了一种对常用程序和文档的访问捷径，如图 2-65 所示。

1. 创建桌面快捷方式

用户可以为一些经常使用的应用程序、文件、文件夹、打印机或网络中的计算机等，创建桌面快捷方式，这样在需要打开这些项目时，就可以通过双击桌面快捷方式快速打开了。

设置桌面快捷方式的具体操作如下：

（1）单击"开始"按钮，选择"所有程序"→"附件"→"Windows 资源管理器"命令，打开"Windows 资源管理器"。

（2）选定要创建快捷方式的应用程序、文件、文件夹、打印机或计算机等。

（3）选择"文件"菜单→"创建快捷方式"命令，或单击右键，在打开的快捷菜单中选择"创建快捷方式"命令，即可在当前文件夹下创建该项目的快捷方式，如图 2-66 所示。

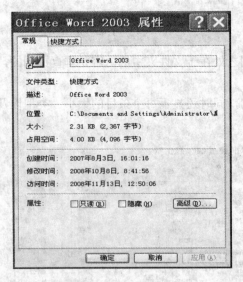

图 2-65　快捷方式选项卡

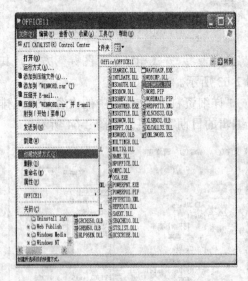

图 2-66　创建快捷方式

（4）将该项目的快捷方式拖到桌面上即可。

另外还可使用拖动方式在桌面创建快捷方式。打开资源管理器窗口并不要将其处在最大化状态，选定要创建快捷方式的项目，用鼠标右键拖动到桌面，弹出快捷菜单，在弹出的快捷菜单中选择"在当前位置创建快捷方式"命令，这时，在桌面上为选定对象创建了快捷方式。

2. 在指定的文件夹中创建快捷方式

（1）在桌面打开"我的电脑"，再打开指定文件夹。

（2）在指定文件夹中空白处单击右键，在弹出的快捷菜单中选择"新建"→"快捷方式"命令，如图 2-67 所示。

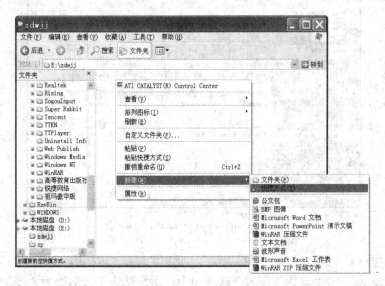

图 2-67　在文件夹中创建快捷方式

（3）在弹出的"创建快捷方式"对话框中，在对话框的"请键入项目的位置"文本框中输入或通过"浏览"按钮确定需创建快捷方式的文件的具体位置，如图 2-68 所示。

（4）单击"下一步"按钮，弹出对话框，如图 2-69 所示，输入该快捷方式的名称。这里输入了"文字处理"。

图 2-68　"创建快捷方式"对话框

图 2-69　输入快捷方式名称

注：快捷方式并不能改变应用程序、文件、文件夹、打印机或网络中计算机的位置，它也不是副本，而是一个指针，使用它可以更快地打开项目，删除、移动或重命名快捷方式均不会影响原有的项目。

2.6.2 调整键盘和鼠标

1. 调整鼠标

调整鼠标的具体操作如下：

（1）单击"开始"按钮，选择"控制面板"命令，打开"控制面板"对话框，如图 2-70 所示。

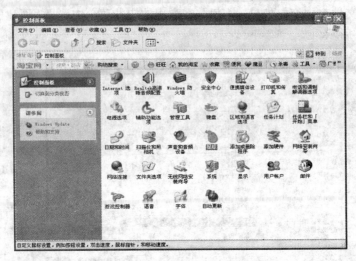

图 2-70 "控制面板"对话框

（2）双击"鼠标"图标，打开"鼠标属性"对话框，选择"鼠标键"选项卡，如图 2-71 所示。

（3）在该选项卡中，"鼠标键配置"选项组中，系统默认左边的键为主要键，若选中"切换主要和次要的按钮"复选框，则设置右边的键为主要键；在"双击速度"选项组中拖动滑块可调整鼠标的双击速度，双击旁边的文件夹可检验设置的速度；在"单击锁定"选项组中，若选中"启用单击锁定"复选框，则可以在移动项目时不用一直按着鼠标键就可实现，单击"设置"按钮，在弹出的"单击锁定的设置"对话框中可调整实现单击锁定需要按鼠标键或轨迹球按钮的时间，如图 2-72 所示。

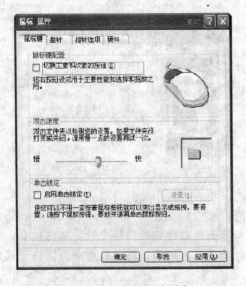

图 2-71 "鼠标键"选项卡

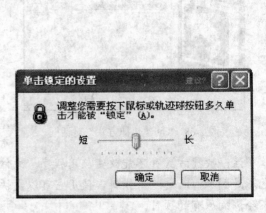

图 2-72 "单击锁定的设置"对话框

（4）选择"指针"选项卡，如图 2-73 所示。

在该选项卡中，"方案"下拉列表中提供了多种鼠标指针的显示方案，用户可以选择一种喜欢的鼠标指针方案；在"自定义"列表框中显示了该方案中鼠标指针在各种状态下显示的样式。若用户对某种样式不满意，可选中它，单击"浏览"按钮，打开"浏览"对话框，如图 2-74 所示。在该对话框中选择一种喜欢的鼠标指针样式，在预览框中可看到具体的样式，单击"打开"按钮，即可将所选样式应用到所选鼠标指针方案中。如果希望鼠标指针带阴影，可选中"启用指针阴影"复选框。

图 2-73 "指针"选项卡

图 2-74 "浏览"对话框

（5）选择"指针选项"选项卡，如图 2-75 所示。

在"指针选项"选项卡中，在"移动"选项组中可拖动滑块调整鼠标指针的移动速度；在"取默认按钮"选项组中，选中"自动将指针移动到对话框中的默认按钮"复选框，则在打开对话框时，鼠标指针会自动放在默认按钮上；在"可见性"选项组中，若选中"显示指针轨迹"复选框，则在移动鼠标指针时会显示指针的移动轨迹，拖动滑块可调整轨迹的长短，若选中"在打字时隐藏指针"复选框，则在输入文字时将隐藏鼠标指针，若选中"当按 Ctrl 键时显示指针的位置"复选框，则按 Ctrl 键时会以同心圆的方式显示指针的位置。

（6）选择"硬件"选项卡，如图 2-76 所示。

在该选项卡中，显示了设备的名称、类型及属

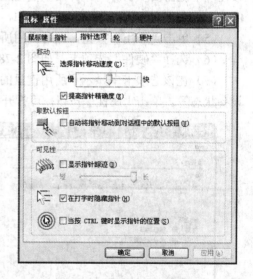

图 2-75 "指针选项"选项卡

性。单击"疑难解答"按钮，可打开"帮助和支持服务"对话框，可得到有关问题的帮助信息，单击"属性"按钮，可打开"鼠标设备属性"对话框。

在该对话框中，显示了当前鼠标的常规属性、高级设置和驱动程序等信息。

（7）设置完毕后，单击"确定"按钮即可。

2. 调整键盘

调整键盘的操作步骤如下：

（1）单击"开始"按钮，选择"控制面板"命令，打开"控制面板"对话框。

（2）双击"键盘"图标，打开"键盘属性"对话框。

（3）选择"速度"选项卡，如图 2-77 所示。

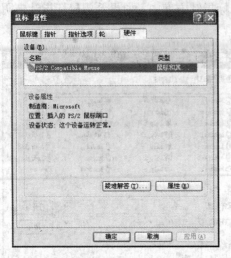

图 2-76　"硬件"选项卡　　　　　　　　图 2-77　"速度"选项卡

（4）在该选项卡中的"字符重复"选项组中，拖动"重复延迟"滑块，可调整在键盘上按住一个键需要多长时间才开始重复输入该键，拖动"重复率"滑块，可调整输入重复字符的速率；在"光标闪烁频率"选项组中，拖动滑块，可调整光标的闪烁频率。

（5）单击"应用"按钮，即可应用所选设置。

（6）选择"硬件"选项卡，如图 2-78 所示。

（7）在该选项卡中显示了所用键盘的硬件信息，如设备的名称、类型、制造商、位置及设备状态等。单击"属性"按钮，可打开"键盘设备属性"对话框，如图 2-79 所示。在该对

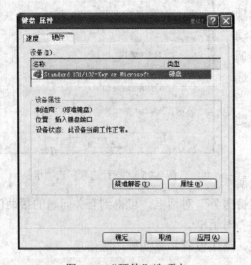

图 2-78　"硬件"选项卡　　　　　　　　图 2-79　"键盘设备属性"对话框

话框中可查看键盘的常规设备属性、驱动程序的详细信息，更新驱动程序，返回驱动程序，卸载驱动程序等。

（8）设置完毕后，单击"确定"按钮即可。

2.6.3　设置桌面背景及屏幕保护

1. 设置桌面背景

桌面背景就是用户打开计算机进入 Windows XP 操作系统后，所出现的桌面背景颜色或图片。用户可以选择单一的颜色作为桌面的背景，也可以选择类型为 BMP、JPG、HTML 等的位图文件作为桌面的背景图片。设置桌面背景的操作步骤如下：

（1）右击桌面任意空白处，在弹出的快捷菜单中选择"属性"命令，或单击"开始"按钮，选择"控制面板"命令，在弹出的"控制面板"对话框中双击"显示"图标。

（2）打开"显示属性"对话框，选择"桌面"选项卡，如图 2-80 所示。

（3）在"背景"列表框中可选择一幅喜欢的背景图片，在选项卡中的显示器中将显示该图片作为背景图片的效果，也可以单击"浏览"按钮，在本地磁盘或网络中选择其他图片作为桌面背景。在"位置"下拉列表中有居中、平铺和拉伸三种选项，可调整背景图片在桌面上的位置。若用户想用纯色作为桌面背景颜色，可在"背景"列表中选择"无"选项，在"颜色"下拉列表中选择喜欢的颜色，单击"应用"按钮即可。

2. 设置屏幕保护

在实际使用中，若彩色屏幕的内容一直固定不变，间隔时间较长后可能会造成屏幕的损坏，因此若在一段时间内不用计算机，可设置屏幕保护程序自动启动，以动态的画面显示屏幕，以保护屏幕不受损坏。

设置屏幕保护的操作步骤如下：

（1）打开"显示属性"对话框，选择"屏幕保护程序"选项卡，如图 2-81 所示。

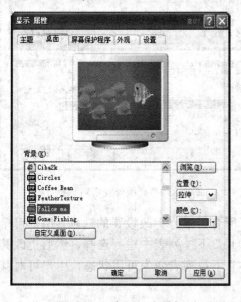

图 2-80　"桌面"选项卡

图 2-81　"屏幕保护程序"选项卡

（2）在该选项卡的"屏幕保护程序"选项组中的下拉列表中选择一种屏幕保护程序，

在选项卡的显示器中即可看到该屏幕保护程序的显示效果。单击"设置"按钮，可对该屏幕保护程序进行一些设置；单击"预览"按钮，可预览该屏幕保护程序的效果；在"等待"文本框中可输入或调节微调按钮，用以确定计算机多长时间无人使用，则启动该屏幕保护程序。

在屏幕保护状态下，移动鼠标或操作键盘即可结束屏幕保护程序。

2.6.4　更改显示外观

更改显示外观就是更改桌面、消息框、活动窗口和非活动窗口等的颜色、大小、字体等。在默认状态下，系统使用的是"Windows XP 样式"的颜色、大小、字体等设置。用户也可以根据自己的喜好设计自己的关于这些项目的颜色、大小和字体等显示方案。

更改显示外观的操作步骤如下：

（1）右击桌面任意空白处，在弹出的快捷菜单中选择"属性"命令，或单击"开始"按钮，选择"控制面板"命令，在弹出的"控制面板"对话框中双击"显示"图标。

（2）打开"显示属性"对话框，选择"外观"选项卡，如图 2-82 所示。

（3）在该选项卡中的"窗口和按钮"下拉列表中有"Windows XP 样式"和"Windows 经典"等样式选项，可以选择其中一个选项，例如：选择"Windows 经典"选项，"色彩方案"和"字体大小"下拉列表中提供有多种选项供用户选择。单击"高级"按钮，将弹出"高级外观"对话框，如图 2-83 所示。

图 2-82　"外观"选项卡

图 2-83　"高级外观"对话框

在该对话框中的"项目"下拉列表中提供了所有可进行更改设置的选项，用户可单击显示框中的想要更改的项目，也可以直接在"项目"下拉列表中进行选择，然后更改其大小和颜色等。若所选项目中包含字体，则"字体"下拉列表变为可用状态，用户可对其进行设置。

（4）设置完毕后，单击"确定"按钮回到"外观"选项卡中。

（5）单击"效果"按钮，打开"效果"对话框，如图 2-84 所示。

（6）在该对话框中可进行显示效果的设置，单击"确定"按钮回到"外观"选项卡中。

（7）单击"应用"和"确定"按钮即可应用所选设置。

2.6.5 更改日期和时间

在任务栏的右端显示有系统提供的时间，将鼠标指向时间栏稍有停顿即会显示系统日期。若用户不想显示日期和时间，或需要更改日期和时间可按以下步骤进行操作。

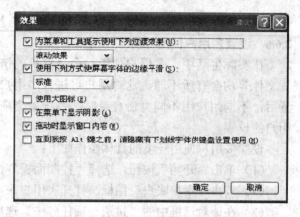

图 2-84 "效果"对话框

1. 若用户不想显示日期和时间，可执行以下操作

（1）右击任务栏，在弹出的快捷菜单中选择"属性"命令，打开"任务栏和开始菜单属性"对话框。

（2）选择"任务栏"选项卡，如图 2-85 所示。

（3）在"通知区域"选项组中，清除"显示时钟"复选框。

（4）单击"应用"和"确定"按钮即可。

2. 若用户需要更改日期和时间，可执行以下步骤

（1）双击时间栏，或单击"开始"按钮，选择"控制面板"命令，打开"控制面板"对话框，双击"日期和时间"图标。

（2）打开"日期和时间属性"对话框，选择"时间和日期"选项卡，如图 2-86 所示。

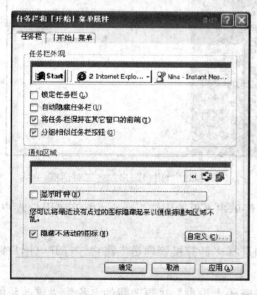

图 2-85 "任务栏"选项卡

图 2-86 "时间和日期"选项卡

（3）在"日期"选项组中的"年份"框中可按微调按钮调节准确的年份，在"月份"下拉列表中可选择月份，在"日期"列表框中可选择日期；在"时间"选项组中的"时间"文本框中可输入或调节准确的时间。

（4）更改完毕后，单击"应用"和"确定"按钮即可。

2.6.6 设置多用户使用环境

在实际生活中，多用户使用一台计算机的情况经常出现，而每个用户的个人设置和配置文件等均会有所不同，这时用户可进行多用户使用环境的设置。使用多用户使用环境设置后，不同用户用不同身份登录时，系统就会应用该用户身份的设置，而不会影响到其他用户的设置。

设置多用户使用环境的具体操作如下：

（1）单击"开始"按钮，选择"控制面板"命令，打开"控制面板"对话框。

（2）双击"用户账户"图标，打开"用户账户"之一对话框，如图 2-87 所示。

（3）在该对话框中的"挑选一项任务…"选项组中可选择"更改用户"、"创建一个新用户"或"更改用户登录或注销的方式"；在"或挑一个账户做更改"选项组中可选择"计算机管理员"账户或"来宾"账户。

（4）若希望创建一个新用户，可点击"创建一个新用户"选项，打开"用户账户"之二对话框，为新建账户输入名称，如"小文"，图 2-88 所示，点击"下一步"按钮。进入"用户账户"之三对话框，挑选帐户类型，如"计算机管理员"，图 2-89 所示，点击"创建账户"按钮，在"用户账户"之四对话框中，可看到新建账户，如图 2-90 所示。

图 2-87 "用户账户"之一对话框

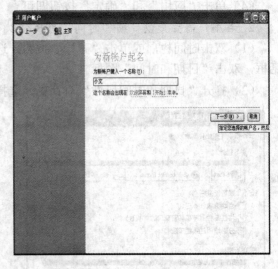

图 2-88 "用户账户"之二对话框

（5）例如，若用户要进行用户账户的更改，可单击"更改用户"命令，打开"用户账户"之五对话框，如图 2-91 所示。

（6）在该对话框中选择要更改的账户，例如选择"计算机管理员"账户，打开"用户账户"之六对话框，如图 2-92 所示。

（7）在该对话框中，用户可选择"创建一张密码重设盘"、"更改我的名称"、"更改我的图片"、"更改我的账户类别"、"创建密码"或"创建 Passport"等选项。例如，选择"创建密码"选项。

（8）弹出"用户账户"之七对话框，如图 2-93 所示。

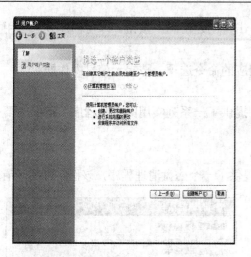

图 2-89 "用户账户"之三对话框

图 2-90 "用户账户"之四对话框

图 2-91 "用户账户"之五对话框

图 2-92 "用户账户"之六对话框

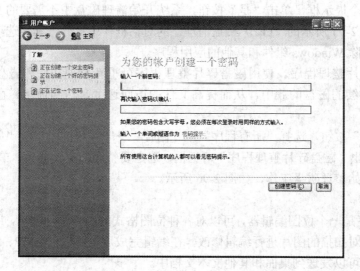

图 2-93 "用户账户"之七对话框

（9）在该对话框中输入密码及密码提示，单击"创建密码"按钮，即可创建登录该用户账户的密码。

若用户要更改其他用户账户选项，可单击相应的命令选项，按提示信息操作即可。

2.6.7 中文版 Windows XP 的附件

在中文版 Windows XP 操作系统的附件中，提供了一系列实用的工具程序，下面简要介绍几个常用的应用程序的功能。

1. 系统工具

（1）磁盘清理。中文版 Windows XP 为用户提供了一个磁盘清理程序，该程序可用于清理用户的磁盘，删除不用的文件，以便释放更多的磁盘空间，磁盘清理的步骤如下：

单击"开始"按钮，选择"所有程序"→"附件"→"系统工具"→"磁盘清理"命令后，弹出"选择驱动器"对话框，如图 2-94 所示。

在对话框中选择待查的驱动器，例如选择"f:"，然后单击对话框的"确定"按钮，弹出"（F:）的磁盘清理"对话框，如图 2-95 所示。

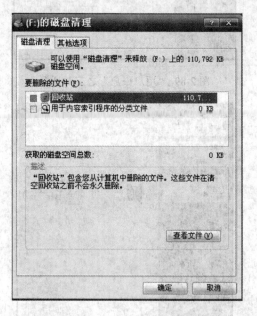

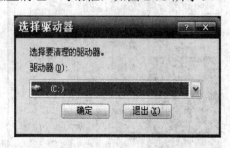

图 2-94 "选择驱动器"对话框

图 2-95 "（F:）磁盘清理"的对话框

在该对话框中的"要删除的文件"下拉列表中选择要删除的文件类型，单击"确定"按钮，系统弹出一个提示框，单击"是"按钮，系统开始清理磁盘中不需要的文件。

也可以在图 2-95 所示的"（F:）磁盘清理"的对话框"中打开"其他选项"选项卡，该选项卡中可以删除 Windows 组件和其他的应用程序。

（2）磁盘碎片整理程序。使用磁盘碎片整理程序可重新整理文件和磁盘的未用空间，使文件存储在连续的磁盘的簇中，从而提高文件的访问速度，达到优化磁盘的目的，操作过程如下：

单击"开始"按钮，选择"所有程序"→"附件"→"系统工具"→"磁盘碎片整理程序"命令后，弹出"磁盘碎片整理程序"对话框，选定要整理的驱动器后，单击"碎片整理"按钮，系统即开始整理磁盘工作，如图 2-96 所示。

2. 画图

"画图"程序是一个位图编辑器，可以对各种位图格式的图画进行编辑，用户可以自己绘制图画，也可以对扫描的图片进行编辑修改，在编辑完成后，可以以 BMP、JPG、GIF 等格式存档，用户还可以发送到桌面和其他文本文档中。

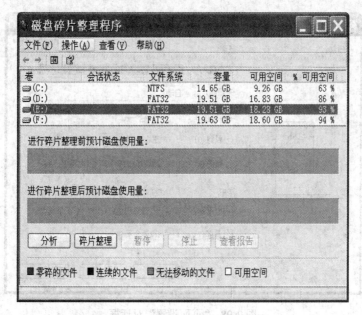

图 2-96　"磁盘碎片整理程序"对话框

（1）"画图"界面。当用户要使用画图工具时，可单击"开始"按钮，单击"所有程序"→"附件"→"画图"，这时用户可以进入"画图"界面，如图 2-97 所示，为程序默认状态。

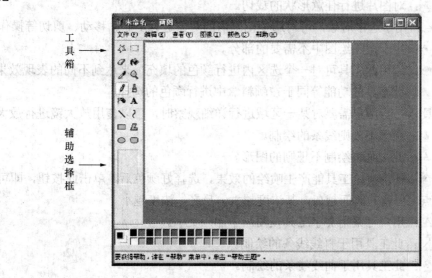

图 2-97　"画图"界面

（2）页面设置。在用户使用画图程序之前，首先要根据自己的实际需要进行画布的选择，也就是要进行页面设置，确定所要绘制的图画大小以及各种具体的格式。用户可以通过选择"文件"菜单中的"页面设置"命令来实现，如图 2-98 所示。

在"纸张"选项组中，单击向下的箭头，会弹出一个下拉列表框，用户可以选择纸张的大小及来源，可从"纵向"和"横向"复选框中选择纸张的方向，还可进行页边距离及缩放比例的调整，当一切设置好之后，用户就可以进行绘画的工作了。

图 2-98　"页面设置"对话框

（3）使用工具箱。在"工具箱"中，为用户提供了 16 种常用的工具，当每选择一种工具时，在下面的辅助选择框中会出现相应的信息，比如当选择"放大镜"工具时，会显示放大的比例，当选择"刷子"工具时，会出现刷子大小及显示方式的选项，用户可自行选择。

裁剪工具：对图片进行任意形状的裁切。

选定工具：用于选中对象，可对选中范围内的对象进行复制、移动、剪切等操作。

橡皮工具：用于擦除绘图中不需要的部分。

填充工具：运用此工具可对一个选区内进行颜色的填充，来达到不同的表现效果。

取色工具：此工具的功能等同于在颜料盒中进行颜色的选择。

放大镜工具：当用户需要对某一区域进行详细观察时，可以使用放大镜进行放大。

铅笔工具：用于不规则线条的绘制。

刷子工具：此工具可绘制不规则的图形。

喷枪工具：使用喷枪工具能产生喷绘的效果，选择好颜色后，单击此按钮，即可进行喷绘，在喷绘点上停留的时间越久，其浓度越大，反之，浓度越小。

文字工具：用户可采用文字工具在图画中加入文字。

直线工具：此工具用于直线线条的绘制。

曲线工具：此工具用于曲线线条的绘制。

矩形工具、椭圆工具、圆角矩形工具：这三种工具的应用基本相同，当单击工具按钮后，在绘图区直接拖动即可拉出相应的图形。

多边形工具：此工具用户可以绘制多边形。

（4）图像及颜色的编辑。在画图工具栏的"图像"菜单中，用户可对图像进行简单的编辑。如图像的"翻转和旋转"、"拉伸和扭曲"、"图像"下的"反色"等。

3. 写字板

"写字板"是一个使用简单，但却功能强大的文字处理程序，用户可以利用它进行日常工作中文件的编辑。它不仅可以进行中英文文档的编辑，而且还可以图文混排，插入图片、声音、视频剪辑等多媒体资料。

使用写字板可执行以下操作：

在桌面上单击"开始"按钮，在打开的"开始"菜单中执行"所有程序"→"附件"→"写字板"命令，这时就可以进入"写字板"界面，如图 2-99 所示。

图 2-99 "写字板"界面

从图中用户可以看到，它由标题栏、菜单栏、工具栏、格式栏、水平标尺、工作区和状态栏几部分组成。

4. 记事本

记事本用于纯文本文档的编辑，功能没有写字板强大，适于编写一些篇幅短小的文件，由于它使用方便、快捷，应用也是比较多的，比如一些程序的 READ ME 文件通常是以记事本的形式打开的。

在 Windows XP 系统中的"记事本"又新增了一些功能，比如可以改变文档的阅读顺序，可以使用不同的语言格式来创建文档，能以若干不同的格式打开文件。

启动记事本时，用户可依以下步骤来操作：单击"开始"按钮，选择"所有程序"→"附件"→"记事本"命令，如图 2-100 所示。

5. 命令提示符

"命令提示符"也就是 Windows 95/98 下的 MS-DOS 方式，虽然随着计算机产业的发展，Windows 操作系统的应用越来越广泛，DOS 面临着被淘汰的命运，但是因为它运行安全、稳定，有的用户还在使用，所以一般 Windows 的各种版本都与其兼容，用户可以在 Windows 系统下运行 DOS，中文版 Windows XP 中的命令提示符进一步提高了与 DOS 下操作命令的兼容性，用户可以在命令提示符直接输入中文调用文件。

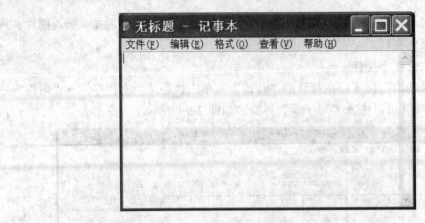

图 2-100 "记事本"界面

　　当用户需要使用 DOS 时，可以在桌面上单击"开始"按钮，选择"所有程序"→"附件"→"命令提示符"命令，即可启动 DOS。系统默认的当前位置是 C 盘下的"我的文档"，如图 2-101 所示。

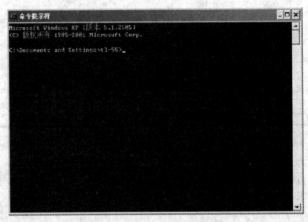

图 2-101 "命令提示符"窗口

图 2-102 "标准型"计算器

　　这时用户已经看到熟悉的 DOS 界面了，可以执行 DOS 命令来完成日常工作。

　　在命令提示符方式下，使用组合键 Alt＋回车键可以在全屏幕和窗口方式之间进行切换；在提示符方式下输入 EXIT 命令，可以退出"命令提示符"方式返回图形方式。

　　6. 计算器

　　单击"开始"按钮，选择"所有程序"→"附件"→"计算器"，弹出"计算器"对话框。

　　计算器有"标准型"（见图 2-102）和"科学型"（见图 2-103）两种类型，可以在"查看"菜单中进行切换。

图 2-103　"科学型"计算器

习　题　2

一、选择题（请选择一个或多个正确答案）

1. Windows XP 中,"资源管理器"的窗口被分成两部分,其中左部显示的内容是（　　）。

   A．当前打开的文件夹的内容

   B．系统的树形文件夹结构

   C．当前打开的文件夹名称及其内容

   D．当前打开的文件夹名称

2. 在 Windows XP 中，能弹出下级级联菜单操作是（　　）。

   A．选择了带省略号的菜单项　　　　　B．选择了带向右三角形箭头的菜单项

   C．选择了颜色变灰的菜单项　　　　　D．运行了与对话框对应的应用程序

3. 快捷方式是快速（　　）的一种方法。

   A．打开菜单　　　　　　　　　　　B．输入程序

   C．输出程序　　　　　　　　　　　D．启动程序

4. 在中文 Windows XP 中，文件和文件夹的属性有（　　）种。

   A．2　　　　　　B．3　　　　　　C．4　　　　　　D．5

5. Windows XP 支持长文件名，一个文件名的最大长度可达（　　）个字符。

   A．8　　　　　　B．16　　　　　　C．255　　　　　D．256

6. 按快捷键（　　）也可以打开"开始"菜单。

   A．Ctrl＋Alt＋Shift　　　　　　　B．Ctrl＋Alt

   C．Ctrl＋Shift　　　　　　　　　　D．Ctrl＋Esc

7. 在 Windows 环境下,假设已经选定文件,以下关于文件管理器进行"复制"操作的叙述中，正确的有（　　）。

   A．直接拖至不同驱动器的图标上

   B．按住 Shift 键，拖至不同驱动器的图标上

   C．按住 Ctrl 键，拖至不同驱动器的图标上

   D．按住 Shift 键，然后拖至同一驱动器的另一子目录上

8．在 Windows XP 中要更改当前计算机的日期和时间，可以（　　　）。

    A．双击任务栏上的时间　　　　　　B．使用"控制面板"的"区域设置"

    C．使用附件　　　　　　　　　　　D．使用"控制面板"的"日期/时间"

9．安装应用程序的途径有（　　　）。

    A．"资源管理器"中进行　　　　　B．"我的电脑"中的"打印机"中进行

    C．"开始"菜单中的"文档"命令　　D．"控制面板"中的"添加/删除程序"

10．Windows XP"设置"中的"打印机"命令可以（　　　）。

    A．改变打印机的属性　　　　　　　B．打印屏幕信息

    C．清除最近使用过的文档　　　　　D．添加新的打印机

11．启动应用程序可以使用的方法是（　　　）。

    A．单击应用程序图标

    B．双击应用程序图标

    C．双击应用程序的快捷方式图标

    D．选择"开始"菜单"程序"命令的子菜单中的命令

12．退出 Windows XP 操作系统，正确操作是（　　　）。

    A．单击"开始"按钮，选取"关闭计算机"

    B．按 Alt＋S 键，打开"开始菜单"，选取"关闭计算机"

    C．直接关闭电源

    D．退到桌面，关闭电源

13．Windows XP 的主要特点是（　　　）。

    A．是一个单用户多任务操作系统　　B．是 64 位操作系统

    C．图形化的窗口用户界面　　　　　D．具有即插即用功能

14．在 Windows XP 资源管理器中，如果要选定多个非连续排列的文件．应按组合键（　　　）。

    A．Shift＋单击要选定的文件对象　　C．Ctrl＋单击要选定的文件对象

    B．Alt＋单击要选定的文件对象　　　D．Ctrl＋双击要选定的文件对象

15．对回收站中文件做清空操作后，文件被_____。

    A．永久删除　　　B．暂时删除　　　C．从硬盘上删除　　　D．可恢复

二、填空题

1．在 Windows 中，利用查找对话框可以查找文件，若要查找文件名的第二个字母为 I 的所有文件，可以在查找对话框的名称初输入_____。

2．在 Windows 的下拉式菜单显示约定中，命令后跟"…"，则该命令被选中后会出现_____。

3．在 Windows 的下拉式菜单显示约定中，浅灰色命令字表示_____。

4．在 Windows XP 中，"回收站"用来临时存放从硬盘中_____的文件和文件夹。

5．退出 Windows 应该选择_____菜单的_____命令。

6．Windows XP 的"资源管理器"窗口中，用鼠标左键双击窗口右部的文档文件图标，该文档将被_____。

7．在选择要删除的文件和文件夹后，按_____键也可进行删除操作，按快捷键_____将

永久性删除该文件和文件夹。

8. "控制面板"窗口中双击＿＿＿＿图标，或者选择"开始"菜单的＿＿＿＿命令，可以打开"打印机"对话框设置默认打印机。

三、操作题

1. 练习搜索文件的方法。

2. 练习使用资源管理器来对文件和文件夹进行各种操作。

3. 利用控制面板设置具有个人特点的计算机属性。

4. 练习磁盘管理的各种操作。

第3章 文字处理软件 Word XP

微软的Office是我们最常用的办公软件，Office套件主要由Word、Excel、Access、PowerPoint、Outlook、FrontPage等组成。其中应用软件Word是Microsoft为PC机用户开发的一种文字处理软件，用于编辑各类文档文件和文本文件。一般具有文档管理、编辑、排版、表格处理、图形处理等功能。目前流行的版本Word XP是Office XP的成员之一。

Word XP在原有功能的基础上，增加了不少新功能。

（1）新增任务窗格。Microsoft Office中最常用的任务被组织在与Office文档一起显示的任务窗格中，便于用户使用。

（2）增强了剪贴板功能。在剪贴板任务窗格中，最多可以存放24次复制或剪切的内容，这些内容按先后次序排列显示，也可有选择地粘贴或删除其中的某些内容。

（3）新增智能标记。智能标记是一组按钮，当用户执行了某些特定的操作后，智能标记按钮出现在文档的特定位置中，并显示一系列的选项，供用户选择。如“粘贴选项”按钮。

（4）更好地体现了“以用户为中心”的特点。提供的语音操作方式可直接通过声音输入文档的内容，也可发出操作命令实现对文档进行相关的操作；另外还提供了三种手写输入方式。

（5）增强了网络功能。可将所编辑的文档直接保存为HTML格式的文件，以便通过浏览器显示；在“常用”工具栏增加了“电子邮件”按钮，可将正在编辑的文档以正文的形式发送。

（6）文本恢复。在编辑文档时，一旦应用程序中有错误发生，系统就会给出一些保存恢复文档的选项，尽量减少数据损失。

（7）智能化帮助。在菜单栏的右边增加了“提出问题”下拉式组合框 键入需要帮助的问题，用户可在此提问题，系统将有关解答列出。

在这一章中，我们主要介绍Word的一些简单知识与基本操作，如启动和退出Word、文档的操作与编辑、版面设置、图形处理、表格制作等。本章在下面叙述中所涉及的Word，若无特殊说明，都是指Word XP。

3.1 Word的基础知识

3.1.1 Word的启动和退出

Word主要作用是进行文字处理，比如说我们要打一个通知、制作一个表格、画一个简单图形，这些功能都可以在Word里操作，那么我们如何启动Word呢？当我们不用Word了，又怎样退出呢？

1．*启动Word XP应用程序*

方法一：用鼠标点击“开始”菜单→“程序”→“Microsoft Word”（见图3-1），将出现Word的窗口。

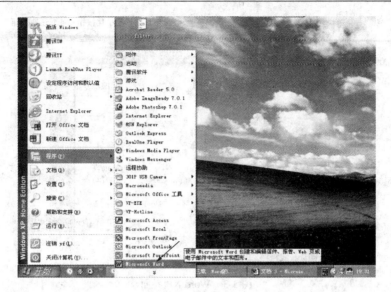

图 3-1　启动 Word XP

方法二：如果桌面上有 Word 的快捷方式，双击快捷方式，如图 3-2 所示。

图 3-2　双击桌面上的图标启动 Word XP

方法三：双击 Word 文档，将在启动 Word 软件之后自动打开 Word 文档窗口。

2. 退出 Word XP 应用程序

方法一：单击主窗口标题栏右侧的关闭按钮"×"，如图 3-3 所示。

方法二：用鼠标点击"文件"菜单→"退出"命令。

方法三：使用快捷键 Alt＋F4。

3.1.2　Word 的窗口组成

Word XP 界面包括标题栏、菜单栏、常用工具栏、格式工具栏、文本区，其中标尺分为水平标尺和垂直标尺，滚动条分为水平滚动条和垂直滚动条（见图 3-3）。

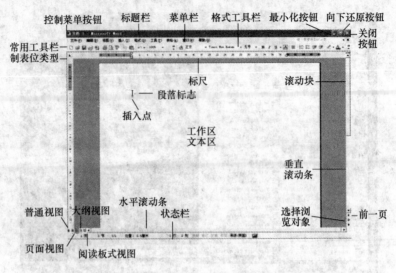

图 3-3　Word XP 界面

1. 标题栏

标题栏位于窗口的最上部。每创建或打开一个新文档，Word 会自动地在标题栏左方依次出现：控制菜单按钮 📄、所编辑的文档名、当前所使用的软件名称 Microsoft Word。标题栏右端三个按钮的功能分别是窗口最小化、改变窗口大小和关闭 Word 窗口。

2. 菜单栏

Word 的菜单栏设有文件、编辑、视图、插入、格式、工具、表格、窗口和帮助等 9 个下拉式菜单（见图 3-4），菜单中包含了文字编辑所需要的绝大部分功能和命令。

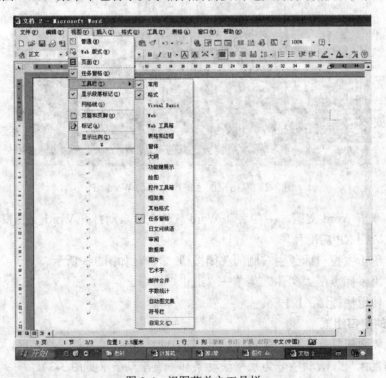

图 3-4　视图菜单之工具栏

可用鼠标单击任一菜单或按下"Alt＋带下划线的字母"打开下拉式菜单（如打开"文件"菜单，按 Alt＋F 键），菜单项中若出现标记"<span></span>"，表示菜单处于未展开状态，鼠标移到"<span></span>"处将展开菜单。用鼠标或↑、↓光标键选择命令项，或用鼠标单击命令项，以便执行命令。按"Esc"键或在文本区单击鼠标左键，可关闭下拉菜单。

3. 工具栏

Word XP 提供有 18 种工具栏（见图 3-4），每种工具栏设置有若干相应的按钮完成一些常用功能，在菜单中也有与之对应的菜单项。

（1）"常用"工具栏和"格式"工具栏。进入 Word XP，系统只显示"常用"工具栏和"格式"工具栏。常用工具栏用于建立新文档，完成文档的存取、编辑、打印、剪贴与复制等多项操作（见图 3-5）；格式工具栏用于完成文档的字体大小、规格、修饰及自动建立编号、项目符号和整个版面的设置（见图 3-6）。

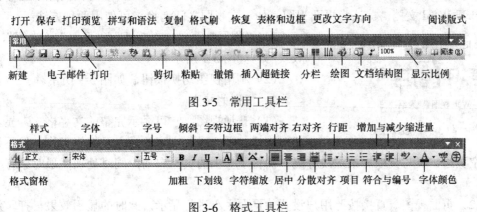

图 3-5　常用工具栏

图 3-6　格式工具栏

（2）显示或隐藏工具栏。

方法："视图"菜单→"工具栏"→选择所需的工具栏。

在工具栏上的图标按钮旁带"√"表明显示，否则为隐藏（见图 3-4）。

（3）移动工具栏。

方法：用鼠标指向某个工具栏的标题部分，按鼠标左键拖到适当处，释放鼠标左键。

4. 标尺

Word XP 专门为精确设置页面边距、制表位和段落的首行缩进等备有水平标尺和垂直标尺。水平标尺位于文本区的顶部，垂直标尺位于文本区的左边（只在打印预览和页面视图中才显示）。在水平标尺的两端有几个滑块，可通过鼠标拖动来完成首行缩进、悬挂缩进、左缩进、右缩进的设置。使用"视图"菜单→"标尺"，可显示或隐藏标尺（见图 3-7）。

5. 文本区

文本区也叫文档编辑窗口，它是 Word XP 中的最大区域。在此区域内有一个闪烁的竖杠"I"称"插入光标"，这是将来输入文字的位置。可通过光标或移动鼠标的指针来确定插入点的位置（见图 3-3）。

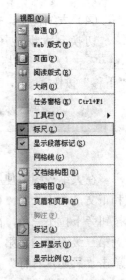

图 3-7　显示或隐藏标尺

6. 状态栏

状态栏（见图 3-8）位于 Word 文档窗口底部的水平区域，用于提供正在窗口中查看的内容的当前状态和其他上下文信息。

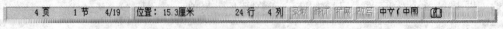

图 3-8 状态栏

3.1.3 Word 的视图方式

Word 对文档提供了几种不同的显示方式，用以适应各自不同的任务需求。文档的显示方式称为"视图"，Word 提供的视图有五种：普通视图、Web 版式视图、页面视图、大纲视图和阅读版式视图（见图 3-9）。

1. 视图的切换

打开 Word 文档，默认为页面视图，如需在视图之间切换，可使用两种方法：

（1）"视图"菜单→"普通"（"页面"、"大纲"、"Web 版式"），如图 3-7 所示。

（2）利用视图切换按钮，如图 3-9 所示。

图 3-9 视图切换

2. 视图的特点

（1）普通视图。它可显示完整的文字格式，显示速度相对较快，适合进行文字的录入及编辑工作。但不显示文档的空页边，页与页以一条虚线分隔，简化了文档的页面布局，同时处理图形对象有一定局限性。

（2）页面视图。直接按照用户设置的页面大小进行显示，此时的显示效果与打印效果完全一致（所见即所得）。可方便地进行各种版面设计、图、表处理。占内存较多，显示速度比普通视图慢。

（3）Web 版式视图。可将文档按照在 Web 浏览器中的效果显示，排版效果与打印结果不一致。

（4）大纲视图。按照文档中标题的层次来显示文档，可方便地查看文章结构。

切换到大纲视图，将出现大纲工具栏，如图 3-10 所示。工具栏中的升降级按钮 ，可将标题指定到别的级别并设置相应的标题样式。单击工具栏中的"上移"或"下移"按钮 ，可把光标所在的段落整体上移或下移一个位置。

图 3-10 大纲视图

在大纲视图中使用"展开"或"折叠"按钮 ，可显示或隐藏选定标题下的子标题和正文，一次一级；也可使用"显示级别"按钮用于显示或折叠，例如，单击"显示级别"按钮旁下拉小三角，在下拉菜单中选择"显示级别 3" ，则整篇文档只显示第一级到第三级的标题，第三级以下的标题将被折叠而隐藏起来。如果要只显示正文的第一行，请单击"只显示首行"按钮 。

在大纲视图中，并不出现段落格式设置。而且，标尺和段落格式命令将无效。但字符

格式（字体、字号、字形）依然有效，单击大纲工具栏中的"显示格式"按钮 ，Word
将会用纯文本格式显示大纲。如果要恢复显示字符格式，只需再次单击"显示格式"按钮
，即可。

（5）阅读版式视图。该视图为我们阅读文档带来很大的方便。单击"常用"工具栏上的
"阅读"按钮 或在任意视图下按 Alt＋R，可以切换到阅读版式视图。进入阅读版式
视图后，"常用"工具栏会隐藏，只显示"阅读版式"和"审阅"。

3. 文档结构图

使用"视图"菜单→"文档结构图"命令，将进入"文档结构图"，它不同于以上五种视
图，是一个独立的窗格，如图 3-11 所示，能够显示文档的标题列表。便于对整个文档进行修
改及快速浏览。

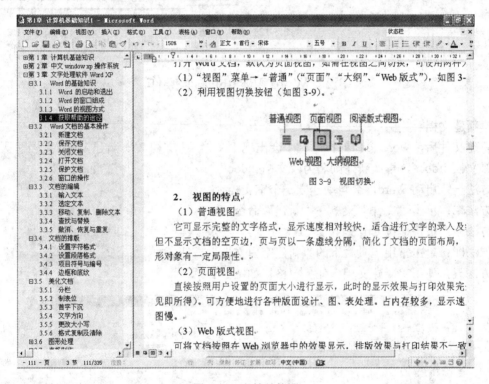

图 3-11　文档结构图

3.1.4　获取帮助的途径

使用 Word 时，常会遇到一些问题，Word 提供了多种获取"帮助"的方法，用户可以调
取内容详尽的电子手册，以查阅有关 Word 的各种帮助信息。

（1）使用"帮助"菜单中的"Microsoft Word 帮助"命令项或按 F1 功能键。

（2）使用"帮助"菜单中的"这是什么"。

（3）使用菜单栏右边的"提出问题"下拉式组合框。

（4）打开 Word 任务窗格"搜索"，在"搜索"文本框中输入要查找内容的关键字。

（5）在对话框的标题栏点击帮助按钮 ，鼠标指针形状改为求助，点击需帮助处，
在如图 3-12 所示右侧对话框中点击"自动更新"，弹出一个解释窗口。

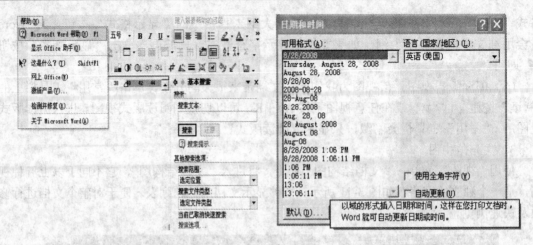

图 3-12 获取帮助

3.2 Word 文档的基本操作

3.2.1 新建文档

新建文件后，Word 窗口的标题栏中会出现"文档 1、文档 2"。新建 Word 文档默认文件名为"文档 1.doc"，再次新建则名为"文档 2.doc"。

方法一：启动 Word，会自动建立一个空文档。

方法二：单击"文件"菜单→"新建"命令。

方法三：按快捷键 Ctrl＋N。

方法四：单击常用工具栏上的"新建空白文档"按钮 。

方法五：使用"新建文档"任务窗格，如图 3-13 所示。

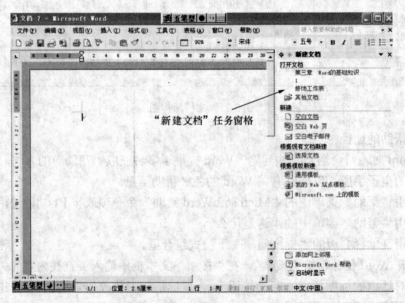

图 3-13 新建文档

3.2.2 保存文档

新建或改动过的文件都需要保存在磁盘上，从而永久性地记录改动过的信息以便以后使用。这就相当于我们把文件存储到文件柜中一样。

1. 保存新建文件

如果正在编辑的是新建的文件，可按以下操作步骤保存该文件。

（1）执行以下任一操作，均将弹出如图 3-14 所示的对话框。

单击常用工具栏中的"保存"按钮 ■。

单击"文件"菜单下的"保存"命令。

按快捷键 Ctrl＋S。

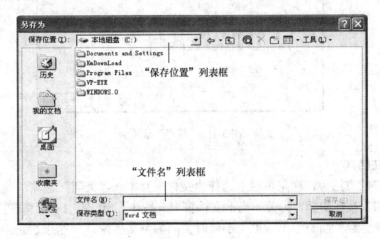

图 3-14 "另存为"对话框

（2）在"文件名"列表框中输入文件名。

（3）在"保存位置"列表框中选择盘符。如 C：。

（4）单击"保存"按钮。

这样即可将当前编辑的文件按指定的文件名保存到指定的位置。

2. 保存非新建文件

对于非新建文件的保存可使用与保存新建文件完全相同的菜单命令、快捷键或工具栏，区别在于不会弹出"另存为"对话框，这是因为保存的文件不是新建的文件，该文件已有了文件名和存储路径，系统会直接将改动后的文件覆盖磁盘上的原有文件。

3. 设置自动保存功能

Word 提供当前文档的自动保存功能。"自动保存"功能开启时，Word 按设定的自动保存时间间隔，将文档定时保存到一个临时的恢复文件中。当文档打开时，Word 因某些原因产生"死机"，不得不重新启动，Word 将在重新启动时自动打开恢复文件。恢复文件中是最后一次自动保存的文档内容。设置方法如下：

（1）使用"工具"菜单→"选项"命令。

（2）单击"保存"选项卡，如图 3-15 所示。

（3）选中"自动保存时间间隔"复选框，输入时间。

（4）单击"确定"按钮。

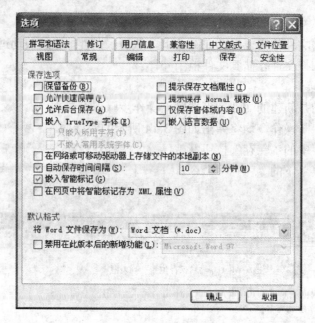

图 3-15 "保存"选项卡

3.2.3 关闭文档

关闭文档的方法为：在菜单栏上选择"文件"菜单→"关闭"选项，或单击菜单栏右端的"关闭窗口"按钮图标，可关闭当前文档窗口。按住 Shift 键，执行"文件"菜单中的"关闭"命令，则变为"全部关闭"，可用于同时关闭多个文档窗口。关闭文档后 Word 并不退出，可以继续处理其他文档。

如果当前文档在编辑后没有保存，关闭前将弹出提问框，询问是否保存对文档所作的修改，如图 3-16 所示。

图 3-16 系统提示框

3.2.4 打开文档

打开文档是指打开已经编辑过的存在磁盘上的文件，以便阅读或再编辑。这就相当于我们从文件柜中取出文件来阅读一样。

方法一：在资源管理器窗口中找到文档文件名，双击打开。

方法二：在 Word 工作状态下做如下操作。

（1）单击"常用"工具栏中的"打开"按钮 ；或"文件"菜单下的"打开"项；或按快捷键 Ctrl＋O；或使用"新建文档"任务窗格中的"打开"命令。均弹出如图 3-17 所示的"打开"对话框。

（2）确定查找范围（如 C：盘）和文件名，单击"打开"按钮。

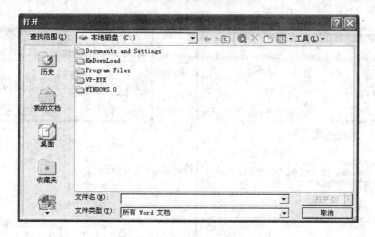

图 3-17 "打开"对话框

3.2.5 保护文档

Word 可以对文档设置密码，让别人无法打开或可以打开却不能修改，以达到保护文档的目的，这两种方法为：为文档设置权限密码和设置文档属性为"只读文件"。

（1）单击"文件"菜单下的"另存为"命令，在打开的"另存为"对话框中，单击"工具"按钮→"安全措施选项"，如图 3-18 所示。

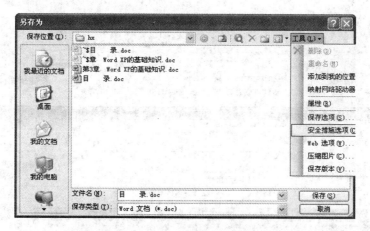

图 3-18 "另存为"对话框

（2）在打开"安全性"对话框（见图 3-19）中有"打开文件时的密码"，"修改文件时的密码"等加密选项。设置时，在对应的文本框内输入密码，单击"确定"按钮。

（3）在弹出的"确认密码"对话框中（见图 3-20）重复输入密码，单击"确定"按钮。

如需取消密码设置，只需打开文件，进入"安全性"对话框，将文本框中的已输入的密码删除即可。

3.2.6 窗口的操作

Word 允许打开多个窗口，对窗口可进行切换、排列、拆分等操作，以方便进行编辑。

1. 窗口的切换

单击"窗口"菜单→单击已打开的文档名，如图 3-21 所示；或者单击任务栏上的相应文档按钮；这两种方法均可在打开的多个窗口间完成切换。

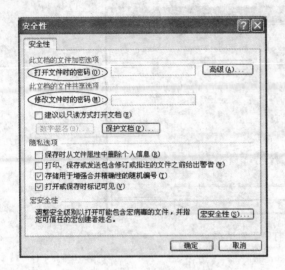

图 3-19 "安全性"对话框

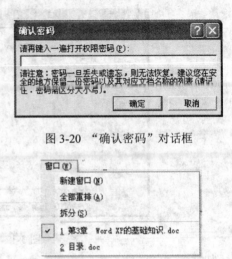

图 3-20 "确认密码"对话框

图 3-21 "窗口"菜单

2. 窗口的排列

单击"窗口"菜单→"全部重排"命令，可将当前打开的所有 Word 窗口均横向显示出来，如图 3-22 所示。

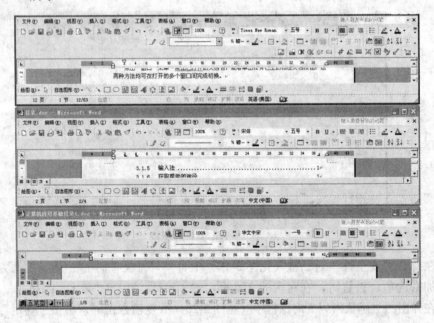

图 3-22 全部重排

3. 窗口的拆分

以下两种方法均可拆分窗口。

（1）单击"窗口"菜单→"拆分"命令。

（2）单击垂直滚动条▲上方的"拆分条"拆分：鼠标移到滚动条▲上部小方块□处，当指针变成"↕"形状时双击。

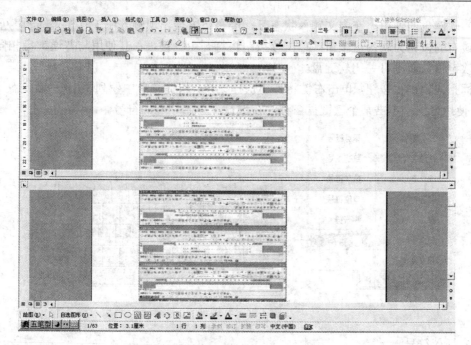

图 3-23　窗口拆分

取消拆分：单击"窗口"菜单→"取消拆分"命令。

3.3　文 档 的 编 辑

3.3.1　输入文本

1. 输入与修改文字

Word 中正文输入的位置与插入点位置密切相关。文本区内光标"I"处可输入字符。输入内容达到右边界（系统根据"页面设置"设定值自控）自动移到下一行，若要中间换行，按 Enter 键，系统自动插入一个段落标记，并将光标移到新段落的首行。输入中需注意以下问题。

（1）插入点定位。使用鼠标方法：移动鼠标指针到需要设置插入点的地点，单击鼠标左键。当插入点位置不在当前屏幕上时，可以利用滚动条。

使用键盘方法：利用键盘移动插入点。

（2）"改写"模式和"插入"模式。

"改写"模式：键入的文本将覆盖插入点后面的原有文本。

"插入"模式：输入的文本将插入在插入点前，插入点及其后面的文字自动后移。

切换方法：按 Insert 键，或双击状态栏上的"改写"字样。若"改写"是灰色的，表示当前为插入状态 改写 ，反之则是改写状态 改写 。

（3）删除文字。

删除插入点前的文字：按 Backspace 键。

删除插入点后的文字：按 Delete（Del）键。

2. 输入符号

文档中除了文字之外，还会出现各种符号，输入符号可以采用下面三种方法。

（1）软键盘的使用。在中文输入状态下，屏幕下方会出现输入法工具栏 ![五笔型] ，工具栏最右的按钮为软键盘按钮。单击该按钮将打开 PC 键盘，其使用与普通键盘相同，再次单击软键盘按钮则可关闭软键盘。

鼠标指向软键盘按钮，单击右键将弹出快捷菜单，快捷菜单中罗列了 13 种软键盘（见图 3-24）。使用方法：单击某个软键盘名称，在键盘上单击相应的符号。

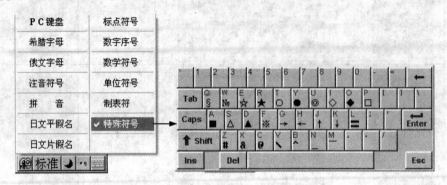

图 3-24　软键盘

（2）插入符号。

1）把光标定在要插入符号的位置，用鼠标单击"插入"菜单→"符号"命令。

2）在打开的"符号"对话框，字体旁的下拉列表中选"Webdings"、"Wingdings"、"Wingdings2"、"Wingdings3"等，在这里面有许多符号，如图 3-25 所示。

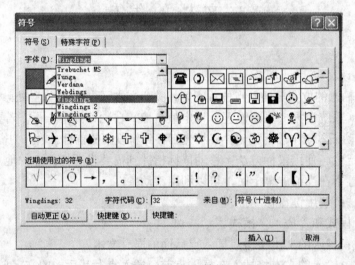

图 3-25　插入符号

3）任选一个符号，用鼠标点"插入"按钮。

4）最后点击"关闭"按钮。

（3）插入特殊符号。

1）把光标定在要插入符号的位置，用鼠标单击"插入"菜单→"特殊符号"命令。

2）打开"插入特殊符号"对话框，对话框中有六个选项卡，在选项卡中单击所需符号（见图 3-26）；最后用鼠标单击"确定"按钮。

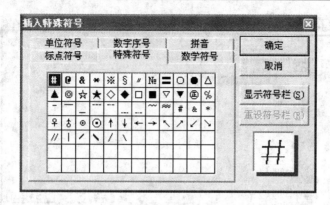

图 3-26　插入特殊符号

3．插入日期和时间

（1）把光标定在要插入日期和时间的位置，单击"插入"菜单→"日期和时间"命令。

（2）打开"日期时间"对话框，在"语言"下拉列表框中选择"中文"，在"可用格式"列表框中选择合适格式，如图 3-27 所示。

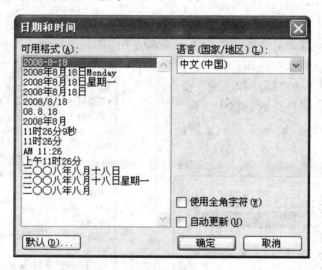

图 3-27　插入日期时间

（3）最后单击"确定"按钮。

用以上方式可以在文档中插入中文日期。如需插入英文日期，则在"语言"下拉列表框中选择"英文"，"可用格式"列表框中会列出英文日期和时间。用这种方法输出的是系统当前时间，它不会随文档的再次打开而改变；如希望每次打开文档，日期和时间随系统日期而改变，则可选中"自动更新"复选框。

4．插入文件

在 Word 文档中，可随时插入其他已编辑好的文件，方法如下：

（1）把光标定在要插入的位置，单击"插入"菜单→"文件"命令。

（2）打开"插入文件"对话框，在"查找范围"下拉列表框中选择已编辑好的文件所在文件夹，选中文件名，如图 3-28 所示。

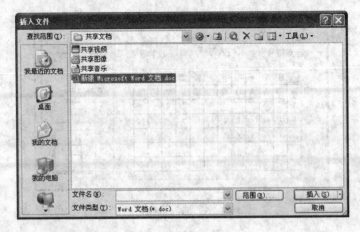

图 3-28　插入文件

（3）单击"插入"按钮。

"文件类型"列表框中有允许插入的文件类型，如图 3-29 所示。

5. 脚注和尾注

脚注和尾注用于为文档中的文本提供解释、批注以及相关的参考资料。可用脚注对文档内容进行注释说明，放于页面底端；而用尾注说明引用的文献，放于文档结尾。

（1）定光标于注释处，单击"插入"菜单中的"引用"，然后单击"脚注和尾注"命令。

（2）在"脚注和尾注"对话框中，选"脚注"或"尾注"命令（图 3-30 以设置脚注为例）。

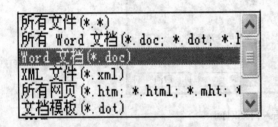

图 3-29　文件类型

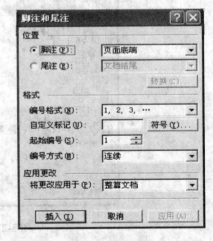

图 3-30　脚注和尾注

（3）如果选择已有的编号，单击"编号格式"下拉列表框，如图 3-31 所示。然后任选一种格式，单击"确定"按钮。如果选择"自定义标志"，那么用鼠标单击"符号"按钮，在"符号"对话框任选一种符号，如图 3-32 所示。

（4）单击"插入"按钮。

（5）在当前页的底端可输入脚注文本，在注释中可以使用任意长度的文本，并像处理任意其他文本一样设置注释文本格式，如图 3-33 所示。

6. 批注

（1）插入批注。选中要注释的文字，单击"插入"菜单→"批注"命令，输入内容，如图 3-34 所示。

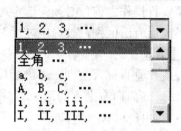

图 3-31　"编号格式"下拉列表框

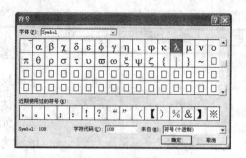

图 3-32　"符号"对话框

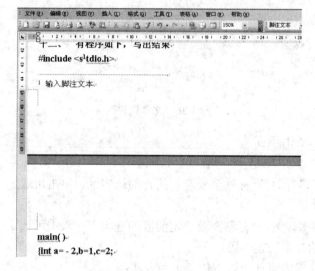

图 3-33　输入脚注文本

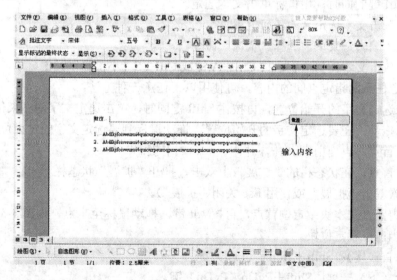

图 3-34　插入批注

（2）删除批注。右击插入批注的地方，将弹出一个快捷菜单，单击"删除批注"命令，如图 3-35 所示。

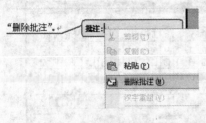

图 3-35　删除批注

3.3.2　选定文本

　　在对某个对象实行操作之前，必须先选定对象，选定的方式视对象不同而有所区别，被选定之后对象颜色变成反色，如 被选定的字符。

　　在文档窗口左侧靠垂直标尺空列，当鼠标移至此区域，光标形状由"I"变为向右上方的箭头"⚡"，此区域称为文本选定区，如图 3-36 所示。

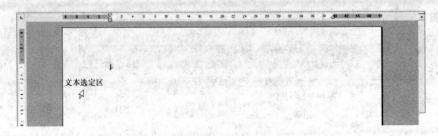

图 3-36　文本选定区

　　（1）选定单词：双击单词。

　　（2）选定图形：单击需选定图形。

　　（3）选定一行（多行）：鼠标移至要选定的行的选定区，单击可选定一行；按鼠标左键并拖动可选定多行。

　　（4）选定一段（多段）：鼠标移至要选定的段的选定区，双击可选定一段；双击并拖动鼠标（第二击开始拖动）可选定多段。

　　（5）选定整个文档，可使用以下任意一种方法：

　　1）按 Ctrl 键的同时，用鼠标单击文本选定区。

　　2）鼠标三击文本选定区的任何位置。

　　3）单击"编辑"菜单，选择"全选"命令。

　　4）光标放至文本任何位置，按 Ctrl＋A 键或 Ctrl＋5（小键盘区）键。

　　（6）选定任意两指定点间的内容，可使用以下任意一种方法：

　　1）单击选定文字的开始位置，再按住 Shift 键同时，单击选定文字的结束位置。

　　2）鼠标拖动：在要选定文字的开始位置，拖动鼠标到要选定文字的结束位置。

　　3）定位首点，再使用 Shift＋↓［↑、→、←］键。

　　4）定位首点，在状态栏的"扩展"上双击，打开"扩展"状态栏 录制 修订 **扩展** 改写，再单击末点（再次双击"扩展"或使用 Esc 关闭"扩展"）。

　　（7）选定竖直文本块：定位首点，再按 Alt 键，拖动鼠标至末点，如图 3-37 所示。

　　（8）由当前位置定位块。

　　1）到行首（尾）：Shift＋Home（End）键。

　　2）到上（下）一屏：Shift＋PgUp（PgDn）键。

　　3）到文件头（尾）：Ctrl＋Shift＋Home（End）键。

　　（9）选定不连续区域：先选定第一个区域，按 Ctrl 键同时依次选定其余区域。对已选定的对象，如按 Ctrl 键同时再次单击，可取消选定。

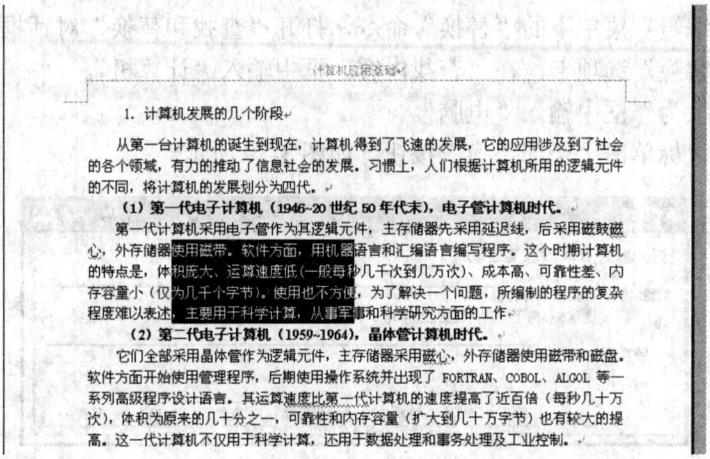

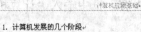

图 3-37　竖直文本块

3.3.3　移动、复制、删除文本

移动、复制文本的操作方法与移动、复制文件的方法相同，在上一章中已介绍移动、复制的菜单操作，下面是使用工具栏以及快捷键的方法。

1. 移动文本

（1）选中需移动的文本部分。

（2）单击"常用"工具栏中的剪切 ，如图 3-38 所示，或使用快捷键 Ctrl＋X。

剪切　复制　粘贴

图 3-38　常用工具栏

（3）将光标定位到新的位置（表示要将选中的内容移到此位置）。

（4）单击"常用"工具栏中的粘贴 ，或使用快捷键 Ctrl＋V。

2. 复制文本

复制文本是指将当前被选中的文本复制一份到别的位置。复制文本与移动文本的区别在于原来的备份是否消失。

（1）选中文本，单击"常用"工具栏中的复制按钮 ，或使用快捷键 Ctrl＋C。

（2）将光标定位到新的位置（表示要将选中的内容复制到此位置）。

（3）单击"常用"工具栏中的粘贴 ，或使用快捷键 Ctrl＋V。

3. 删除文本

方法一：先选定文本，再按 Delete 键或 Backspace 键。

方法二：先选定文本，再输入新内容，则原文字被替换。

3.3.4　查找与替换

当在一篇文章中发现了错误，错误相同，而且不只一处，需要修正，就可以用此命令。如希望将一篇文章中的"计算机"替换成"电脑"，可使用如下步骤：

（1）单击"编辑"菜单下的"替换"命令，打开"查找和替换"对话框。

（2）单击"替换"选项卡，在"查找内容"框中输入"计算机"。

（3）在"替换为"框中输入"电脑"。

（4）最后用鼠标单击"全部替换"按钮，如图 3-39 所示。

图 3-39 "查找与替换"对话框

在"查找和替换"对话框的"查找"与"替换"选项卡中，均有一个"高级"按钮，单击"高级"按钮，将向下展开选项卡，如图 3-40 所示。

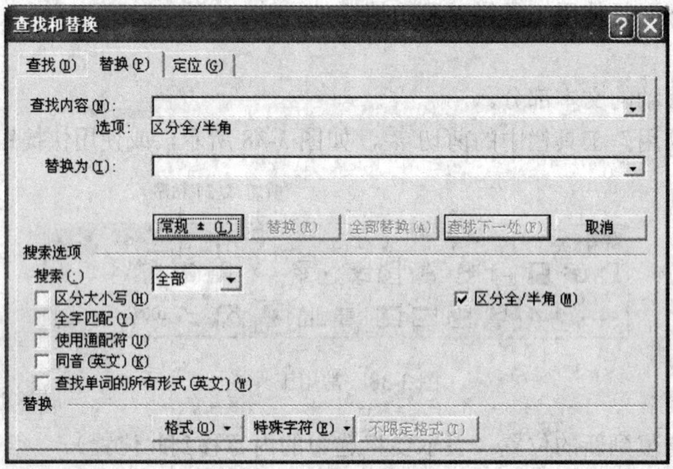

图 3-40 "替换"选项卡

在"搜索选项"中（见图 3-40）：

"搜索"下拉列表框：用以选择搜索范围，"向下"是从当前光标所在之处向下搜索，直到文档末尾；"向上"是从当前光标所在之处向上搜索，直到文档开始；"全部"即搜索整个文档。在图 3-40 中显示为"全部"。

"区分大小写"复选框：将同一字符的大、小写形式视为不同的字符。

"全字匹配"复选框：查找整个单词，而非别的单词的一部分。如要查找单词 go，那么单词 gone 将不被找出，即使 go 在 gone 中出现并是它的一部分。

"使用通配符"复选框：若只记得一个句子或单词中的关键部分，则可使用通配符进行模糊查找。如查找 o*e，则查找结果中 gone、one 等均会出现。

"同音（英文）"复选框：查找发音相同的所有字符，主要针对英文。

"查找单词的所有形式（英文）"复选框：主要针对英文，查找单词的过去式、将来式、复数等形式均会被查找。

"区分全/半角"复选框：将同一字符的全角、半角形式视为不同的字符，查找全角，则该字符的半角将不被查找。

单击"格式"按钮，可对"查找内容"以及"替换为"两文本框的内容进行字体、段落等格式设置，则查找对象在内容与格式上均匹配才会被查找出来，并被替换为指定的内容及格式。"特殊字符"按钮，用来查找或替换为其列表中所列的特殊对象；"不限定格式"用于取消"查找内容"框或"替换为"框下的所有指定格式。

3.3.5 撤消、恢复与重复

1. 撤消

当用户不小心执行了错误操作，如删除了文字，移错了位置等，可撤消上一步或几步操作。

执行以下任意一种操作，可达到"撤消"的目的：

（1）使用"编辑"菜单→"撤消"命令，如图 3-41 所示。

（2）使用"常用"工具栏上的"撤消"按钮 。

单击"撤消"按钮上的下三角按钮，将弹出一个列表框，框中按顺序列出当前可撤消的所有操作，从中可选择多个连续操作以撤消，不可任选一操作撤消。

（3）使用 Ctrl+Z 键。

图 3-41 "编辑"菜单中的撤消、恢复与重复

2. 恢复

若使用"撤消"命令过多，可执行以下任意一种操作，以达到"恢复"的目的。

（1）使用"编辑"菜单→"恢复"命令，如图 3-41 所示。

（2）使用"常用"工具栏上的"恢复"按钮 。

单击"恢复"按钮上的下三角按钮，可选择多个连续操作以恢复，方法与撤消多个连续操作相同。

（3）使用 Ctrl+Y 键。

3. 重复

用以重复上一个操作。如粘贴一次图片之后，使用以下任一方法将再次粘贴。

（1）使用"编辑"菜单→"重复"命令，如图 3-41 所示。

（2）使用 Ctrl+Y 键。

3.4 文 档 的 排 版

对文档编辑之后，可以将其进行一定的排版以便于阅读，如图 3-42 所示。Word 可以快速编排出丰富多彩的文档格式。例如，改变文本的字体和字号、建立缩进格式等。Word 的"所见即所得"功能，使得用户在进行格式设置时，可以直接查看。

图 3-42 "格式"工具栏

3.4.1 设置字符格式

字符是指字母、空格、标点符号、数字和符号。通过对字符格式的设置，使其具有一种或多种属性或格式。

1. "格式"工具栏

使用"格式"工具栏上的按钮，可以快速应用或删除最常用的字符格式。

（1）改变字体。

选中文字→点击"格式"工具栏→"字体"的下拉箭头（弹出字体表，如图 3-43 所示）→任选一种。

（2）改变字号。

选中文字→点击"格式"工具栏→"字号"的下拉箭头（弹出字号表，如图 3-44 所示）→任选一种。

（3）设置字形、下划线、边框、底纹、字符缩放。

选中文字→用鼠标单击"格式"工具栏的相应工具按钮，如图 3-45 所示。

图 3-43　字体

图 3-44　字号

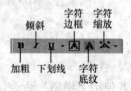

图 3-45　格式工具栏

图 3-46 "字体"选项卡

2. "字体"对话框

（1）"字体"选项卡。

1）设置字符的字体、字形、字号、下划线、着重号和颜色。单击"格式"菜单下的"字体"命令，打开"字体"对话框，在"字体"选项卡中（见图 3-46）上半部有 8 个列表框，可用于设置中文、西文字体，以及字形、字号、下划线、着重号和颜色。

例如，给"排版技术"加上红色双下划线。

操作方法：选定"排版技术"四个字，单击"格式"菜单→"字体"命令，打开"字体"对话框；在"字体"选项卡中单击"下划线线型"的下拉箭头（弹出下划线表），选取双下划线，再单击"下划线颜色"的下拉箭头（弹出颜色表），选取红色，单击"确定"按钮。效果如图 3-47 所示。

注：字号有两种单位——"号"与"磅"。如"初号"、"一号"、"小一"、……"七号"，号数越大字越小，"5 磅"、"5.5 磅"、……"72 磅"，磅数越大字越大。

2）将字体改成空心文。选择"字体"选项卡→"效果"→单击"空心"复选框，如图 3-48 所示。

3）设置上标、下标。例如，想排出"A^2"的效果。

键入字符"A2"；选中字符"2"；单击"格式"菜单→"字体"命令→"字体"选项卡→"效果"选项，选中"上标"，如图 3-48 所示。

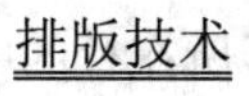

排版技术

图 3-47　下划线效果图　　　　　　　　图 3-48　"效果"选项

（2）设置字符间距。

1）选中文字，单击"格式"菜单→"字体"命令→"字符间距"选项卡，如图 3-49 所示。

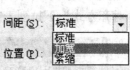

图 3-49　设置字间距

2）在"间距"旁的下拉列表中选"加宽"，在后输入磅值。例如输入 5 磅。

3）单击"确定"按钮。

（3）文字效果。选中文字，单击"格式"菜单→"字体"命令→"文字效果"选项卡，如图 3-50 所示，在"动态效果"旁的下拉列表中任选一项，如选"礼花绽放"选项。

以上设置在预览中均可看到效果显示。

3.4.2　设置段落格式

段落是以回车符结束的一段文档内容。在一段文档中，可强行按 Enter 键以达到分段的目的；反之，如删除回车符 Enter 键则可将两段合为一段。每按一

图 3-50　文字效果

下 Enter 键,产生一个段落标记 ↵ 。段落标记中储存着该段落的格式,它总是位于段落结尾。

Word 提供的段落格式设置有缩进和间距、换行和分页、中文版式等,这里主要介绍对齐方式、缩进、间距。

1. 对齐方式

Word 提供的对齐方式有五种:左对齐、居中、右对齐、两端对齐和分散对齐。其中"左对齐"是默认的对齐方式。

(1) 使用"格式"工具栏上的按钮,可以快速应用或取消以下四种对齐方式。

选中文字→用鼠标点击"格式"工具栏上相应按钮:

▤ 两端对齐,快捷键 Ctrl+J。使所选段落中除最末行外的每行的左、右两边同时与左右页边距或缩进对齐(适于英文输入)。

▤ 居中,快捷键 Ctrl+E。一般用于对标题行的设置,使标题位于所在行的中间。

▤ 右对齐,快捷键 Ctrl+R。文本向右对齐。效果如图 3-51 所示。

<blockquote>Word 提供的段落格式设置有 缩进和间距、换行和分页、中文版式等,这里主要
介绍 对齐方式、缩进、间距。↵</blockquote>

图 3-51 对齐效果图

▤ 分散对齐,快捷键 Ctrl+Shift+D。把不满行中的所有字符等间距的分散并布满在该行。效果如图 3-52 所示。

<blockquote>Word 提供的段落格式设置有:缩进和间距、换行和分页、中文版式等,这里主要
介 绍 : 对 齐 方 式 、 缩 进 、 间 距 。↵</blockquote>

图 3-52 分散对齐效果图

(2)"段落"对话框。选中文字→用鼠标单击"格式"菜单→"段落"命令→"缩进和间距"选项卡→在"对齐方式"下拉列表中选取一种,如图 3-53 所示。

图 3-53 对齐方式

2．设置段落缩进

段落缩进是指段落的首行、悬挂、左边和右边距离相对正文区相应的长度，Word 中的段落缩进包括四种：首行缩进、悬挂缩进、左缩进、右缩进。

（1）首行缩进、悬挂缩进。我们习惯每段文字开头空两格，那么就要利用到首行缩进。

1）选中正文，单击"格式"菜单→"段落"命令，弹出"段落"对话框，如图 3-54 所示。

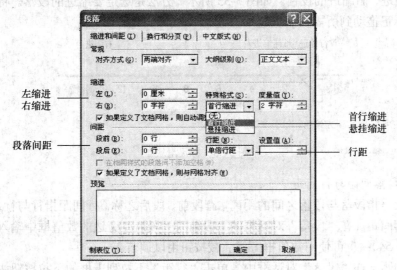

图 3-54　"段落"对话框

2）在"特殊格式"下拉列表中选"首行缩进"，旁边的"度量值"为"2 字符"，单击"确定"按钮。

"首行缩进"用来缩进段落的第一行，而"悬挂缩进"则是缩进段落中除第一行以外的其余各行，它的设置方法与"首行缩进"类似，区别在"特殊格式"下拉列表中选"悬挂缩进"，"度量值"选择所需字符。

"首行缩进"2 字符，效果如下：

　　科学社会主义指的是马克思主义的科学社会主义，它是关于无产阶级革命和人类解放斗争性质、条件和一般规律的学说，它以无产阶级解放运动的一般规律为研究对象，是研究无产阶级解放运动发展规律的科学。

"悬挂缩进"2 字符，效果如下：

科学社会主义指的是马克思主义的科学社会主义，它是关于无产阶级革命和人类解放斗争性
　　质、条件和一般规律的学说，它以无产阶级解放运动的一般规律为研究对象，是研究无
　　产阶级解放运动发展规律的科学。

（2）左缩进和右缩进。整段文字左边、右边缩进指定距离。

1）选中段落，用鼠标单击"格式"菜单→"段落"命令。

2）在左缩进、右缩进中各输入 2 厘米，如图 3-54 所示。

"左缩进、右缩进"各 2 厘米，效果如下：

　　　　科学社会主义指的是马克思主义的科学社会主义，它是关于无产阶

级革命和人类解放斗争性质、条件和一般规律的学说，它以无产阶

级解放运动的一般规律为研究对象，是研究无产阶级解放运动发展

规律的科学。

（3）使用"标尺"。在水平标尺的两端有几个滑块，可通过鼠标拖动来完成首行缩进、悬挂缩进、左缩进、右缩进的设置。如图 3-55 所示。方法是选定要缩进的段落。将水平标尺上的"缩进"标记拖动到所需的缩进起始位置。

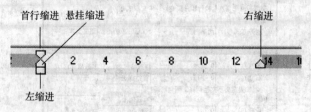

图 3-55　标尺滑块

3. 设置段落间距与行间距

段落间距是指段落与段落之间的距离，有段前、段后之称。行间距指行与行之间的距离。

（1）段落间距。在"段落"对话框的"段前"、"段后"旁边的数值框中输入具体磅值或行数（见图 3-54）；也可使用数值框旁增 / 减按钮用以调节。

（2）行间距。在"段落"对话框中，单击"行距"下拉列表框的下拉按钮，将出现以下选项（见图 3-56）：

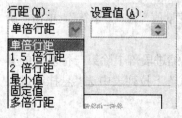

图 3-56　行距

1）单倍行距：默认选项，行间距离为能容纳行内最大字体的高度。

2）1.5 倍行距与 2 倍行距：行间距离分别为单倍行距的 1.5 及 2 倍。

3）多倍行距：可在"设置值"数值框中灵活输入数值，以设置任意倍行距。注意在数值框中输入的数值，不需加单位，系统默认为"倍"。

4）最小值：系统会自动提供容纳当前最大字体或图形的最小行距，可视需要输入大于最小行距的数值。

5）固定值：强行固定行距，即使无法完整显示字体或图形，系统也不会自动调节。使用"设置值"数值框确定数值。

3.4.3　项目符号与编号

在文档中，为了使其条理清楚或方便阅读，经常需要对一些条目进行标注或编号，为此 Word 提供了"项目符号和编号"命令。

1. 添加项目符号

（1）选中段落，单击"格式"菜单→"项目符号和编号"命令。

（2）弹出"项目符号和编号"对话框，选择"项目符号"选项卡，此时出现除"无"以外七种符号，可任选一种符号，如图 3-57 所示。

（3）如此 7 种符号若不满意，先任选一种符号，再单击"自定义"按钮，弹出"自定义项目符号列表"对话框，如图 3-58 所示，在"项目符号字符"中任选一种，单击"确定"按钮。

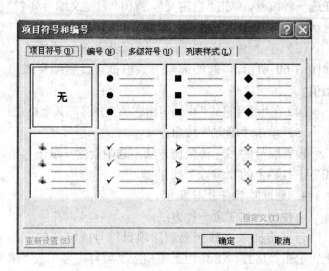

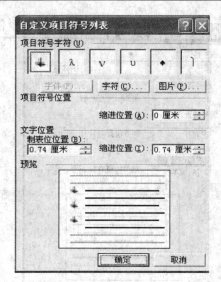

图 3-57　"项目符号和编号"对话框　　　　　图 3-58　自定义项目符号列表

（4）如"项目符号字符"中无所需字符或图片，也可选择图 3-58 中的"字符"或"图片"按钮，弹出以下对话框，如图 3-59 所示。

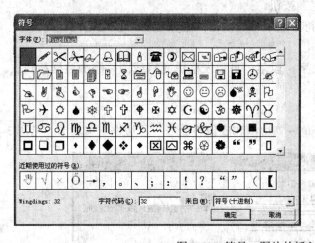

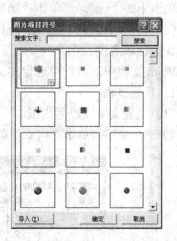

图 3-59　符号、图片的插入

（5）选择所需字符或图片，单击"确定"按钮。

在"自定义项目符号列表"对话框中（见图 3-58），"字体"按钮，可打开"字体"对话框，用以改变所选项目符号的字体格式；"项目符号位置"旁的"缩进位置"数值框，设置项目符号缩进的距离，即设置其对齐方式；"文字位置"旁的"缩进位置"数值框，设置页边框与正文起点间的距离。

设置项目符号的另一种快捷方法：选中段落→单击"格式"工具栏上的"项目符号"按钮 。

2．添加编号

（1）选中段落，单击"格式"菜单→"项目符号和编号"命令→"编号"选项卡。

（2）此时出现除"无"以外 7 种编号，可任选一种编号；若如此 7 种编号均不满意，先

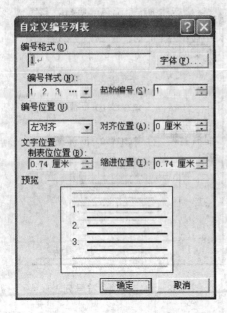

图 3-60　自定义编号

任选一种编号，单击"自定义"，弹出"自定义编号列表"对话框。

（3）在"编号样式"的下拉列表中选一种样式，如图 3-60 所示，"起始编号"数值框可设置编号的起始值。

（4）在"编号格式"中还可给它加上括号等其余格式。

（5）单击"确定"按钮。

设置编号的另一种快捷方法：选中段落→单击"格式"工具栏上的"编号"按钮 三。

3. 删除项目符号与编号

可使用下列任意一种方法：

（1）将插入点移到要删除项目符号或编号的段落上，单击"格式"工具栏上的相应"项目符号"或"编号"按钮。

（2）将插入点移到要删除项目符号或编号的段落上，使用"格式"菜单→"项目符号和编号"命令，单击选项卡中的"无"，再单击"确定"按钮。

（3）将插入点移到要删除项目符号或编号的段落的起始位置，按退格键。

3.4.4　边框和底纹

Word 文档中，可以对选定的文字、段落、页、表格单元格或图片添加边框和底纹。

1. 设置边框

（1）设置文字或段落边框。

1）选中文字，单击"格式"菜单→"边框和底纹"命令→"边框"选项卡（见图 3-61）。

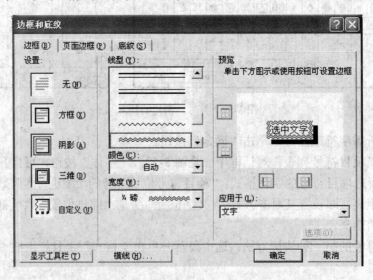

图 3-61　"边框"选项卡

2）选择所需的边框形式（方框、三维、阴影、自定义），再选择线型（如波浪形）、颜色

（如红色）及宽度（如 1.5 磅）。

3）确定应用范围（文字或段落，自己试一下二者有何不同）最后单击"确定"按钮。

取消文字或段落边框的方法：在"边框"选项卡的"设置"中选择"无"，单击"确定"。

（2）设置页面边框。除了给文字设置边框之外，在 Word 中还可以给整个页面设置边框：

1）单击"格式"菜单→"边框和底纹"命令→"页面边框"选项卡，如图 3-62 所示。

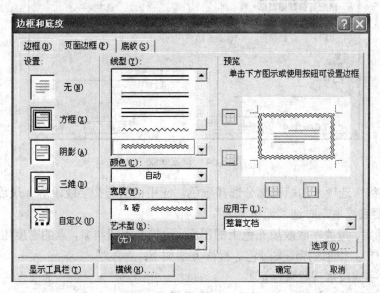

图 3-62　"页面边框"选项卡

2）选择边框形式、线型、颜色及宽度；或单击"艺术型"旁的下拉按钮，任选一种图形构成边框，如图 3-63 所示。

 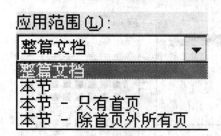

图 3-63　页面边框

3）在"应用于"确定应用范围（见图 3-63），最后单击"确定"按钮。

取消页面边框的方法：在"页面边框"选项卡的"设置"中选择"无"，单击"确定"按钮。

2．设置底纹

Word 提供了设置文字或段落的底纹的功能，其设置分为底纹填充和底纹图案。

（1）底纹填充。选某个颜色为选中的文字或段落做背景。

1）选择文字或段落，单击"格式"菜单→"边框和底纹"命令→"底纹"选项卡，如图 3-64 所示。

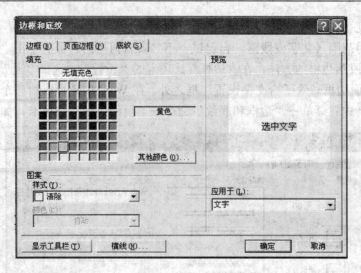

图 3-64　设置底纹

2）在"底纹"选项卡的填充部分选择颜色，应用范围选文字或段落，最后单击"确定"按钮；若不需要底纹填充时选"无填充色"选项。

（2）底纹图案。覆盖在底纹填充色上的图案，可以是点或线条，点的密度用比例表示（如40%）。选择式样后才能选择图案颜色。操作方法如下：

1）选择文字或段落（段落标记）。

2）选择图案样式，如图 3-65 所示，如选择样式 40%。

3）在式样下方的颜色下拉列表框中选择颜色（如选择浅蓝），如图 3-65 所示，单击"确定"按钮。效果如图 3-66 所示。

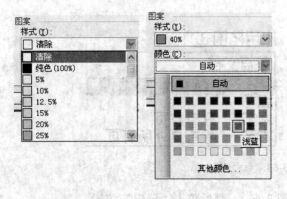

图 3-65　设置底纹样式

图 3-66　示例

若不需要底纹填充，可在"底纹"选项卡的"样式"下拉列表框中选择"清除"，单击"确定"按钮。

3.5　美　化　文　档

3.5.1　分栏

分栏多用于杂志页面编排，它将一段或多段文字并列分成多栏显示出来。分栏的实际效果要在"页面视图"或"打印预览"模式下查看,"普通视图"中只能看到一栏,无法看到多栏效果。

(1) 选中分栏的段落,单击"格式"菜单→"分栏"命令,打开"分栏"对话框,如图3-67 所示。

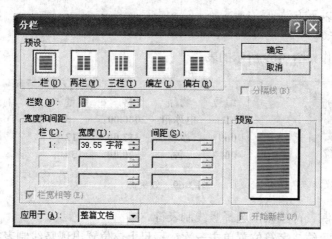

图 3-67　分栏

(2) 在"分栏"对话框中,可做如下设置:

1)"预设":"一栏"可用于取消分栏;"两栏"及"三栏"将所选文本分为等宽的两栏或三栏;"偏左"及"偏右"为分两栏的前提下左栏宽度为右栏的一半或右栏宽度为左栏的一半。

2)"栏数"数值框:输入数值,可设置一栏或等宽的多栏。

3)"宽度和间距":可确定每栏的宽度以及栏与栏之间的距离。

4)"栏宽相等"复选框:选中时,所有栏设置成相等的宽度;"分隔线" 复选框:选中时,栏与栏之间将添加一条分隔竖线。

5)"应用于"下拉列表框:用于确定分栏的应用范围。

6) 选择完毕后,单击"确定"按钮。

例如,将指定段落分为等宽两栏,添加分隔线,步骤如下:

1) 选中分栏的段落,"格式"菜单→"分栏"命令,打开"分栏"对话框。

2)"预设"中选择"两栏",选中"分隔线"复选框。

3) 单击"确定"按钮。效果如图3-68 所示。

第一代计算机采用电子管作为其逻辑元件,主存储器先采用延迟线,后采用磁鼓磁心,外存储器使用磁带。软件方面,用机器语言和汇编语言编写程序。这个时期计算机的特点是,体积庞大、运算速度低(一般每秒几千次到几万次)、成本高、可靠性差、内存容量小(仅为几千个字节)。使用也不方便,为了解决一个问题,所编制的程序的复杂程度难以表述,主要用于科学计算,从事军事和科学研究方面的工作。

图 3-68　分栏效果图

3.5.2　制表位

制表位的作用是让文字向右移动一个特定的距离。编辑文件时按下 Tab 键,光标将向右移动到第一个制表位。这样不需要键入许多空格,就能快速地把光标移动到一些指定的位置。

制表位一般用作文字的对齐。Word 中提供了系统默认制表位及用户自定义制表位两种制表位。默认制表位是不需设置，按 Tab 键后光标移到的位置。用户也可自定义制表位的间距、对齐方式、前导符，其中对齐方式的设置可通过制表符来实现。

　　Word 中有五个制表符：左对齐 ⌞、右对齐 ⌟、小数点对齐 ⊥、居中 ⊥、竖线对齐 ▏。设置制表符可以使用以下方法。

　　1. 使用水平标尺

　　利用制表符制作如图 3-69 所示的表。

图 3-69　效果图

　　（1）连续单击制表符按钮，选择竖线制表符。

　　（2）在水平标尺约 2 字符位置单击一次，标尺上该位置出现竖线制表符。

　　（3）多次重复（1）～（2），分别在水平标尺约 4 字符、14 字符、24 字符、34 字符处设置左对齐式制表符、居中式制表符、小数点对齐式制表符、右对齐式制表符。

　　（4）输入上图中文本，按 Tab 键，光标将向右移动到下一个制表位。

　　（5）每行输入结束按回车键，可在下一行继续输入。

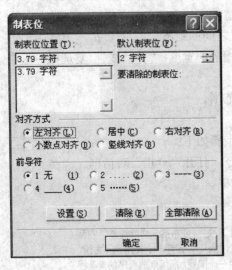

图 3-70　"制表位"对话框

　　2. 使用"格式"命令

　　使用"格式"命令可更精确设置制表位。同样以制作图 3-69 中的表为例，方法如下：

　　（1）单击"格式"菜单→"制表位"命令，或是单击"格式"菜单→"段落"命令→"制表位"按钮，打开"制表位"对话框，如图 3-70 所示。

　　（2）在"制表位位置"文本框中输入插入制表符的位置 2 字符，单击"竖线对齐"单选框，前导符"无"，最后单击"设置"按钮，完成第一个制表位的设置。

　　（3）多次重复（2），分别在制表位位置 4 字符、14 字符、24 字符、34 字符处设置左对齐、居中、小数点对齐、右对齐。

　　（4）最后单击"确定"按钮。

　　在"制表位"对话框中，"前导符"用于设置制表位内容前的符号；"清除"按钮可清除"制表位位置"列表框中某个制表位；"全部清除"取消所有制表位设置。

3.5.3　首字下沉

　　在杂志中，为达美化效果，经常可看到一段落的第一行第一个字符被放大，产生"下沉"的艺术效果，Word 中称为"首字下沉"。设置方法如下：

（1）先把光标定在需设置"首字下沉"的段落的任一位置。

（2）单击"格式"菜单→"首字下沉"命令，打开"首字下沉"对话框，如图 3-71 所示。

（3）在"位置"选项组中选择"下沉"或"悬挂"选项。

（4）确定下沉行数和字体。

（5）单击"确定"按钮。

对话框中"距正文"数值框，用以确定首字与正文之间的距离；"位置"选项组中"无"可取消"首字下沉"选项。

3.5.4　文字方向

用鼠标单击"格式"菜单→"文字方向"命令→任选一种→"确定"按钮，如图 3-72 所示。

图 3-71　首字下沉

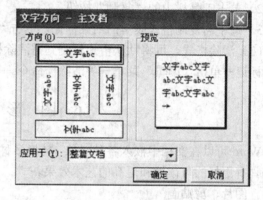

图 3-72　文字方向

3.5.5　更改大小写

（1）选中英文。

（2）用鼠标单击"格式"菜单→"更改大小写"命令。

（3）在几个选项（大写、小写、句首大写、词首大写）中任选一种。

（4）单击"确定"按钮，如图 3-73 所示。

3.5.6　格式复制及清除

在文档的编辑中，可能会有多个不连续的文本使

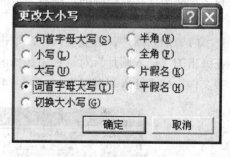

图 3-73　更改大小写

用相同的格式，这时可使用格式复制的方法，先对某个文本设置格式，再将其格式复制到其他文本上。

1. 使用"格式刷"复制或清除字符格式

（1）复制字符格式。

1）选中已复制格式的文本。

2）单击"常用"工具栏中的"格式刷"按钮 ，此时鼠标指针变成刷状，这时只能复制一次，如需重复复制，可双击"格式刷"按钮。

3）拖动鼠标选中需复制格式的文本。

（2）清除字符格式。可将默认格式复制到需清除格式的字符上；或者选中需清除格式的字符→按 Ctrl＋Shift＋Z 键。

2. 复制或清除段落格式

(1)使用"格式刷"复制。

1)选中已复制格式的段落或结束标记。

2)单击"常用"工具栏中的"格式刷"按钮 ✍。

3)拖动鼠标选中需复制格式的段落或结束标记,也可单击需复制格式的段落的任一位置。

如选中的是已复制格式的整个段落(文字及段落结束标记),则将是字符及段落格式均被复制。

(2)使用"剪贴板"复制段落格式。

1)选中已复制格式段落的结束标记。

2)单击工具栏中的"复制"按钮。

3)选中需复制格式段落的结束标记,单击"粘贴"按钮。

(3)清除格式。可将默认格式复制到需清除格式的段落上;或者选中需清除格式的段落结束标记→单击"编辑"菜单→"清除"命令。

3.6 图 形 处 理

Word 可以在文档中嵌入各种对象,转换多种来源的图形格式,实现图文混排,使形成的文档具有更好的可读性和更高的艺术效果。

3.6.1 图片、剪贴画

Office 自带了图片编辑库,其中包含了许多的剪贴画。Word 文档中可插入剪贴画以及来自文件的图片。剪贴画的扩展名为.wmf,图片的扩展名为.jpg,均以文件形式保存。

1. 插入图片、剪贴画

(1)插入图片。选取插入点,单击"插入"菜单→"图片"命令→"来自文件"选项,在弹出的"插入图片"对话框中选择图形文件,在"插入"下拉列表框中选择"插入"、"链接文件"或"插入和链接",如图 3-74 所示。

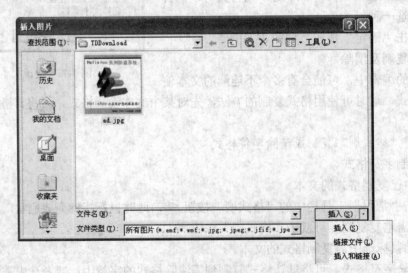

图 3-74 插入图片

插入：将图片信息直接嵌入文档，可在文档中直接编辑该图形资料。

链接：使输入之图片与图形文件间建立链接关系，而非直接嵌入，以减少文件长度。

（2）插入剪贴画。选取插入点，单击"插入"菜单→"图片"命令→"剪贴画"选项，在"插入剪贴画"任务窗格中搜索插入对象，如输入"火"搜索所有与之相关的剪贴画，选择即可，如图 3-75 所示。

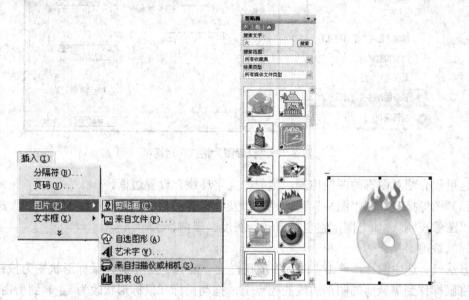

图 3-75　插入剪贴画

2. 调整图片或剪贴画大小

单击要编辑的图形，其周边会出现若干控点（图形四周的 8 个小方块，见图 3-75），拖动该控点即可改变图形大小。或使用"设置图片格式"对话框的"大小"选项卡。

3. 移动、复制和删除图片或剪贴画

移动：选中图形，拖动到所需地点。

复制：选中图形，拖动同时按 Ctrl 键。

删除：选中图形，按 Delete 键。

4. 编辑图片或剪贴画

可使用"图片工具栏"或"设置图片格式"对话框进行图形编辑。

（1）"图片"工具栏。使用"视图"菜单→"工具栏"命令→"图片"，调出"图片"工具栏，如图 3-76 所示。

图 3-76　"图片"工具栏

（2）"设置图片格式"对话框。选中图片，单击右键，在弹出的快捷菜单中选择"设置图片格式"，如图 3-77 所示。

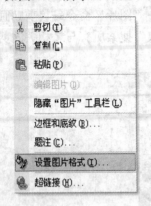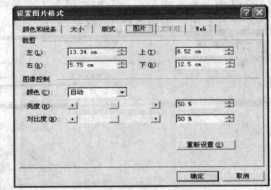

图 3-77 "设置图片格式"对话框

这里仅介绍对图形的图像控制、裁剪、文字环绕、设置边框。

（3）图像控制。在"图片"工具栏，以及"设置图片格式"对话框的"图片"选项卡中均有"图像控制"，如上图，它包括自动、灰度、黑白、水印。

（4）裁剪。

方法一：选中图片，单击"图片"工具栏上"裁剪"按钮 ，鼠标形状变为按钮上的图形，将鼠标移到需裁剪的图形边线的控点上，拖动鼠标（鼠标形状改为 ⊥）到所需位置。

方法二：选中图片，使用"设置图片格式"对话框的"图片"选项卡（见图 3-77），在"裁剪"选项组中进行设置。

（5）文字环绕。嵌入格式的图，属于文本层，可使图同字符一样排列，是 Word 中图片的默认格式；而环绕格式可设置字符以某种方式环图分布，使用"图片"工具栏的"文字环绕"按钮 ，或是"设置图片格式"对话框的"版式"选项卡均可设置，如图 3-78 所示。

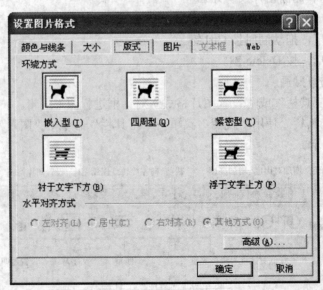

图 3-78 "版式"选项卡

"四周型环绕"：图片强行挤开文字，使文字环绕在其四周。

"紧密型环绕"：与"四周型环绕"类似，文字环绕在图片四周，但如三角形、四角星等图形可看出文字环绕更紧密。

"浮于文字上方"：图片浮在文字上方；当图片无填充色时，图片、文字重叠在一起；当图片设置了填充色时，图片覆盖在文字上方，将其遮挡住。

"衬于文字下方"：图片处于文字下方，类似文字的背景。

（6）边框。对环绕格式的图片，可利用"图片"工具栏的"线型"按钮 ≡ 为其设置边框。

3.6.2 绘制图形

1. 调出"绘图"工具栏

单击"视图"菜单→"工具栏"命令→"绘图"，如图 3-79 所示。

图 3-79 "绘图"工具栏

2. 绘制图形

（1）绘制直线、矩形、椭圆等图形。单击"绘图"工具栏上的图形，在绘图位置拖动鼠标即可完成绘制图形。在绘制矩形（椭圆）时，如拖动鼠标的同时按 Shift 键可绘制正方形（正圆）。

（2）绘制自选图形。单击"绘图"工具栏上的"自选图形"按钮，选取图形，如图 3-80 所示，指针形状将变为"十"状，至图形插入处，拖动鼠标。

3. 设置自选图形格式

（1）调整图形。单击已绘好的自选图形，其周边会出现 8 个控点（8 个空心小方块），拖动该控点即可改变图形大小。另外在图形上还有一个黄色的菱形控点，用来更改图形形状。图 3-81（a）所示的"月亮"图形，通过向右拖动菱形控点，改变为图 3-81（b）所示形状。

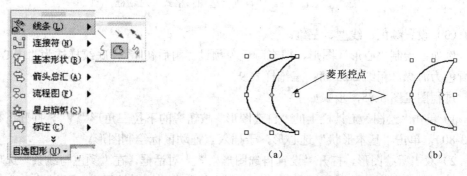

图 3-80 绘制自选图形   图 3-81 调整图形

（2）旋转或翻转。已绘好的图形，Word 可对其进行旋转或翻转。首先，选中图形，单击"绘图"工具栏上"绘图▼"，将打开下拉菜单，单击"旋转或翻转"，其中提供了自由旋转、左转、右转、水平翻转和垂直翻转等命令，如图 3-82 所示。

除上述方法，也可使用控点旋转图形。选中图形，图形上有 1 个绿色圆点（即旋转控点），将指针置于旋转控点上形状为 ↻ 时，按左键向所需方向旋转即可，如图 3-83 所示。

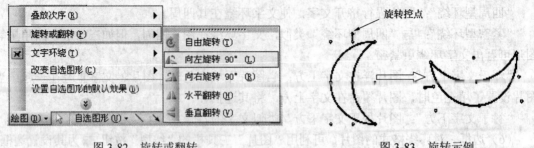

图 3-82　旋转或翻转　　　　　　　　　　　图 3-83　旋转示例

　　双击选中图形，可打开"设置自选图形格式"对话框，在"大小"选项卡中也可设置旋转，如图 3-84 所示。

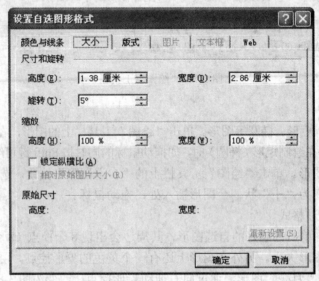

图 3-84　"设置自选图形格式"对话框

　　（3）设置颜色、线型、三维。

　　例如：绘制"心形"图形，填充颜色为预设"雨后初晴"，底纹样式为"中心辐射"；线型颜色为海绿，粗细 2.25 磅；三维样式 9。

　　过程图见图 3-85，步骤如下：

　　1）单击"绘图"工具栏上的"自选图形"按钮旁的下拉三角形"▼"，打开下拉菜单（见图 3-80），单击"基本形状"选心形，于插入点拖动鼠标绘制图形。

　　2）双击所绘图形，打开"设置自选图形格式"对话框，在"颜色与线条"选项卡中，点击"填充"选项组中"颜色"旁▼，在下拉菜单中点"填充效果"→"过渡"选项卡→"预设"单选按钮→预设颜色"雨后初晴"→底纹样式"中心辐射"。也可使用"绘图"工具栏上的"填充颜色"按钮。

　　3）"设置自选图形格式"对话框→"颜色与线条"选项卡→单击"线条"选项组中"颜色"旁▼，选海绿色，"粗细"数值框中输入 2.25 磅。或使用"绘图"工具栏上的"线条颜色"按钮 ✍ 及"线型"按钮 ≡。

　　4）选中图形，单击"绘图"工具栏中的"三维效果"按钮，选样式 9。

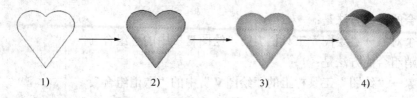

图 3-85　效果图

4. 给图形添加文字

（1）把鼠标选中图形。

（2）单击鼠标右键打开快捷菜单。

（3）单击"添加文字"，如图 3-86 所示。

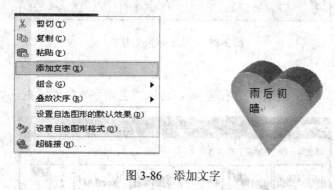

图 3-86　添加文字

5. 叠放

Word 文档分文本层、绘图层、文本层之下层三个层次。在编辑文稿时，图形对象或文本框可通过图形格式设置，使图在文本层的上、下层次之间移动，以达到"叠放"的效果。

对于文本框或非嵌入格式的图，可右击对象，由弹出的快捷菜单中找到设置"叠放次序"，再进行选择。也可使用"绘图"工具栏→"绘图▼"→"叠放次序"→……。在图 3-87 中就可使用"叠放次序"→"下移一层"，将五角星下移一层至红旗下面。

6. 组合

组合：将选定的两个或多个对象组合为单个对象。方便用户对图形统一操作。组合之前必须先选中多个图形，选定多个图形的方法：在按住 Shift 键的同时，用鼠标分别单击每个要组合的图形对象；或使用"绘图"工具栏上的"选择对象"按钮，拖动鼠标将多个图形框住。如图 3-87 将所有的星星选中。

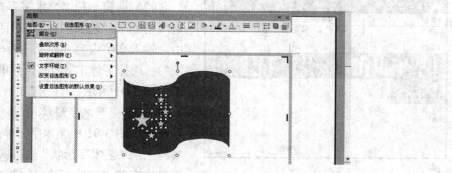

图 3-87　例图

（1）组合的操作方法是：

选择多个对象→"绘图"工具栏上的"绘图▼"中的"组合"。

（2）取消组合的方法是：

选择对象→"绘图"工具栏上的"绘图▼"中的"取消组合"。

3.6.3　艺术字

Word 可插入各种特别修饰的文字以增加文档的艺术效果。

1. 调出"艺术字"工具栏

用鼠标单击"视图"菜单→"工具栏"→"艺术字"，调出工具栏，如图 3-88 所示。

图 3-88　"艺术字"工具栏

2. 插入艺术字

（1）用鼠标单击"插入艺术字"按钮 ◢，进入"艺术字"库对话框，如图 3-89 所示。

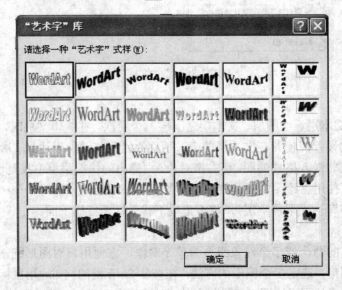

图 3-89　"艺术字"库

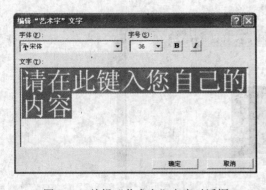

图 3-90　编辑"艺术字"文字对话框

（2）选第一种"艺术字"式样，单击"确定"，在编辑"艺术字"文字对话框（见图 3-90）中，输入文字内容（如"江西电力职业技术学院"）、选择字体、字号等，再单击"确定"，效果如图 3-91 所示。

3. 改变艺术字形状

选中图 3-91 中艺术字，单击"艺术字"工具栏上的"艺术字形状"按钮 abc，选一种样式，用以改变艺术字的形状，如图 3-92 所示。

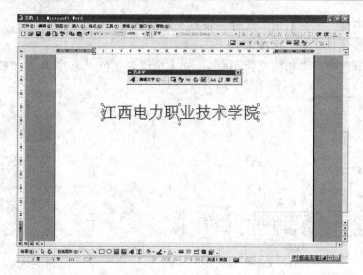

图 3-91　效果图

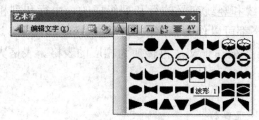

图 3-92　改变艺术字形状

　　插入的艺术字可同图形一样进行移动、缩放及旋转等（选中对象，单击鼠标右键弹出快捷菜单，在菜单中有相关的设置选项）。

3.6.4　文本框

　　1. 插入文本框

　　"插入"菜单→"文本框"命令→"横排"、"竖排"→在插入位拖动鼠标至适当位置放开→向文本框内输入文字，如图 3-93 所示。

　　2. 调整文本框大小

　　鼠标选取文本框（出现控点）→鼠标于控点处拖动。

　　3. 文本框中的文字

　　文本框中的文字同其他文档一样可以单独设置，插入图片或其他对象。

　　4. 让文本框中的文字显现在图片或图形上

　　效果见图 3-94，设置方法如下：

　　（1）插入图形或图片；插入文本框并输入文字。

　　（2）将文本框移到图片或图形上。

（3）选中文本框，鼠标右击，选择"设置文本框格式"命令。

（4）选择"颜色和线条"选项卡。

（5）在填充颜色旁，设透明度为100%；文本框线条颜色"无"；单击"确定"按钮。

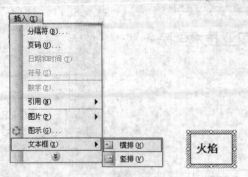

图3-93　插入文本框　　　　　　　　　　图3-94　示例

3.7 表格制作

Word 表格一般是由横线和竖线交叉的行和列组成的，由行和列相交的方格称为"单元格"。表格中的每一个单元格都可以作为独立的文档输入字符和图形，进行排版和编辑。可先生成空表格再填正文，也可先编写正文，再转换为相应的表格。表格大小无限制，每超过一页自动添加分页符。

3.7.1 创建表格

1. 调出"表格与边框"工具栏

方法一：用鼠标单击"表格"菜单→"绘制表格"命令。

方法二："视图"菜单→"工具栏"命令→"表格和边框"。

两种方法均可调出"表格和边框"工具栏，如图3-95所示。

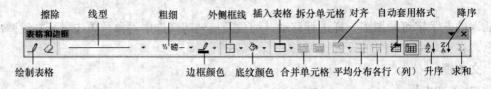

图3-95　"表格和边框"工具栏

"表格和边框"工具栏上各按钮功能如下：

"绘制表格"按钮：画表格线，是创建表格、绘制复杂表格的一种方法。

"擦除"按钮：作用类似橡皮擦，用于擦除表格的边框线。

"线型"、"粗细"、"边框颜色"按钮：用于设置表格中边框线的线型、粗细、颜色。

"边框线"按钮（当前是"外侧框线"）：设置表格中各类边框线，使之添加或取消。

"底纹颜色"按钮：给选中的单元格或表格添加底纹颜色。

"插入表格"按钮：单击按钮旁下拉小三角，可在下拉菜单中选择一种插入的方式。

"合并单元格"按钮：将多个单元格合并成一个单元格。

"拆分单元格"按钮：将一个单元格拆分成多个单元格。

"数据对齐方式"按钮：可设置单元格中数据在垂直和水平方向上的对齐方式。

"平均分布各行（列）"：使各行（列）的高度等于所有行（列）高度的平均值。

"自动套用格式"按钮：为表格套用 Word 中提供的固定格式。

"隐藏虚框"按钮：用于显示或隐藏表格中的虚线。

"升序"按钮：将选定一列中的数值或英文字母从小到大排序。

"降序"按钮：将选定一列中的数值或英文字母从大到小排序。

"Σ"按钮：将所选单元格中数据求和。

2．使用"插入表格"按钮创建表格

这是制作一个简单表格最容易的方法。选定插入点→单击工具栏上"插入表格"按钮 ⊞→移动鼠标以确定行数和列数→单击鼠标左键以确定，如图 3-96 所示。

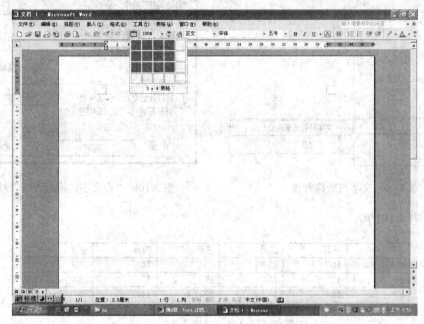

图 3-96　使用"插入表格"按钮创建表格

3．使用菜单创建表格

（1）"表格"菜单→"插入"命令→"表格"，打开"插入表格"对话框，如图 3-97 所示。

（2）确定行数和列数。

（3）用鼠标单击"确定"按钮。

4．绘制表格

单击"表格和边框"工具栏上的"绘制表格"按钮 ∕，鼠标指针变为"铅笔"形状，这时可拖动鼠标画出一个矩形区域，它就是一个单元格，再在其中绘制横线、竖线、斜线等制作复杂表格。

5．文本转换为表格

（1）以图 3-98 所示为例。输入文字，在字段和字

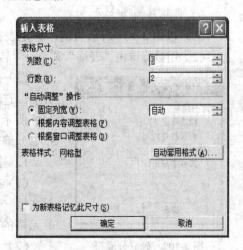

图 3-97　插入表格

段之间用逗号隔开。

（2）选中文字，单击"表格"菜单→"转换"命令→"文本转换成表格"选项，如图3-99所示。

（3）在"将文字转换成表格"对话框中，确定4行6列（由图3-98可知），在"文字分隔位置"选项组选择单选按钮"逗号"为分隔符，最后单击"确定"按钮，如图3-100所示。

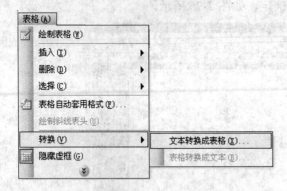

, 一月, 二月, 三月, 四月, 总计↵
A, 11, 12, 15, 78, 116↵
B, 12, 14, 17, 35, 78↵
C, 13, 14, 19, 14, 60↵

图 3-98　文字文档图

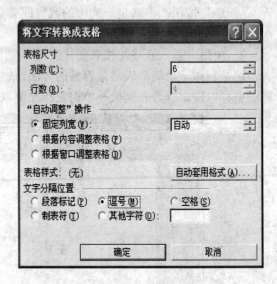

图 3-99　文字与表格转换　　　　　　　图 3-100　"将文字转换成表格"对话框

结果如图3-101所示。

↵	一月↵	二月↵	三月↵	四月↵	总计↵	
A↵	11↵	12↵	15↵	78↵	116↵	
B↵	12↵	14↵	17↵	35↵	78↵	
C↵	13↵	14↵	19↵	14↵	60↵	

图 3-101　转换表格

6. 表格转换为文本

（1）以图3-101所示为例，选定表格。

（2）用鼠标单击"表格"菜单→"转换"命令→"表格转换成文本"选项，如图3-99所示。

图 3-102　确立分隔符

（3）在"表格转换成文字"对话框中确定分隔符，如图3-102所示，选择单选按钮"逗号"，单击"确定"按钮，结果如图3-98所示。

3.7.2　编辑表格

1. 输入文本和编辑文本

（1）在表格中输入正文：先定位输入单元格，然后可同输入文档一样输入文字或图形，Word会根据所输文本自动调整单元格的大小。

（2）删除单元格、行、列的文本内容：先选定目标（字符块），再按 Delete 键。

（3）对表格的操作指令与操作方法见表 3-1。

表 3-1　　　　　　　　　　　　对表格的操作指令与操作方法对照表

操　作　指　令	操　作　方　法
选择一个单元格	鼠标在该单元格三击；或鼠标移动至纵分割线呈"指向右斜上箭头状"，单击左键
移动到下（上）一个单元格	（Shift＋Tab）Tab
移动到该行首（末）单元格	Alt＋Home（End）
移动到该列首（末）单元格	Alt＋PgUp（PgDn）

2．选定行、列、表格

（1）单选以下对象：

1）一行：鼠标移至该行选定栏呈"➚"状，单击。

2）一列：Alt＋单击该列任一位置；或鼠标移动至顶端边线呈"⬇"状，单击。

3）表格：点击表格左上角代表的移动控制点⊞，如图 3-103 所示。其中，表格右下角的空心矩形块为表格大小控制点，可按比例放大或缩小表格。

	一月	二月	三月	四月	总计
A	11	12	15	78	116
B	12	14	17	35	78
C	13	14	19	14	60

图 3-103　表格

4）光标定位于选择区→"表格"菜单→"选择"命令→选择命令项（表格、单元格、行、列），可用于选择表格、单个单元格、一行或一列，如图 3-104 所示。

（2）选择连续的内容。

1）拖动鼠标扫过选定的内容。

2）先选首项（单元格、行、列），然后移至末项 Shift＋单击。

（3）选择不连续的内容。按住 Ctrl 键的同时，选择各项内容（单元格、行、列）。

3．插入、删除单元格、行或列

（1）插入单元格、行、列。

1）插入单元格。

选定要添加的单元格数（块）。

单击"表格"菜单→"插入"命令→单元格（见图 3-105）。或单击鼠标右键→单击快捷菜单上的相应命令。注意：插入的单元格数与预选数目一致。

在打开的"插入单元格"对话框（见图 3-106）中选择选项。

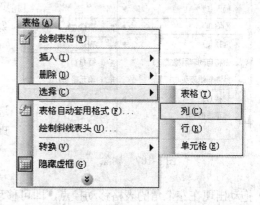

图 3-104　选定单元格、行、列

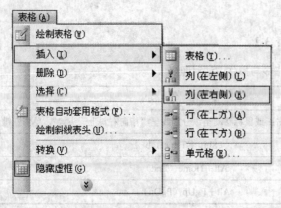

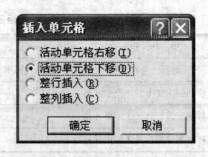

图 3-105 插入单元格、行、列 　　　　　图 3-106 插入单元格

"插入单元格"对话框各选项的含义见表 3-2。

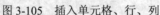

表 3-2 "插入单元格"对话框中各项含义对照表

按　　钮	含　　义
活动单元格右移	在所选单元格的左边插入新单元格
活动单元格下移	在所选单元格的上面插入一个单元格
整行插入	在所选的单元格所在行上边插入一行
整列插入	在所选的单元格所在列左边插入一列

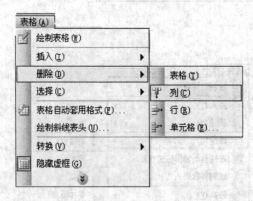

图 3-107 删除

2）插入行或列。选定行（列）→用鼠标单击"表格"菜单→"插入"命令，如图 3-105 所示。

（2）删除单元格、行、列。选定单元格（行、列）→用鼠标单击"表格"菜单→"删除"命令→"单元格（行、列）"，如图 3-107 所示。

4．移动、复制单元格、行或列

选定要移动（复制）的内容，将鼠标指针指向所选对象，按住鼠标左键（Ctrl＋鼠标左键），这时将出现一个虚线光标，拖动鼠标将虚线光标移至新位置。

5．移动、复制、删除表格

（1）移动表格。将鼠标单击表格任意位置后，再拖动出现在左上角的表格移动控点，即可移动表格。

（2）复制表格。可以复制表格的全部或部分。选定复制的单元格或表格，单击工具栏的"复制"按钮，把光标定位到新位置，单击"粘贴"按钮。

（3）删除表格。选定表格→用鼠标单击"表格"菜单→"删除"命令→"表格"，如图 3-107 所示。

6．调整行高、列宽

（1）使用鼠标拖动表格线。将鼠标指针移到两行（列）中间的水平（垂直）线上，当指针变成"上下 ⇕（左右 ↔）双向箭头"时，按左键将出现一条水平（垂直）的虚线，拖动虚线到所需位置，实现行高（列宽）的改变。

（2）拖动水平（垂直）标尺的列（行）标记。单击表格任一位置，在标尺上看到灰色方块，其中与每一行位置对应的称为行标记，与每一列位置对应的称为列标记，如图 3-108 所示。拖动行标记可调整表格的行，改变行高；拖动列标记可改变列宽。

图 3-108　改变行高与列宽

（3）使用菜单。在"表格属性"对话框中，可以在"行"（"列"）选项卡中准确的设置行高（列宽）。

1）表格属性。设置与表格有关的各种选项。

打开方法：插入点移到表格中→"表格"菜单→"表格属性"命令，如图 3-109 所示。

2）"行"选项卡（见图 3-109）：设置行高。

"指定高度"：表示指定行的高度，单位"厘米"；选定"指定高度"前面的复选框后，即可在数值框中输入设置值。

"行高值"包括最小值与固定值。

最小值：系统自动提供容纳当前最大字体的行高。

固定值：强行固定行距，系统不会自动调节。

"上一行"、"下一行"按钮：可用来指定行。

选中"在各页顶端以标题行形式重复出现"复选框会重复显示表格标题。

3）"列"选项卡（见图 3-110）：设置列宽，其操作与设置行高相同。

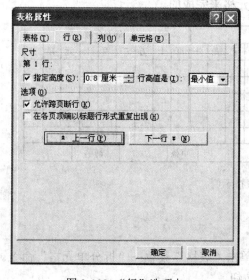

图 3-109　"行"选项卡

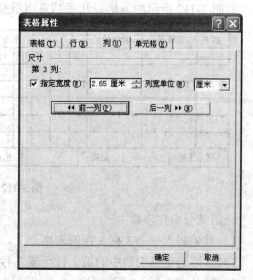

图 3-110　"列"选项卡

"指定宽度"：表示指定列的宽度，单位"厘米"；选定"指定宽度"前面的复选框后，即可在数值框中输入设置值。

"列宽单位"包括"厘米"与"百分比"。

"前一列"、"后一列"按钮：可用来指定列。

7. 合并单元格

（1）使用菜单：选定多个单元格→用鼠标单击"表格"菜单→"合并单元格"命令，此时可将多个单元格合并成一格。将两个单元格合并为一个单元格，过程如图 3-111 所示。

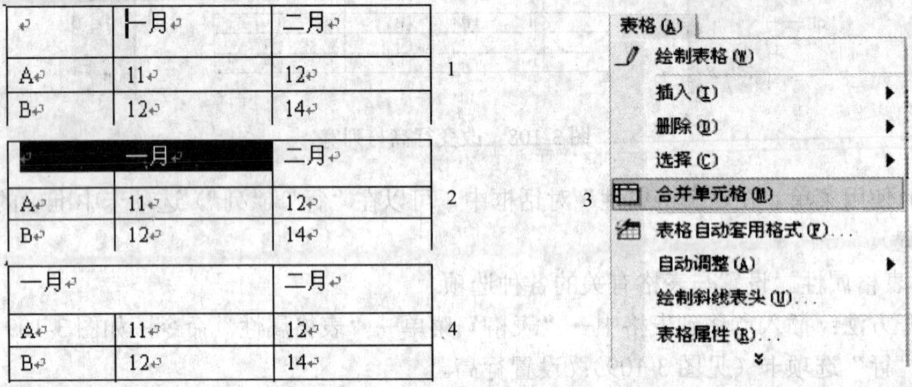

图 3-111　合并单元格

（2）使用工具栏："表格和边框"工具栏上的"合并单元格"按钮 ▦ 。

8. 拆分单元格

（1）选定单元格。

（2）用鼠标单击"表格"菜单→"拆分单元格"命令。

（3）确定行数和列数。

（4）单击"确定"按钮。

如图 3-112 所示的表格，几乎都是用拆分单元格来完成的。

摘要	总账科目	明细科目	借方金额									贷方金额								
			百	十	万	千	百	十	元	角	分	百	十	万	千	百	十	元	角	分
财务主管		记账		出纳				审核			制单									

图 3-112　表格示例

介绍部分操作步骤：

1）首先插入一个 3 列 8 行的表格。

2）然后选中第 1 列中的第 1 行至第 7 行，单击"表格"菜单→"拆分单元格"命令。

3）拆分成 3 列，7 行。最后单击"确定"按钮。

4）同样，分别选中第 2 列中第 2 行至第 7 行、第 3 列中第 2 行至第 7 行，分别拆分成 9 列 6 行。单击"确定"按钮。

5）选中第 8 行，拆分成 10 列 1 行，单击"确定"按钮。结果如图 3-113 所示。

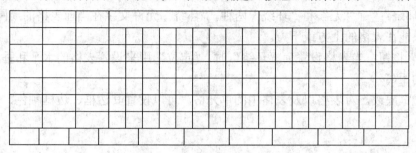

图 3-113　效果图

拆分单元格，除了菜单操作之外，还可使用"表格和边框"工具栏上的"拆分单元格"按钮 ▦ 。

9．合并、拆分表格

（1）拆分表格（将一张表格拆分成多张表格）。将光标移到要拆分的位置，单击"表格"菜单→"拆分表格"命令。

（2）合并表格。将两张表格中间的回车符删除可合并表格。效果如图 3-114 所示。

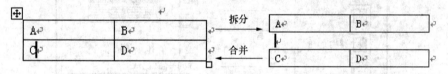

图 3-114　合并表格效果图

3.7.3　格式化表格

用户可以对表格象对普通文档一样进行格式化操作。

1．"表格"选项卡

在"表格属性"对话框的"表格"选项卡（见图 3-115）中，可调整表格的宽度，设置表格的对齐方式、文字环绕，边框和底纹等。

（1）调整表格的宽度。"表格"选项卡中的"指定宽度"：表示指定表格的宽度，宽度单位可以采用"厘米"或"百分比"，"百分比"是指占整个页面宽度的百分比（用户应在"度量单位"中选择单位，在"指定宽度"中输入宽度）。

（2）设置表格的对齐方式。"对齐方式"是指表格相对于页面左右的位置，它分成左对齐、居

图 3-115　"表格"选项卡

中和右对齐，其中设置成左对齐时，还可以设置表格的左缩进。设置表格在页面中的对齐方式，可使用以下两种方法：

1）插入点移到表格中，调出"表格"选项卡，使用"对齐方式"。

2）选中表格，单击"格式"工具栏上的"对齐方式"按钮。

（3）文字环绕。在"表格属性"对话框的"表格"选项卡中，可设置"文字环绕"。

"文字环绕"：有"无"和"环绕"两种。"环绕"允许文字在当前表格的周围，而"无"则其文字只能在表格的上方或下方。

"定位"按钮：当表格设置为"环绕"时，"定位"用来设置表格的水平和垂直位置，与周围文字的距离。

（4）边框底纹。对表格以及表格中的单元格，可以设置其边框、边框颜色、边框宽度、图案等。

方法一：

1）插入点移到表格中，"表格"菜单→"表格属性"→"表格"选项卡→"边框和底纹"按钮，打开"边框和底纹"对话框，如图3-116所示。

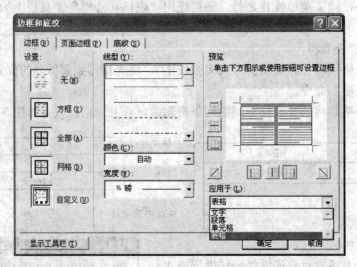

图3-116　"边框"选项卡

2）在"边框"选项卡中，进行各项设置，如样式、线型、颜色等，单击"应用于"旁下拉小三角，在下拉菜单中选择应用范围，如单元格、表格等。

3）最后单击"确定"按钮。

方法二：

使用"表格和边框"工具栏上的"线型"、"粗细"、"边框颜色"、"边框线"、"底纹颜色"等按钮，如 ────── · ½ 磅 · ✐ · ▢ · ◈ · ，同样可设置边框底纹。

2．单元格中文本的对齐方式

方法一：

插入点移到某个单元格中，"表格"菜单→"表格属性"→"单元格"选项卡，如图3-117所示，可设置单元格的垂直对齐方式。

如需设置水平对齐方式，可使用"格式"工具栏上的"对齐方式"按钮。

方法二：

单元格中文本的对齐方式共有9种，在"表格和边框"工具栏上可看到。单击"表格和边框"工具栏上的"单元格对齐方式"下拉列表框,可看到"靠上两端对齐"、"靠上居中"、"靠上右对齐"、"中部两端对齐"、"中部居中"、"中部右对齐"、"靠下两端对齐"、"靠下居中"、"靠下右对齐",共9种对齐方式,如图3-118所示。

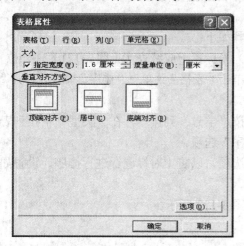

图 3-117 "单元格"选项卡

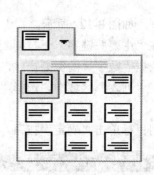

图 3-118 对齐方式

另:单元格中的文本还可设置其字符格式,方法是先选定表格内的文字,再使用"格式"菜单→"字体"命令。

3. 表格自动套用格式

当创建表格之后,不愿手工为表格进行烦琐的格式设置,而又想获得较美观的表格格式,这时可使用表格自动套用格式,套用一个 Word 已设置好字体、边框、底纹的表格样式。

(1)定光标于表格任一位置,单击"表格"菜单→"表格自动套用格式"命令。

(2)弹出"表格自动套用格式"对话框(见图3-119),在"表格样式"中任选一种样式,再选中复选框以确定"将特殊格式应用于"何处。

(3)最后单击"应用"按钮。示例图如图3-120所示。

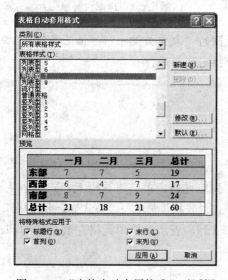

图 3-119 "表格自动套用格式"对话框

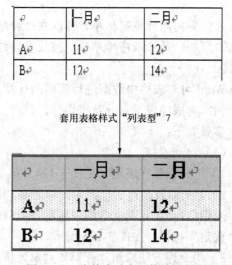

图 3-120 表格自动套用格式示例图

学号	姓名	语文	数学	总分
3	李先	85	95	180
1	王一	87	95	182
2	方云	63	66	129

图 3-121 原表

3.7.4 表格内数据的排序与计算

1. 排序

例：将如图 3-121 所示的成绩表按学号升序排序。

步骤如下：

（1）光标置于成绩表（见图 3-121）任一位置，用鼠标单击"表格"菜单→"排序"命令，打开"排序"对话框，如图 3-122 所示。

（2）在"主要关键字"下拉列表框中，选择按"学号"列排序，在"类型"下拉列表框中，选择依据"数字"的类型排序，并选中"升序"选项。

（3）在"列表"区域中，选择"有标题行"选项，以防止对标题行进行排序，设置如图 3-122 所示。

（4）用鼠标单击"确定"按钮。排序结果如图 3-123 所示。

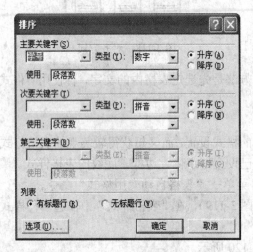

图 3-122 "排序"对话框

学号	姓名	语文	数学	总分
1	王一	87	95	182
2	方云	63	66	129
3	李先	85	95	180

图 3-123 排序后效果

注：要同时对多列排序，可以在"排序"对话框的"次要关键字"、"第三关键字"中选定第二顺序、第三顺序排序列，但最多只能对三个指定列排序。

2. 计算

Word 可对表格中数据进行简单的计算。

例：对成绩表求总分及平均分。

步骤如下：

（1）自动求和。

1）把光标放在表格（见图 3-124）第 2 行第 4 列单元格，单击工具栏上"∑"按钮。

2）把光标放在第 3 行第 4 列单元格，用鼠标单击"表格"菜单→"公式"命令，打开"公式"对话框，"公式"文本框中显示"＝SUM（LEFT）"，表示计算单元格左侧数据的和，单击"确定"按钮，如图 3-125 所示。

3）用上述方法求第 4 行第 4 列单元格数据。

姓名	语文	数学	总分
王一	87	95	
方云	63	66	
李先	85	95	
平均分			

图 3-124　计算前的表格

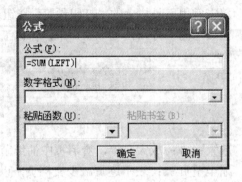

图 3-125　求和

（2）求平均。

1）把光标定在表格第 5 行第 2 列单元格，单击"表格"菜单→"公式"命令，打开"公式"对话框；

2）把"公式"文本框中"sum（above）"删除，在"粘贴函数"下拉菜单中选"Average"，使"公式"文本框中显示"＝AVERAGE（ABOVE）"，如图 3-126 所示，最后单击"确定"按钮；

3）用上述方法求第 5 行第 3 列、第 5 行第 4 列单元格数据，结果如图 3-127 所示。

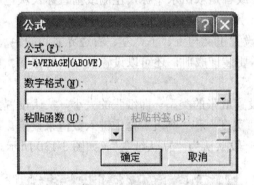

图 3-126　计算后的表格

姓名	语文	数学	总分
王一	87	95	182
方云	63	66	129
李先	85	95	180
平均分	78.33	85.33	163.67

图 3-127　求平均

常用函数表见表 3-3。

表 3-3　　　　　　　　　　　　常 用 函 数 表

函数名称	功　能	函数名称	功　能
Sum	求和	Min	求最小值
Average	求平均	Count	统计
Max	求最大值		

3.8　打 印 文 档

3.8.1　打印预览

用来显示文件打印稿的外观，所见即打印的真实效果。

预览方式：

单击常用工具栏上的"打印预览"按钮，或者单击"文件"菜单→"打印预览"命令。在显示的"打印预览"窗口中，窗口工具栏上有如下按钮，如图3-128所示。

图3-128 "打印预览"窗口

放大镜：放大文档，看清页中的细节。

缩至整页：表示逐页减少文档页，以防止将文档的少部分单独排在一页上。

多页：在预览窗口中看到多个页面。

显示比例 34%：用于缩小或扩大活动文档的显示。

3.8.2 页面设置

页面设置就是对文章的总体版面的设置及纸张大小的选择。页面设置的好坏直接影响到整个文档的布局、设置以及文档的输入、编辑等。因此，页面设置对所有高级用户来说都是必须掌握的。

一般在每篇文章录入排版之前，首先需要确定的就是文档的页面设置。

单击"文件"菜单中的"页面设置"命令（或者是双击水平标尺左侧或垂直标尺灰色部分），会打开"页面设置"对话框（见图3-129），该对话框提供了四个选项卡。

（1）"页边距"选项卡：在该选项卡中可以设置正文与上、下、左、右边界之间的距离，页面、页脚与边界的距离。如果打印后的文档需要装订成册，还可以设置装订线的位置。如图3-129所示。

（2）"纸张"选项卡：在该选项卡中，可以设置纸张的类型，即纸张的大小，默认设置为A4纸；如果要自行设定纸张的大小，则可以在"宽度"和"高度"框中键入数值来设定。在"纸张来源"中，可设置打印时纸的进纸方式，一般默认为"默认纸盒"。如图3-130所示。

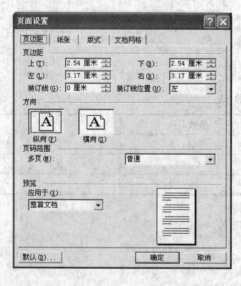

图3-129 "页面设置"中"页边距"选项卡

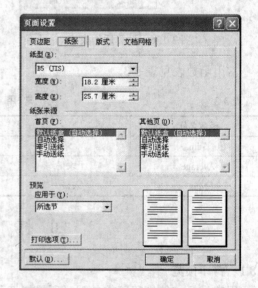

图3-130 "页面设置"中"纸张"选项卡

（3）"版式"选项卡：在该选项卡中可以设置页眉与页脚的版面格式，节的起始位置、行号、文档的页面边框等内容。在"垂直对齐方式"列表框中则可设置文本在整个版面中垂直方向对齐的方式，如图 3-131 所示。

（4）"文档网络"选项卡：在该选项卡中可以设置文档每页的行数与每行的字数，文档正文的字号、字体、栏数，正文的排列方式以及字符间距和行距等内容。当对上述所有内容作设定后，最后"应用于"列表框中选择应用范围。若选择"整篇文档"选项，则此设置应用于整个文档；若选择"插入点之后"选项，则此设置应用于当前光标后面的所有文档，并且在光标自动插入一个分节符。如图 3-132 所示。

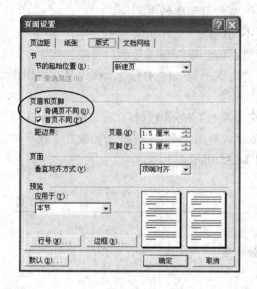
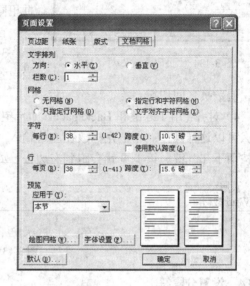

图 3-131　"页面设置"中"版式"选项卡　　　　图 3-132　"页面设置"中"文档网络"选项卡

注：在"页面设置"对话框各选项卡中均有一个"默认"按钮，单击此按钮，则 Word 将以当前在对话框中的设置作为默认的页面设置。所以，单击此按钮后将改变 Normal（普通）模式，并影响基于普通模板的所有文档。

3.8.3　设置页眉/页脚

在绝大多数书籍或杂志的版面上，每一页的顶部或底部总有内容，如书名、章名、页码及出版信息等。像这样出现在页面顶部的部分就称为"页眉"，而出现在页面底部的部分则称为"页脚"。

（1）用鼠标单击"视图"菜单中的"页眉和页脚"选项。

（2）此时进入"页眉"编辑状态，同时弹出"页眉和页脚"工具栏，如图 3-133 所示。

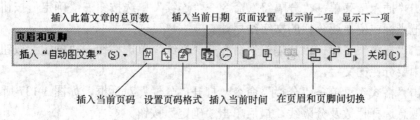

图 3-133　"页眉和页脚"工具栏

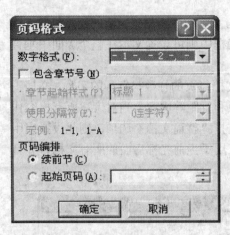

图 3-134 "页码格式"对话框

1) 用鼠标单击"设置页码格式"按钮，打开"页码格式"对话框（见图 3-134），可在"数字格式"的下拉列表中选择一种页码格式；"页码编排"用于设置页码的数字。

2) 用鼠标单击"页面设置"按钮，进入"页面设置"的"版式"选项卡，在此可以设置页眉页脚的格式，如"奇偶不同，首页不同"，如图 3-131 所示。

奇偶不同：奇数页和奇数页相同，偶数页和偶数页相同，但奇数页和偶数页不同。

首页不同：第一页和别的页不一样。

3) "显示前一项"与"显示后一项"按钮，只有当设置了"奇偶不同"时才有效，作用是在编辑奇数页、偶数页之间切换。

4) 对齐：用 Tab 键和 Backspace。如希望在左边输入"Word 教材"，右边插入"第 1 页"，那么可以这样操作：先把光标放在左边输入"Word 教材第 1 页"，再把光标放在"第"的前面按两下 Tab 键。第 1 页就会跑到右边去，如图 3-135 所示。

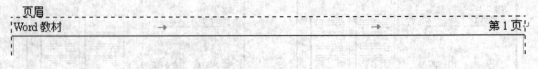

图 3-135 效果图

3.8.4 设置分隔符

1. 使用分页符

Word 提供了两种分页功能：自动分页与人工分页。

自动分页（软分页）：就是此页装满后就会自动换到下一页排列文本。

人工分页（硬分页）：在要分页的位置插入分页符，人为地使它分开。其方法如下：

方法一：定光标于分页处；按 Ctrl＋Enter 键。

方法二：定光标于分页处；单击"插入"菜单→"分隔符"命令→"分页符"单选按钮→"确定"按钮，如图 3-136 所示。

2. 使用分隔符分栏

（1）第一种情况：所选文字要左右行数平衡。

1) 把光标定位在要分栏的文字初始处。

2) 单击"插入"菜单→"分隔符"命令→"连续"单选按钮→"确定"按钮。

3) 再把光标定位在要分栏的文字结尾处。

4) 单击"插入"菜单→"分隔符"命令→"连续"单选按钮→"确定"按钮。

5) 选中要分栏的文字。

6) 单击"格式"菜单→"分栏"命令，打开"分栏"对话框，如图 3-137 所示。

7) 视题意选择栏数及分隔线，最后单击"确定"按钮。

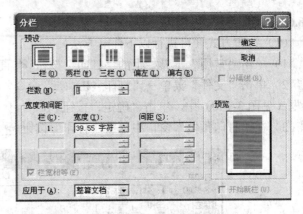

图 3-136　"分隔符"对话框　　　　　　　　图 3-137　"分栏"对话框

（2）第二种情况：在指定地方分栏。

1）把光标放在要分栏的文字初始处。

2）单击"插入"菜单→"分隔符"命令→"连续"单选按钮→"确定"按钮。

3）再把光标放在第二栏前（哪些文字要放到第二栏，光标就放在哪个文字前面）。

4）单击"插入"菜单→"分隔符"命令→"分栏符"单选按钮→"确定"按钮。

5）选中要分栏的文字。

6）用鼠标单击"格式"菜单→"分栏"命令，打开"分栏"对话框。

7）在"分栏"对话框中，视题意选择栏数及分隔线，最后点击"确定"按钮。

3.8.5　设置页面背景

使用"格式"菜单→"背景"命令，可以给 Word 文本编辑区更换颜色，将其由原来的白色更改为自己所需的颜色；也可使用"格式"菜单→"背景"命令→"填充效果"，选择"底纹式样"或"图片"作背景，如图 3-138 所示。使用上述设置，视图自动切换到 Web 视图，且所有设置无法打印。使用"格式"菜单→"背景"命令→"水印"，可为页面添加简单的水印，在弹出的"水印"对话框中可选择作为"水印"的文字，并设置字体、颜色、大小，如图 3-139 所示，该设置结果可以打印。

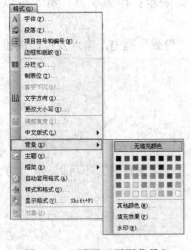

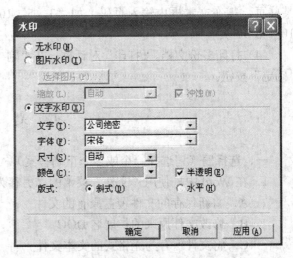

图 3-138　设置"页面背景"　　　　　　　　图 3-139　设置"水印"

3.8.6 打印

（1）打印方式（可执行以下任一方法）。

1）单击"常用"工具栏上的"打印"按钮 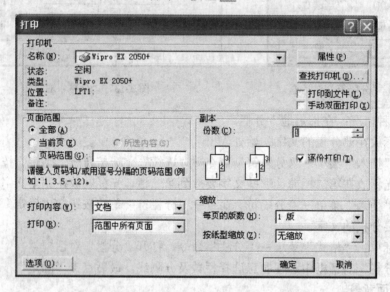🖨 直接打印整篇文档。

2）单击"文件"菜单→"打印（P）…"命令，或按 Ctrl＋P 键，在弹出的"打印"对话框（见图 3-140）中，单击"确定"按钮。

3）在"打印预览"窗口中单击"打印"按钮 🖨。

图 3-140 "打印"对话框

（2）打印机选择。Windows 允许一台计算机安装多种打印机驱动程序，并和多台打印机相连，但只有一台是默认打印机。

选择打印机：打开"打印"对话框，在"名称"下拉列表框中选择打印机打印文档。

（3）打印文档。在"页面范围"中有四个单选按钮："全部"，打印整篇文档；"当前页"，打印当前光标所在的页；"所选内容"，打印文档中选定的内容；"页码范围"，打印某些页，需在文本框内输入页码，如"3，5，10—30"，表示打印第 3 页、第 5 页以及第 10～第 30 页。

（4）打印多份文档。"打印"对话框→在"副本"栏"份数"框中，输入要打印的份数→"确定"按钮。

习　题　3

一、选择题（请选择一个或多个正确答案）

1. 在 Word 中，使用"文件"菜单的"另存为"命令保存文件时，不可以（　　）。

    A. 将新保存的文件覆盖原有的文件

    B. 修改文件原来的扩展名 DOC

    C. 将文件保存为无格式的文本文件

    D. 将文件存放到非当前驱动器中

2. 在 Word 编辑状态，当前文档的窗口经过"最大化"后占满整个窗口，则该文档标题栏右边显示的按钮是（　　）。

A. 最小化、还原和最大化按钮　　　　B. 还原、最大化和关闭按钮

C. 最小化、还原和关闭按钮　　　　　D. 还原和最大化按钮

3. 关闭正在编辑的 Word 文档时，文档从屏幕上予以清除，同时也从（　　）中清除。

A. 内存　　　　　　　　　　　　　　B. 外存

C. 磁盘　　　　　　　　　　　　　　D. CD-ROM

4. 在 Word 中，设定打印纸张的打印方向，应当使用的命令是（　　）。

A. 文件菜单中的"打印预览"命令　　B. 文件菜单中的"页面设置"命令

C. 视图菜单中的"工具栏"命令　　　D. 视图菜单中的"页面"命令

5. 在 Word 中，若要使两个已输入的汉字重叠，可以利用"格式"菜单的"（　　）"命令进行设置。

A. 字体　　　　　　　　　　　　　　B. 重叠

C. 紧缩　　　　　　　　　　　　　　D. 并排字符

6. 在 Word 的编辑状态，要想在插入点处设置一个分页符，应当使用插入菜单中的（　　）。

A. "分隔符"选择项　　　　　　　　B. "页码"命令

C. "符号"选择项　　　　　　　　　D. "对象"选择项

7. 在 Word 的编辑状态，使插入点快速移到文档尾部的快捷键是（　　）。

A. Caps Lock 键　　　　　　　　　　B. Shift＋Home 键

C. Ctrl＋End 键　　　　　　　　　　D. Home 键

8. 使用系统提供的文档格式编辑一个新文档时，应当使用文件菜单中的（　　）。

A. 新建命令　　　　　　　　　　　　B. 打开命令

C. 版本命令　　　　　　　　　　　　D. 页面设置命令

9. 在 Word 主窗口的标题栏右边，可以同时显示的按钮是（　　）。

A. 最小化、还原和最大化　　　　　　B. 还原、最大化和关闭

C. 最小化、还原和关闭　　　　　　　D. 还原和最大化

10. 在 Word 中，下列有关页边距的说法，正确的是（　　）。

A. 设置页边距影响原有的段落缩进

B. 页边距的设置只影响当前页或选定文字所在的页

C. 用户可以同时设置左、右、上、下页边距

D. 用户可以使用标尺来调整页边距

11. 在下列输入法中能输入"∑、∏、Ω、℃、①"等符号的方法有（　　）。

A. 软键盘输入　　　　　　　　　　　B. 绘图方法

C. 区位码输入法　　　　　　　　　　D. 全角法

12. 退出 Word 应用程序的方法有（　　）。

A. 单击位于窗口左上角的控制菜单图标

B. 使用 Alt＋F4 快捷键

C. 执行"文件"菜单中的关闭命令

D. 执行"文件"菜单中的退出命令

13．在 Word 中，下列有关表格的说法，正确的是（　　　）。

A．可以将文本转化为表格

B．不能将表格转化为文本

C．可以更改表格边框的线型

D．当表格行高为固定值时，过大的汉字也可以完整显示

14．在 Word 中，页面设置对话框中不能设置（　　　）。

A．纸型　　　　　B．文字横排或竖排　　C．版式　　　　　D．页码范围

15．如果想在 Word 主窗口中显示绘图工具栏，应当使用的菜单是（　　　）。

A．"工具"菜单　B．"视图"菜单　　　　C．"格式"菜单　D．"窗口"菜单

二、填空题

1．Word 中提供了五种查看文档内容的视图方式，分别是：普通视图、页面视图、Web 版式视图、阅读版式视图、_____。

2．Word 编辑状态下，将选定的文本块用鼠标拖动到指定的位置进行文本块的复制时，应按住的控制键是_____。

3．通常 Word 文档的扩展名是_____。

4．在打印之前可以通过_____来查看打印效果，这样有利于在打印前发现不足之处，并及时进行修改。

5．在 Word 中，段落文本的对齐方式可分为左对齐、右对齐、居中对齐、分散对齐、_____五种。

6．_____指将表格中的多个单元格合并为一个大的单元格的过程。

7．在 Word 编辑状态下，若要对当前文档设定段前间距和段后间距，应使用格式菜单中的_____命令。

8．若想输入特殊的符号时，应当使用_____菜单中的命令。

9．在 Word 的默认状态下，将鼠标指针移到一行左端的文档选定区，鼠标指针变成一个斜向右上方的箭头，此时单击鼠标左键，则_____。

10．在 Word 中，"编辑"菜单下"剪切"命令的作用是_____。

三、操作题

1．按要求完成以下操作。

（1）输入下列文字，全文设置为四号黑体；标题居中、加粗，字间距加宽 2 磅，标题段后间距为 25 磅；正文为 2 倍行距；存储为文件 WD051.doc。

荷塘月色

曲曲折折的荷塘上面，弥望的是田田的叶花。叶花出水很高，像亭亭的舞女的裙。层层的叶花中间，零星地点缀着些白花，有袅娜地开着的，有羞涩地打着朵儿的；正如一粒粒的明珠，又如碧天里的星星，又如刚出浴的美人。微风过处，送来缕缕清香，仿佛远处高楼上渺茫的歌声似的。这时候叶花与花也有一丝的颤动，像闪电般，霎时传过荷塘的那边去了。叶花本是肩并肩密密地挨着，这便宛然有了一道凝碧的波痕。叶花底下是脉脉的流水，遮住了，不能见一些颜色；而叶花却更见风致了。

（2）新建文档 WD052.doc，插入文件 WD051.doc 的内容。所有"叶花"更改为"叶子"并设置为空心、阴影。设置首字下沉 2 行，距正文为 0.2 厘米。存储为文件 WD052.doc。

（3）制作 5 行 4 列表格，设置外边框单实线 1 磅，表内单实线 0.75 磅，在第 1 行第 1 列单元格中添加一条红色 0.75 磅单实线对角线，第 1 行与第 2 行之间的表内框线修改为蓝色 0.75 磅双窄线，将第 1 行 2 至 4 列单元格设为 20%黄色底纹，将第 1 列 3 至 5 行单元格合并，将第 3 列第 3、4 行单元格平均拆分为 2 列，并存储为文件 WD053.doc。

（4）新建文档 WD054.doc，制作 6 行 6 列表格，列宽 2 厘米，行高 18 磅。填入下列表格中内容，文字水平居中，数字右对齐且颜色为蓝色。计算并填入平均销售额和销售总额，按平均销售额降序排序，存储为文件 WD054.doc。

	第一季度	第二季度	第三季度	第四季度	平均销售额
东北地区	11.5	10.6	19.1	20.1	
华北地区	21.4	18.9	25.3	26.7	
华东地区	20.6	20.7	26.8	27.0	
华南地区	18.6	19.3	24.3	25.6	
销售总额					

（5）新建文档 WD055.doc，插入文件 WD052.doc 的内容。在正文出现的"田田"一词后添加脚注"形容荷叶相连的样子。古乐府《江南曲》中有'莲叶何田田'的句子"。将文档页面的纸型设置为"16 开（18.4 厘米×26 厘米）"、左右页边距各为 3 厘米；在页面底端（页脚）右边位置插入页码；并将初始页码设置为"2"；并存储为文件 WD055.doc。

2．按要求完成以下操作。

（1）输入下列文字。标题设置为小三、居中，黑体，加粗，加波浪线。正文设置为四号、楷体_GB2312；存储为文件 WT091.doc。

计算机科学技术

新的软件开发模式和开发方法的研究。随着软件工程技术的发展，近年来已提出并在实践中应用了多种软件开发方法。目前较为实用的是瀑布模式法，较为热门的是速成原型模式和方法。

数据库新技术。随着计算机应用的日益发展，数据库技术面临着新的应用领域，要求新的数据库能满足空间数据、复杂对象的需要。

（2）新建文档 WT092.doc，插入文件 WT091.doc 的内容。正文各段首行缩进 0.85 厘米，段后间距设置为 8 磅，左缩进 1.1 厘米，右缩进 1.3 厘米。正文为行距 18 磅；存储为文件 WT092.doc。

（3）新建文档 WT093.doc，插入文件 WT091.doc 的内容。将全文各段加项目符号◆，存储为文件 WT093.doc。

（4）新建文档 WT094.doc，插入文件 WT091.doc 的内容。将正文部分复制 2 次，将后两段合为一段。将新的一段分为三栏，栏宽相等，栏宽为 3.45 厘米，栏间加分隔线。存储为文件 WT094.doc。

（5）新建文档 WT095.doc，插入文件 WT091.doc 的内容。将标题"计算机科学技术"设为如样图所示的艺术字效果，字体楷体 36 号；在"新的软件"所在段落中插入任意剪贴画，并将图片设置为四周型环绕方式，将原图以 50%的比例缩放；在文档中样图所示的位置上插入任意剪贴画，并将图片环绕方式设置为衬于文字下方，使用剪裁功能将剪贴画的左半部分剪去。存储为文件 WT095.doc。

样图：

计算机科学技术

新的软件开发模式和开发方法的研究。随着软件工程技术的发展，近年来已提出并在实践中应用了 多种软件开发方法。目前较为实用的是瀑布模式 法，较为热门的是速成原型模式和方法。

数据库新技术。随着计算机应用的日益发展，数据库技术面临着新的应用领域，要求新的数据库能满足空间数据、复杂对象的需要。

第4章　电子表格处理软件 Excel XP

中文 Excel XP 是美国 Microsoft 公司开发的一个功能强大的电子表格处理软件。在 Excel XP 中，电子表格软件友好的用户界面性，工作表操作的简易性、系统的智能性都进入了一个新的境界。它主要有三大基本功能：引入公式和函数的数据计算功能，自动绘制数据统计图和绘图功能，有效管理、分析数据的功能。

本章所涉及的 Excel，若无特殊说明，都是指 Excel XP。

4.1　Excel 的基础知识与操作

4.1.1　Excel 的启动与退出

1. 启动 Excel 的几种方法

（1）单击"开始"按钮，在"程序"选项子菜单中单击 Microsoft Excel。

（2）在"Windows 资源管理器"窗口中双击 Excel 表格文件的图标，启动 Excel，并打开此文件。

（3）双击 Windows XP 中文版桌面上 Excel 的快捷方式图标。

2. 退出 Excel 的几种方法

（1）打开"文件"菜单，单击"退出"命令。

（2）在 Excel 窗口的左上角双击 Excel 的控制按钮 。

（3）单击 Excel 窗口的右上角的"关闭"按钮 。

（4）按 Alt＋F4 键。

4.1.2　Excel 的用户界面

启动 Excel 后，便打开了它的应用程序窗口，如图 4-1 所示。

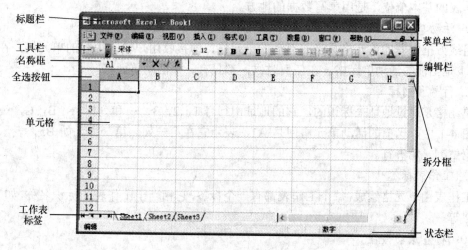

图 4-1　Excel 的用户界面

1. 标题栏

标题栏处于 Excel XP 工作窗口的最上方，用来标识 Microsoft Excel 和当前正在编辑的文件名称，如果被编辑的文件还没有取名存盘，则用"Book1"表示，以后新建立的文件依次命名为"Book2"、"Book3"等。用鼠标单击标题栏左上角的控制按钮，弹出一个控制 Excel 窗口的菜单，在该菜单中可选择关闭、改变窗口大小、窗口最小化等操作，如双击标题栏控制按钮，则关闭 Excel 窗口。标题栏右端三个按钮的功能分别是窗口最小化、改变窗口大小和关闭 Excel 窗口。

2. 菜单栏

标题栏的下面一行是菜单栏，菜单栏中包括"文件"、"编辑"、"视图"、"插入"、"格式"、"工具"、"数据"、"窗口"和"帮助" 9 项菜单，这是一组下拉式菜单，包含了进行表格数据处理所需要的绝大部分功能和命令。用鼠标单击其中的一项菜单，则会打开该菜单项的下拉菜单，在下拉菜单上列出了与该项目有关的一组命令，如果命令是黑色显示，表示该命令可用，如果命令是灰色显示，表示目前不具备使用条件而该命令不可用。

3. 工具栏

菜单栏下面的两行分别是常用工具栏和格式工具栏，工具栏上形象直观的排列着一些最常用的 Excel 命令按钮，对应特定的常用操作命令，当把鼠标指向某一个按钮时，按钮的下方将出现该按钮的功能提示文字。

4. 名称框

名称框显示当前活动单元格的名称或地址，若当前活动单元格是第一行第 A 列，则此名称框中显示 A1。

5. 编辑栏

编辑栏是输入和编辑数据、公式的地方。如果直接在单元格中输入和编辑数据，则输入和编辑的内容同时在编辑栏中显示。"输入按钮" ✔ 确认编辑框内键入的内容，"取消按钮" ✘ 取消编辑栏内键入的内容。如果要输入计算公式，需先输入"＝"后，再接着输入计算公式。

6. 单元格

屏幕上的一个个长方形的方格就是单元格，这是 Excel 所特有的组成元素。单元格是构成工作表的基本单位，是用来写数据的地方。

7. 活动单元格

粗线方框围着的单元格是当前活动的单元格，即接收用户输入内容的单元格，在图 4-1 中，A1 是当前的活动单元格。在任何时候，都只有一个活动单元格。

8. 行号和列标

单元格是通过地址来标识的，它的地址由行号 1，2，3，…和列标 A，B，C，…构成。如在图 4-1 中，当前的活动单元格便是 A1，表示它在第一列，第一行。如 B5，表示单元格是在第二列、第五行。

9. 工作表标签

工作表由单元格组成，每个工作表都有一个标签，它相当于工作表的标识名称，如 Sheet1、Sheet2 等。

10. 标签滚动按钮

在工作表标签的左边，有四个标签滚动按钮 ◄◄ ◄ ► ►► 用来滚动工作表标签。

11．拆分框

利用水平拆分框和垂直拆分框可以将工作簿窗口拆分为四个窗格，可在同一个工作簿窗口中查看工作表的不同部分。

12．状态栏

状态栏在屏幕的最下面，其中显示当前系统的操作情况、命令的作用、函数计算的结果以及按键的状态等。

13．全选按钮

如图 4-1 所示，位于工作表左上角的矩形框，行和列的交汇处，单击此按钮可选定工作表中的所有单元格。

4.1.3　工作簿与工作表

1．工作簿

工作簿是 Excel 中的一个基本概念。Excel 文档就是工作簿，用户在 Excel 中的所有操作都是在工作簿中进行的。

一个工作簿由一个或多个工作表组成，默认情况下，工作簿由三个工作表组成（例如，工作簿为 Book1，工作表为 Sheet1、Sheet2、Sheet3），但用户也可根据需要插入或者删除工作表。

2．工作表

工作表是 Excel 完成一项工作的基本单位，工作表由单元格组成。纵向称为列，以字母命名（A、B、C、…）；横向称为行，以数字命名（1、2、3、…），每一张工作表最多可以有 65 536（行）×256（列）个单元格。

启动 Excel 后，Excel 将自动产生一个新工作簿，除此之外，在编辑过程中也可以同时创建新的工作簿。

3．工作表与工作簿的关系

在 Excel 中，工作簿与工作表的关系就像账簿与账页之间的关系。Excel 中的文件"Book1"就是一个工作簿，一个工作簿中最多可以包含 255 张工作表，每张工作表都有一个标签与之对应。在新建的工作簿中默认包含三张工作表，它们的名称分别是 Sheet1、Sheet2 和 Sheet3，但当前活动的工作表只有一个（默认为 Sheet1），单击工作表标签，即可切换到相应的工作表。

4.1.4　新建工作簿

建立新的工作簿可以使用下面任意一种方法。

（1）执行"文件"菜单的"新建"命令，出现如图 4-2 所示任务窗格，单击"空白工作簿"选项即可。

（2）在"常用"工具栏中，单击"新建"按钮 。

（3）按 Ctrl＋N 键。

4.1.5　打开现有的工作簿

打开现有的工作簿有以下几种方法：

（1）执行"文件"菜单，然后选择"打开"命令。

（2）单击常用工具栏的"打开"快捷按钮 。

（3）在 Excel 中单击"文件"菜单，在下拉菜单底部最近使用的文件清单列表中选择要打开的文件。

4.1.6　工作簿窗口的操作

　　排列工作簿窗口：当同时存在多个工作簿窗口时，执行"窗口"菜单→"重排窗口"命令，出现如图 4-3 所示对话框。

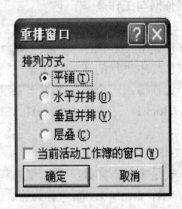

图 4-2　"新建工作簿"窗格　　　　　　　　　　图 4-3　"重排窗口"

　　（1）平铺：Excel 根据打开窗口的数目，用最佳的方式进行排列，如图 4-4 所示。

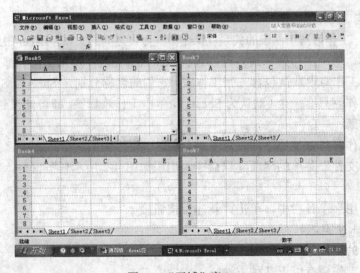

图 4-4　"平铺"窗口

　　（2）垂直并排：打开的窗口按垂直方式排列，如图 4-5 所示。
　　（3）水平并排：打开的窗口按水平方式排列，如图 4-6 所示。
　　（4）层叠：全部窗口重叠显示，并且每个窗口的标题可见，如图 4-7 所示。

图 4-5 "垂直并排"窗口

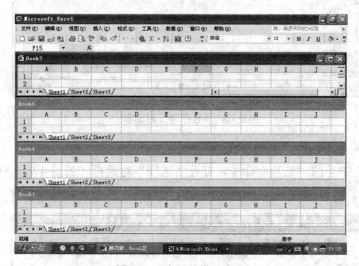

图 4-6 "水平并排"窗口

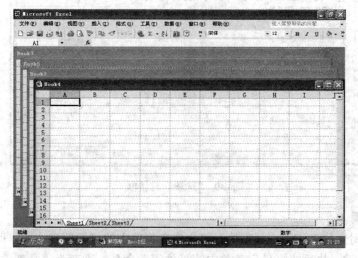

图 4-7 "层叠"窗口

4.1.7 保存工作簿

1. 直接保存

执行"文件"菜单的"保存"命令，或单击常用工具栏上的保存按钮 ，可以将当前工作簿保存到磁盘上，而文件所在的磁盘、文件夹和文件名不变。如工作簿是第一次保存，或执行的是"文件"菜单的"另存为"命令，则打开"另存为"对话框（见图4-8），在"保存位置"下拉列表框中选择保存位置，输入文件名，单击"保存"按钮即可。

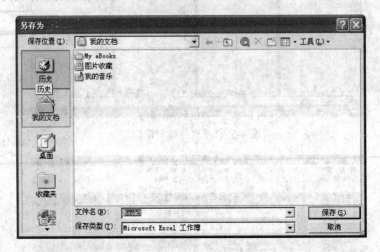

图 4-8 "另存为"对话框

2. 自动保存

执行"工具"菜单的"选项"命令，打开"选项"对话框（见图4-9），在对话框中单击"保存"标签，设置"时间间隔"，这样每隔一定的时间，系统就会自动保存一次文件。

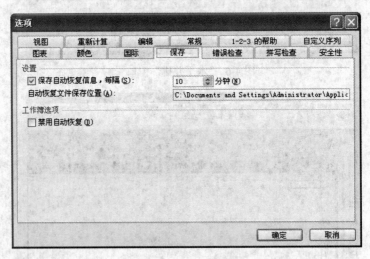

图 4-9 "选项"对话框

4.1.8 关闭工作簿

如果需要关闭当前工作簿，只需执行"文件"菜单中的"关闭"命令，即可关闭当前工作簿，按住 Shift 键，执行"文件"菜单中的"关闭"命令，则变为"全部关闭"，单击它则可关闭所有打开的工作簿。关闭工作簿后 Excel 并不退出，可以继续处理其他工作簿。

若关闭 Excel 应用程序窗口，此时，系统将同时关闭所有打开的工作簿文件。

4.2 建 立 工 作 表

工作表是由一个个单元格组成，当我们在单元格中输入数据后，一张工作表就建立了。

4.2.1 单元格的定义

1. 单元格

单元格是 Excel 工作表的基本元素，它可以存放文字、数字和公式等信息，Excel 将单元格作为工作表整体操作的最小单位。单元格由它在工作表的位置所标识，A1 是单元格的地址，表示单元格位于工作表第一行第一列，即称为单元格的引用。

2. 单元格区域

表示由若干单元格构成的表格区域，在两个地址之间用冒号分隔，即用"起始地址：终止地址"表示从起始地址到终止地址之间的矩形区域。如 B1:D5 表示从 B1 到 D5 为对角包含 15 个单元格的矩形区域，2:5 表示第 2 行到第 5 行的所有单元格，B:D 表示 B 列到 D 列的所有单元格。

表示不连续的单元格，单元格之间用逗号分隔，如用 A3、B2、D7 表示这三个单元格。

表示两个区域的公共单元格，用空格分隔两个区域，如 B1:C6 C5:E7 的公共单元格是 C5、C6。

3. 单元格地址

单元格地址有三种表示，分别是相对地址、绝对地址和混合地址。

相对地址：由列标和行号组成，如 B5、B1:D5，如果公式中引用了相对地址，公式将随地址而变化。

绝对地址：在列标和行号前分别加上$符号，如$B$5、$B$1:$D$5，如果公式中引用了绝对地址，绝对地址固定不变。

混合地址：在列标或行号前加上$符号，如$B5、D$5，如果公式中引用了混合地址，若行设为绝对地址，则行地址不变，若列设为绝对地址，则列地址不变。

4.2.2 单元格的选定

1. 选定单个单元格

用鼠标指向需要选定的单元格，鼠标箭头变成白色的"✛"形，单击后，该单元格就变为当前单元格，其边框以黑色粗线标识。

2. 选定连续的单元格

（1）选择一个矩形区域。例如选择单元格 B2 至 D5 所在的单元格区域，常用的方法有：

1）单击选定的第一个单元格区域的 B2，然后拖动鼠标直至选定最后一个单元格 D5。

2）单击选定的第一个单元格区域的 B2，然后按住 Shift 键再单击区域中的最后一个单元各 D5。

3）直接在编辑栏的"名称"框中输入 B2:D5。

（2）选择整行或整列。鼠标单击行号或列标，即可选择某行或某列的所有单元格。

（3）选择工作表中所有的单元格。单击工作表的"全选"按钮，或者按 Ctrl＋A 组合键。

　　3．选择不相邻的多个单元格

　　例如选择 B2、D4、G1。先选定第一个单元格 B2，然后按住 Ctrl 键，再分别单击 D4、G1 单元格。

4.2.3　输入数据

　　选定单元格后，就可以直接输入数据。

　　例如：单击 B3 单元格后，输入 345。在输入的同时，屏幕上会出现如图 4-10 所示的变化：

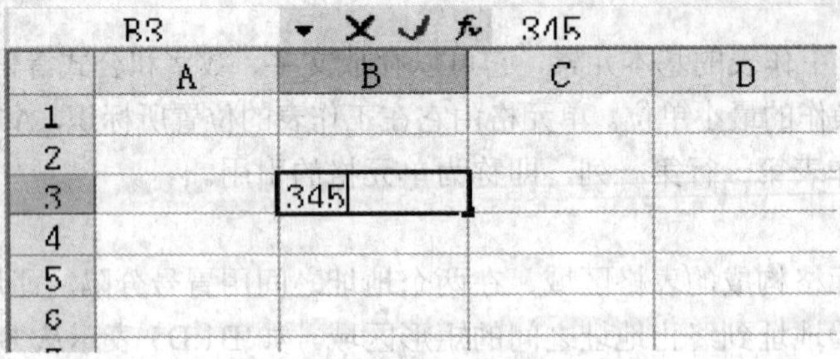

图 4-10　输入数据

　　1）单元格内将出现编辑光标，即闪烁的竖条。

　　2）输入的数据在单元格和编辑框中同时出现。

　　3）状态栏中显示"输入"。

　　4）编辑栏的中间还出现了两个按钮。

　　取消按钮 ✗：用于取消输入的内容，它等效于 Esc 键。

　　输入按钮 ✓：确认输入的内容，相当于输入内容后回车。不同处是按回车键后单元格会移动到下一个单元格，而单击此按钮后活动单元格还在原处。

　　注：回车即锁定单元格，数字 345 在单元格中向右对齐，而且，活动单元格移动到下一个单元格。

　　1．输入数字

　　作为数字使用的符号有 0～9　＋　－　（　）　，　／　￥　$　%　．　E　e 等。

　　输入负数时，在数字前先输入一个减号"－"，也可以将数字置于括号"（）"中。例如，在选定的单元格中输入"（5）"，按下回车后，即显示为"－5"。

　　输入分数时，需在分数前输入"0"和空格。例如，要输入分数"3/4"，需输入"0 3/4"，再按回车键。

　　2．输入文本

　　文本也就是字符串，在单元格中默认的是左对齐。输入时，选定单元格后直接输入。但在输入数字字符串时必须在数字字符串之前加上单引号"'"。

　　3．输入日期和时间

　　（1）输入日期或时间。单击选定活动单元格，输入 Excel 规定的格式。如输入日期 2008/8/8，或输入时间 10:38:26，回车锁定单元格。若要输入当天的日期可以按组合键 Ctrl＋;；要输入现在的时间可以按组合键 Ctrl＋:。

　　（2）更改日期和时间格式。右键单击已输入日期或时间的单元格，在弹出的快捷菜单中

选择"设置单元格格式"命令，打开"设置单
元格格式"对话框，在其分类列表中单击"日
期"或"时间"，此时右边的"类型"列表中便
会出现对应的日期或时间格式。如图 4-11 所
示，在对话框中选择一种类型即可。

4.2.4 编辑单元格

1. 清除单元格数据

选定需要清除的单元格区域，执行"编辑"
菜单中的"清除"命令，在打开的级联菜单中
选择：

（1）全部：清除选定单元格中的全部内容
和格式，包括批注和超级链接。

（2）格式：只清除选定单元格中的格式，
单元格的内容不变。

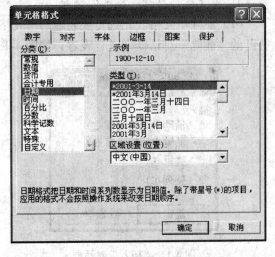

图 4-11 "设置单元格格式"对话框

（3）内容：只清除单元格的内容，单元格中的格式不变。

（4）批注：只清除选定单元格的批注，单元格的内容和格式不变。

如果只是清除单元格的数据内容，只要选择单元格后按 Delete 键即可。

2. 移动和复制单元格

（1）利用工具栏上的快捷按钮。

1）选定要移动或复制的单元格。

2）单击工具栏上的剪切按钮 或复制按钮 。

3）选定要粘贴的单元格位置。

4）单击工具栏上的粘贴按钮 。

（2）使用菜单命令。

1）选定需要进行移动或复制的单元格。

2）选择"编辑"菜单中的"剪切"或"复制"命令。

3）单击目标单元格区域。

4）选择"编辑"菜单中的"粘贴"选项。

5）按"Esc"键，取消"活动选定框"的闪烁显线框。

（3）使用鼠标。

1）选定要移动或复制的单元格区域。

2）将鼠标移动到选定的单元格区域的边缘成箭头状，或者按 Ctrl＋鼠标成箭头状。

3）拖动鼠标指针到移动或复制的新位置，然后释放鼠标，完成移动或复制。

3. 单元格、整行、整列的插入

（1）插入单元格：选定需要插入单元格区域，插入单元格的个数应与选定单元格个数相
等。确定插入点，执行"插入"菜单中的"单元格"命令，在打开的"插入"对话框中进行
设置即可，如图 4-12 所示。

（2）插入整行或整列：选定单元格区域的行数或列数，确定插入点，单击"插入"菜单
中的"行"或"列"命令，即可插入相应的行数和列数。

4. 单元格、整行、整列的删除

（1）删除单元格。先选定要删除的单元格，然后执行"编辑"菜单中"删除"命令，在打开的"删除"对话框中进行设置，如图 4-13 所示。

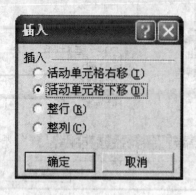

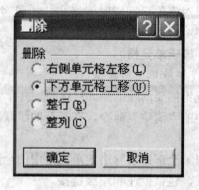

图 4-12　"插入"对话框　　　　　　　　　　　图 4-13　"删除"对话框

（2）删除整行或整列。选定要删除的行数或列数，执行"编辑"菜单中的"删除"命令，即可删除相应的行数和列数。

5. 数据的定位、查找与替换

（1）为单元格或单元格区域命名。可以用单元格的地址来表示一个单元格或单元格区域，也可以对单元格或单元格区域命名，用名称来表示一个单元格或单元格区域。选定一个单元格或单元格区域后，单击名称栏，在名称栏中输入一个名称后回车，该名称就代表选定的单元格或单元格区域。

也可以执行"插入"菜单中"名称"命令的下一级命令"定义"，为选定一个单元格或单元格区域命名。在"定义名称"对话框中可以删除已经定义的名称。

（2）数据的定位。定位即是根据单元格的地址快速定位到该单元格上，使其成为当前活动单元格。简单的方法是在"编辑栏"左边的"名称框"中输入一个单元格地址，按回车键后该单元格就定位为当前活动单元格。如果需要定位的单元格或单元格区域已经命名，可以打开"名称框"列表，用鼠标单击该名称，或在"名称框"中输入该名称，也能进行定位。

（3）数据的查找。

1）单击"编辑"菜单中的"查找"命令，会打开一个"查找"对话框，如图 4-14 所示。

图 4-14　"查找"对话框

2）在"查找"对话框中的"查找内容"文本框中输入要查找的信息。

3）单击"查找下一个"按钮，则查找一个符合搜索条件的单元格。

（4）数据的替换。

1）执行"编辑"菜单中的"替换"命令，将打开一个"替换"对话框，如图 4-15 所示。

2）在"查找内容"和"替换为"中分别输入要查找的数据和要替换的数据。

3）单击"替换"或者"全部替换"按钮。

图 4-15　"替换"对话框

6. 批注

给单元格加批注，可以突出单元格中的内容。

（1）选定需添加批注的单元格。

（2）执行"插入"菜单中的"批注"命令，弹出批注框，在批注框中输入注释文本。操作如图 4-16 所示。

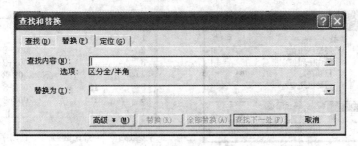

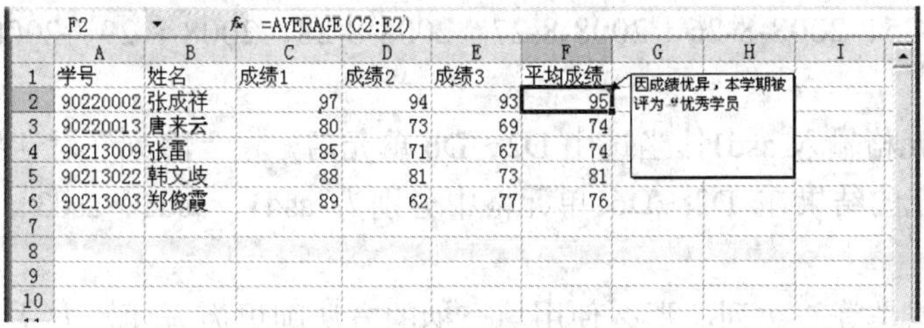

图 4-16　批注的输入

4.2.5　数据的填充

为了提高数据输入效率，Excel 提供了方便的自动填充数据的功能。

1. 填充相同的数据

方法如下：

（1）首先选定单元格，该单元格包含要复制的数据。

（2）将鼠标移动至该单元格填充柄上（活动单元格区域右下角的一个黑色小四方块），当鼠标指针变为单"十"字形时，按住鼠标左键不放，分别向上、下、左、右四个方向拖动填充柄，均可填充相同的数据。

2. 填充序列数据

（1）先输入一个初值，并选中。

（2）单击"编辑"菜单中的"填充"命令，在打开的级联菜单中选择"序列"项，弹出"序列"对话框，如图 4-17 所示。

（3）在"序列"对话框中输入"序列产生方式"、"步长"、"终止值"，选择"等差序列"

或者"等比序列"、"日期"序列等。

例如：1）在 A2 单元格输入 3，在"序列"对话框中的"序列产生在"区域选择列，步长值为 3，终止值为 15，类型选择"等差序列"。则最终填充的结果在 A2～A6 单元格中分别为：3、6、9、12、15，如图 4-18 所示。

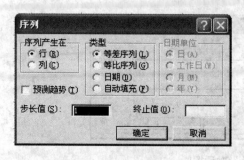

图 4-17　"序列"对话框

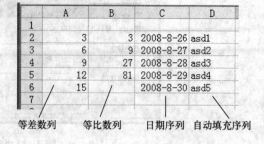

图 4-18　各序列填充结果

2）在 B2 单元格输入 3，在"序列"对话框中的"序列产生在"区域选择列，步长值为 3，终止值为 100，类型选择"等比序列"。则最终填充的结果在 B2～B5 单元格中分别为 3、9、27、81，如图 4-18 所示。

3）在 C2 单元格输入 2008-8-26，在"序列"对话框中的"序列产生在"区域选择列，步长值为 1，终止值为 2008-8-30，类型选择"日期"。则最终填充的结果在 C2～C6 单元格中分别为 2008-8-25、2008-8-26、2008-8-27、2008-8-28、2008-8-29、2008-8-30，如图 4-18 所示。

4）在 D2 单元格输入 asd1，当选中 D2～D6 单元后，在"序列"对话框中选择自动填充命令。则最终填充的结果在 D2～D6 单元格中分别为 asd1、asd2、asd3、asd4、asd5，如图 4-18 所示。

若输入的数据是等差数列，那么使用填充柄的方法则更为方便，方法如下。

1）在 A2 和 A3 单元中分别输入等差数列的前两个数 3 和 6。

2）用鼠标拖动选中这两个单元格。

3）将鼠标移动到 A3 的填充柄上，此时指针变为"十"字形，按住鼠标拖动"十"到 A6 单元后松开，这时 A2 至 A6 分别填充了 3、6、9、12、15。

3．自定义填充序列

Excel 提供了许多内置的数据系列，如星期、月份等。如果选定单元格中的内容是一个序列数据，在拖动"填充柄"到相邻单元格时，系统会在鼠标拖动经过的单元格依次填上后续数据，如一月、二月、三月、……，星期日、星期一、星期二、……等。

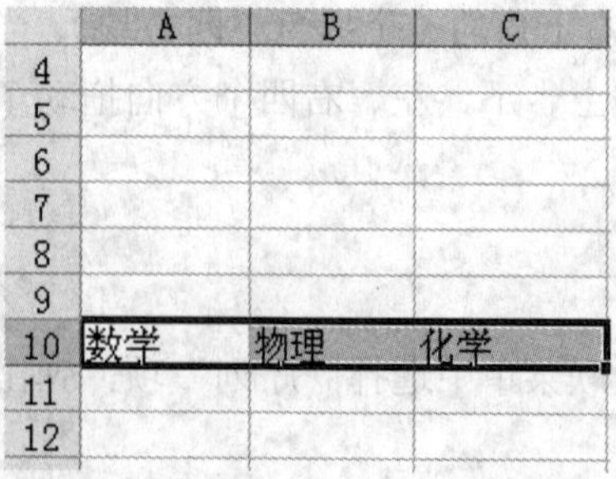

另外也可以通过工作表中现有的数据项来创建自定义序列数据。方法如下。

1）在工作表中输入要定义的数据序列，并选中，如图 4-19 所示。

2）执行"工具"菜单中的"选项"命令，打开"选项"对话框。

图 4-19　选中数据区域

3）选择"自定义序列"标签，打开"自定义序列"选项卡，如图 4-20 所示。

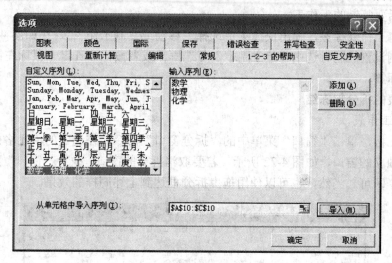

图 4-20 　"自定义序列"选项卡

4）在"自定义序列"列表框中选择"新序列"选项，然后单击"添加"按钮，再单击"导入"按钮，数据项显示在"输入序列"列表框和"自定义序列"列表框中。

5）单击"确定"按钮。

这样就可以在工作表中填充上述自定义的序列了。

4.2.6 工作表的操作

1．激活工作表

用鼠标单击工作簿底部的工作表标签。

2．添加工作表

单击"插入"菜单中的"工作表"命令，或者右击要插入工作表位置的后一工作表标签，在弹出的快捷菜单中选择"插入"命令。

3．删除工作表

在需删除的工作表上右击，弹出快捷菜单，选择"删除"命令。

4．变更工作表的名称

（1）选中要命名的工作表。

（2）右击工作表标签，弹出菜单选择"重命名"命令或双击工作表标签。

（3）在工作表标签上输入新的名称。

5．移动工作表

（1）激活要移动的工作表。

（2）右击工作表标签，在弹出的快捷菜单中选择"移动或复制工作表"，出现其对话框，如图 4-21 所示，从中进行移动工作表设置。或者按住鼠标左键直接拖曳工作表标签到所需的位置。

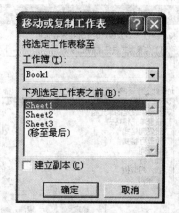

图 4-21 　"移动或复制工作表"对话框

6. 复制工作表

（1）激活要复制的工作表。

（2）右击工作表标签，弹出快捷菜单选择"移动或复制工作表"，在如图 4-21 所示对话框中进行复制设置的同时选中"建立副本"复选框。或者按住 Ctrl 键＋鼠标左键，拖曳要复制的工作表标签。

4.2.7　工作表的拆分与冻结

1. 拆分工作表

选定单元格，单击"窗口"菜单中的"拆分窗口"命令，在选定的单元格处，工作表将拆分为四个独立的窗口，如图 4-22 所示。若要取消拆分的窗口，执行"窗口"菜单中的"取消拆分"命令即可。当然，也可以使用拖曳拆分框达到上述同样的效果。

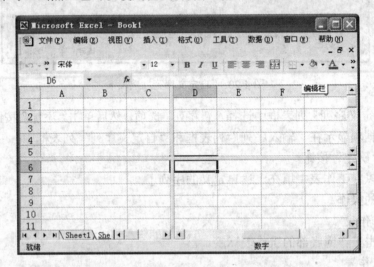

图 4-22　拆分窗口

2. 冻结工作表

选定单元格，所选定的单元格将成为冻结点，在该单元格上端和左侧的所有单元格将被冻结，然后执行"窗口"菜单中的"冻结拆分窗口"命令。

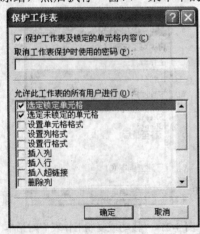

图 4-23　"保护工作表"窗口

4.2.8　工作表与工作簿的保护

1. 保护工作表

设置以密码方式保护工作表，步骤如下。

（1）选定要保护的工作表。

（2）执行"工具"菜单→"保护"→"保护工作表"命令，打开"保护工作表"对话框，如图 4-23 所示。

（3）在"取消工作表保护时使用的密码"文本框中输入密码。

（4）单击"确定"按钮，打开"确认密码"对话框。

（5）再次输入同一密码，然后单击"确定"按钮。

（6）关闭并保存此工作簿。

当设置了工作表的保护后，我们就不能对受到保护的单元格进行任何编辑操作，只有选择了"工具"菜单的"保护"选项→单击"撤消了工作表保护"命令后，才能修改它。

　　2. 保护工作簿

　　保护工作簿有以下方法：

　　（1）设置工作簿为只读属性。可以通过修改文件的属性来设置。

　　（2）设置工作簿的修改权限。

　　1）执行"工具"菜单→"保护"→"保护工作簿"命令，打开"保护工作簿"对话框，如图 4-24 所示。

　　2）如果选中"结构"复选框，可保护工作簿的结构，将不能对工作簿中的工作表进行移动、删除、重新命名、插入新工作表等操作；若选中"窗口"复选框，可保护工作簿的窗口不被移动、缩放、隐藏、取消隐藏或关闭。

　　3）选择所需的选项，单击"确定"按钮。

　　（3）设置以密码保护的工作簿。

　　1）打开需要设置密码保护的工作簿。

　　2）选择"文件"菜单的"另存为"命令，打开"另存为"对话框。

　　3）单击"工具"按钮，在下拉菜单中选择"常规选项"命令，打开"保存选项"对话框，如图 4-25 所示。在文本框中输入用以打开该工作簿的密码，再次确认密码。

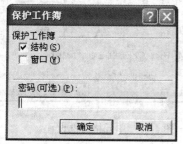
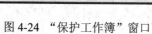
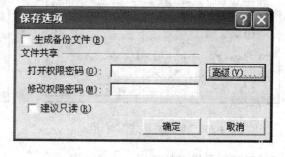

图 4-24　"保护工作簿"窗口　　　　　图 4-25　"保存选项"对话框

　　4）单击"确定"按钮，返回"另存为"对话框中。

　　5）在"文件名"文本框中输入工作簿名称，单击"保存"按钮即可。

4.3　修　饰　工　作　表

　　修饰工作表就是对工作表的外观进行调整，如字体、对齐方式、边框设定、有无底纹等以使它外观统一，更漂亮，可读性好。

4.3.1　设置单元格的格式

　　单元格的格式设置包括数字的显示方式、文本的对齐方式、字体字号、边框和底纹等多种设置，通过设置单元的格式，使工作表数据排列整齐、重点突出、外观美观。

　　步骤如下：

　　（1）选定要进行格式设置的文本和数字。

（2）单击"格式"菜单中的"单元格"命令，弹出一个"单元格格式"对话框。

（3）在"单元格格式"对话框中选择"字体"选项卡，可设置文本的"字体"、"字形"、"字号"、"下划线"、"颜色"、"普通字体"、"特殊效果"等格式。如图 4-26 所示。

4.3.2　设置单元格边框

Excel 工作表中的网格线默认为灰色显示，在打印预览时不显示网格线，打印表格时也不打印网格线，如果要打印出表格线，需进行设置。

步骤如下：

（1）选择要添加边框的单元格区域。

（2）单击菜单栏上的"格式"菜单，选择"单元格"命令。

（3）在弹出的"单元格格式"对话框中选择"边框"选项卡，如图 4-27 所示。

（4）根据需要在对话框中进行设置，设置完毕后单击"确定"。

图 4-26　"单元格格式"对话框　　　　　　　图 4-27　单元格边框设置

4.3.3　对齐单元格中的项目

步骤如下：

（1）选定要对齐的单元格。

（2）单击"格式"菜单，选择"单元格"选项。

（3）在弹出的"单元格格式"对话框中选择"对齐"选项卡，如图 4-28 所示。内容有"水平对齐"、"垂直对齐"、"缩进"、"增加缩进"、"方向"、"文本控制"、"自动换行"、"缩小字体填充"、"合并单元格"等。在对话框中进行设置，设置完毕后单击"确定"按钮。

4.3.4　设置单元格图案

步骤如下：

（1）选中要添加图案的单元格区域。

（2）单击"格式"菜单下的"单元格"选项。

（3）在弹出的"单元格格式"对话框中选择"图案"选项卡。

（4）在该对话框可以设置单元格底纹和图案，如图 4-29 所示。

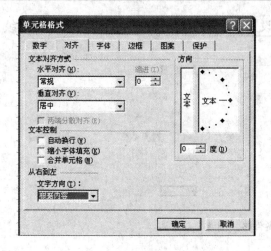
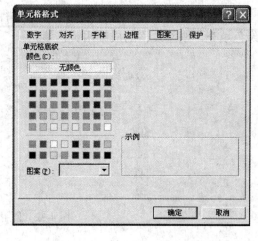

图 4-28　单元格对齐方式设置　　　　　　图 4-29　设置单元格底纹和图案

4.3.5　设置数字格式

以设置货币样式为例，步骤如下：

（1）选定要设置的单元格区域。

（2）单击"格式"菜单中的"单元格"选项。

（3）在弹出的"单元格格式"对话框中选择"数字"选项卡，如图 4-30 所示。

（4）在"分类"列表框中选择"货币"选项，然后在右边的显示样式里选定一种货币样式，如图 4-31 所示，最后单击"确定"按钮。

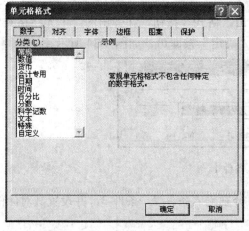
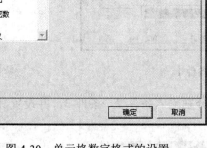

图 4-30　单元格数字格式的设置　　　　　　图 4-31　单元格数字的货币格式的设置

4.3.6　使用条件格式

如果要对满足一定条件的数据设置格式，这就要用到条件格式。

步骤如下：

（1）选中要使用条件格式的工作区域。

（2）选择"格式"菜单中的"条件格式"命令，弹出一个"条件格式"对话框。

（3）在"条件格式"对话框中设置每个条件的数值、公式、运算符或格式。

例如：对如图 4-32 所示的表格中数据进行设置，及格的成绩用红色填充，不及格的成绩用绿色填充，刚刚及格的成绩用黄色填充。

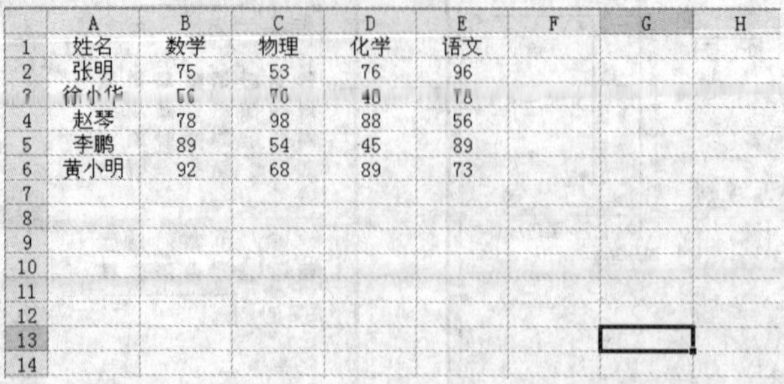

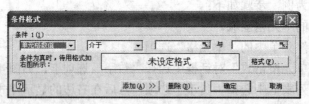

	A	B	C	D	E	F	G	H
1	姓名	数学	物理	化学	语文			
2	张明	75	53	76	96			
3	徐小华	56	70	40	78			
4	赵琴	78	98	88	56			
5	李鹏	89	54	45	89			
6	黄小明	92	68	89	73			
7								
8								
9								
10								
11								
12								
13								
14								

图 4-32　使用条件格式例题

步骤如下：

（1）选中数据区域，单击“格式”菜单→“条件格式”命令，弹出“条件格式”对话框，如图 4-33 所示。

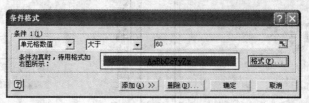

图 4-33　条件格式

（2）在条件 1 中输入单元格数值大于 60，单击“格式”按钮，在弹出的“单元格格式”对话框中，选择图案选项卡设置红色填充，单击“确定”按即可，如图 4-34 所示。

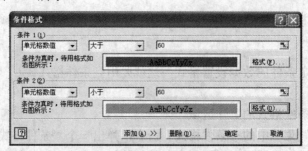

图 4-34　输入条件 1

（3）在图 4-34 中通过单击“添加”按钮，可分别输入条件 2、条件 3，并设置其对应的格式。如图 4-35、图 4-36 所示。

图 4-35　输入条件 2

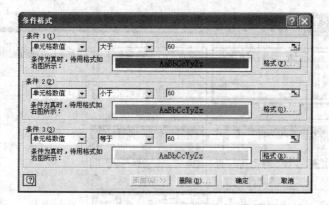

图 4-36　输入条件 3

（4）最后单击"确定"按钮，得出相应的结果。

4.3.7　使用格式刷

步骤如下：

（1）选中具有某种格式的单元格工作区域。

（2）单击"常用"工具栏中的"格式刷"按钮。

（3）将鼠标指针移至需要设置相同格式的单元格上，鼠标成刷子形状，单击该单元格或选中工作区域，则单元格或工作区域被设为相同格式。

4.3.8　设置工作表的行高、列宽

设置工作表的行高、列宽的方法有以下几种：

（1）单击"格式"菜单→选中"行"或"列"选项→单击"行高"或"列宽"命令，在"行高"或"列宽"对话框中分别输入要设置的行高或列宽值，如图 4-37 和图 4-38 所示。

图 4-37　行高对话框

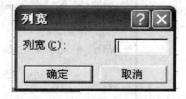

图 4-38　列宽对话框

（2）单击"格式"菜单→选中"行"或"列"选项→单击"最适合的行高"或"最适合的列宽"命令，所选的行高或列宽，将自动调整至适合的位置。

（3）将鼠标移到两行号或者两列标之间，鼠标指针呈 或 状态时，按住鼠标左键拖动，该行高或列宽将随着改变。

4.3.9　表格的自动套用格式

Excel 提供了简单、经典、彩色、序列、三维效果等多种表格样式，供用户进行套用。方法如下：

（1）选定需要套用格式的单元格范围。

（2）单击"格式"菜单→选中"自动套用格式"命令，弹出"自动套用格式"对话框，从中选择自己需要的一种格式，如图 4-39 所示，然后单击"确定"按钮。

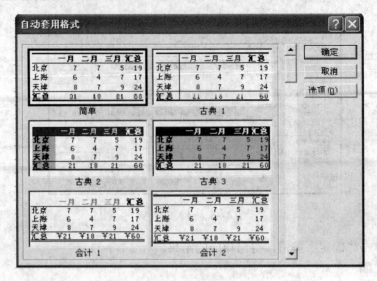

图 4-39 "自动套用格式"对话框

4.3.10 制作工作表背景

步骤如下：

（1）选中要添加背景图案的工作表。

（2）执行"格式"菜单→"工作表"命令，在弹出的级联菜单中单击"背景"命令，打开"工作表背景"对话框，如图 4-40 所示。

图 4-40 工作表背景

（3）在"查找范围"列表框中找到并选中某一图片文件，然后单击"插入"按钮。

注：若要打印工作表，添加的背景图案不能被打印出来。

4.4 公式与函数

公式和函数是 Excel 提供的两项重要功能，公式是在工作表中对数据进行计算、分析的等式，能对单元格中的数据进行算术运算和逻辑运算。公式中可以引用同一工作表中的其他单元格数据、同一工作簿不同工作表中的单元格数据以及其他工作簿的工作表中的单元格数据。可以说，公式是 Excel 的核心。函数是预定义的内置公式，Excel 提供了大量的功能强大的函数，熟练地使用函数处理数据，可大大提高工作效率。

4.4.1　公式

公式在 Excel 中的用途很多，利用它，可以很容易地计算表格中的数据。在单元格中输入计算公式，Excel 就会自动计算这些数据。如果公式引用的单元格有数据变化，计算的结果也会自动变化，与纸张表格相比，这是电子表格的一大优势。

1. 公式的组成

公式是由数据、函数、单元格地址和运算符组成，只有掌握了公式设置规则，才能正确使用公式。

2. 公式中的运算符

公式中的运算符分为四类：

（1）算术运算符：完成基本数学运算的运算符，它们连接数字并产生计算结果，如"＋"、"－"、"*"、"/"、"^"等。

（2）比较运算符：用来比较两个数值大小关系的运算符，如"＝"、"<"、">"、"<="、">="、"<>"等，它们返回逻辑值 True 或 False。

（3）文本运算符：用来将多个文本连接成组合文本。如"&"（连字符）。

（4）引用运算符：可以将单元格区域合并运算。如"："、"，"。

3. 公式运算的优先级

对于不同优先级的运算，按照优先级从高到低进行计算，对于同一优先级，按照从左到右进行计算。

优选级从高到低如下所示：

引用运算符	算术运算符	文本运算符	比较运算符
高			低

4. 输入公式

公式一般以"＝"开始，在"＝"后输入参加运算的元素和运算符，如果一个公式以"＋"或"－"开始，则公式开始的"＝"可以省略。

选定一个单元格后，可以在单元格或编辑栏中输入公式，单元格和编辑栏中都显示出公式的内容，输入公式完成后回车或单击编辑栏上的"√"键，公式的计算结果显示在该单元格内。

再次选定该单元格，编辑栏中显示出单元格的计算公式，可以在编辑栏中对公式进行修改或删除。

输入公式时如果要输入单元格地址，可以直接在公式中输入地址，也可以用鼠标单击单元格地址，被单击的单元格地址插入到公式中。

如果公式中引用了单元格地址，当被引用单元格内的数据改变时，计算结果也随之发生改变。如在 D3 单元格中输入公式"＝A3＋C3"，A3 单元格的值为 1，C3 单元格的值为 4，则 D3 单元格的计算结果为 5，当把 A3 单元格的值改变为 8 时，D3 单元格的计算结果随之改变为 12。

当公式作数值运算时，先把引用单元格中数据转换为数值进行运算，如果单元格未赋值，则作为 0 参加运算，如果单元格中数据不能换为数值，则显示错误值"#VALUE!"。

5. 单元格的引用

如果公式中包含单元格的相对地址，称为相对引用，当把公式复制到其他单元格时，公式中引用的单元格地址会作相应的变化。

例如：在图 4-41 中，要求计算出各位同学各门课程的综合成绩。

计算公式：综合成绩＝实验成绩×0.4＋笔试成绩×0.6

	A	B	C	D	E	F	G
	学号	姓名	课程	实验成绩	笔试成绩	综合成绩	
1							
2	980301	赵正天	计算机文化	70	66	67.6	
3	980301	赵正天	C语言	75	78	76.8	
4	980301	赵正天	计算机网络	82	87	85	
5	980302	张红	计算机文化	80	87	84.2	
6	980302	张红	C语言	90	88	88.8	
7	980302	张红	计算机网络	80	92	87.2	
8	980303	李英	计算机文化	86	81	83	
9	980303	李英	C语言	83	75	78.2	
10	980303	李英	计算机网络	88	90	89.2	
11	980304	王军	计算机文化	78	85	82.2	
12	980304	王军	C语言	82	90	86.8	
13	980304	王军	计算机网络	84	86	85.2	
14							

F2 ▼ = =D2*0.4+E2*0.6

图 4-41　引用单元格的相对地址

首先在单元格 F2 中输入了公式"＝D2*0.4＋E2*0.6"，公式中引用了单元格相对地址 D2 和 E2，F2 中的计算结果为 67.6。当把公式复制到单元格 F3 时，公式变为"＝D3*0.4＋E3*0.6"，引用的单元格地址作了相应的变化，计算结果也作了相应的变化。拖动"填充柄"把公式复制到 F 列的其他单元格时，就使用了复制的计算公式算出了每个学生每门课程的综合成绩，而不必在每一个单元格中输入公式。

如果公式中包含单元格的绝对地址，称为绝对引用。当把公式复制到其他单元格时，公式中引用的单元格地址不作变化。如果在图 4-41 中的单元格 F2 中输入公式"＝$D$2*0.4＋$E$2*0.6"，公式中引用的是绝对地址。当把公式复制到其他单元格时，公式保持"＝$D$2*0.4＋$E$2*0.6"不变，其他单元格的计算结果同为 67.6。

如果公式中包含单元格的混合地址，称为混合引用。混合引用是指包含了一个相对引用和一个绝对引用，单元格的行或列有一个是固定不变的，复制公式时，相对地址作相应的变化而绝对地址不变。

6. 引用其他工作表的单元格

公式中可以引用同一工作表中的单元格，也可以引用同一工作簿不同工作表中的单元格。引用时需在单元格地址前加上工作表名，在单元格地址和工作表名之间用感叹号分隔，如"＝Sheet1!E2"，Sheet1 是工作表名，E2 是工作表 Sheet1 中的单元格地址。当被引用单元格的数据改变时，引用单元格的数据也作相应的改变。

公式中还可以引用其他工作簿的工作表中的单元格，在引用时需在单元格地址前加上路径、文件名和工作表名。如要引用 C 盘 STUD 文件夹下"学生成绩.XLS"文件中 Sheet1 工作表的 E2 单元格，引用公式为 "='C:\STUD\[学生成绩.XLS]Sheet1'!E2"。如果两个工作簿均打开，当被引用单元格的数据改变时，引用单元格的数据也作相应的改变。以后每次打开有引用其他工作簿单元格的文件时，会弹出一个对话框，询问是否链接被引用工作簿。如果回答是，则建立链接，引用单元格的数据被刷新。

7. 公式返回的错误值和产生原因

公式返回的错误值和产生原因见表 4-1。

表 4-1　　　　　　　　　　　公式返回的错误值和产生原因对照表

返回的错误值	产　生　的　原　因
#####!	公式计算的结果太长，单元格容纳不下，增加单元格的列宽可以解决这个问题
#DIV/0	除数为零
#N/A	公式中无可用的数值或缺少函数参数
#NAME?	删除了公式中使用的名称，或使用了不存在的名称以及名称的拼写错误
#NULL!	使用了不正确的区域运算或不正确的单元格引用
#NUM!	在需要数字参数的函数中使用了不能接受的参数，或者公式计算结果的数字太长或太小，Excel 无法表示
#REF!	删除了由其他公式引用的单元格，或将移动粘贴到由其他公式引用的单元格中
#VALUE	需要数字或逻辑值时输入了文本

4.4.2　函数

Excel 提供了常用、财务、数学、统计等多种类别的函数，函数由函数名和括号内的参数组成，参数可以是数据、单元格地址、区域或区域名等。如果有多个参数，参数之间用逗号分隔。

1. 函数的构成

函数由函数名、参数表及括号构成。通常，函数的格式如下：

函数名（参数 1，参数 2，…）

2. 函数的输入

（1）直接输入函数。输入函数与输入公式类似，如要在 A1 中输入公式＝SUM（A2:B6），步骤如下：

1）选定要输入函数的单元格，如 A1。

2）输入函数 "＝SUM（"。

3）选定作为参数的单元格区域，如 A2:B6，所选定的单元格周围出现虚线。

4）输入右括号 "）"。

5）按 ✔ 键锁定此单元格，并且不移动活动单元格。

函数结果将显示出来，而且在编辑栏中显示公式内容。可以看到，函数计算比输入公式要简单。有些函数的功能是公式无法实现的。

（2）使用工具栏中的"函数"按钮。方法如下：

1）单击要输入函数的单元格，输入一个等号 "＝"。

2）单击工具栏中"函数"按钮右边的三角按钮，从打开的下拉列表中选择要输入的函数名，如图 4-42 所示。

3）选择所需要的函数，打开"函数参数"对话框，如图 4-43 所示。

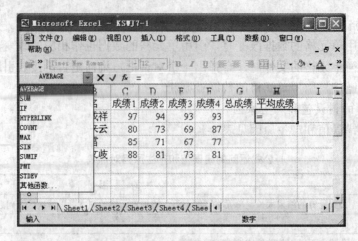

图 4-42　工具栏中的"函数"按钮

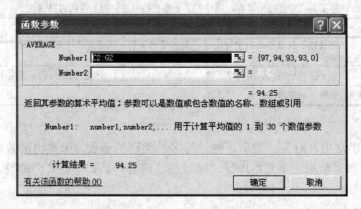

图 4-43　"函数参数"对话框

4）在参数文本框中直接输入参数值、单元格引用或区域，也可以用鼠标在工作表中选定单元格区域。

5）单击"确定"按钮。

（3）自动求和。在 Excel 中，可以用 SUM 函数对数字自动求和，步骤如下：

1）选定要输入函数的单元格。

2）单击"常用"工具栏中的"自动求和"按钮"∑"，将自动出现求和函数 SUM 及求和数据区域，如图 4-44 所示。

图 4-44　"自动求和"区域

3）若出现的求和数据区域是所要的，就按回车键；若不是所要的区域，可输入新的求和区域，然后按回车键。单元格中显示出计算结果。

3. 常用函数

（1）COUNT：计数函数。

格式：COUNT（参数 1，参数 2，…）

功能：统计参数表中的数字参数和包含数字的单元格的个数，只有数值型数据才被统计。

示例：COUNT（A1:C8）

统计 A1:C8 区域单元格中数值型数据的单元格个数。

（2）AVERAGE：平均值函数。

格式：AVERAGE（参数 1，参数 2，…）

功能：计算参数的算术平均值。

示例：AVERAGE（A1，C1）

求 A1、C1 两个单元格中数据的平均值。

AVERAGE（A1:A10）

求 A1:A10 区域单元格中数据的平均值。

（3）SUM：求和函数。

格式：SUM（参数 1，参数 2，…）

功能：求一组参数的和。

示例：SUM（A1，C1）

求 A1、C1 两个单元格中数据之和。

SUM（A1:A10）

求 A1:A10 区域单元格中数据之和。

单击常用工具栏上的∑按钮，即可插入 SUM 函数。

（4）MAX：求最大值函数。

格式：MAX（参数 1，参数 2，…）

功能：返回一组参数的最大值，忽略逻辑值及文本。

示例：MAX（A1:C8）

求 A1:C8 区域单元格中数据的最大值。

（5）MIN：求最小值函数。

格式：MIN（参数 1，参数 2，…）

功能：返回一组参数的最小值，忽略逻辑值及文本。

示例：MIN（A1:C8）

求 A1:C8 区域单元格中数据的最小值。

（6）INT：取整函数。

格式：INT（数值型参数）

功能：对数值型参数截尾取整。

示例：INT（A3）

对 A3 单元格中的数值截尾取整，如果 A3 单元格中的数值为 8.6，则 INT（A3）的返回值为 8。

（7）ROUND：四舍五入函数。

格式：ROUND（数值型参数，小数位数）

功能：对数值型参数按保留的小数位数四舍五入。

示例：ROUND（A3，2）

对 A3 单元格中的数值保留 2 位小数，第三位小数四舍五入。如果 A3 单元格中的数值为 8.6573，则 ROUND（A3）的返回值为 8.66。

（8）ABS：绝对值函数。

格式：ABS（数值型参数）

功能：求数值型参数的绝对值。

示例：ABS（-12.5）

返回值为 12.5。

（9）SQRT：平方根函数。

格式：SQRT（数值型参数）

功能：求数值型参数的平方根。

示例：SQRT（9）

返回值为 3。

（10）MOD：求余函数。

格式：MOD（参数 1，参数 2）

功能：求参数 1 除以（整除）参数 2 的余数。

示例：MOD（9，2）

返回值为 1。

（11）RAND（）：随机数函数。

格式：RAND（）

功能：产生 0～1 之间的一个随机数。

示例：100* RAND（）

返回 0～100 之间的一个可能值。

（12）LEN：测字符串函数。

格式：LEN（字符串）

功能：返回一个字符串的字符个数。

示例：LEN（"计算机专业 2000"）

在中文 Excel 中返回值为 9，一个汉字用 2 个字节编码，但统计为 1 个字符。

（13）MID：取字符串函数。

格式：MID（字符串，起始位，个数）

功能：从起始位置开始取指定个数的字符串。

示例：MID（"计算机专业 2000"，4，3）

在中文 Excel 中返回值为：专业 2。

（14）SUMIF：条件求和函数。

格式：SUMIF（范围，条件，数据区域）

功能：在给定的范围内，对满足条件并在数据区域中的数据求和。数据区域是指定实际求和的位置，如果省略数据区域项，则按给定的范围求和。

示例：SUMIF（A1:C8，">0"）

对 A1:C8 区域单元格中大于 0 的单元格数据求和。

（15）IF：条件函数。

格式：IF（条件，值 1，值 2）

功能：IF 函数是一个逻辑函数，条件为真时返回值 1，条件为假时返回值 2。

示例：IF（A3>=60，"Y"，"N"）

A3 单元格中的数据大于等于 60 时，返回字符"Y"，否则返回字符"N"。

4.5 使 用 图 表

图表是表现工作表数据的另一种方法，它可以使枯燥的数据以柱形图、饼图、折线图等形式生动地表现出来，使用户能够看到数字之间的关系和变化趋势，以便更好地进行数据分析。

4.5.1 创建图表

Excel 图表是将工作表中的数据以图形的形式表示出来，工作表中的数据即是绘制图表的数据源，当工作表中的数据被改变时，图表也随之发生相应的变化。

Excel XP 系统提供了 14 种图表类型，每一种图表类型又分为几个子图表类型，拥有多种二维图表类型和三维图表类型供用户选择使用，常用的图表类型有柱形图、条形图、折线图、散点图、圆环图等。这一节介绍建立数据图表的方法。

1. 使用图表向导创建图表

下面以一张学生成绩登记表为例，介绍创建图表的步骤。

（1）选择图表中要包含的数据单元格，如图 4-45 所示。

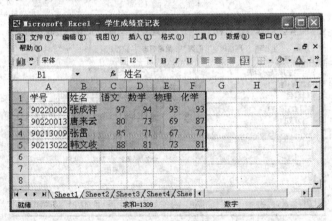

图 4-45 学生成绩登记表

（2）执行"插入"菜单的"图表"命令，或在工具栏中单击"图表向导"按钮 ，弹出一对话框。如图 4-46 所示。

（3）在对话框中选择"标准类型"选项卡。

（4）在"图表类型"列表框中选择"柱形图"，在"子图表类型"中选择"簇状柱形图"。

（5）单击"下一步"按钮，弹出"图表向导4步骤之2—图表源数据"对话框，如图4-47所示。

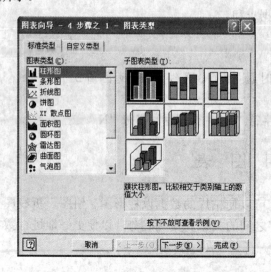 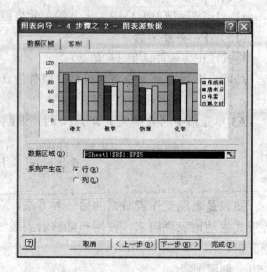

图 4-46　图表向导 4 步骤之 1—图表类型　　　　图 4-47　图表向导 4 步骤之 2—图表源数据

（6）在"系列产生在"中选择"行"，图表将以数据区域的左表头学生姓名作为图例，以上表头语文、数学、物理、化学作为 X 分类轴。当选择"列"时，图表将以数据区域的上表头作为图例，左表头作为 X 分类轴。

（7）单击"下一步"按钮，弹出"图表向导-4 步骤之 3-图表选项"对话框，如图 4-48 所示。通过单击不同的选项标签，分别实现：输入图表、坐标轴的标题，定义坐标轴，设置是否有网格线、是否显示图例及位置、图表上是否做数据标志等，根据需要在选项标签对话框中分别设置。

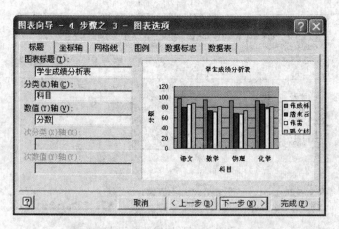

图 4-48　图表向导-4 步骤之 3-图表选项

（8）再单击"下一步"按钮，弹出"图表向导-4 步骤之 4-图表位置"对话框中选择图表放在新工作表或嵌入工作表，如图 4-49 所示。

（9）单击"完成"按钮，如图 4-50 所示。

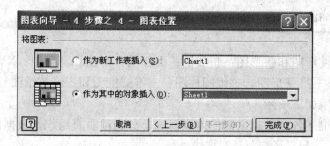

图 4-49　图表位置

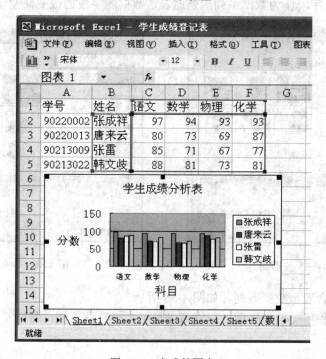

图 4-50　完成的图表

2. 快速创建图表

（1）执行"视图"菜单的"工具栏"命令，在弹出的级联菜单中选择"图表"命令，显示"图表"工具栏，如图 4-51 所示。

（2）选定用来创建图表的数据。

（3）单击"图表"工具栏中的"图表类型"按钮 ▣· 右边的下拉按钮，打开"图表类型"列表，如图 4-52 所示。

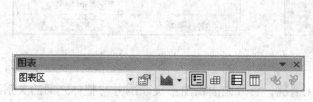

图 4-51　"图表工具栏"

图 4-52　图表类型

（4）选择所需的图表类型，即可快速地创建一个嵌入式图表。

4.5.2　图表类型

图表类型包括柱形图和条形图；折线图；面积图；饼图和圆环图；XY 散点图；三维图（包括三维柱形图、三维条形图、三维圆柱图、三维圆锥图和三维棱锥图）；自定义图等。各图表类型及适用范围如下所示：

条形图：用于描述各项数据之间的差别情况。分类项垂直组织，数据值水平组织，如图 4-53 所示。

柱形图：以某一字段作为数据系列清楚地表达数据随字段的改变而变化，如图 4-54 所示。

图 4-53　条形图　　　　　　　　　　　图 4-54　柱形图

饼图：十分适合表示数据系列，如图 4-55 所示。

圆环图：它的作用类似于饼图，但它可以显示多个数据系列，每个圆环代表一个数据系列，如图 4-56 所示。

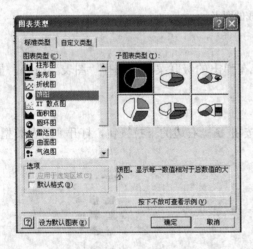 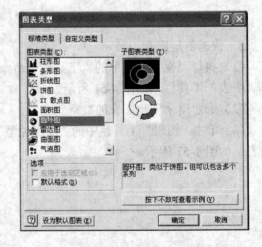

图 4-55　饼图　　　　　　　　　　　图 4-56　圆环图

面积图：它强调幅度随时间的变化情况。百分比面积图不反映部分与整体之间的关系，如图 4-57 所示。

折线图：以时间显示数据的变化趋势。如果用户想表示某些数据随时间的变化趋势可以选择此图形，如图 4-58 所示。

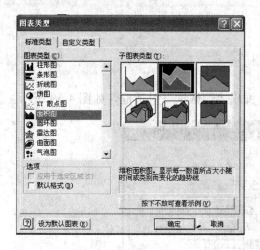
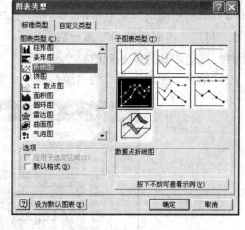

图 4-57　面积图　　　　　　　　　　　　　图 4-58　折线图

4.5.3　图表的修改

（1）选择要进行修改的整个图表。

（2）单击"图表"菜单后，在下拉的菜单中有图表类型、数据源、图表选项、位置等命令，根据需要选择相应的命令后，就可进行图表的调整与修改。

（3）由于图表与它的源数据是相链接的，因此当源数据发生变化时，图表也将自动更新。

4.5.4　设置图表文字及添加文本

1. 设置图表文字

图表中图例、图表标题、分类轴和数轴的文字部分的字体及字号可以统一设置，也可以分别设置。用鼠标选中某一部分文字后，通过"格式"工具栏中的"字体"和"字号"选项，即可设置选中文字部分的字体及字号。

如果要对图表的字体、字号等进行统一设置，可先选定图表，然后执行"格式"菜单中的"图表区"命令，或者双击选定的图表，在弹出的对话框中对图表的字体、字号等进行统一设置。

2. 在图表中可以增加注释文字

具体步骤如下：

（1）选定要添加文本的图表。

（2）单击"视图"菜单的"工具栏"选项，在弹出的子菜单中单击"绘图"命令，打开"绘图"工具栏。

（3）单击"绘图"菜单中的文本框横排按钮 或竖排按钮 。

（4）在图表中单击，以确定文本框的位置，然后拖动鼠标调整文本框的大小。

（5）在文本框内键入文字。

（6）在文本框外单击，结束该操作。

4.5.5　添加或删除数据系列

1. 用复制的方法向图表中添加数据系列

适用范围：数据库内有数据，而图表内不存在此系列数据时。

（1）选择要添加的数据所在的单元格区域。

（2）单击"编辑"菜单中的"复制"选项。

（3）选中要添加数据的图表。

（4）单击"编辑"菜单中的"粘贴"选项。

2. 利用"图表源数据"添加数据

（1）选定添加数据系列的整个图表。

（2）单击"图表"菜单的"源数据"命令，弹出"源数据"对话框，如图4-59所示。

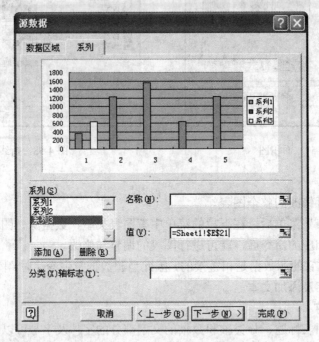

图 4-59　图表"源数据"对话框

（3）单击"系列"选项卡。

（4）单击"添加"按钮，然后在"名称"文本框中输入字段名。

（5）单击"值"文本框右侧的数据范围按钮。

（6）在工作表中选定要添加的数据系列，然后再单击"返回"按钮，返回到"系列"选项卡。

（7）单击"确定"按钮，完成添加。

删除数据系列的操作很简单。如果仅删除图表中的数据系列，单击图表中要删除的数据系列，然后按 Delete 键。如果要把工作表中的某个数据系列与图表中的数据系列一起删除，选定工作表中的数据系列所在的单元格区域，然后按 Delete 键。

4.5.6 设置各种图表选项

1. 设置图表选项

（1）选择需要设置选项的图表。

（2）单击"图表"菜单，选择"图表选项"命令，弹出"图表选项"对话框，如图4-60所示。

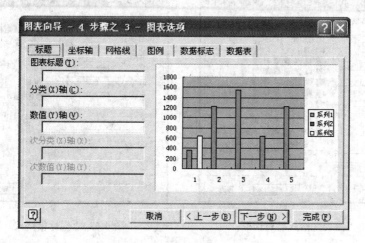

图 4-60　"图表选项"对话框

（3）在"图表选项"对话框中选择需要设置相应选项的选项卡。

（4）根据需要对图表选项卡的内容进行设置。

（5）单击"确定"按钮。

2. 各选项卡的功能

（1）"标题"选项卡可以设置和修改"图表标题"、"分类轴"和"数值轴"，如图 4-60 所示。

（2）"坐标轴"和"网格线"选项卡可以设置图表的坐标轴和网格线。

（3）"图例"选项卡可以设置是否在图表中显示图例显示位置，如图 4-61 所示。

（4）"数据标志"和"数据表"选项卡可设置是否在图表中显示数据标志和数据表。

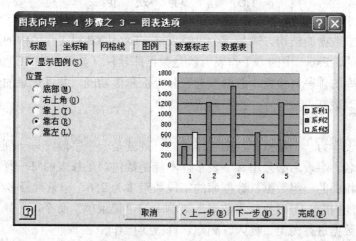

图 4-61　"图例"选项卡

4.5.7　设置图表中各区域格式

图表格式包括图表区格式、图例区格式、绘图区格式、标题区格式、坐标轴格式。如图 4-62 和图 4-63 所示。

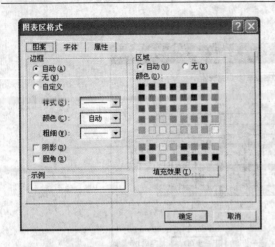
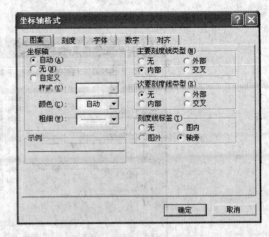

图 4-62 "图表区格式"对话框　　　　　图 4-63 "坐标轴格式"对话框

最简单及最常用的一种方法：若要对图表中某一区域进行格式设置，只要使用鼠标双击或右击该区域，在对应的格式对话框中，针对相应选项进行设置。

4.5.8　图表的移动、复制、缩放和删除

由于移动、复制、缩放和删除操作是对整个图表的操作，因此，先选定图表，在图表周围出现 8 个控点时就可进行如下操作：

（1）移动：按住鼠标左键直接拖动图表。

（2）复制：按住 Ctrl 键＋鼠标左键后拖动。

（3）缩放：按住鼠标左键拖动周围的控点。

（4）删除：按 Delete 键。

4.6　管　理　数　据

关系数据库中数据的结构方式是一个二维表格，Excel XP 对工作表中的数据是按数据库的方式进行管理的，Excel 中的"工作表"就是数据库软件（如 FoxBASE）中的"数据库"文件，具有数据库的排序、检索、数据筛选、分类汇总等功能，并以记录的形式在工作表中插入、删除、修改数据。

4.6.1　使用记录单

如果把工作表作为一个数据库，则工作表的一列就是一个字段，每一列中第一个单元格的列标题叫字段名，字段名必须由文字表示，不能是数值。工作表的每一行对应数据库的一个记录，存放着相关的一组数据。数据库的字段数最多为 256，记录数最多为 65 535。

对于工作表的内容，可以执行"数据"菜单中的"记录单"命令，在弹出的对话框中，以记录为单位对数据进行浏览、插入、删除、修改等操作。

1．使用记录单添加记录

（1）单击要添加数据的数据库列表内的任意单元格。

（2）单击"数据"菜单→"记录单"命令→在弹出的对话框中单击"新建"按钮。

（3）在记录单的每一个字段中输入相应的内容，按"下一条"则下移一条记录，按"上一条"则上移一条记录。

（4）新字段内容输入完毕后，单击"关闭"完成添加"记录单"对话框，如图 4-64 所示。

2．修改记录单

（1）单击数据库列表内的任意单元格。

（2）单击"数据"菜单→"记录单"命令→在弹出的对话框中单击"下一条"按钮或者用鼠标拖动垂直滚动条来查找要修改的记录单→对记录进行修改。

3．删除记录单

（1）单击数据库列表内的任意单元格。

（2）单击"数据"菜单→"记录单"命令。

（3）在记录单对话框中找到要删除的记录。

（4）单击"删除"→"确定"→"关闭"。

4．使用记录单搜索条件匹配的记录

（1）在要查找的数据库中单击列表内的任意单元格。

（2）单击"数据"菜单→"记录单"命令→"条件"按钮，在记录单输入查找条件。如图 4-65 所示。

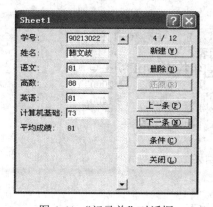

图 4-64　"记录单"对话框

图 4-65　"输入查找条件"对话框

（3）按 Enter 键，查找到满足条件的第一条记录，然后单击"下一条"按钮继续查找。

4.6.2　筛选数据库

数据筛选是把符合条件的数据显示在工作表内，而把不符合条件的数据隐藏起来。Excel 提供了自动筛选和高级筛选两种方法。

1．自动筛选

（1）在工作表中，单击数据库中任意单元格，如图 4-66 所示。

	A	B	C	D	E	F	G	H
1			职员登记表					
2	员工编号	部门	姓名	性别	年龄	籍贯	工龄	工资
3	K12	开发部	沈一丹	男	30	陕西	5	2000
4	C24	测试部	刘力国	男	32	江西	4	1600
5	W24	文档部	王红梅	女	24	河北	2	1200
6	S21	市场部	张开芳	男	26	山东	4	1800
7	S20	市场部	杨　帆	女	25	江西	2	1900
8	K01	开发部	高浩飞	女	26	湖南	2	1400
9	W08	文档部	贾　铭	男	24	广东	1	1200
10	C04	测试部	吴朔源	男	22	上海	5	1800

图 4-66　选中单元格

（2）单击"数据"菜单中的"筛选"命令，在子菜单中单击"自动筛选"选项。这时在每个字段名的右侧都会出现一个下拉箭头，如图 4-67 所示。

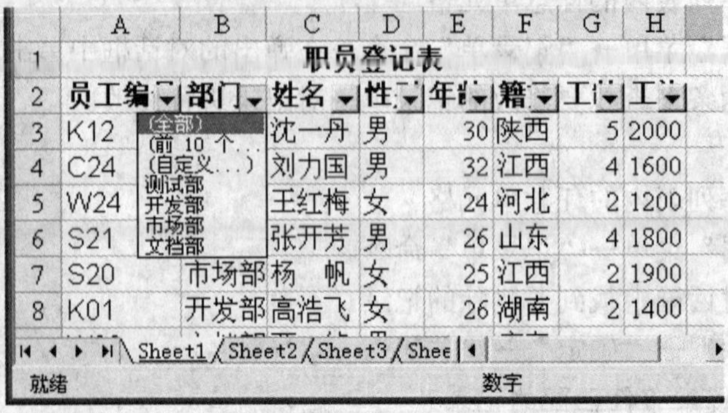

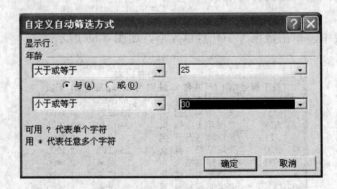

图 4-67　自动筛选

（3）在图 4-67 中，单击"部门"列的下拉箭头，在列表框中选择"开发部"，筛选结果如图 4-68 所示。

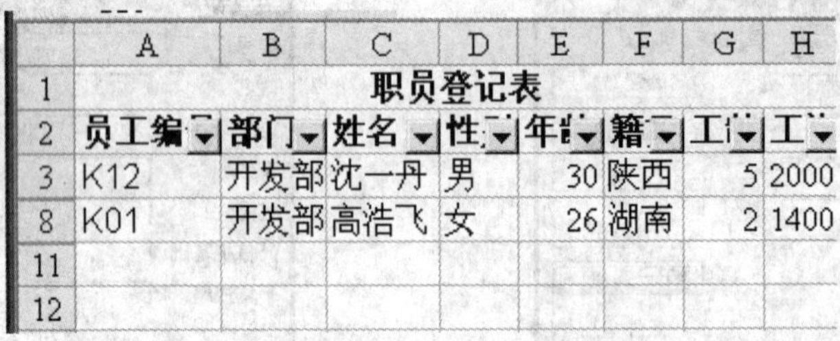

图 4-68　筛选结果

2. 自定义筛选

自定义筛选可以构造出复杂的筛选条件。步骤如下：

（1）单击数据库列表内的任意单元格。

（2）单击"数据"菜单中的"筛选"命令，在子菜单中单击"自动筛选"选项。

（3）在图 4-67 中，单击"年龄"字段名右边的下拉箭头，在列表中选择"自定义"，弹出"自定义自动筛选方式"对话框，输入自定义条件，如图 4-69 所示。

图 4-69　"自定义筛选"对话框

（4）单击"确定"按钮，结果如图 4-70 所示。

	A	B	C	D	E	F	G	H
1			职员登记表					
2	员工编号	部门	姓名	性别	年龄	籍贯	工龄	工资
3	K12	开发部	沈一丹	男	30	陕西	5	2000
6	S21	市场部	张开芳	男	26	山东	4	1800
7	S20	市场部	杨　帆	女	25	江西	2	1900
8	K01	开发部	高浩飞	女	26	湖南	2	1400
11								
12								

Sheet1 / Sheet2 / Sheet3 / Shee

在 8 条　　　　数字

图 4-70　筛选年龄大于等于 25 并且小于等于 30 的记录

3. 高级筛选

高级筛选即是根据多个条件来筛选数据，并允许把满足条件的记录复制到工作表的另一个区域中，原数据区保持不变。

（1）在空白区域建立条件区，在条件区域中设置筛选条件，如图 4-71 所示。

B12　▼　fx　性别

	A	B	C	D	E	F	G	H	I
1			职员登记表						
2	员工编号	部门	姓名	性别	年龄	籍贯	工龄	工资	
3	K12	开发部	沈一丹	男	30	陕西	5	2000	
4	C24	测试部	刘力国	男	32	江西	4	1600	
5	W24	文档部	王红梅	女	24	河北	2	1200	
6	S21	市场部	张开芳	男	26	山东	4	1800	
7	S20	市场部	杨　帆	女	25	江西	2	1900	
8	K01	开发部	高浩飞	女	26	湖南	2	1400	
9	W08	文档部	贾　铭	男	24	广东	1	1200	
10	C04	测试部	吴朔源	男	22	上海	5	1800	
11									
12		性别		年龄					
13		男		>=25					
14									

图 4-71　建立条件区域

（2）单击数据库中任意单元格，但不能单击条件区域与数据区域之间的空格。

（3）单击"数据"菜单中的"筛选"命令，在子菜单中单击"高级筛选"选项，弹出"高级筛选"对话框，如图 4-72 所示。

（4）在"高级筛选"对话框中的"数据区域"输入整个数据区域如$A2:$H10，在"条件区域"输入条件区域如 Sheet2!$B$12:$D$13；或分别单击数据区域和条件区域的折叠按钮，然后在图 4-71 数据表中选择。

（5）单击"确定"按钮，即可得到筛选结果，如图 4-73 所示。

图 4-72　"高级筛选"对话框

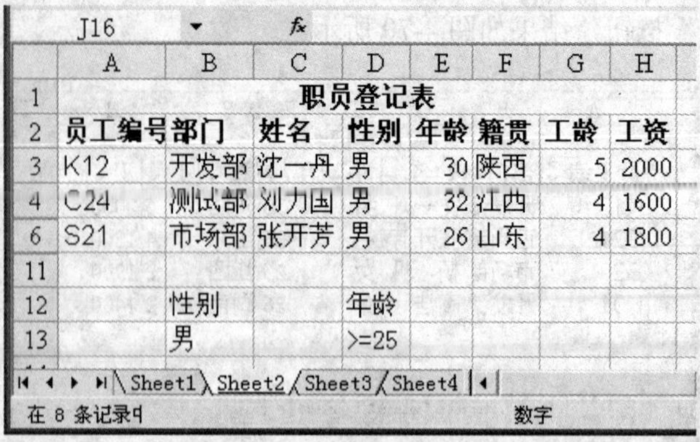

J16	▼	*fx*					
	A	B	C	D	E	F	G	H

(表格内容如下)

	A	B	C	D	E	F	G	H
1			职员登记表					
2	员工编号	部门	姓名	性别	年龄	籍贯	工龄	工资
3	K12	开发部	沈一丹	男	30	陕西	5	2000
4	C24	测试部	刘力国	男	32	江西	4	1600
6	S21	市场部	张开芳	男	26	山东	4	1800
11								
12		性别		年龄				
13		男		>=25				

◄ ◄ ► ►◄ \Sheet1 \Sheet2 \Sheet3 \Sheet4 ◄ │ ►

在 8 条记录中　　　　　　　　　　　数字

图 4-73　筛选性别为男并且年龄大于等于 25 岁的记录

注：1）筛选条件若是"与"的关系，则条件必须出现在同一行。

如表示条件"性别为男且年龄大于等于 25 岁"：

性别　　　　　　　　年龄

男　　　　　　　　　>=25

2）筛选条件若是"或"的关系，则条件不能出现在同一行。

如表示条件"性别为男或者年龄大于等于 25 岁"：

性别　　　　　　　　年龄

男

　　　　　　　　　　>=25

4.6.3　数据排序

数据库的排序是按字段进行的，对数据的排序有升序和降序两种方式，可以对一个字段进行排序，也可以对多个字段进行排序。

1. 默认排序

默认排序是按升序排序，Excel 使用顺序如下：

（1）数值从最小的负数到最大的正数排序。

（2）文本和数字的文本按从 0~9~A~Z 的顺序。

（3）在逻辑值中，False 排在 True 之前。

（4）所有错误值的优先级相同。

（5）空格排在最后。

（6）小写字母排列在大写字母之前。

汉字可根据汉语拼音的字母排序，也能根据汉字的笔画排序，取决用户设置。

2. 按一个字段排序

在常用工具栏上有两个排序按钮，分别是"升序"按钮 ▦ 和"降序"按钮 ▦，利用这两个排序按钮对一个字段进行排序既简单又方便。首先选定需要排序的字段名，单击常用工具栏上的"升序"按钮或"降序"按钮，则这个工作表的数据记录按选定的字段依次重新排序。

注：如果选中某一列后排序，仅仅被选中列的数据进行排序，其他未选中的数据不作任何顺序变化。

3. 多个字段排序

在数据区域中任选一个单元格，执行"数据"菜单中的"排序"命令，弹出图 4-74 示的"排序"对话框。利用"排序"对话框可以对数据库进行三层排序，在"主要关键字"、"次要关键字"和"第三关键字"栏选择排序的字段名，为每一个字段选择"递增"或"递减"，并确定有无标题行后单击"确定"按钮。工作表中的全部数据记录将按照"排序"对话框的设置进行排序。

4. 自定义排序

在 Excel 中，除了标准的排序方式，还可以按自定义的方式进行排序。具体步骤如下：

（1）在数据库中选定任意单元格。

（2）单击"数据"菜单中的"排序"命令，弹出"排序"对话框，选择排序字段。

（3）单击对话框中的"选项"按钮，打开"排序选项"对话框，如图 4-75 所示。

（4）从"自定义排序次序"下拉列表中选择所需的排序次序，如图 4-76 所示。

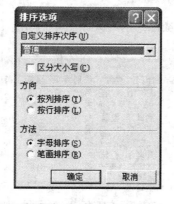

图 4-74　"排序"对话框　　　　图 4-75　"排序选项"对话框　　　图 4-76　"自定义排序次序"列表框

（5）单击"确定"按钮即可。

4.6.4　分类汇总

分类汇总是系统提供的一项统计计算功能，按数据库的某一字段将同类别的数据进行分类统计汇总，并将计算的结果分级显示出来。

在执行分类汇总命令前，必须先对数据清单进行排序，数据清单的第一行必须有字段名。

1. 创建分类汇总

（1）首先对需要分类汇总的字段进行排序。

如对图 4-66 所示的"部门"字段进行排序，排序后的结果如图 4-77 所示。

（2）在分类汇总的数据清单的数据区域，单击任意单元格。

（3）执行"数据"菜单中的"分类汇总"命令，弹出"分类汇总"对话框，如图 4-78 所示。

（4）在"分类字段"下拉列表中选择按"部门"。

（5）在"汇总方式"下拉列表中选择"求和"。

（6）在"选定汇总项"列表框中选择按"工资"。

	A	B	C	D	E	F	G	H
1				职员登记表				
2	员工编号	部门	姓名	性别	年龄	籍贯	工龄	工资
3	C24	测试部	刘力国	男	32	江西	4	1600
4	C04	测试部	吴朔源	男	22	上海	5	1800
5	K12	开发部	沈一丹	男	30	陕西	5	2000
6	K01	开发部	高浩飞	女	26	湖南	2	1400
7	S21	市场部	张开芳	男	26	山东	4	1800
8	S20	市场部	杨　帆	女	25	江西	2	1900
9	W24	文档部	王红梅	女	24	河北	2	1200
10	W08	文档部	贾　铭	男	24	广东	1	1200

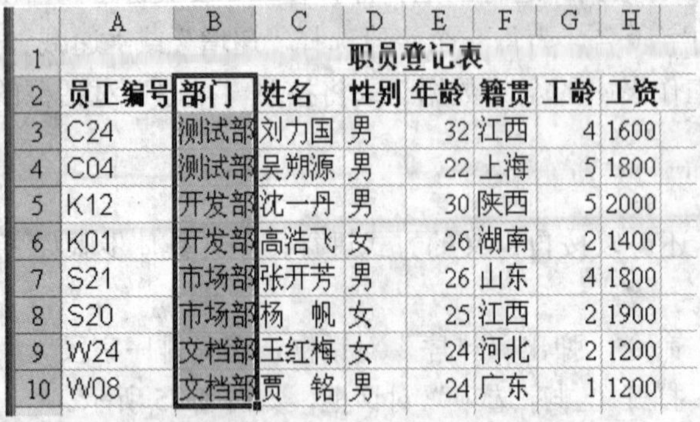

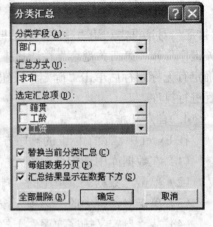

图 4-77 “部门”字段排序

图 4-78　分类汇总对话框

（7）单击“确定”按钮，分类汇总的结果如图 4-79 所示。

	A	B	C	D	E	F	G	H	I
1				职员登记表					
2	员工编号	部门	姓名	性别	年龄	籍贯	工龄	工资	
3	C24	测试部	刘力国	男	32	江西	4	1600	
4	C04	测试部	吴朔源	男	22	上海	5	1800	
5		测试部 汇总						3400	
6	K12	开发部	沈一丹	男	30	陕西	5	2000	
7	K01	开发部	高浩飞	女	26	湖南	2	1400	
8		开发部 汇总						3400	
9	S21	市场部	张开芳	男	26	山东	4	1800	
10	S20	市场部	杨　帆	女	25	江西	2	1900	
11		市场部 汇总						3700	
12	W24	文档部	王红梅	女	24	河北	2	1200	
13	W08	文档部	贾　铭	男	24	广东	1	1200	
14		文档部 汇总						2400	
15		总计						12900	
16									

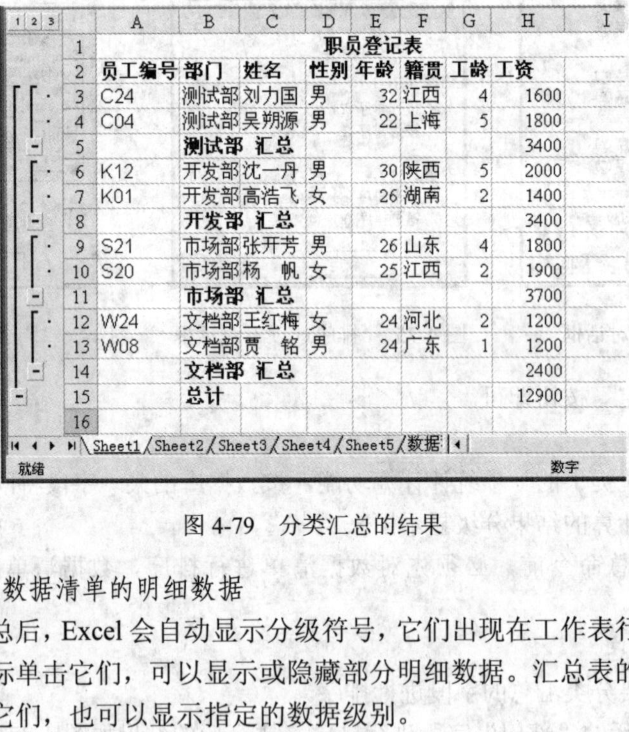

图 4-79　分类汇总的结果

2. 显示或隐藏数据清单的明细数据

创建了分类汇总后，Excel 会自动显示分级符号，它们出现在工作表行号的左边，用“+”和“−”表示。鼠标单击它们，可以显示或隐藏部分明细数据。汇总表的左上角有 1、2、3 三个小按钮，单击它们，也可以显示指定的数据级别。

3. 清除分类汇总

（1）选中分类汇总数据清单中任意单元格。

（2）单击“数据”菜单中的“分类汇总”选项。

（3）在“分类汇总”对话框中单击“全部删除”按钮。

4.6.5　数据透视表

数据透视表是一种特殊形式的表，是一种对大量数据快速汇总和建立交叉列表的交互式表格。它可以转换行和列以查看源数据的不同汇总结果；可以显示不同页面的筛选数据；还可以根据需要显示区域中的详细数据。建立数据透视表后，可以重排列表，以便从另外的角度查看数据，而且要以随时根据源数据的改变来自动更新数据。

1. 数据透视表的组成

在数据透视表中，数据构成有行字段、列字段、数据字段、行的合计、列的合计、总计，如图 4-80 所示。

列字段		
行字段	数据字段	行合计
	列合计	
总计		

图 4-80　数据透视表的构成

2. 创建数据透视表

（1）单击工作表中的任意单元格（见图 4-66）。

（2）单击"数据"菜单中的"数据透视表"命令，弹出"数据透视表和数据透视图向导-3 步骤之 1"对话框，如图 4-81 所示。

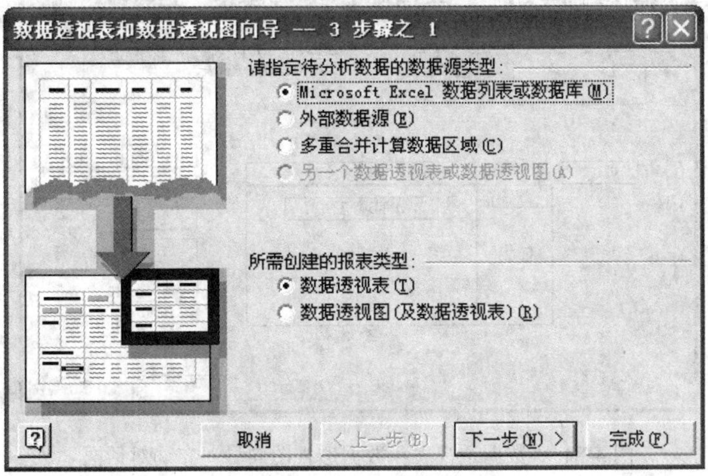

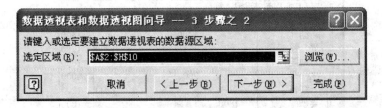

图 4-81　创建简单数据透视表

（3）在对话框中选择数据源类型"Microsoft Excel 数据列表或数据库"选项，选择报表类型为"数据透视表"，单击"下一步"按钮，弹出"数据透视表和数据透视图向导-3 步骤之 2"对话框，如图 4-82 所示。

图 4-82　"数据透视表和数据透视图向导-3 步骤之 2"对话框

（4）用鼠标在工作表中选择要建立数据透视表的数据区域，单击"下一步"按钮，弹出"数据透视表和数据透视图向导-3 步骤 3"对话框，如图 4-83 所示。

（5）单击"布局"按钮，打开"数据透视表和数据透视图向导—布局"对话框，如图 4-84 所示。在对话框中可以将要汇总的字段按钮拖到相应的字段区，如将"部门"拖至"列"字段区，"姓名"拖至"行"字段区，将"工资"拖至"数据"字段区，然后单击"确定"按钮。

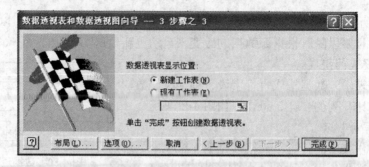

图 4-83　"数据透视表和数据透视图向导-3 步骤之 3"对话框

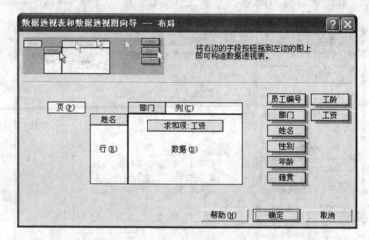

图 4-84　"数据透视表和数据透视图向导—布局对话框

（6）单击数据透视表显示的位置为"新建工作表"或"现有工作表"按钮，如图 4-83 所示，然后单击"完成"按钮。最终结果如图 4-85 所示。

	A	B	C	D	E	F
1						
2						
3	求和项:工资	部门 ▼				
4	姓名 ▼	测试部	开发部	市场部	文档部	总计
5	高浩飞		1400			1400
6	贾 铭				1200	1200
7	刘力国	1600				1600
8	沈一丹		2000			2000
9	王红梅				1200	1200
10	吴朔源	1800				1800
11	杨 帆			1900		1900
12	张开芳			1800		1800
13	总计	3400	3400	3700	2400	12900
14						
15	数据透视表				▼ ×	
16	数据透视表(P) ▼					
17						

图 4-85　透视表最终结果

（7）此时会弹出"数据透视表工具栏"，可以对数据透视表继续操作。

3．删除数据透视表

（1）选中要删除的数据透视表中的任一单元格。

（2）单击鼠标右键，弹出快捷菜单。

（3）将鼠标指针指向"选定"，然后从级联菜单中选择"整张表格"命令。

（4）选择"编辑"菜单中的"清除"命令，然后从级联菜单中选择"全部"命令。

4.7 打 印 工 作 表

在 Excel 中建立的工作表和图表，均可以输出到打印机，打印出全部内容或部分内容，与打印有关的操作有打印预览、页面设置和打印，这三种操作分别由"文件"菜单下的"打印预览"、"页面设置"和"打印"三个命令来实现，这三个命令相互联系，每一个命令都包含了其他两个命令的功能，从任何一个命令开始，均可以执行其他两个命令。

4.7.1 打印预览

在打印工作表之前，一般先使用"打印预览"命令在屏幕上观察打印效果，屏幕上显示的打印预览效果与打印机输出的效果完全相同，如果对打印预览效果不满意，可以再次对工作表进行编辑和格式设置，直到满意后再输出到打印机。在打印预览窗口下可以直接打印或进入页面设置。

执行"文件"菜单中的"打印预览"命令，或单击常用工具栏中的打印预览快捷按钮，可以打开打印预览窗口，如图 4-86 所示。

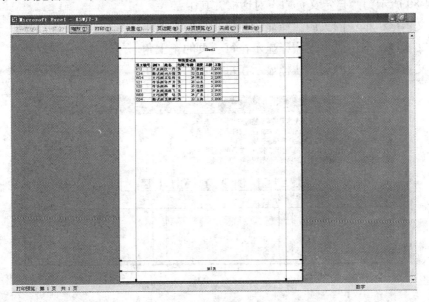

图 4-86　打印预览窗口

4.7.2 页面设置

执行"文件"菜单中的"页面设置"命令，在"页面设置"对话框中选择"页面"选项卡，如图 4-87 所示，有以下内容：

"方向"→纵向、横向。

"缩放"→从 10%到 400%。

"纸张大小"、"打印质量"、"起始页码"等内容。

4.7.3　设置页眉/页脚

"页面设置"对话框中选择"页眉/页脚"选项卡，在其中可以添加、删除、更改和编辑页眉/页脚，如图 4-88 所示。

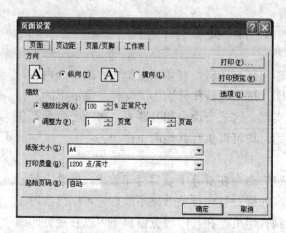
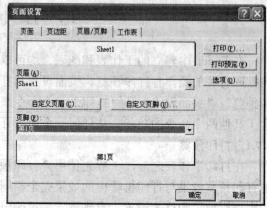

图 4-87　"页面设置"对话框中的"页面"选项卡　　图 4-88　页面设置对话框中的页眉页脚设置

在"页眉/页脚"选项卡中单击"自定义页眉"或"自定义页脚"按钮，可自定义页眉或页脚。图 4-89 所示为"自定义页眉"对话框。其中：

"左"文本框：框中的页眉注释显示在每一页的左上角。

"中"文本框：框中的页眉注释显示在每一页的正上角。

"右"文本框：框中的页眉注释显示在每一页的右上角。

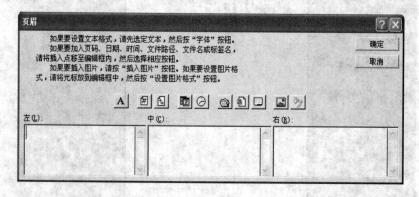

图 4-89　"自定义页眉"对话框

　A　：字体按钮，单击此按钮，弹出"字体"字体框，在字体对话框中可以设置字体、字形、字号、下划线和特殊效果等。

　#　：页码按钮，在页眉中插入页码，添加或删除工作表时，Excel 自动更新页码。

　+　：总页数按钮，在当前工作表中插入总页数，添加或删除工作表时，Excel 自动更新总页数。

　　　　：日期按钮，插入当前日期。

　　　　：时间按钮，插入当前时间。

　　　　：文件名按钮，插入当前工作簿的文件名。

　　　　：工作表名称按钮，插入当前工作表的名称。

4.7.4　设置页边距

可以设置内容离页面"上"、"下"、"左"、"右"的距离，并设置"页眉"、"页脚"及页中内容的"居中方式"，包括"水平居中"和"垂直居中"两种，如图 4-90 所示。

4.7.5　设置分页符

1. 插入分页符

（1）选定新一页开始的单元格。

（2）单击"插入"菜单中的"分页符"命令。

2. 删除分页符

（1）删除垂直分页符。

1）选定垂直分页符右边的第一列单元格。

2）单击"插入"菜单中的"删除分页符"选项。

（2）删除水平分页符。

1）选定水平分页符下面第一行任意单元格。

2）单击"插入"菜单中的"删除分页符"选项。

4.7.6　设置工作表

"工作表"选项卡可以设置打印区域、各个分页的上端或左端打印的行标题和列标题、将工作表分成多页时的打印顺序，如图 4-91 所示。

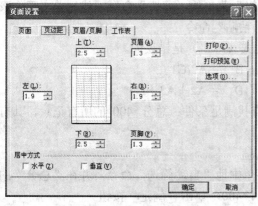

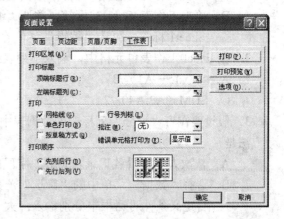

图 4-90　"页面设置"对话框中的页边距设置　　　图 4-91　"页面设置"对话框中的工作表设置

4.7.7　打印

执行"文件"菜单中的"打印"命令，在弹出的"打印"对话框（见图 4-92）中设置打印范围和打印份数，也可以选择打印选定区域、选定工作表或整个工作簿，单击"确定"按钮后，系统将把选择的内容输出到打印机。

如果直接单击常用工具栏上的"打印"按钮，将打印当前工作表。

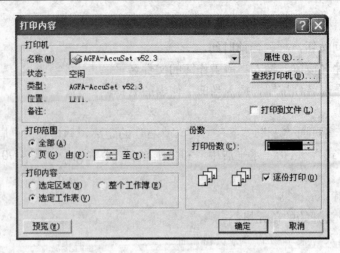

图 4-92 "打印内容"对话框

习 题 4

一、选择题（请选择一个正确答案）

1. 在 Excel 中，要在同一工作簿中把工作表 Sheet3 移动到 Sheet1 前面，应该（ ）。
   A. 单击工作表 Sheet3 标签，并沿着标签行拖动到 Sheet1 前
   B. 单击工作表 Sheet3 标签，并按住 Ctrl 键沿着标签行拖动到 Sheet1 前
   C. 单击工作表 Sheet3 标签，并选"编辑"菜单的"复制"命令，然后单击工作表 Sheet1 标签，在选"编辑"菜单的"粘贴"命令
   D. 单击工作表 Sheet3 标签，并选"编辑"菜单的"剪切"命令，然后单击工作表 Sheet1 标签，再选"编辑"菜单的"粘贴"命令

2. 在 Excel 工作表单元格中，输入下列表达式（ ）是错误的。
   A. ＝（15－A1）/3   B. ＝A2/C1
   C. SUM（A2:A4）/2   D. ＝A2＋A3＋D4

3. 假设要在有"总分"列标题的数据表中查找满足条件：总分>400 的所有记录，其有效方法是（ ）。
   A. 依次人工查看各记录"总分"字段的值
   B. 选择"数据"菜单中的"筛选"子菜单中地"自动筛选"命令，并在"总分"的自定义条件对话框中分别输入：大于：400，单击"确定"按钮
   C. 选择"数据"菜单中的"记录单"命令，在"记录单"对话框中连续单击"下一条"按钮进行查找
   D. 选择"编辑"菜单中的"查找"命令进行查找

4. 在 Excel 工作表中，同时选择多个不相邻的工作表，可以在按住（ ）键的同时依次单击各个工作表的标签。
   A. Ctrl   B. Alt
   C. Shift   D. Tab

5．当向 Excel 工作表单元格输入公式时，使用单元格地址 D$2 引用 D 列 2 行单元格，该单元格的引用称为（　　）。

　　A．交叉地址引用　　　　　　　　B．混合地址引用

　　C．相对地址引用　　　　　　　　D．绝对地址引用

6．在 Excel 中，在打印学生成绩单时，对不及格的成绩用醒目的方式表示（如用红色表示等），当要处理大量的学生成绩时，利用（　　）命令最为方便。

　　A．查找　　　　　B．条件格式　　　　C．数据筛选　　　　D．定位

7．Excel 中，让某单元格里数值保留两位小数，下列（　　）命令最为方便。

　　A．选择"数据"菜单下的"有效值"命令

　　B．选择单元格后右键单击，在快捷菜单中选择"设置单元格格式"

　　C．选择工具栏上的按钮"增加小数位数"或"减少小数位数"

　　D．选择"格式"菜单，再选择"单元格…"命令

8．在 Excel XP 中，用户在工作表中输入日期，（　　）形式不符合日期格式。

　　A．'20-02-2000'　　　　　　　　B．02-OTC-2000

　　C．2000/10/01　　　　　　　　　D．2000-10-01

9．Excel 工作表的最右下角的单元格的地址是（　　）。

　　A．IV65535　　　　B．IU65535　　　　C．IU65536　　　　D．IV65536

10．在 Excel 中要将公式以"数值"的形式复制其他单元格，应使用（　　）命令。

　　A．剪切和粘贴　　　　　　　　　B．剪切和选择性粘贴

　　C．复制和粘贴　　　　　　　　　D．复制和选择性粘贴

11．若在 Excel 的 A2 单元中输入"=56>=57"，则显示结果为（　　）。

　　A．56<57　　　　B．=56　　　　C．True　　　　D．False

12．在 Excel 工作表中，单元格 D5 中有公式"=$B$2＋C4"，删除第 A 列后 C5 单元格中的公式为（　　）。

　　A．=$A$2＋B4　　　　　　　　　B．=$B$2＋B4

　　C．=$A$2＋C4　　　　　　　　　D．=$B$2＋C4

13．在 Excel 中，选取整个工作表的方法是（　　）。

　　A．选择"编辑"菜单的"全选"命令

　　B．单击工作表的"全选"按钮

　　C．单击 A1 单元格，然后按住 Shift 键单击当前屏幕的右下角单元格

　　D．单击 A1 单元格，然后按住 Ctrl 键单击工作表的右下角单元格

14．如要关闭工作簿，但不想退出 Excel，可以选择（　　）。

　　A．"文件"菜单中的"关闭"命令　　B．"文件"菜单中的"退出"命令

　　C．关闭 Excel 窗口的按钮　　　　　D．"窗口"菜单中的"隐藏"命令

15．在单元格中输入（　　）后，该单元格显示 0.3。

　　A．6/20　　　　B．=6/20　　　　C．"6/20"　　　　D．="6/20"

16．在打印工作表前就能看到实际打印效果的操作是（　　）。

　　A．仔细观察工作表　　　　　　　B．打印预览

　　C．按 F8 键　　　　　　　　　　D．分页预览

17．若在 Excel 的 A2 单元中输入"＝8^2"，则显示结果为（　　）。

　　A．16　　　　　　B．64　　　　　　C．＝8^2　　　　D．8^2

18．在 Excel 中，要修改当前工作表"标签"的名称，下列（　　）方法不能完成。

　　A．双击工作表"标签"

　　B．选择菜单"格式"中"工作表"，再选择"重命名"命令

　　C．鼠标右击工作表"标签"，选择"重命名"命令

　　D．选择菜单"文件"下"重命名"命令

19．Excel 中有一图书库存管理工作表，数据清单字段名有图书编号、书名、出版社名称、出库数量、入库数量、出入库日期。若统计各出版社图书的"出库数量"总和及"入库数量"总和，应对数据进行分类汇总，分类汇总前要对数据排序，排序的主要关键字应是（　　）。

　　A．入库数量　　　B．出库数量　　　C．书名　　　　D．出版社名称

20．在 Excel 的单元格中，如要输入数字字符串 82669900（电话号码）时，应输入（　　）。

　　A．'82669900'　　B．82669900　　　C．82669900'　　D．'82669900

21．Exccl 工作窗口中，编辑栏的左侧有一框，用来显示单元格或区域的名字，或者根据名字查找单元格或区域，该框称为（　　）。

　　A．编辑框　　　　B．名称框　　　　C．公式框　　　D．区域框

22．在 Excel 中，将数据填入单元格时，默认的对齐方式是（　　）。

　　A．文字自动左对齐，数字自动右对齐

　　B．文字自动右对齐，数字自动左对齐

　　C．文字与数字均自动左对齐

　　D．文字与数字均自动右对齐

23．从"程序"级联菜单中选择"Microsoft Excel XP"选项启动 Excel XP 之后，系统会自动建立一个名为（　　）的空的工作簿。

　　A．Book1　　　　B．Book　　　　　C．Sheet1　　　D．Sheet

24．已知工作表"商品库"中单元格 F5 中的数据为工作表"月出库"中单元格 D5 与工作表"商品库"中单元格 G5 数据之和，若该单元格的引用为相对引用，则 F5 中的公式是（　　）。

　　A．＝月出库！$D$5＋$G$5　　　　　　B．＝$D$5＋$G$5

　　C．＝D5＋商品库！G5　　　　　　　　D．＝月出库！D5＋G5

25．在 Excel XP 工作表中，完成数据筛选时（　　）。

　　A．只显示符合条件的第一个记录　　　B．显示数据清单中的全部记录

　　C．只显示不符合条件的记录　　　　　D．只显示符合条件的记录

二、填空题

1．在 Excel 中，若要在某一单元格中输入内容，应先将该单元格_____；若要在某一单元格中计算另外一些单元格的数据，应首先在该单元格中输入_____。

2．在 Excel 的单元格 D5 中输入公式：＝8>=9，则 D5 中显示的结果是_____。

3．D5 单元格中有公式"＝A5＋$B$4"，删除第 3 行后，D4 中的公式是_____。

4．当工作簿有 4 个工作表时，系统会将它们保存在_____个工作簿文件中。

5．在 Excel 的某一单元格中，输入分数"6 又 1/5"的输入顺序是_____。

6．在 Excel 中，某单元格的内容为“＝SUM（D3:D5，F5）”，则显示的结果等价于公式：______。

7．在 Excel 的同一工作表窗口中，欲把它拆分成水平的两个窗口，应执行______菜单命令。

8．在 Excel 中，对数据表作分类汇总前，先要______。

9．对于 Excel 数据表，排序是按照______来进行的。

10．在 Excel 的某工作表中，引用同一工作簿中另一工作表“学生成绩表”的单元格 F6 的值，其表达式为______。

三、操作题

1．打开工作簿文件 Book1.xls，如图 4-93 所示，在工作表 Sheet1 中，按要求完成下面的操作。

	A	B	C	D	E	F	G
1	学号	姓名	语文	数学	物理	化学	
2	90213001	郑俊霞	89	62	77	85	
3	90213002	马云燕	91	68	76	82	
4	90213003	王晓燕	86	79	80	93	
5	90213004	贾莉莉	93	73	78	88	
6	90213005	李广林	94	84	60	86	
7	90213006	马丽萍	55	59	98	76	
8	90213007	高云河	74	77	84	77	
9	90213008	王卓然	88	74	77	78	
10							

Sheet1 / Sheet2 / Sheet3 / She

就绪　数字

图 4-93　操作题成绩表

数据计算及处理：

（1）在 G1 单元格输入“平均数”，并计算每个人的平均分数，结果放在 G2：G8 中。

（2）对记录进行筛选，将平均分数小于 80 分的记录筛选出来复制到 Sheet2 表中。

（3）将数据表按成绩降序重新排列。

（4）在学号一栏前插入一空白列，表头输入“名次”，以下各单元格内分别输入 1～8。

设置格式：

（1）将平均分数一栏设置为小数点后带两位小数。

（2）将数据表中成绩小于 60 分的值用红色显示。

（3）所有单元格设置为居中对齐。

（4）表头各单元设置为 4 号黑体。

建立图表：

（1）数据：姓名、语文、数学、物理、化学。

（2）图表类型：“簇状柱形图”。

（3）分类轴：姓名。

（4）图表标题：一班期中成绩表。

（5）数值轴标题：分数。

（6）分类轴标题：姓名。

（7）图例在图表的右上侧。

2．请在"考试项目"菜单下选择"电子表格软件使用"菜单项，然后按照题目要求打开相应的子菜单，完成下面的内容，具体要求如下：

（1）打开工作簿的文件 table.xls，将下列学生成绩建立一个数据表格，存放在 A1:F4 的区域内。

序号	姓名	数学	外语	政治	平均成绩
1	王立萍	85	79	79	
2	刘嘉林	90	84	81	
3	李莉	81	95	73	

（2）计算每位学生的平均成绩。计算公式：平均成绩＝（数学＋外语＋政治）/3，结果的数字格式为常规样式。

（3）选"姓名"和"平均成绩"两列数据，姓名为分类（X）轴标题，平均成绩为数值（Z）轴标题，绘制各学生的平均成绩的柱形图（三维簇状柱形图），图表标题为"学生平均成绩柱形图"。嵌入在数据表格下方（存放在 A6:F17 的区域内）。

第 5 章　演示文稿处理软件 PowerPoint XP

PowerPoint 是 Microsoft Office 的组件之一，是一个功能强大的制作图形化演示文稿的软件。主要用于材料展示，如产品展示、学术演讲、项目论证、论文答辩、会议议程、个人或公司介绍等。它可以利用各种文本和数据，制作出具有专业水平的演示文稿幻灯片，以满足用户的各种需要。

使用 PowerPoint 创建的演示文稿叫做电子演示文稿，它是由一张张电子幻灯片组成。本章所涉及的 PowerPoint，若无特殊说明，都是指 PowerPoint XP。

5.1　PowerPoint 的基础知识

5.1.1　PowerPoint 的启动和退出

1. PowerPoint 的启动

选择"开始"→"程序"→Microsoft PowerPoint 命令，如图 5-1 所示，即可启动 PowerPoint。启动成功后的 PowerPoint 窗口界面如图 5-2 所示。当然如果在桌面上创建了 PowerPoint 的快捷图标，也可以通过双击桌面图标来完成启动过程。

2. PowerPoint 的退出

方法与 Office 的其他应用软件相同，可选择"文件"菜单中的"退出"命令，或单击右上角的"关闭"按钮即可。

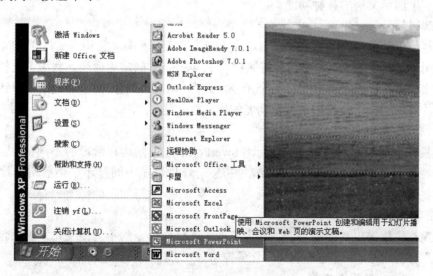

图 5-1　启动 PowerPoint XP 窗口

5.1.2　PowerPoint 的窗口组成

PowerPoint 主窗口（见图 5-2）主要由标题栏、菜单栏、"常用"工具栏、"格式"工具栏、幻灯片编辑区、任务窗格和"绘图"工具栏等组成。

图 5-2　PowerPoint 主窗口

1．标题栏

标题栏位于窗口界面的第一行，它的左侧是应用程序名 Microsoft PowerPoint 及当前演示文稿名称，右侧是"最小化"按钮、"最大化"按钮或"还原"按钮和"关闭"按钮。

2．菜单栏

菜单栏位于标题栏的下一行，它是由 9 组菜单组成。使用它们可以执行 PowerPoint 的各项命令，实现演示文稿的各种功能。

3．工具栏

工具栏位于菜单栏的下方。经常出现在窗口上的工具栏有"常用"工具栏、"格式"工具栏和"绘图"工具栏等，它们是用图标来替代 PowerPoint 的常用命令。利用工具栏可以方便地对演示文稿进行操作。若要执行某个命令，只需单击相应的按钮。若把鼠标指针移至某个按钮稍停片刻，即会出现说明该按钮功能的提示框。

4．状态栏

状态栏位于窗口的底端，主要显示 PowerPoint 在不同运行阶段的不同信息。在图 5-2 中，状态栏左侧显示了当前幻灯片的编号和总幻灯片数，中间显示了当前幻灯片所使用的模板名称。

5．任务窗格

任务窗格位于窗口界面的右侧，其内容会随着操作命令的不同而变化。主要包括"新建演示文稿"任务窗格、"幻灯片版式"任务窗格、"幻灯片设计"任务窗格等。

5.1.3　PowerPoint 的视图方式

PowerPoint 提供了三种视图方式，它们分别是普通视图、幻灯片浏览视图、幻灯片放映视图。在不同的视图下，可以用不同的方式对幻灯片进行编辑。视图之间可以进行切换，有两种切换方式：一种是使用"视图"菜单命令，如图 5-3 所示；另一种是视图按钮，它位于主窗口界面的左下侧，如图 5-4 所示。

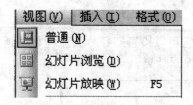

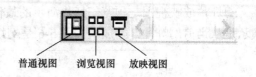

普通视图　　浏览视图　　放映视图

图 5-3　菜单命令　　　　　　　　　　图 5-4　视图方式切换按钮

1. 普通视图

普通视图是一种默认的视图，这种视图能全面掌握演示文稿中各个幻灯片的名称、标题和排列顺序。要修改某个幻灯片文件，只需要从左边的大纲窗格选中该幻灯片，即可快速切换到当前想修改的幻灯片，非常方便。

普通视图的工作窗口分为三部分：大纲窗格、幻灯片窗格及备注窗格，可以通过拖动两个窗格之间的边框来调整各个区域的大小。

（1）大纲窗格：在大纲窗格内，可以键入演示文稿的所有文本，也可以编辑文本，主要是对文本进行编辑和修改。利用"大纲"工具栏可以调整幻灯片标题、正文的布局和内容、展开或折叠幻灯片的内容、移动幻灯片的位置等。

（2）幻灯片窗格：在演示文稿区，用户可以通过幻灯片窗格查看每张幻灯片的文本外观，并且可以在这个窗格中为每张幻灯片添加图形、文本、影片和声音以做成丰富多彩的幻灯片，并且可以创建超链接以及向其中添加各种动画等。

（3）备注窗格：在备注窗格中，我们可以添加与观众共享的备注或信息。若需要在备注中含有图形，则需在"备注页视图"中添加备注。

2. 幻灯片浏览视图

通过幻灯片浏览视图，用户可以看到演示文稿的所有幻灯片，这些幻灯片是以缩略图形式显示的，这样我们可以很容易在幻灯片之间添加、删除、移动每一张幻灯片，以及选择幻灯片的动画切换方式。如图 5-5 所示。

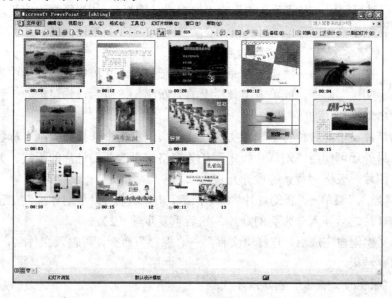

图 5-5　幻灯片浏览视图

3．幻灯片放映视图

幻灯片放映视图是预览幻灯片演示的最佳视图，它可以检查幻灯片的流程和动画效果。演示是从当前幻灯片开始放映。图 5-6 是幻灯片放映视图效果。

图 5-6　幻灯片放映视图

5.2　演示文稿的创建

5.2.1　创建演示文稿

PowerPoint 启动成功后会自动创建"演示文稿 1"。现在介绍通过"文件"菜单的"新建"命令创建一个新演示文稿的方法。

执行"文件"菜单→"新建"命令，在窗口的右侧会打开"新建演示文稿"任务窗格如图 5-7 所示。此时可使用"空演示文稿"或"根据设计模板"，或"根据内容提示向导"等方法来创建一个新演示文稿。

1．使用"空演示文稿"创建演示文稿

（1）执行"文件"菜单→"新建"命令，在"新建演示文稿"任务窗格中选择"新建"区域的"空演示文稿"命令，或单击工具栏上的"新建"按钮 ▯，均可创建一张"主、副标题"版式的空白幻灯片。

（2）在幻灯片窗格的占位符上输入文本，或在大纲窗格中选择"大纲"标签后输入相应的标题文字。另外还可使用"幻灯片版式"任务窗格来更改新幻灯片的版式，并添加用户所需要的文本、图片、表格、背景等设计元素。

（3）选择"插入"菜单→"新幻灯片"命令，或单击工具栏上"新幻灯片"按钮 ▤新幻灯片(N)，则可在当前幻灯片之后插入一张新幻灯片，然后重复步骤（2）。

（4）演示文稿创建完成后，选择"文件"→"保存"命令，再输入文件名，单击"保存"按钮，即可保存结果。

2．使用"根据设计模板"创建演示文稿

方法如下：

（1）在"新建演示文稿"任务窗格中的"新建"区域，选择"根据设计模板"命令。

（2）在"幻灯片设计"任务窗格中（见图5-8），单击要应用的设计模板。

图 5-7 "新建演示文稿"任务窗格　　　　　图 5-8 "幻灯片设计"任务窗格

（3）若要保留第一张幻灯片的默认标题版式，则转到步骤（4）。若要对第一张幻灯片使用其他的版式，则选择"格式"→"幻灯片版式"命令，再单击所需的版式。

（4）在"幻灯片"或"大纲"选项卡上，为第一张幻灯片输入文本。

（5）若要插入新幻灯片，则选择"插入"→"新幻灯片"命令，或在工具栏上单击"新幻灯片"按钮，再选择所需的版式。

（6）重复执行步骤（4）和（5）以连续添加幻灯片，在幻灯片上还可添加其他想要的设计元素。

（7）选择"文件"→"保存"命令，再输入文件名，单击"保存"按钮，即可保存结果。

3. 使用"根据内容提示向导"建立演示文稿

方法如下：

（1）在"新建演示文稿"任务窗格中选择"新建"区域的"根据内容提示向导"命令，打开"内容提示向导"对话框，如图5-9所示，然后再按向导中的提示一步步操作，最后单击"完成"按钮。

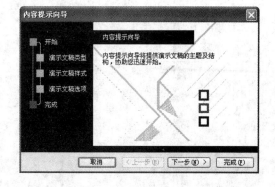

（2）在演示文稿中，使用所需文本替换文本建议，再进行相应的更改。

（3）更改完毕，选择"文件"菜单→"保存"命令，在输入文件名后，单击"保存"按钮。

图 5-9 "内容提示向导"对话框

5.2.2 演示文稿文档的基本操作

1. 保存演示文稿

执行"文件"菜单→"保存"命令，若该演示文稿是第一次保存，则打开"另存为"对话框，在保存的位置旁的下拉列表中选择合适的保存目录，在"文件名"旁的文本框中输入文件名，单击"保存"按钮后保存完毕。系统自动添加".ppt"的扩展名，.ppt 是 PowerPoint 的缩写。若该演示文稿已经存在，则保存时，该文件所在的磁盘、文件夹和文件名均不变。

2．打开演示文稿

执行"文件"菜单→"打开"命令，在打开的对话框中选择一个演示文稿文件后，单击"打开"按钮即可。

3．关闭演示文稿

执行"文件"菜单→"关闭"命令，可关闭当前打开的演示文稿。但 PowerPoint 程序并不退出，此时，可以继续打开其他的演示文稿。

5.3 演示文稿的基本编辑

5.3.1 编辑文本

1．输入文本

新建好的演示文稿还没有正文文字，要加入文字可以在"普通视图"的"幻灯片窗格"或"大纲窗格"中进行。

（1）在大纲窗格中输入文本。

1）如图 5-10 所示，在大纲窗格中选择"大纲"标签，将光标定位在第一张幻灯片的图标后，接着输入幻灯片标题。

2）按 Ctrl＋Enter 键，则进入副标题部分的第一级，输入完毕后，回车开始输入副标题部分的第二级。

3）如果副标题输入完毕，则再次按 Ctrl＋Enter 键切换到下一张幻灯片，此时出现下一张幻灯片的图标及编号。重复以上操作可建立多张幻灯片，如图 5-11 所示。

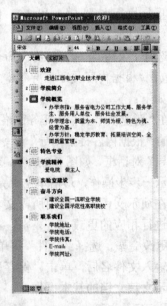

图 5-10 "大纲窗格"   图 5-11 输入文本后的"大纲窗格"

4）在输入过程中使用大纲工具栏上的"降级"按钮或"升级"按钮可以将当前输入的标题降低或升高一级。使用"上移"按钮或"下移"按钮还可调整幻灯片之间的次序。

（2）在幻灯片的占位符中输入文本。

1）如图 5-12 所示，在幻灯片的标题占位符中输入文本"今年踏青哪里去"。在副标题占位符中输入"柏林湖您理想的旅游胜地"。

2）单击占位符以外的位置，结束输入。

3）适当调整标题、副标题占位符的大小和位置，如图 5-13 所示。

图 5-12 幻灯片窗格 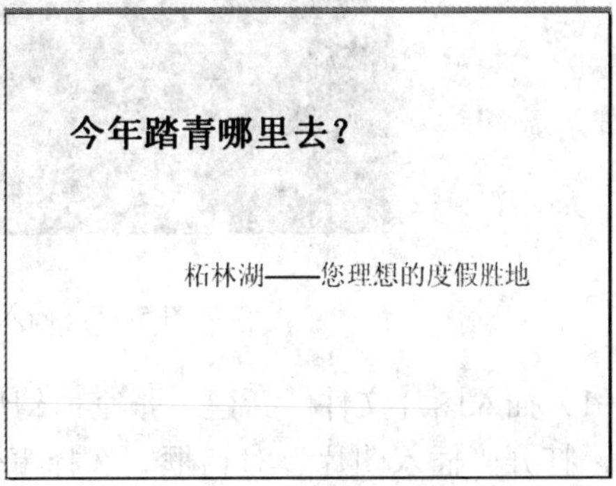　　　　　　　　　　　　　图 5-13 输入文本效果

（3）使用文本框输入文本。如果需要在幻灯片中的其他位置添加文本，可以通过插入文本框来实现。方法如下：

1）单击绘图工具栏上的文本框按钮图。

2）在幻灯片上单击鼠标左键，出现一个文本框，或按住鼠标左键拖曳出一个文本框。

3）在文本框中输入文本即可。

2．设置文本格式

在 PowerPoint 中，对文字的要求，主要是美观、醒目并且具有感染力。因此，在幻灯片中设置文本的格式就显得非常重要。

依照前面学过的 Word 排版的知识，在 PowerPoint 中也同样可以对文本部分进行选中、剪切、复制、删除及设置各种字体格式和对齐方式等操作。方法与 Word 类似，通过"格式"菜单命令或格式工具栏的方式来完成文本格式的设置，效果如图 5-14 所示。

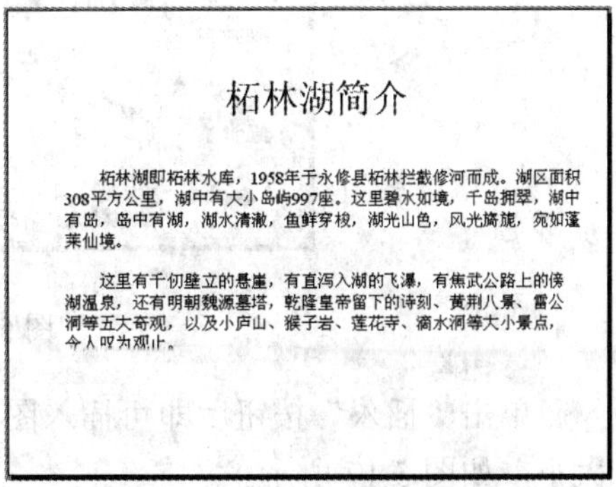

图 5-14 文本格式化效果

5.3.2 插入对象

为了增加视觉效果，提高观众的注意力，给观众传递更多的信息，可以在幻灯片中插入各种对象。在 PowerPoint 中可以插入各种图片（如图片文件、剪贴画、艺术字、自选图形）、表格、图表、声音等。

1．插入图片

下面通过实例讲解，介绍在 PowerPoint 中插入图片的方法。最终效果如图 5-15 所示。

图 5-15 插入各种图片的幻灯片效果

（1）插入图片文件。新建一张空白幻灯片，执行"插入"菜单→"图片"→"来自文件"命令，打开"插入图片"对话框，选择事先准备好的图片文件 123.jpg，如图 5-16 所示。

图 5-16 "插入图片"对话框

单击"插入"按钮后即可插入图片，移动图片到合适的位置，并调整到与幻灯片相同的大小，如图 5-17 所示。

（2）插入艺术字。执行"插入"菜单→"图片"→"艺术字"命令，打开"艺术字库"对话框，如图 5-18 所示，选择第二行第四列的样式，单击确定按钮后，在打开的对话框中输入"柘林湖主要景点介绍"文本，最后对此文本进行字体、字号、阴影、颜色等设置，效果如图 5-19 所示。

（3）插入项目符号与编号。在幻灯片窗格状态，插入一个文本框，输入五行文本，设置适当的字体、字号，摆放好位置，如图 5-20 所示。

选中文本框，执行"格式"菜单→"项目符号和编号"命令，在打开的对话框中（见图

5-21)，单击"自定义"按钮，在打开的"符号"对话框中选择一种符号，单击"确定"按钮，再单击"确定"按钮，幻灯片上便出现了项目符号，完成的效果如图 5-22 所示。方法与 Word 中设置"项目符号和编号"类似。

图 5-17　插入图片的幻灯片

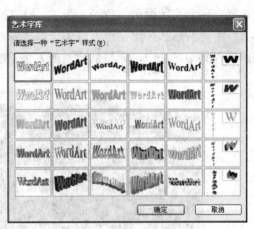

图 5-18　"艺术字库"对话框

图 5-19　插入艺术字的幻灯片

图 5-20　插入文本的幻灯片

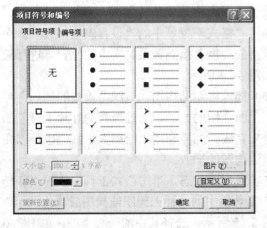

图 5-21　"项目符号和编号"对话框

图 5-22　插入项目符号和编号的幻灯片

（4）插入剪贴画和自选图形。除了"插入"菜单命令，也可以通过幻灯片版式中的对象占位符来插入各种对象。下面介绍用这种方法来插入剪贴画。

在普通视图状态下，执行"格式"→"幻灯片版式"命令，在"幻灯片版式"任务窗格中选择一种含有剪贴画占位符的版式，如图 5-23 所示。在占位符上单击"插入剪贴画"按钮，打开一个"剪贴画"对话框，选中一幅"青蛙"剪贴画图片，单击"确定"按钮，即可将剪贴画插入到幻灯片中，调整到适当的大小摆放好位置。

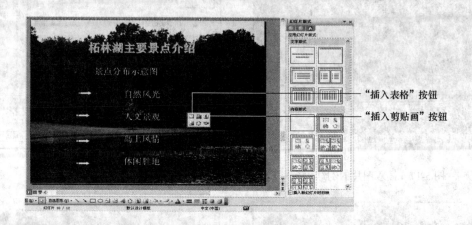

图 5-23　含有"剪贴画"占位符的版式

插入自选图形，可在绘图工具栏中，单击"自选图形"按钮，选择"标注"项中的"云形标注"样式，然后在幻灯片上绘制，再添加上文本即可，最终效果如图 5-15 所示。

（5）插入表格。在普通视图状态，单击格式工具栏中的"新幻灯片"按钮，添加一张新幻灯片。在"幻灯片版式"任务窗格中选择一个含有表格占位符的版式（见图 5-23），在幻灯片中的占位符上单击"插入表格"按钮，在弹出的对话框中输入行数与列数，然后单击"确定"按钮，表格插入完毕。当然也可以通过"插入"菜单→"表格"命令或工具栏中的"插入表格"按钮来完成。

全国计算机等级考试教程系列丛书

MS Office	C++语言程序设计
公共基础知识	Access数据库程序设计
Visual Basic程序设计	PC技术
Visual FoxPro程序设计	数据库技术
C语言程序设计	网络技术
Java程序设计	信息管理技术

图 5-24　表格幻灯片

接着选中表格，调整其大小，输入相关数据，然后利用"格式"菜单中的"设置表格格式"命令可对表格的边框、填充效果、文本的位置等进行设置，如图 5-24 所示。

（6）插入组织结构图。组织结构图的插入，可以采用上面介绍的方法，通过选择幻灯片上对象的占位符来完成。同样利用"绘图"工具栏也可以完成组织结构图的插入。

在普通视图状态，单击格式工具栏中的"新幻灯片"按钮，添加一张新幻灯片。单击"绘图"工具栏中的"插入组织结构图或其他图示"按钮，此时弹出一个"图示库"对话框，如图 5-25 所示。选择其中的一种类型，单击"确定"按钮即可，如图 5-26 所示。

图 5-25　"图示库"对话框

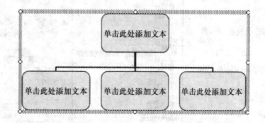

图 5-26　组织机构图

1）若要向框内输入文字，单击或右击图框，然后输入文字即可。

2）若要向组织结构图中添加图框，例如要在其上下方或旁边添加新的图框，先选择该框，然后在组织结构图工具栏（见图 5-27）上单击"插入形状"按钮，弹出一下拉菜单，如图 5-28 所示，选择所需的一项即可。

图 5-27　"组织结构图"工具栏

图 5-28　"插入形状"按钮

"下属"——把形状放置在所选图框的下一层并将其连接到所选图框上。

"同事"——把形状放置在所选图框的旁边并连接到同一个上级图框上。

"助手"——把形状使用图形连接符放置在所选图框下。

3）若要改变组织结构图的样式，可以采用预设的设计方案。方法是先单击"组织结构图"工具栏上的"自动套用格式"按钮，再从"组织结构图样式库"中选择一种样式，如图 5-29 所示，最后单击"完成"按钮。

对象是 PowerPoint XP 的一个基本单位，比如一个文本框、一个图形、一个表格等。

对象的处理包括选定、移动、复制、剪切、对齐和叠放等。它们的操作方法与 Word 中相似，在前面第 3 章已经详细介绍过了。这里要强调的是当一张幻灯片上存在多个对象时，要注意它们彼此之间的叠放次序。当要改变某个对象的叠放次序，可选定这个对象，通过"绘图"工具栏中的"绘图"→"叠放次序"选项，或在选中的对象上单击右键选择"叠放次序"命令，再在弹出的子菜单中进行选择（见图5-30）即可。

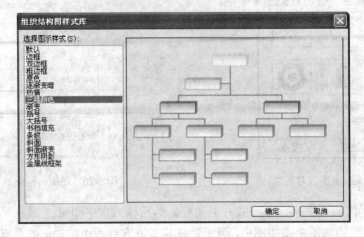

图 5-29　"组织结构图样式库"对话框

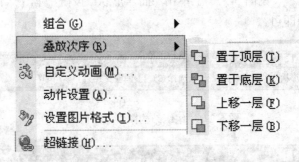

图 5-30　"叠放次序"级联菜单

另外，"绘图"工具栏还提供了一些常用工具，用于绘制、处理各种对象，方法同 Word 相似，我们在这里就不再叙述。

2. 声音效果及影片的插入

（1）插入声音。在普通视图状态，选中要添加声音的幻灯片，执行"插入"菜单→"影片和声音"→"文件中的声音"命令，在弹出的对话框中找到声音文件所在的位置，双击它即可将声音添加到幻灯片中。

若要从剪辑库管理器插入声音剪辑，则执行"插入"菜单→"影片和声音"→"剪辑管理器中的声音"命令，找到所需的剪辑并单击它，即可。

（2）插入影片。插入影片与插入声音的方法相似。将"文件中的声音"命令换成"文件中的影片"或将"剪辑管理器中的声音"命令换成"剪辑管理器中的影片"命令即可。

PowerPoint 支持的视频文件格式有.AVI，.MPG，.ASF 和.WMV 等。

5.3.3　幻灯片的处理

当用户创建了或打开了已有的演示文稿后，就可以根据具体的需要来插入、复制、移动、删除幻灯片。

打开演示文稿，执行"视图"菜单中的"幻灯片浏览"命令。在"幻灯片浏览视图"中可做以下操作。

1. 复制、移动幻灯片

选定要复制或移动的幻灯片，然后在工具栏上单击"复制"或"剪切"按钮，然后将光标置于要复制或移动的目标位置，再单击"粘贴"按钮，即完成了幻灯片的复制或移动。

注：如果是选择多张幻灯片，则按下 Ctrl 键不放，再分别单击各张幻灯片；若要选择连续的多张幻灯片，则先单击第一张幻灯片，然后按下 Shift 键不放，再单击最后一张幻灯片。

2. 幻灯片的删除

选中要删除的幻灯片，按下 Delete 键或"编辑"菜单中的"删除"命令。

3. 插入幻灯片

将光标置于要插入幻灯片的位置，执行"插入"菜单中的"幻灯片（从文件）"命令，在弹出的"幻灯片搜索器"对话框中，利用"浏览"按钮，找到要插入的演示文稿文件，然后在"幻灯片搜索器"对话框中选定幻灯片，如图 5-31 所示，单击"插入"按钮即可。

图 5-31　"幻灯片搜索器"对话框

5.4　幻灯片外观的处理

为了使制作的幻灯片具有统一协调的外观，使其具有整体的一致性，那么应该对制作的演示文稿做外观设计，主要有五种方法：改变幻灯片的背景、应用设计模板、修改母版、选择和改变配色方案及创建新幻灯片版式。

1. 改变幻灯片的背景

幻灯片的背景几乎是幻灯片中最显著的部分，在 PowerPoint 中可以单独改变背景颜色、过渡、纹理、图案及背景图像，并可以将它们应用到当前的或整个的演示文稿中。方法如下。

（1）打开要改变背景的演示文稿，选中要改变背景的幻灯片（以图 5-13 为例）。

（2）执行"格式"菜单→"背景"命令。在弹出的背景对话框中（见图 5-32），单击"背景填充"区域下拉式列表按钮，打开如图 5-33 所示的颜色列表。

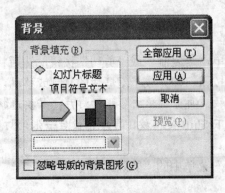

图 5-32 "背景"对话框

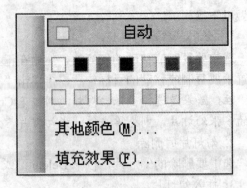

图 5-33 "背景"填充下拉菜单

在列表框中选择一种背景颜色；或者单击在列表中的"其他颜色"选项，如图 5-34 所示，可以自定义一种背景颜色；或者单击"填充效果"选项，如图 5-35 所示，可通过"渐变"、"纹理"、"图案"、"图片"四种填充方式来改变幻灯片的背景。

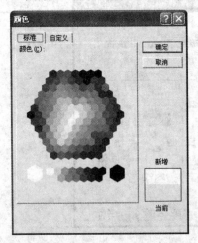

图 5-34 自定义"颜色"对话框

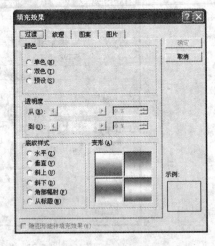

图 5-35 "填充效果"对话框

选择"图片"标签→单击"选择图片"按钮→在弹出的对话框中，选择要插入的图片文件→单击"插入"按钮→单击"确定"按钮，回到如图 5-32 所示背景对话框。

1）选择"全部应用"按钮，将所选择的背景颜色应用到演示文稿的所有幻灯片上。

2）选择"应用"按钮，将所选择的背景颜色应用到当前的幻灯片上。

3）选择"预览"按钮则可以在普通视图中查看所选背景颜色的效果。

（3）单击"应用"按钮，并对文本及其格式进行相应的设置，效果如图 5-36 所示。

2. 应用设计模板

通过模板可以建立特殊的外观，在应用了设计模板的演示文稿中，每张幻灯片都有统一的外观。

PowerPoint 提供了大量的专业设计模板供用户使用，各种模板具有自己独特的风格，在创建一个新的演示文稿时，可以先选择某种模板，然后再输入具体的内容。也可以先输入内容，再为其选择一种合适的模板，如果对选用的模板不满意，还可以重新选用新的模板，当然用户也可以将自己创建的具有特色的演示文稿作为模板保存，方法如下。

图 5-36 使用背景的幻灯片

（1）打开演示文稿，选中一张幻灯片（以图 5-14 为例）。

（2）执行"格式"菜单→"幻灯片设计"命令，在"幻灯片设计"任务窗格的"应用设计模板"区域中，选择一种合适的模板单击，即将选择的模板应用到了所有的幻灯片，如图 5-37 所示。若只想应用于当前幻灯片，则单击模板右侧的下拉按钮，在打开的列表中选"应用于所选幻灯片"即可。

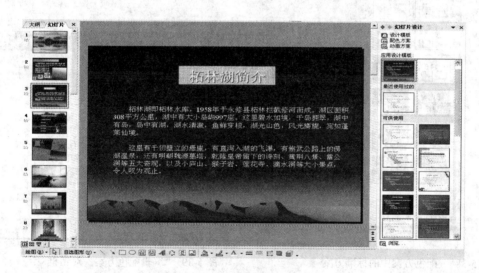

图 5-37 使用模板的幻灯片

以上操作是对演示文稿使用已设计好的模板，用户也可以将自己设计的演示文稿保存为模板文件，为以后创建演示文稿时作为模板来使用。操作步骤："文件"→"另存为"，在打开的"另存为"对话框中，"保存类型"必须选择"演示文稿设计模板"，最后单击"保存"按钮即可。

3. 设置幻灯片的颜色

当我们使用模板之后，因为每个模板都包含一整套的配色方案（8 种元素的颜色）它提供了用在演示文稿各个部分的一组颜色，一般情况下该模板即会统一演示文稿中的所有对象的颜色。但用户也可以在 PowerPoint 中修改这些颜色及选用其他的配色方案，还可以自己定义一些配色方案。

PowerPoint 中的配色方案有标准方案和自定义方案两种类型，其中标准配色方案中有 12 种已设置好的方案，可以直接选用，如果不满意，还可以自己来定义配色方案。

设置幻灯片配色方案的方法如下：

（1）打开演示文稿，选中要调整配色方案的一张幻灯片。

（2）执行"格式"菜单→"幻灯片设计"命令，在"幻灯片设计"任务窗格中单击"配色方案"按钮，如图 5-38 所示，在"应用配色方案"区域列出了 12 种已设计好的配色方案，选择一种合适的配色方案单击，即将选择的配色方案应用于所有的幻灯片。若只应用于当前幻灯片，则在标准配色方案右侧的下拉列表中选择"应用于所选幻灯片"即可。

（3）如果要自己定义配色方案，可单击"编辑配色方案"按钮，在"编辑配色方案"对话框的"自定义"选项卡（见图 5-39）中，可分别对 8 个对象设置颜色，设置完后单击"应用"按钮即可。

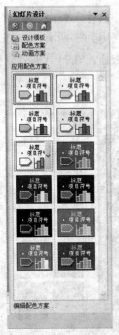

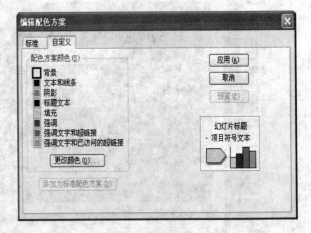

图 5-38　　配色方案中的标准方案　　　　　图 5-39　"编辑配色方案"对话框

4. 更改幻灯片版式

改变幻灯片的版式，是针对已建好的幻灯片使用其他的版式，这样幻灯片将按新选的版式重新调整布局。应用一个新的版式时，所有的文本和对象都会保存下来，但是可能需要重新排列它们以适应新版式。

方法如下。

（1）在"普通"视图中，选择要更改版式的幻灯片（以图 5-37 为例）。

（2）执行"格式"菜单→"幻灯片版式"命令，在"幻灯片版式"任务窗格的"文字版式"区域中选用一种"标题与两栏文本"的版式单击，然后适当调整各对象的位置，如图 5-40 所示。

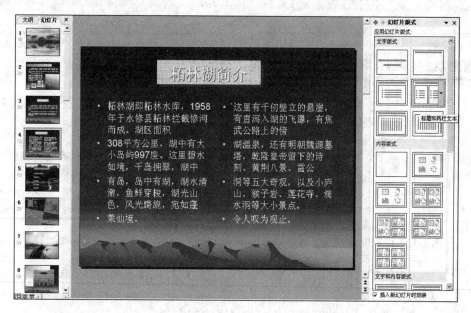

图 5-40 版式为"标题与两栏文本"的幻灯片

5. 幻灯片的母版

在 PowerPoint 中，母版同幻灯片的模板很相似，它控制演示文稿中所有幻灯片上的字体风格、格式与文本的位置、配色方案、背景颜色和填充效果等。在幻灯片母版中包含了一些幻灯片中共有的部分（文字、图片等），例如可以在幻灯片母版中加入某段文字、公司的标志图片、页眉、页脚、日期等元素，此时，在整个演示文稿中都将体现出这种修改。

PowerPoint 中的母版有三种：幻灯片母版、讲义母版和备注母版。可通过执行"视图"菜单的"母版"命令，在打开的级联菜单中进行选择。

下面以实例来讲解，最终效果如图 5-41 和图 5-42 所示，方法如下。

图 5-41 使用母版的幻灯片

（1）执行"视图"菜单→"母版"→"幻灯片母版"命令，进入幻灯片母版的编辑状态，如图 5-43 所示。由于母版也是一种特殊的幻灯片，因此在母版上进行编辑与在普通幻灯片上编辑一样。

图 5-42　使用母版的幻灯片　　　　　　　　图 5-43　幻灯片母版

1）设置统一的幻灯片的标题样式和文本样式。标题样式设置为楷体、加粗；文本样式设置为宋体、加粗。

2）插入一小鸟图片，并将其拖到幻灯片母版的右上角。

（2）单击"母版"工具栏上的"关闭"按钮，回到当前的幻灯片视图中。此时演示文稿的每一张幻灯片上都出现了小鸟图片，并且标题样式和文本样式得到了统一设置。

（3）在幻灯片母版上添加页眉、页脚。

1）在幻灯片母版的编辑状态，执行"视图"→"页眉和页脚"命令，在弹出的"页眉和页脚"对话框中，进行相应设置，输入相关信息，如图 5-44 所示。

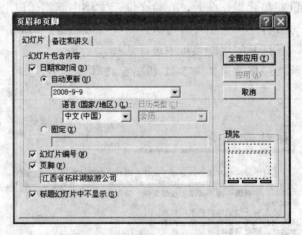

图 5-44　"页眉和页脚"对话框

2）单击"全部应用"按钮，关闭"页眉和页脚"对话框，退出母版编辑状态。

（4）单击"幻灯片浏览视图"按钮，可以看到除第一张标题幻灯片外，刚才的设置出现在每一张幻灯片上。最终效果如图 5-41 和图 5-42 所示。

（5）如果需要修改母版，只需再次进入幻灯片母版的编辑状态，对母版进行编辑即可。

5.5　幻 灯 片 的 放 映

对于创建好的文本、图形、声音、表格、图表等其他对象的演示文稿，如何按照预定的时间、顺序、设定的效果展示出来，用以吸引观众的注意力是本节要介绍的内容。

5.5.1　动画幻灯片的设置

对幻灯片上的文本、图片、声音、图表等对象设置动画效果，如使一段文本从屏幕的一侧飞入屏幕等，可以增加趣味性，突出重点。方法如下。

1.　动画方案

（1）打开演示文稿，选择幻灯片上需要动态显示的对象，如一段文本。

（2）执行"幻灯片放映"菜单→"动画方案"命令，在"幻灯片设计"任务窗格的"应用于所选幻灯片"区中选择一种方案，如"随机线条"，如图 5-45 所示，单击"播放"按钮。

（3）若想把动画效果应用于所有幻灯片，则单击"播放"按钮前需先单击"应用于所有幻灯片"按钮，再逐一单击"播放"按钮即可。

2.　自定义动画

（1）打开演示文稿，选择幻灯片上需要动态显示的对象，如一幅"剪贴画"。

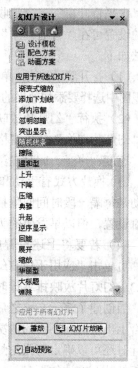

图 5-45　"幻灯片设计"任务窗格

（2）执行"幻灯片放映"菜单→"自定义动画"命令，在打开的自定义动画任务窗格中，单击"添加效果"按钮，出现四个选项分别为"进入"、"强调"、"退出"和"动作路径"，如图 5-46 所示。

（3）若单击"强调"按钮（其他三项的操作方法类似），会打开一个级联菜单，如图 5-46 所示，有多种效果可选择，可以对选中的对象进行效果设置，而且可同时对同一对象设置多种效果。

（4）在一张幻灯片中如果对多个对象设置了动画效果后，若想改变动画出现的先后次序，可以通过"重新排序"中的上移、下移"箭头"按钮来完成，如图 5-47 所示。

图 5-46　"自定义动画"任务窗格

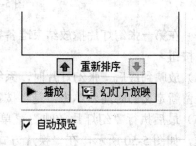

图 5-47　"动画效果"重新排序

5.5.2　幻灯片间切换效果的设置

　　切换效果是在幻灯片放映过程中，添加在幻灯片之间的一种特殊切换效果。由一张幻灯片切换到另一张幻灯片时，切换效果可用不同的特效将下一张幻灯片显示在屏幕上，例如"水平百叶窗"、"盒状收缩"、"溶解"等。幻灯片切换效果的设置可在"普通视图"或"幻灯片浏览视图"中进行，方法如下。

　　（1）打开演示文稿，单击"幻灯片浏览视图"按钮，在浏览视图中选择要添加效果的幻灯片（可以是一张或者多张）。

　　（2）执行"幻灯片放映"菜单→"幻灯片切换"命令，在"幻灯片切换"任务窗格（见图 5-48）中选择一种切换方式、速度、声音。同时在浏览视图中可看到切换的效果。

　　（3）换片方式有手动和自动两种。手动是单击鼠标换片，自动是每隔一段时间间隔换片。两种方式可分别设置，也可同时设置，但以早发生的为准。

图 5-48　"幻灯片切换"任务窗格

　　（4）若要将上述设置应用到演示文稿中的所有幻灯片中，可单击"应用于所有幻灯片"按钮。

5.5.3　幻灯片放映排练计时设置

　　当创建了演示文稿之后，用户有可能需要预先排练一下整个的演示过程，以免在正式的场合上出现时间不够的情况。PowerPoint 提供了用于这种情况的"排练计时"功能。使用排练计时还可以确定每张幻灯片在屏幕上显示的时间，并且可以设定根据排练计时的时间来切换幻灯片，方法如下。

　　（1）打开演示文稿，将视图切换到幻灯片浏览视图中。

　　（2）执行"幻灯片放映"菜单→"排练计时"命令，系统以全屏幕方式播放幻灯片，同时出现"预演"对话框，如图 5-49 所示。

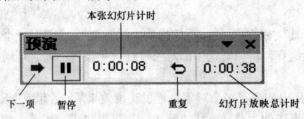

图 5-49　"预演"对话框

　　（3）在第一张幻灯片播放结束准备播放下一张幻灯片时，在"预演"对话框中单击"下一项"按钮。

　　（4）放映到最后一张幻灯片时，系统会显示所有幻灯片放映结束后的总时间，并询问是否要保留新定义的时间，单击"是"按钮接受该时间，单击"否"按钮重试一次。

　　（5）最后执行"幻灯片放映"菜单→"设置放映方式"命令，打开"设置放映方式"对话框，如图 5-50 所示，在"换片方式"区域选中"如果存在排练时间，则使用它"单选按钮。

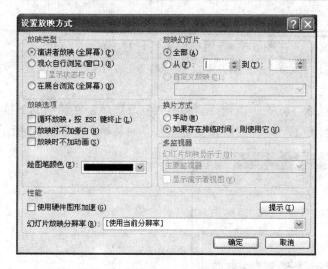

图 5-50　"设置放映方式"对话框

5.5.4　幻灯片放映方式设置

幻灯片制作完毕，下面对幻灯片的放映方式进行设置，以便可以达到满意的效果，方法如下。

（1）打开演示文稿，将视图切换到幻灯片浏览视图中。

（2）执行"幻灯片放映"菜单→"设置放映方式"命令，出现如图 5-50 所示的对话框，一般选择"演讲者放映"单选按钮，可以运行全屏幕的演示文稿，这种方式通常用于演讲者指导演示的场合。

（3）单击"观众自行浏览"单选按钮，可以运行小屏幕的演示文稿。比如，个人通过公司网络或者全球网浏览演示文稿。演示文稿会出现在小型窗口内，并且能提供在放映时移动、编辑、打印新幻灯片命令，该模式中可以使用滚动条来控制切换。

（4）"在展示台浏览"可以自动运行演示文稿，在展览会场或者会议上通常用到。

5.5.5　交互式演示文稿的设置

为了方便浏览者在演示文稿放映过程中灵活观看幻灯片，还可以创建交互式演示文稿。这里介绍三种方法即"动作设置"、"超级链接"及"动作按钮"，来创建交互式演示文稿。

下面以实例来讲解，最终效果如图 5-51 和 5-52 所示，方法如下。

图 5-51　应用实例 1

图 5-52　应用实例 2

1. 使用动作设置

（1）打开演示文稿，在图 5-51 应用实例 1 幻灯片上选中"自然风光"文本。

（2）执行"幻灯片放映"→"动作设置"命令，弹出"动作设置"对话框，如图 5-53 所示。

（3）在"单击鼠标"标签中，选择"超链接到"选项，在弹出的下拉列表框中选择"幻灯片"项，此时又打开了一个"超链接到幻灯片"对话框，如图 5-54 所示。

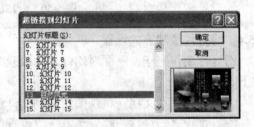

图 5-53 "动作设置"对话框　　　　　　　图 5-54 "超级链接到幻灯片"对话框

（4）在对话框的"幻灯片标题"区域中，选取"自然风光"标题，其相应的预览缩图会同时出现在对话框的右侧，单击"确定"按钮。这时"自然风光"文本便出现在"动作设置"对话框中的"超级链接到"列表框中。

（5）单击"确定"按钮。这时幻灯片中的"自然风光"文本下，多了一条下划线且文本的颜色也发生了改变，表明这个文本具有超链接的功能。

（6）用同样的方法为文本"人文景观"、"岛上风情"、"休闲胜地"创建超链接，完成效果如图 5-51 所示。放映时分别单击它们，幻灯片就跳转到相应的幻灯片上。

2. 使用超级链接

（1）打开演示文稿，选择标题为"联系方式"的一张幻灯片（见图 5-52），然后选中"www.zlh mast.net.cn"文本。

（2）执行"插入"菜单→"超链接"命令，或直接单击工具栏上的"插入超链接"按钮，打开"插入超链接"对话框，如图 5-55 所示。

（3）在对话框的左部"链接到"区域里，选择第一项"原有文件或网页"，然后在"地址"选项的文本框中输入网址 http://www.zlh_mast.net.cn，单击"确定"按钮即可。

（4）在图 5-52 中，选择"webmaster@163.com"文本，再次打开"插入超链接"对话框，在"链接到"区域里选择第四项"电子邮件地址"，输入 webmaster@163.com，然后单击"确定"按钮。完成效果如图 5-52 所示。

（5）按 F5 键观看放映效果。单击网址 webmaster@163.com 时会打开"江西省九江市柘林湖旅游公司"网站，而单击"webmaster@163.com"文本时会自动启动 Outlook Express。

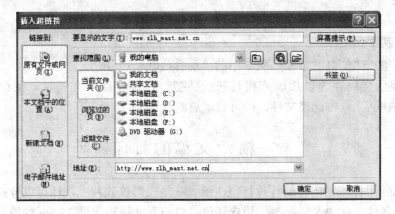

图 5-55 "插入超链接"对话框

3. 使用动作按钮

在母版上创建动作按钮，步骤如下。

（1）打开演示文稿，执行"视图"菜单→"母版"→"幻灯片母版"命令。

（2）在幻灯片母版的编辑状态下，执行"幻灯片放映"菜单→"动作按钮"命令，打开"动作按钮"子菜单，如图 5-56 所示。"动作按钮"子菜单提供了12 种不同功能的动作按钮。

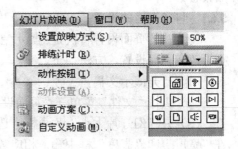

图 5-56 "幻灯片放映"菜单

（3）选择"后退或前一项"按钮，在幻灯片的左下部按住鼠标拖动，屏幕上就会画出所选的动作按钮。释放鼠标，自动打开"动作设置"对话框，单击"确定"按钮即可。

（4）调整按钮的大小、形状和颜色等，其方法和自选图形的调整方法一样。

（5）用同样的方法，在母版上再添加一个"前进或下一项"动作按钮。

（6）关闭母版即可。完成效果如图 5-51 和图 5-52 所示。按 F5 键观看放映效果。

在幻灯片上创建动作按钮，步骤如下。

（1）打开演示文稿，选择标题为"联系方式"的一张幻灯片。

（2）用上述同样的方法，在幻灯片的右下端添加一个"自定义"动作按钮，在"动作设置"对话框中，单击"超链接到"下拉列表中，选择"幻灯片"项。

（3）在"超链接到幻灯片"对话框中，选择标题为"柘林湖主要景点介绍"的幻灯片，单击"确定"按钮。

（4）在"自定义"动作按钮上单击鼠标右键，在打开的快捷菜单上，选择"添加文本"命令，此时按钮图形处于编辑状态，输入"返回目录"文本，并适当地设置文本格式。完成效果如图 5-52 所示。按 F5 键观看放映效果。

（5）若演示文稿中的其他幻灯片也需要设置"返回目录"按钮，可先选中"返回目录"按钮，执行"复制"命令，再"粘贴"到其他的幻灯片上。

5.5.6 幻灯片放映的启动

根据幻灯片保存的类型和不同的放映目的，启动幻灯片的放映也有多种方式。

（1）在 PowerPoint XP 中启动幻灯片放映。首先启动 PowerPoint XP，打开准备放映的演示文稿，然后按下列方法之一放映：

　　方法一：单击演示文稿左下角的"幻灯片放映"按钮。

　　方法二：按 F5 键。

　　方法三：单击"幻灯片放映"菜单中的"观看放映"命令。

　　（2）将演示文稿存为以放映方式打开的类型。在保存演示文稿时，保存的类型选择"PowerPoint 放映"。双击此类文件，即可启动放映。

5.6　演示文稿的打印

　　用户可以使用打印输出将幻灯片打印在纸上或是投影仪胶片上，还可以分别打印出演示文稿的大纲、备注页和讲义。同时，用户还可以将演示文稿输出到 35mm 的胶片上（需有专用设备）。

5.6.1　打印页面的设置

　　幻灯片的页面设置将决定幻灯片在屏幕和打印纸的尺寸和放置方向。一般采用默认设置。如要改变页面设置，方法如下。

　　（1）打开演示文稿。

　　（2）执行"文件"菜单→"页面设置"命令，打开"页面设置"对话框，如图 5-57 所示。

　　（3）在"幻灯片大小"列表框中选择要制作的幻灯片种类。若单击"自定义"选项，需在"宽度"和"高度"框中输入相应数值。

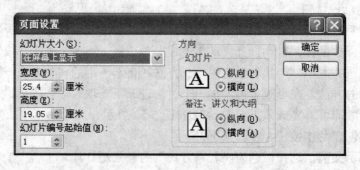

图 5-57　"页面设置"对话框

　　（4）若幻灯片的起始编号不是从 1 开始，可在"幻灯片编号起始值"文本框中输入所需数字。

　　（5）在"方向"区域中可选择幻灯片、备注、讲义和大纲打印的方向，有"纵向"和"横向"两种。

　　（6）完成上述操作，单击"确定"按钮。

5.6.2　彩色幻灯片黑白方式打印

　　演示文稿幻灯片一般都设计成彩色，在屏幕上底纹填充和背景看起来都很靓丽，可以在彩色打印机上直接打印。而目前的打印以黑白居多，因此原来的彩色画面可能变得不易阅读。为了在打印之前预览到黑白的打印效果，PowerPoint 提供黑白显示功能。方法如下。

　　（1）打开演示文稿。

　　（2）执行"视图"菜单→"颜色 / 灰度"命令，在打开的级联菜单中选择"纯黑白"命令，就可看到幻灯片黑白打印的效果预览。

5.6.3　打印演示文稿

演示文稿可以采用多种方式打印，如"幻灯片"、"讲义"、"备注页"、"人纲视图"等，因此在打印前还应对演示文稿进行打印设置，方法如下。

（1）打开演示文稿。

（2）执行"文件"菜单→"打印"命令，打开"打印"对话框，如图 5-58 所示。

图 5-58　"打印"对话框

（3）在"打印范围"区域中，可以选择打印全部或部分幻灯片。

（4）在"打印内容"下拉列表中共有"幻灯片"、"讲义"、"备注页"、"大纲视图"四项内容。若选择"讲义"项，还需在"讲义"区域中输入每页讲义打印幻灯片数（最多为 9 张幻灯片），并设置打印的水平顺序或垂直顺序。

（5）在"份数"区域中，可以设置打印的份数。

（6）单击"确定"按钮，开始打印。

习　题　5

一、选择题（请选择一个正确答案）

1．PowerPoint 工作窗口的组成部分不包括（　　）。

　　A．标题栏　　　　　B．菜单栏　　　　　C．工具栏　　　　　D．数据编辑区

2．在 PowerPoint 中，有关选定幻灯片的说法错误的是（　　）。

　　A．在浏览视图中单击幻灯片，即可选定

　　B．要选定多张不连续幻灯片，在浏览视图下，按 Ctrl 键并单击各张幻灯片

　　C．要选定多张连续幻灯片，在浏览视图下，按下 Shift 键并单击最后要选定的幻灯片

　　D．在幻灯片视图下，也可以选定多张幻灯片

3. PowerPoint 中，在浏览视图下，按住 Ctrl 键并拖动某幻灯片，可以完成（　　）操作。

    A. 移动幻灯片   B. 复制幻灯片

    C. 删除幻灯片   D. 选定幻灯片

4. 在 PowerPoint 中，"格式"菜单中的（　　）命令可以用来改变某一张幻灯片的布局。

    A. 背景   B. 幻灯片版式

    C. 幻灯片配色方案   D. 字体

5. 在 PowerPoint 某张含有多个对象的幻灯片中，选定某对象，选择"幻灯片放映"菜单下的"自定义动画"选项，设置"飞入"效果后，则（　　）。

    A. 该幻灯片放映效果飞入   B. 该对象放映效果为飞入

    C. 下一张幻灯片放映效果为飞入   D. 未设置效果的对象放映效果也为飞入

6. 打印演示文稿时，如在"打印内容"栏中选择"讲义"，则每页打印纸上最多能输出（　　）张幻灯片。

    A. 9   B. 4   C. 6   D. 8

7. 在 PowerPoint 中，有关幻灯片母版中的页眉页脚，下列说法错误的是（　　）。

    A. 页眉或页脚是加在演示文稿中的注释性内容

    B. 典型的页眉/页脚内容是日期、时间以及幻灯片编号

    C. 在打印演示文稿的幻灯片时，页眉/页脚的内容也可打印出来

    D. 不能设置页眉和页脚的文本格式

8. 使用（　　）下拉菜单中的"背景"命令改变幻灯片的背景。

    A. 格式   B. 幻灯片放映   C. 工具   D. 视图

9. 在 PowerPoint XP 中，在（　　）视图中，可以轻松地按顺序组织幻灯片，进行插入、删除、移动等操作。

    A. 备注页视图   B. 浏览视图

    C. 幻灯片视图   D. 黑白视图

10. 在 PowerPoint 中，设置幻灯片放映时的换页效果为"垂直百叶窗"，应使用"幻灯片放映"菜单下的选项是（　　）。

    A. 动作按钮   B. 幻灯片切换

    C. 预设动画   D. 自定义动画

11. 如要终止幻灯片的放映，可直接按（　　）键。

    A. Ctrl+C   B. Esc   C. End   D. Alt+F4

12. 在 PowerPoint 中，要切换到幻灯片母版中（　　）。

    A. 选择"视图"菜单中的"母版"命令，再选择"幻灯片视图"按钮

    B. 按住 Alt 键的同时单击"幻灯片视图"按钮

    C. 按住 Ctrl 键的同时单击"幻灯片视图"按钮

    D. A 和 C 都对

13. 在 PowerPoint 中，为了使所有幻灯片具有一致的外观，可以使用母版，用户可进入的母版视图有幻灯片母版、备注母版和（　　）。

    A. 标题母版   B. 讲义母版

    C. 普通母版   D. A 和 B 都对

14. 在下列操作中，不是退出 PowerPoint 的操作是（　　　）。

　　A. 选择"文件"下列拉菜单中的"关闭"命令

　　B. 选择"文件"下拉菜单中的"退出"命令

　　C. 按组合键 Alt＋F4

　　D. 双击 PowerPoint 窗口的"控制菜单"图标

15. PowerPoint 中，下列说法错误的是（　　　）。

　　A. 可以利用自动版式建立带剪贴画的幻灯片，用来插入剪贴画

　　B. 可以向已存在的幻灯片中插入剪贴画

　　C. 可以修改剪贴画

　　D. 不可以为图片重新上色

16. 在 PowerPoint 中，关于在幻灯片中插入图表的说法错误的是（　　　）。

　　A. 可以直接通过复制和粘贴的方式将图表插入到幻灯片中

　　B. 需先创建一个演示文稿或打开一个已有的演示文稿，再插入图表

　　C. 只能通过插入包含图表的新幻灯片来插入图表

　　D. 双击图表占位符可以插入图表

17. 在 PowerPoint 中，下列有关在应用程序间复制数据的说法错误的是（　　　）。

　　A. 只能使用复制和粘贴的方法来实现信息共享

　　B. 可以将幻灯片拖动到 Word 中

　　C. 可以将幻灯片移动 Excel 工作簿中

　　D. 可以将幻灯片复制到 Word 中

18. 在 PowerPoint 中，有关修改图片，下列说法错误的是（　　　）。

　　A. 裁剪图片是指保存图片的大小不变，而将不希望显示的部分隐藏起来

　　B. 当需要重新显示被隐藏的部分时，还可以通过"裁剪"工具进行恢复

　　C. 如果要裁剪图片，单击选定图片，再单击"图片"工具栏中的"裁剪"按钮

　　D. 按住鼠标右键向图片内部拖动时，可以隐藏图片的部分区域

19. 在 PowerPoint 中，在（　　　）视图中，可以定位到某特定的幻灯片。

　　A. 备注页视图　　　　　　　　　　B. 浏览视图

　　C. 放映视图　　　　　　　　　　　D. 黑白视图

20. 在 PowerPoint 的幻灯片浏览视图方式下，不能进行的操作是（　　　）。

　　A. 更改个别幻灯片应用设计模板　　B. 为个别幻灯片设计背景

　　C. 删除个别幻灯片　　　　　　　　D. 移动个别幻灯片的位置

二、填空题

1. 演示文稿幻灯片有＿＿＿＿＿＿、＿＿＿＿＿＿、＿＿＿＿＿等视图。

2. 在幻灯片视图中，要在幻灯片中插入艺术字，选择＿＿＿＿＿＿菜单的＿＿＿＿＿＿命令，从级联菜单中选择＿＿＿＿＿命令，出现＿＿＿＿＿对话框。

3. 在 PowerPoint 中，可以对幻灯片进行移动、删除、复制、设置动画效果，但不能对单独的幻灯片的内容进行编辑的视图是＿＿＿＿＿。

4. 在 PowerPoint 中，在一张打印纸上打印多少张幻灯片，是通过＿＿＿＿＿设定的。

5. 母版上有三个特殊的文字对象，＿＿＿＿＿、＿＿＿＿＿和数字区对象。

6．在"演示文稿设计"选项卡中选择要使用的演示模板，其扩展名_____。

7．在_____视图中可以出现"排练计时"按钮。

8．PowerPoint 中，在计算机上播放的演示文稿称为_____，它将幻灯片直接显示在计算机的屏幕上。

9．幻灯片的放映有_____方法。

10．只有在运行幻灯片放映时，超级链接才能_____。

三、操作题

1．请在"考试项目"菜单上选择"演示文稿软件使用"，完成下面的内容。

打开考生文件夹下的演示文稿 yswg2.ppt，按下列要求完成对此文稿的修饰并保存。

（1）将最后一张幻灯片向前移动，作为演示文稿的第一张幻灯片，并在副标题处键入"领先同行业的技术"文字；字体设置成宋体，加粗，倾斜，44 磅。将最后一张幻灯片的版式更换为"垂直排列标题与文本"。

（2）使用"场景型模板"演示文稿设计模板修饰全文；全文幻灯片切换效果设置为"从左下抽出"；第二张幻灯片的文本部分动画设置为"底部飞入"。

2．请在"考试项目"菜单上选择"演示文稿软件使用"，完成下面的内容。

（1）将第三张幻灯片版式改变为"垂直排列标题与文本"，将第一张幻灯片背景填充纹理为"羊皮纸"。

（2）将文稿中的第二张幻灯片加上标题"项目计划过程"，设置字体字号为：隶书，48 磅。然后将该幻灯片移动到文稿的最后，作为整个文稿软件的第三张幻灯片。全文幻灯片切换效果都设置成"随机水平线条"。

3．请在"考试项目"菜单上选择"演示文稿软件使用"，完成下面的内容。

打开考生文件夹下的演示文稿 yswg13.ppt，按下列要求完成对此文稿的修饰并保存。

（1）在第一张幻灯片上键入标题"电话管理系统"，版面改变为"垂直排列标题与文本"。所有幻灯片的文本部分动画设置为"左下角飞入"。

（2）使用"冲动型模板"演示文稿设计模板修饰全文；全部幻灯片切换效果设置为"横向棋盘式"。

第 6 章　Internet 网络基础知识

随着 Internet 网络的发展，地球村已不再是一个遥不可及的梦想。我们可以通过 Internet 获取各种我们想要的信息，查找各种资料，如文献期刊、教育论文、产业信息、留学计划、求职求才、气象信息、海外学讯、论文检索等。只要掌握了在 Internet 这片浩瀚的信息海洋中遨游的方法，就能在 Internet 中得到无限的信息宝藏。

6.1　网络基本概念

随着计算机应用的深入，特别是家用计算机越来越普及，一方面希望众多用户能共享信息资源；另一方面也希望各计算机之间能互相传递信息进行通信。个人计算机的硬件和软件配置一般都比较低，其功能也有限，因此，要求大型与巨型计算机的硬件和软件资源，以及它们所管理的信息资源应该为众多的微型计算机所共享，以便充分利用这些资源。基于这些原因，促使计算机向网络化发展，将分散的计算机连接成网，组成计算机网络。

6.1.1　计算机网络

计算机网络是现代通信技术与计算机技术相结合的产物。所谓计算机网络，就是把分布在不同地理区域的计算机与专门的外部设备用通信线路互联成一个规模大、功能强的网络系统，从而使众多的计算机可以方便地互相传递信息，共享硬件、软件、数据信息等资源。通俗来说，网络就是通过电缆、电话线或无线通信等互联的计算机的集合。

6.1.2　网络的功能

通过网络，可以和其他连到网络上的用户一起共享网络资源，如磁盘上的文件及打印机、调制解调器等，也可以和他们互相交换数据信息。网络功能示意图如图 6-1 所示。

图 6-1　网络功能示意图

6.1.3　网络的分类

按计算机联网的区域大小，可以把网络分为局域网（Local Area Network，LAN）和广域网（Wide Area Network，WAN）。局域网（LAN）是指在一个较小地理范围内的各种计算机网络设备互联在一起的通信网络，可以包含一个或多个子网，通常局限在几千米的范围之内。如在一个房间、一座大楼，或是在一个校园内的网络就称为局域网，广域网（WAN）连接地理范围较大，常常是一个国家或是一个洲。其目的是为了让分布较远的各局域网互联。平常讲的 Internet 就是最大最典型的广域网。网络分类图如图 6-2 所示。

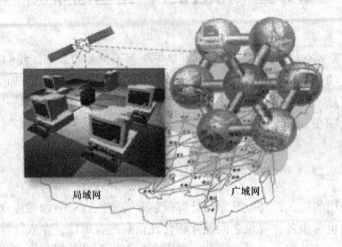

图 6-2 网络分类

6.1.4 什么是网络协议

那么，网络上的计算机之间又是如何交换信息的呢？就像我们说话用某种语言一样，在网络上的各台计算机之间也有一种语言，这就是网络协议，不同的计算机之间必须使用相同的网络协议（见图 6-3）才能进行通信。网络协议有很多种，具体选择哪一种协议则要看情况而定。Internet 上的计算机使用的是 TCP/IP 协议。

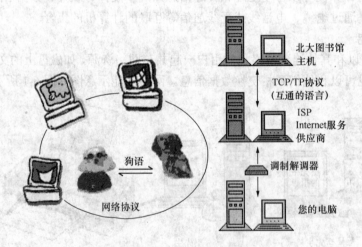

图 6-3 网络协议

6.1.5 什么是 Internet

到 Internet 海洋去冲浪，如今已成为一种时尚。每当我们拿起一张报纸、一本杂志或者打开收音机、电视机的时候，都可能听到一个词——Internet。而每每谈到 Internet，必然离不开 WWW、环球网、信息高速公路之类的时髦词。人们不禁要问，Internet 是什么？从广义上讲，Internet 是遍布全球的联络各个计算机平台的总网络，是成千上万信息资源的总称；从本质上讲，Internet 是一个使世界上不同类型的计算机能交换各类数据的通信媒介。从 Internet 提供的资源及对人类的作用这方面来理解，Internet 是建立在高灵活性的通信技术之上的一个已硕果累累，正迅猛发展的全球数字化数据库。

6.2　Internet 是怎样诞生的

与很多人的想象相反，Internet 并非某一完美计划的结果，Internet 的创始人也绝不会想到它能发展成目前的规模和影响。在 Internet 面世之初，没有人能想到它会进入千家万户，也没有人能想到它的商业用途。

从某种意义上，Internet 可以说是美苏冷战的产物。在美国，20 世纪 60 年代是一个很特殊的时代。60 年代初，古巴核导弹危机发生，美国和原苏联之间的冷战状态随之升温，核毁灭的威胁成了人们日常生活的话题。在美国对古巴封锁的同时，越南战争爆发，许多第三世界国家发生政治危机。由于美国联邦经费的刺激和公众恐惧心理的影响，"实验室冷战"也开始了。人们认为，能否保持科学技术上的领先地位，将决定战争的胜负。而科学技术的进步依赖于电脑领域的发展。到了 60 年代末，每一个主要的联邦基金研究中心，包括纯商业性组织、大学，都有了由美国新兴电脑工业提供的最新技术装备的电脑设备。电脑中心互联以共享数据的思想得到了迅速发展。

美国国防部认为，如果仅有一个集中的军事指挥中心，万一这个中心被原苏联的核武器摧毁，全国的军事指挥将处于瘫痪状态，其后果将不堪设想，因此有必要设计这样一个分散的指挥系统——它由一个个分散的指挥点组成，当部分指挥点被摧毁后其他点仍能正常工作，而这些分散的点又能通过某种形式的通信网取得联系。1969 年，美国国防部高级研究计划管理局（Advanced Research Projects Agency，ARPA）开始建立一个命名为 ARPAnet 的网络，把美国的几个军事及研究用电脑主机连接起来。当初，ARPAnet 只连接四台主机，从军事要求上是置于美国国防部高级机密的保护之下，从技术上它还不具备向外推广的条件。

1983 年，ARPA 和美国国防部通信局研制成功了用于异构网络的 TCP/IP 协议，美国加利福尼亚伯克莱分校把该协议作为其 BSD UNIX 的一部分，使得该协议得以在社会上流行起来，从而诞生了真正的 Internet。

1986 年，美国国家科学基金会（National Science Foundation，NSF）利用 ARPAnet 发展出来的 TCP/IP 的通信协议，在五个科研教育服务超级电脑中心的基础上建立了 NSFnet 广域网。由于美国国家科学基金会的鼓励和资助，很多大学、政府资助的研究机构甚至私营的研究机构纷纷把自己的局域网并入 NSFnet 中。那时，ARPAnet 的军用部分已脱离母网，建立自己的网络——Milnet。ARPAnet——网络之父，逐步被 NSFnet 所替代。到 1990 年，ARPAnet 已退出了历史舞台。如今，NSFnet 已成为 Internet 的重要骨干网之一。

1989 年，由 CERN 开发成功 WWW，为 Internet 实现广域超媒体信息截取/检索奠定了基础。

到了 90 年代初期，Internet 事实上已成为一个"网中网"——各个子网分别负责自己的架设和运作费用，而这些子网又通过 NSFnet 互联起来。由于 NSFnet 是由政府出资，因此，当时 Internet 最大的老板还是美国政府，只不过在一定程度上加入了一些私人小老板。Internet 在 90 年代的扩张不单带来量的改变，同时亦带来质的某些改变。由于多种学术团体、企业研究机构，甚至个人用户的进入，Internet 的使用者不再限于电脑专业人员。新的使用者发觉，加入 Internet 除了可共享 NSFnet 的巨型机外，还能进行相互间的通信，而这种相互间的通信对他们来讲更有吸引力。于是，他们逐步把 Internet 当作一种交流与通信的工具；而不仅仅是共享 NSFnet 巨型机的运算能力。

在 90 年代以前，Internet 的使用一直仅限于研究与学术领域。商业性机构进入 Internet 一直受到这样或那样的法规或传统问题的困扰。事实上，像美国国家科学基金会等曾经出资建造 Internet 的政府机构对 Internet 上的商业活动并不感兴趣。

1991 年，美国的三家公司分别经营着自己的 CERFnet、PSInet 及 Alternet 网络，可以在一定程度上向客户提供 Internet 联网服务。它们组成了"商用 Internet 协会"（CIEA），宣布用户可以把它们的 Internet 子网用于任何的商业用途。Internet 商业化服务提供商的出现，使工商企业终于可以堂堂正正地进入 Internet。商业机构一踏入 Internet 这一陌生的世界就发现了它在通信、资料检索、客户服务等方面的巨大潜力。于是，其势一发不可收拾。世界各地无数的企业及个人纷纷涌入 Internet，带来 Internet 发展史上一个新的飞跃。

Internet 目前已经联系着超过 160 个国家和地区、4 万多个子网、500 多万台电脑主机，直接的用户超过几亿，成为世界上信息资源最丰富的电脑公共网络。Internet 被认为是未来全球信息高速公路的雏形。

6.3　Internet 是怎样工作的

6.3.1　地址和协议的概念

Internet 的本质是电脑与电脑之间互相通信并交换信息，只不过大多是小电脑从大电脑获取各类信息。这种通信跟人与人之间信息交流一样必须具备一些条件，例如，要给一位美国朋友写信，首先必须使用一种对方也能看懂的语言，然后还得知道对方的通信地址，才能把信发出去。同样，电脑与电脑之间通信，首先也得使用一种双方都能接受的"语言"——通信协议，然后还得知道电脑彼此的地址，通过协议和地址，电脑与电脑之间就能交流信息，这就形成了网络。

6.3.2　TCP/IP 协议

Internet 就是由许多小的网络构成的国际性大网络，在各个小网络内部使用不同的协议，正如不同的国家使用不同的语言，那如何使它们之间能进行信息交流呢？这就要靠网络上的世界语——TCP/IP 协议，如图 6-4 所示。

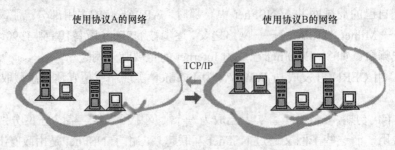

图 6-4　TCP/IP 协议

6.3.3　IP 地址

语言（协议）有了，那地址怎么办呢？没关系，用网际协议地址（即 IP 地址）就可解决这个问题。它是为标识 Internet 上主机位置而设置的。Internet 上的每一台计算机都被赋予一个世界上唯一的 32 位 Internet 地址（Internet Protocol Address，IP 地址），这一地址可用于与该计算机有关的全部通信。为了方便，应用上以 8 位为一个单位，组成四组十进制数字来表示每一台主机的位置。

一般的 IP 地址由四组数字组成，每组数字介于 0～255 之间，如某一台电脑的 IP 地址可为 202.206.65.115，但不能为 202.206.259.3。

6.3.4　域名地址

尽管 IP 地址能够唯一地标识网络上的计算机，但 IP 地址是数字型的，用户记忆这类数字十分不方便，于是人们又发明了另一套字符型的地址方案即所谓的域名地址。IP 地址和域名是一一对应的，来看一个 IP 地址对应域名地址的例子，例如，江西电力职业技术学院的 IP 地址是 218.65.96.6，对应域名地址为 www.jxdl.net.cn。这份域名地址的信息存放在一个叫域名服务器（Domain Name Server，DNS）的主机内，使用者只需了解易记的域名地址，其对应转换工作就留给了域名服务器 DNS。DNS 就是提供 IP 地址和域名之间的转换服务的服务器。

6.3.5　域名地址的意义

域名地址是从右至左来表述其意义的，最右边的部分为顶层域，最左边的则是这台主机的机器名称。一般域名地址可表示为主机机器名.单位名.网络名.顶层域名。例如，www.jxdl.net.cn，这里的 jxdl 代表江西电力职业技术学院，net 代表网络服务机构，cn 代表中国，顶层域一般是网络机构或所在国家地区的名称缩写。

域名由两种基本类型组成：以机构性质命名的域和以国家地区代码命名的域。常见的以机构性质命名的域，一般由三个字符组成，如表示商业机构的"com"，表示教育机构的"edu"等。以机构性质或类别命名的域如表 6-1 所示。

以国家或地区代码命名的域，一般用两个字符表示，是为世界上每个国家和一些特殊的地区设置的，如中国大陆为 cn、中国香港地区为 hk、日本为 jp、美国为 us 等。但是，美国国内很少用 us 作为顶级域名，而一般都使用以机构性质或类别命名的域名。表 6-2 介绍了一些常见的国家或地区代码命名的域。

表 6-1　域名与其含义对照表

域名	含　义
com	商业机构
edu	教育机构
gov	政府部门
mil	军事机构
net	网络组织
int	国际机构（主要指北约）
org	其他非盈利组织

表 6-2　常见的国家或地区对应域名表

域　名	国家或地区	域　名	国家或地区
ar	阿根廷	nl	荷兰
au	澳大利亚	nz	新西兰
at	奥地利	ni	尼加拉瓜

域　名	国家或地区	域　名	国家或地区
br	巴西	no	挪威
ca	加拿大	pk	巴基斯坦
fr	法国	ru	俄罗斯
de	德国	sa	沙特阿拉伯
hk	中国香港	es	西班牙
is	冰岛	se	瑞典
it	意大利	gb	英国
jm	牙买加	us	美国
jp	日本	vn	越南
mx	墨西哥	tw	中国台湾

6.3.6　统一资源定位器

统一资源定位器，又叫 URL（Uniform Resource Locator），是专为标识 Internet 网上资源位置而设的一种编址方式。我们平时所说的网页地址指的即是 URL，它一般由三部分组成传输协议：//主机 IP 地址或域名地址/资源所在路径和文件名。

如江西电力职业技术学院的 URL 为 http://www.jxdl.net.cn/Article/ShowArticle.asp?ArticleID＝710，这里 http 指超文本传输协议，.jxdl.net.cn 是其 Web 服务器域名地址，Article/ShowArticle.asp?ArticleID－710 是网页所在路径，710.html 才是相应的网页文件。

标识 Internet 网上资源位置的三种方式：

（1）IP 地址：218.65.96.6。

（2）域名地址：www.jxdl.net.cn。

（3）URL：http://www.jxdl.net.cn/。

下面列出常见的 URL 中定位和标识的服务或文件：

http：文件在 Web 服务器上。

file：文件在您自己的局部系统或匿名服务器上。

ftp：文件在 FTP 服务器上。

gopher：文件在 gopher 服务器上。

wais：文件在 wais 服务器上。

news：文件在 Usenet 服务器上。

telnet：连接到一个支持 Telnet 远程登录的服务器上。

6.3.7　Internet 的工作原理

有了 TCP/IP 协议和 IP 地址的概念，就很好理解 Internet 的工作原理了：当一个用户想给其他用户发送一个文件时，TCP 先把该文件分成一个个小数据包，并加上一些特定的信息（可以看成是装箱单），以便接收方的机器确认传输是正确无误的，然后 IP 再在数据包上标上地址信息，形成可在 Internet 上传输的 TCP/IP 数据包。工作原理如图 6-5 所示。

图 6-5 Internet 的工作原理

6.3.8 使用 TCP/IP 传送数据

当 TCP/IP 数据包到达目的地后，计算机首先去掉地址标志，利用 TCP 的装箱单检查数据在传输中是否有损失，如果接收方发现有损坏的数据包，就要求发送端重新发送被损坏的数据包，确认无误后再将各个数据包重新组合成原文件。

就这样，Internet 通过 TCP/IP 协议这一网上的"世界语"和 IP 地址实现了它的全球通信的功能。

6.4 Internet 在 中 国

作为认识世界的一种方式，我国目前在接入 Internet 网络基础设施已进行了大规模投入，例如建成了中国公用分组交换数据网 CHINAPAC 和中国公用数字数据网 CHINADDN。覆盖全国范围的数据通信网络已初具规模，为 Internet 在我国的普及打下了良好的基础。

中国科学院高能物理研究所最早在 1987 年就开始通过国际网络线路接入 Internet。1994年随着"巴黎统筹委员会"的解散，美国政府取消了对中国政府进入 Internet 的限制，我国互联网建设全面展开，到 1997 年底，已建成中国公用计算机互联网（ChinaNET）、中国教育科研网（CERNET）、中国科学技术网（CSTNET）和中国金桥信息网（ChinaGBN）等，并与 Internet 建立了各种连接。

6.4.1 公用计算机互联网 ChinaNET

ChinaNET 是原邮电部组织建设和管理的。原邮电部与美国 Sprint Link 公司在 1994 年签署 Internet 互联协议，开始在北京、上海两个电信局进行 Internet 网络互联工程。目前，ChinaNET 在北京和上海分别有两条专线，作为国际出口。

ChinaNET 由骨干网和接入网组成。骨干网是 ChinaNET 的主要信息通路，连接各直辖市和省会网络接点，骨干网已覆盖全国各省市、自治区，包括 8 个地区网络中心和 31 个省市网络分中心。接入网是各省内建设的网络节点形成的网络。

6.4.2 中国教育科研网 CERNET

中国教育和科研计算机网 CERNET 是 1994 年由国家计委、原国家教委批准立项、原国家教委主持建设和管理的全国性教育和科研计算机互联网络。该项目的目标是建设一个全国性的教育科研基础设施，把全国大部分高校连接起来，实现资源共享。它是全国最大的公益性互联网络。

CERNET 已建成由全国主干网、地区网和校园网在内的三级层次结构网络。CERNET 分四级管理，分别是全国网络中心、地区网络中心和地区主结点、省教育科研网、校园网。CERNET 全国网络中心设在清华大学，负责全国主干网的运行管理。地区网络中心和地区主结点分别设在清华大学、北京大学、北京邮电大学、上海交通大学、西安交通大学、华中科技大学、华南理工大学、电子科技大学、东南大学、东北大学等 10 所高校，负责地区网的运行管理和规划建设。

到 2001 年，CERNET 主干网的传输速率已达到 2.5Gb/s。CERNET 已经有 28 条国际和地区性信道，与美国、加拿大、英国、德国、日本和香港特区联网，总带宽在 100Mb/s 以上。CERNET 地区网的传输速率达到 155Mb/s，已经通达中国内地的 160 个城市，联网的大学、中小学等教育和科研单位达 895 个（其中高等学校 800 所以上），联网主机 100 万台，网络用户达到 749 万人。

CERNET 还是中国开展下一代互联网研究的试验网络，它以现有的网络设施和技术力量为依托，建立了全国规模的 IPV6 试验床。1998 年 CERNET 正式参加下一代 IP 协议（IPv6）试验网 6BONE，同年 11 月成为其骨干网成员。CERNET 在全国第一个实现了与国际下一代高速网 Internet2 的互联，目前国内仅有 CERNET 的用户可以顺利地直接访问 Internet2。

CERNET 还支持和保障了一批国家重要的网络应用项目。例如，全国网上招生录取系统在 2000 年普通高等学校招生和录取工作中发挥了相当好的作用。

CERNET 的建设，加强了我国信息基础建设，缩小了与国外先进国家在信息领域的差距，也为我国计算机信息网络建设，起到了积极的示范作用。

6.4.3 中国科技信息网

中国科技信息网（China Science and Technology Network，CSTNet）是国家科学技术委员会联合全国各省、市的科技信息机构，采用先进信息技术建立起来的信息服务网络，旨在促进全社会广泛的信息共享、信息交流。中国科技信息网络的建成对于加快中国国内信息资源的开发和利用，促进国际的交流与合作起到了积极的作用，以其丰富的信息资源和多样化的服务方式为国内外科技界和高技术产业界的广大用户提供服务。

中国科技信息网是利用公用数据通信网为基础的信息增值服务网，在地理上覆盖全国各省市，逻辑上连接各部、委和各省、市科技信息机构，是国家科技信息系统骨干网，同时也是国际 Internet 的接入网。中国科技信息网从服务功能上是 Intranet 和 Internet 的结合。其 Intranet 功能为国家科委系统内部提供了办公自动化的平台以及国家科委、地方省市科委和其他部委科技司局之间的信息传输渠道；其 Internet 功能则为主要服务于专业科技信息服务机构，包括国家、地方省市和各部委科技信息服务机构。

中国科技信息网自 1994 年与 Internet 接通之后取得了迅速发展，目前已经在全国 20 余个省市建立网络节点。

6.4.4 国家公用经济信息通信网络（金桥网）（CHINAGBN）

金桥网是建立在金桥工程的业务网，支持金关、金税、金卡等"金"字头工程的应用。它是覆盖全国，实行国际联网，为用户提供专用信道、网络服务和信息服务的基干网，金桥网由吉通公司牵头建设并接入 Internet。

6.5　Internet 所提供的服务

Internet 是一个涵盖极广的信息库，它存储的信息上至天文，下至地理，三教九流，无所不包，以商业、科技和娱乐信息为主。除此之外，Internet 还是一个覆盖全球的枢纽中心。通过它，用户可以了解来自世界各地的信息、收发电子邮件、和朋友聊天、进行网上购物、观看影片片断、阅读网上杂志、还可以聆听音乐会，当然，还可以做很多很多其他的事。简单概括 Internet 具有如下功能。

6.5.1　信息传播

用户可以把各种信息任意输入到网络中，进行交流传播。Internet 上传播的信息形式多种多样，世界各地用它传播信息的机构和个人越来越多，网上的信息资料内容也越来越广泛和复杂。目前，Internet 已成为世界上最大的广告系统、信息网络和新闻媒体。现在，Internet 除商用外，许多国家的政府、政党、团体还用它进行政治宣传。

6.5.2　通信联络

Internet 有电子函件通信系统，用户之间可以利用电子函件取代邮政信件和传真进行联络。也可以在网上通电话，乃至召开电话会议。

6.5.3　专题讨论

Internet 中设有专题论坛组，一些相同专业、行业或兴趣相投的人可以在网上提出专题展开讨论，论文可长期存储在网上，供人调阅或补充。

6.5.4　资料检索

由于有很多人不停地向网上输入各种资料，特别是美国等许多国家的著名数据库和信息系统纷纷上网，Internet 已成为目前世界上资料最多、门类最全、规模最大的资料库，你可以自由在网上检索所需资料。

目前，Internet 已成为世界许多研究和情报机构的重要信息来源。

Internet 创造的网络空间正在以爆炸性的势头迅速发展。只要在 Internet 上，不管对方在世界什么地方，都可以互相交换信息、购买物品、签订巨大项目合同，也可以结算国际贷款。企业领导可以通过 Internet 洞察商海风云，从而得以确保企业的发展；科研人员可以通过 Internet 检索众多国家的图书馆和数据库；医疗人员可以通过 Internet 同世界范围内的同行们共同探讨医学难题；工程人员可以通过 Internet 了解同行业发展的最新动态；商界人员可以通过 Internet 实时了解最新的股票行情、期货动态，使自己能够及时地抓住每一次商机，立于不败之地；学生也可以通过 Internet 开阔眼界，并且学习到更多的有益知识。

总之，Internet 能使我们现有的生活、学习、工作以及思维模式式发生根本性的变化。无论来自何方，Internet 都能把我们和世界连在一起。Internet 使我们可以坐在家中就能够和世界交流，有了 Internet，世界小了，Internet 将改变我们的生活。

那么，Internet 是怎样完成上述功能的呢？那就是它所提供的服务了。它提供的服务包括 WWW 服务、电子邮件（E-mail）、文件传输（FTP）、远程登录（Telnet）、新闻论坛（Usenet）、新闻组（News Group）、电子布告栏（BBS）、Gopher 搜索、文件搜寻（Archie）等，全球用户可以通过 Internet 提供的这些服务，获取 Internet 上提供的信息和功能。这里简单介绍最常用的服务。

1. 收发 E-mail（E-mail 服务）

电子邮件（E-mail）服务是 Internet 所有信息服务中用户最多和接触面最广泛的一类服务。电子邮件不仅可以到达那些直接与 Internet 连接的用户以及通过电话拨号可以进入 Internet 结点的用户，还可以用来同一些商业网（如 CompuServe、America Online）以及世界范围的其他计算机网络（如 BITNET）上的用户通信联系。电子邮件的收发过程和普通信件的工作原理是非常相似的。

现在来看一看电子邮件的收发过程，如图 6-6 所示。

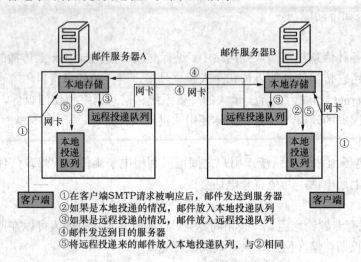

图 6-6　电子邮件收发过程

电子邮件和普通信件的不同在于它传送的不是具体的实物而是电子信号，因此它不仅可以传送文字、图形，甚至连动画或程序都可以寄送。电子邮件当然也可以传送订单或书信。由于不需要印刷费及邮费，所以大大节省了成本。通过电子邮件，如同杂志般贴有许多照片厚厚的样本都可以简单地传送出去。同时，在世界上只要可以上网的地方，都可以收到别人寄来的邮件，而不像平常的邮件，必须回到收信的地址才能拿到信件。Internet 为用户提供完善的电子邮件传递与管理服务。电子邮件（E-mail）系统的使用非常方便。

2. 共享远程的资源（远程登录服务 Telnet）

远程登录（见图 6-7）是指允许一个地点的用户与另一个地点的计算机上运行的应用程序进行交互对话。

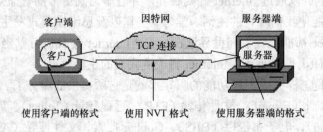

图 6-7　Telnet 远程登录过程

远程登录使用支持 Telnet 协议的 Telnet 软件。Telnet 协议是 TCP/IP 通信协议中的终端机协议。它有什么作用呢？

假设 A、B 两地相距很远，地点 A 的人想使用位于地点 B 的巨型机的资源，他应该怎么办呢？

乘坐交通工具从地点 A 转移到地点 B，然后利用位于地点 B 的终端来调用巨型机资源？这种方法既费钱又费时，不可取。

那把 B 地点的终端搬回 A 地点，不就好了？但是 A、B 两地相距太远了，即使可以把终端搬回去，线也无法连接了，这种方法也是不可行的。

但是有了 Internet 的远程登录服务，位于 A 地的用户就可以通过 Internet 很方便地使用 B 地巨型机的资源了。

Telnet 使用户能够从与 Internet 连接的一台主机进入 Internet 上的任何计算机系统，只要是该系统的注册用户。

3. FTP 服务

FTP 是文件传输的最主要工具。它可以传输任何格式的数据。用 FTP 可以访问 Internet 的各种 FTP 服务器。访问 FTP 服务器有两种方式：一种访问是注册用户登录到服务器系统，另一种访问是用"隐名"（anonymous）进入服务器。

来看一看 FTP 的工作过程，如图 6-8 所示。

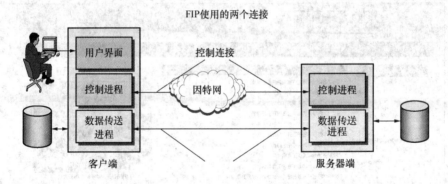

图 6-8　FTP 工作过程

FTP 常用命令如下。

open host[port]：建立指定 ftp 服务器连接，可指定连接端口。

close：中断与远程服务器的 ftp 会话（与 open 对应）。

put local-file[remote-file]：将本地文件 local-file 传送至远程主机。

get remote-file[local-file]：将远程主机的文件 remote-file 传至本地硬盘的 local-file。

dir[remote-dir][local-file]：显示远程主机目录，并将结果存入本地文件 local-file。

close：中断与远程服务器的 ftp 会话（与 open 对应）。

Internet 网上有许多公用的免费软件，允许用户无偿转让、复制、使用和修改。这些公用的免费软件种类繁多，从多媒体文件到普通的文本文件，从大型的 Internet 软件包到小型的应用软件和游戏软件，应有尽有。充分利用这些软件资源，能大大节省我们的软件编制时间，提高效率。用户要获取 Internet 上的免费软件，可以利用文件传输服务（FTP）这个工具。FTP

是一种实时的联机服务功能，它支持将一台计算机上的文件传到另一台计算机上。工作时用户必须先登录到 FTP 服务器上。使用 FTP 几乎可以传送任何类型的文件，如文本文件、二进制可执行文件、图形文件、图像文件、声音文件、数据压缩文件等。

　　由于现在越来越多的政府机构、公司、大学、科研机构将大量的信息以公开的文件形式存放在 Internet 中，因此，使用 FTP 几乎可以获取任何领域的信息。

　　4. 高级浏览 WWW

　　WWW（World Wide Web），是一张附着在 Internet 上的覆盖全球的信息"蜘蛛网"，镶嵌着无数以超文本形式存在的信息，其中有璀璨的明珠，当然也有腐臭的垃圾。有人叫它全球网，有人叫它万维网，或者就简称为 Web（全国科学技术名词审定委员会建议，WWW 的中译名为"万维网"）。WWW 是当前 Internet 上最受欢迎、最为流行、最新的信息检索服务系统。它把 Internet 上现有资源统统连接起来，使用户能在 Internet 上已经建立了 WWW 服务器的所有站点提供超文本媒体资源文档。这是因为，WWW 能把各种类型的信息（静止图像、文本、声音和影像）天衣无缝地集成起来，如图 6-9 所示。WWW 不仅提供了图形界面的快速信息查找，还可以通过同样的图形界面（GUI）与 Internet 的其他服务器对接。

图 6-9　WWW 网页浏览

　　由于 WWW 为全世界的人们提供查找和共享信息的手段，所以也可以把它看做是世界上各种组织机构、科研机关、大学、公司厂商热衷于研究开发的信息集合。它基于 Internet 的查询。信息分布和管理系统，是人们进行交互的多媒体通信动态格式。它的正式提法是"一种广域超媒体信息检索原始规约，目的是访问巨量的文档"。WWW 已经实现的部分是给计算机网络上的用户提供一种兼容的手段，以简单的方式去访问各种媒体。它是第一个真正的全球性超媒体网络，改变了人们观察和创建信息的方法。因而，整个世界迅速掀起了研究开发使用 WWW 的巨大热潮。

WWW 诞生于 Internet 之中,后来成为 Internet 的一部分,而今天,WWW 几乎成了 Internet 的代名词。通过它，加入其中的每个人能够在瞬间抵达世界的各个角落，只要将一根电话线插入 PC 机（它可能是用户随身携带的笔记本电脑加上一部移动电话），此时全球的信息就任该用户浏览。

WWW 并不是实际存在于世界的哪一个地方，事实上，WWW 的使用者每天都赋予它新的含义。Internet 社会的公民们（包括机构和个人），把他们需要公之于众的各类信息以主页（Homepage）的形式嵌入 WWW，主页中除了文本外还包括图形、声音和其他媒体形式；而内容则从各类招聘广告到电子版圣经，可以说包罗万象，无所不有。主页是在 Web 上出版的主要形式，是一些 HTML 文本（Hyper Text Markup Language，超文本标记语言）。

5. 其他服务

（1）Gopher。它是菜单式的信息查询系统，提供面向文本的信息查询服务。有的 Gopher 也具有图形接口，在屏幕上显示图标与图像。Gopher 服务器对用户提供树形结构的菜单索引，引导用户查询信息，使用非常方便。

由于 WWW 提供了完全相同的功能且更为完善，界面更为友好，因此，Gopher 服务将逐渐淡出网络服务领域。

（2）广域信息服务器 WAIS。WAIS（Wide Area Information System）用于查找建立有索引的资料（文件）。它从用户指明的 WAIS 服务器中，根据给出的特定单词或词组找出同它们相匹配的文件或文件集合。

由于 WWW 已集成了这些功能，现在的 WAIS 信息系统已逐渐作为一种历史保存在 Internet 网上。

（3）网络文件搜索系统 Archie。在 Internet 中寻找文件常常犹如“大海捞针”。Archie 能够帮助用户从 Internet 分布在世界各地计算机上浩如烟海的文件中找到所需文件，或者至少对用户提供这种文件的信息。

用户要做的只是选择一个 Archie 服务器，并告诉它用户想找的文件在文件名中包含什么关键词汇。Archie 的输出是存放结果文件的服务器地址、文件目录以及文件名及其属性。然后，用户从中可以进一步选出满足需求的文件。

这是一个非常有用的网络功能，但由于在 Internet 发展过程中信息量巨大，而没有更多的人员投入 Archie 信息服务器的建立，因此基于 WWW 的搜索引擎已逐步取代了它的功能，随着 Internet 网信息技术的日渐完善，Archie 的地位将被逐渐削弱。

6.6　局　域　网　连　接

对于个人用户上网来说只要把自己的计算机、电话线、调制解调器连接并配置好（以下部分有详细介绍），到服务提供商申请自己的账号和密码，就可以在 Internet 世界里遨游了，这是一个非常简单的事情。而对于整个公司、企业、学校等来说就不那么简单了，上面说了，首先要建好自己单位部门的局域网才能连入 Internet。那么局域网是如何连接的呢？下面就来看一看局域网连接所需的知识。

6.6.1　构成局域网的基本构件

要构成 LAN 必须有其基本部件。LAN 既然是一种计算机网络，自然少不了计算机，特别是个人计算机（PC）。几乎没有一种网络只由大型机或小型机构成。因此，对于 LAN 而言，个人计算机是一种必不可少的构件。计算机互联在一起，当然也不可能没有传输媒体，这种媒体可以是同轴电缆、双绞线、光缆或辐射性媒体。

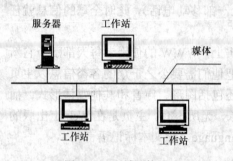

图 6-10　局域网构成

第三个构件是网卡，也称为网络适配器。第四个构件是将计算机与传输媒体相连的各种连接设备，如 RJ-45 插头座等。具备了上述四种网络构件，便可将 LAN 工作的各种设备用媒体互联在一起搭成一个基本的 LAN 硬件平台，如图 6-10 所示。

有了 LAN 硬件环境，还需要控制和管理 LAN 正常运行的软件，即在每个 PC 机原有操作系统上增加网络所需的功能。例如，当需要在 LAN 上使用字处理程序时，用户的感觉犹如没有组成 LAN 一样，这正是 LAN 操作发挥了对字处理程序访问的管理。在 LAN 情况下，字处理程序的一个拷贝通常保存在文件服务器中，并由 LAN 上的任何一个用户共享。由上面介绍的情况可知，组成 LAN 需要下述五种基本结构：

（1）计算机（特别是 PC 机）。

（2）传输媒体。

（3）网络适配器。

（4）网络连接设备。

（5）网络操作系统。

计算机是我们最熟悉不过的了，就不再介绍了，其他部分将详细介绍。

6.6.2　局域网的传输媒体

LAN 常用的媒体有同轴电缆、双绞线和光缆，以及在无线 LAN 情况下使用的辐射媒体。LAN 技术在发展过程中，首先使用的是粗同轴电缆，其直径近似 13 mm（1/2 英寸），特性阻抗为 50Ω。由于这种电缆很重，缺乏挠性以及价格高等问题，随后出现了细缆，其直径为 6.4mm（1/4 英寸），特性阻抗也是 50Ω。使用粗缆构成的 Ethernet 称为粗缆 Ethernet，使用细缆的 Ethernet 称为细缆 Ethernet。在 20 世纪 80 年代后期广泛采用了双绞线作为传输媒体的技术，即 10Base-T 以及其他 LAN 实现技术。为将 LAN 的范围进一步扩大，随后又出现了 10Base-F，这种技术是使用光纤构成链路段，使用距离可延长到 2km 但速率仍为 10Mb/s。FDDI 则是与 IEEE802.3、802.4 和 802.5 完全不同的新技术，构成 FDDI 的媒体，不仅是光纤，而且访问媒体的机制有了新的提高，传输速率可达 100Mb/s。下面就这些实现技术所用的媒体逐一进行讨论。

1. 同轴电缆

同轴电缆可分为两类——粗缆和细缆。这种电缆在实际应用中很广，比如有线电视网，就是使用同轴电缆。不论是粗缆还是细缆，其中央都是一根铜线，外面包有绝缘层。同轴电缆由内部导体环绕绝缘层以及绝缘层外的金属屏蔽网和最外层的护套组成，如图 6-11 所示。这种结构的金属屏蔽网可防止中心导体向外辐射电磁场，也可用来防止外界电磁场干扰中心导体的信号。

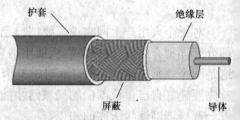

图 6-11　细缆连接设备及技术参数

采用细缆组网，除需要电缆外，还需要 BNC 头、T 型头及终端匹配器等，如图 6-12 所示。同轴电缆组网的网卡必须带有细缆连接接口（通常在网卡上标有"BNC"字样）。

图 6-12　终端匹配器

下面是细缆组网的技术参数：

（1）最大的干线段长度：185m。

（2）最大网络干线电缆长度：925m。

（3）每条干线段支持的最大结点数：30。

（4）BNC、T 型连接器之间的最小距离：0.5m。

粗缆连接设备。粗缆连接设备包括转换器、DIX 连接器及电缆、N—系列插头、N—系列匹配器，如图 6-13 所示。使用粗缆组网，网卡必须有 DIX 接口（一般标有 DIX 字样）。

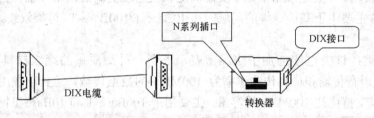

图 6-13　粗缆连接设备

下面是采用粗缆组网的技术参数：

（1）最大的干线长度：500m。

（2）最大网络干线电缆长度：2500m。

（3）每条干线段支持的最大结点数：100。

（4）收发器之间的最小距离：2.5m。

（5）收发器电缆的最大长度：50m。

2. 双绞线

双绞线（Twisted Pairwire，TP）是布线工程中最常用的一种传输介质。双绞线是由相互按一定扭矩绞合在一起的类似于电话线的传输媒体，每根线加绝缘层并有色标来标记，如图 6-14 所示，左图为示意图，右图为实物图。成对线的扭绞旨在使电磁辐射和外部电磁干扰减到最小。目前，双绞线可分为非屏蔽双绞线（Unshilded Twisted Pair，UTP）和屏蔽双绞线（Shielded Twisted Pair，STP）。平时一般接触比较多的就是 UTP 线。

目前 EIA/TIA（电气工业协会 / 电信工业协会）为双绞线电缆定义了五种不同质量的型号。这五种型号如下：

（1）第一类：主要用于传输语音（一类标准主要用于 20 世纪 80 年代初之前的电话线缆），

该类用于电话线，不用于数据传输。

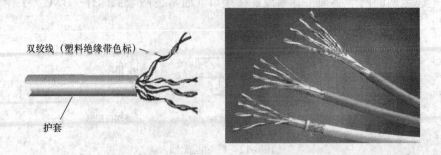

双绞线（塑料绝缘带色标）

护套

图 6-14　双绞线示意图

（2）第二类：该类包括用于低速网络的电缆，这些电缆能够支持最高 4Mb/s 的实施方案，这两类双绞线在 LAN 中很少使用。

（3）第三类：这种在以前的以太网中（10Mb/s）比较流行，最高支持 16Mb/s 的容量，但大多数通常用于 10Mb/s 的以太网，主要用于 10Base-T。

（4）第四类：该类双绞线在性能上比第三类有一定改进，用于语音传输和最高传输速率 16Mb/s 的数据传输。4 类电缆用于比 3 类距离更长且速度更高的网络环境。它可以支持最高 20Mb/s 的容量。主要用于基于令牌的局域网和 10Base-T/100Base-T。这类双绞线可以是 UTP，也可以是 STP。

（5）第五类：该类电缆增加了绕线密度，外套一种高质量的绝缘材料，传输频率为 100MHz，用于语音传输和最高传输速率为 100Mb/s 的数据传输，这种电缆用于高性能的数据通信。它可以支持高达 100Mb/s 的容量。主要用于 100Base-T 和 10Base-T 网络，这是最常用的以太网电缆。最近又出现了超 5 类线缆，它是一个非屏蔽双绞线（UTP）布线系统，通过对它的"链接"和"信道"性能的测试表明，它超过 5 类线标准 TIA/EIA568 的要求。与普通的 5 类 UTP 比较，性能得到了很大提高。

如今市场上 5 类布线和超 5 类布线应用非常广泛，国际标准规定的 5 类双绞线的频率带宽是 100MHz，在这样的带宽上可以实现 100Mb/s 的快速以太网和 155Mb/s 的 ATM 传输。计算机网络综合布线使用第三、四、五类。

使用双绞线组网，双绞线和其他网络设备（例如网卡）连接必须是 RJ-45 接头（也叫水晶头）。图 6-15 所示为 RJ-45 接头，左图为示意图，右图为实物图。

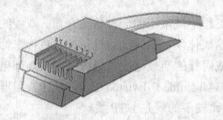

图 6-15　RJ-45 接头

1）允许五个网段，每网段最大长度 100m。

2）在同一信道上允许连接四个中继器或集线器。

3）在其中的三个网段上可以增加节点。

4）在另外两个网段上，除做中继器链路外，不能接任何节点。

上述将组建一个大型的冲突域，最大站点数 1024，网络直径达 2500m。

上述规则只是一个粗略的设计指南，实际的数据因厂家不同而异。利用双绞线组网，可以获得良好的稳定性，在实际应用中越来越多。尤其是近年来，快速以太网的发展，利用双绞线组建不需再增加其他设备，因此被业界人士看好。

3．光缆

光缆，如图 6-16 所示，不仅是目前可用的媒体，而且是今后若干年后将会继续使用的媒体，其主要原因是这种媒体具有很大的带宽。光缆是由许多细如发丝的塑胶或玻璃纤维外加绝缘护套组成，光束在玻璃纤维内传输，防磁防电，传输稳定，质量高，适于高速网络和骨干网。光纤与电导体构成的传输媒体最基本的差别是，它的传

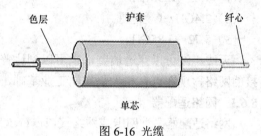

图 6-16　光缆

输信息是光束，而非电气信号。因此，光纤传输的信号不受电磁的干扰。

利用光缆连接网络，每端必须连接光/电转换器，另外还需要一些其他辅助设备。

基于光缆的网络，国际标准化组织 ISO 制定了许多规范，具体如下：

1）10Base-FL。

2）10Base-FB。

3）10Base-FP。

其中 10Base-FL 是使用最广泛的数据格式，下面是其组网规则：

1）最大段长：2000m。

2）每段最大节点（NODE）数：2。

3）每网络最大节点（NODE）数：1024。

4）每链的最大 Hub 数：4。

表 6-3 是三种传输媒介的比较。

表 6-3　　　　　　　　　同轴电缆、双绞线、光缆的性能比较

传输媒介	价　格	电磁干扰	频带宽度	单段最大长度
UTP	最便宜	高	低	100m
STP	一般	低	中等	100m
同轴电缆	一般	低	高	185m/500m
光　缆	最高	没　有	极高	几十 km

4．无线媒体

上述三种传输媒体有一个共同的缺点，那便是都需要一根线缆连接电脑，这在很多场合下是不方便的。无线媒体不使用电子或光学导体。大多数情况下地球的大气便是数据的物理性通路。从理论上讲，无线媒体最好应用于难以布线的场合或远程通信。无线媒体有三种主要类型：无线电、微波及红外线。下面我们主要介绍无线电传输介质。

无线电的频率范围在 10～16kHz 之间。在电磁频谱里，属于"对频"。使用无线电的时候，需要考虑的一个重要问题是电磁波频率的范围（频谱）是相当有限的。其中大部分都已被电视、广播以及重要的政府和军队系统占用。因此，只有很少一部分留给网络电脑使用，而且这些频率也大部分都由国内"无线电管理委员会（无委会）"统一管制。要使用一个受管制的频率必须向无委会申请许可证，这在一定程度上会相当不便。如果设备使用的是未经管制的频率，则功率必须在 1W 以下，这种管制目的是限制设备的作用范围，从而限制对其他信号的干扰。用网络术语来说，这相当于限制了未管制无线电的通信带宽。下面这些频率是未受管制的：

1）902～925MHz。

2）2.4GHz（全球通用）。

3）5.72～5.85GHz。

无线电波可以穿透墙壁，也可以到达普通网络线缆无法到达的地方。针对无线电链路连接的网络，现在已有相当坚实的工业基础，在业界也得到迅速发展。

6.6.3 网络适配器

网络适配器又称网卡或网络接口卡（NIC），英文名 Network Interface Card，实物图如图 6-17 所示。它是使计算机联网的设备。平常所说的网卡就是将 PC 机和 LAN 连接的网络适配器。网卡插在计算机主板插槽中，负责将用户要传递的数据转换为网络上其他设备能够识别的格式，通过网络介质传输。它的主要技术参数为带宽、总线方式、电气接口方式等。它的基本功能为从并行到串行的数据转换、包的装配和拆装、网络存取控制、数据缓存和网络信号。

网卡必须具备两大技术：网卡驱动程序和 I/O 技术。驱动程序使网卡和网络操作系统兼容，实现 PC 机与网络的通信。I/O 技术可以通过数据总线实现 PC 和网卡之间的通信。网卡是计算机网络中最基本的元素。在计算机局域网络中，如果有一台计算机没有网卡，那么这台计算机将不能和其他计算机通信，也就是说，这台计算机和网络是孤立的。

网卡的不同分类：根据网络技术的不同，网卡的分类也有所不同，如大家所熟知的 ATM 网卡、令牌环网卡和以太网网卡等。据统计，目前约有 80％的局域网采用以太网技术。根据工作对象的不同务器的工作特点而专门设计的，价格较贵，但性能很好。就兼容网卡而言，目前，网卡一般分为普通工作站网卡和服务器专用网卡。服务器专用网卡是为了适应网络服务种类较多，性能也有差异，可按以下的标准进行分类：按网卡所支持带宽的不同可分为 10Mb/s 网卡、100Mb/s 网卡、10/100Mb/s 自适应网卡、1000Mb/s 网卡几种；根据网卡总线类型的不同，主要分为 ISA 网卡、EISA 网卡和 PCI 网卡三大类，其中 ISA 网卡和 PCI 网卡较常使用。ISA 总线网卡的带宽一般为 10Mb/s，PCI 总线网卡的带宽从 10Mb/s 到 1000Mb/s 都有。同样是 10Mb/s 网卡，因为 ISA 总线为 16 位，而 PCI 总线为 32 位，所以 PCI 网卡要比 ISA 网卡快。

网卡的接口类型：根据传输介质的不同，网卡出现了 AUI 接口（粗缆接口）、BNC 接口（细缆接口）和 RJ-45 接口（双绞线接口）三种接口类型。所以在选用网卡时，应注意网卡所支持的接口类型，否则可能不适用于你的网络。市面上常见的 10M 网卡主要有单口网卡（RJ-45 接口或 BNC 接口）和双口网卡（RJ-45 和 BNC 两种接口），带有 AUI 粗缆接口的网卡较少。而 100Mb/s 和 1000Mb/s 网卡一般为单口卡（RJ-45 接口）。除网卡的接口外，我们在选用网卡时还常常要注意网卡是否支持无盘启动。必要时还要考虑网卡是否支持光纤连接。

网卡的选购：据统计，目前绝大多数的局域网采用以太网技术，因而重点以以太网网卡为例，讲一些选购网卡时应注意的问题。购买时应注意以下几个重点。

（1）网卡的应用领域。目前，以太网网卡有 10Mb/s、100Mb/s、10/100Mb/s 及千兆网卡。对于大数据量网络来说，服务器应该采用千兆以太网网卡，这种网卡多用于服务器与交换机之间的连接，以提高整体系统的响应速率。而 10Mb/s、100Mb/s 和 10/100Mb/s 网卡则属人们经常购买且常用的网络设备，这三种产品的价格相差不大。所谓 10/100Mb/s 自适应是指网卡可以与远端网络设备（集线器或交换机）自动协商，确定当前的可用速率是 10Mb/s 还是 100Mb/s。对于通常的文件共享等应用来说，10Mb/s 网卡就已经足够了，但对于将来可能的语音和视频等应用来说，100Mb/s 网卡将更利于实时应用的传输。鉴于 10Mb/s 技术已经拥有的基础（如前的集线器和交换机等），通常的变通方法是购买 10/100Mb/s 网卡，这样既有利于保护已有的投资，又有利于网络的进一步扩展。就整体价格和技术发展而言，千兆以太网到桌面机尚需时日，但 10Mb/s 的时代已经逐渐远去。因而对中小企业来说，10/100Mb/s 网卡应该是采购时的首选。

（2）注意总线接口方式。当前台式机和笔记本电脑中常见的总线接口方式都可以从主流网卡厂商那里找到适用的产品。但值得注意的是，市场上很难找到 ISA 接口的 100Mb/s 网卡。1994年以来，PCI 总线架构日益成为网卡的首选总线，目前已牢固地确立了在服务器和高端桌面机中的地位。即将到来的转变是这种网卡将推广到所有的桌面机中。PCI 以太网网卡的高性能、易用性和增强了的可靠性使其被标准以太网网络所广泛采用，并得到了 PC 业界的支持。

（3）网卡兼容性和运用的技术。快速以太网在桌面一级普遍采用 100BaseTX 技术，以 UTP 为传输介质，因此，快速以太网的网卡设一个 RJ-45 接口。由于小办公室网络普遍采用双绞线作为网络的传输介质，并进行结构化布线，因此，选择单一 RJ-45 接口的网卡就可以了。适用性好的网卡应通过各主流操作系统的认证，至少具备如下操作系统的驱动程序：Windows、Netware、Unix 和 OS/2。智能网卡上自带处理器或带有专门设计的 AISC 芯片，可承担使用非智能网卡时由计算机处理器承担的一部分任务，因而即使在网络信息流量很大时，也极少占用计算机的内存和 CPU 时间。智能网卡性能好，价格也较高，主要用在服务器上。另外，有的网卡在 BootROM 上做文章，加入防病毒功能；有的网卡则与主机板配合，借助一定的软件，实现 Wake on LAN（远程唤醒）功能，可以通过网络远程启动计算机；还有的计算机则干脆将网卡集成到了主机板上。

（4）网卡生产商。由于网卡技术的成熟性，目前生产以太网网卡的厂商除了国外的 3Com、英特尔和 IBM 等公司之外，台湾的厂商以生产能力强且多在内地设厂等优势，其价格相对比较便宜。

图 6-17　网卡实物图

6.6.4　集线器

集线器（Hub）是对网络进行集中管理的最小单元，像树的主干一样，它是各分支的汇集点。Hub 是一个共享设备，其实质是一个中继器，而中继器的主要功能是对接收到的信号进行再生放大，以扩大网络的传输距离。正是因为 Hub 只是一个信号放大和中转的设备，所以它不具备自动寻址能力，即不具备交换作用。所有传到 Hub 的数据均被广播到之相连的各个端口，容易形成数据堵塞，因此有人称集线器为"傻 Hub"。

Hub 在网络中所处的位置。Hub 主要用于共享网络的组建，是解决从服务器直接到桌面的最佳、最经济的方案。在交换式网络中，Hub 直接与交换机相连，将交换机端口的数据送到桌面。使用 Hub 组网灵活，它处于网络的一个星型结点，对结点相连的工作站进行集中管理，不让出问题的工作站影响整个网络的正常运行，并且用户的加入和退出也很自由。

Hub 的分类。依据总线带宽的不同，Hub 分为 10M、100M 和 10/100M 自适应三种；若按配置形式的不同可分为独立型 Hub、模块化 Hub 和堆叠式 Hub 三种；根据管理方式可分为智能型 Hub 和非智能型 Hub 两种。目前所使用的 Hub 基本是以上三种分类的组合，例如经常所讲的 10/100M 自适应智能型可堆叠式 Hub 等。Hub 根据端口数目的不同主要有 8 口、16 口和 24 口等。

Hub 在组网中的应用。由于 10M 非智能型 Hub 的价格已经接近于一款网卡的价格，并且 10M 的网络对传输介质及布线的要求也不高，所以许多喜欢"DIY"的网友完全可以自己动手，组建自己的家庭局域网或办公局域网。在前些年组建的网络中，10M 网络几乎成为网络的标准配置，有相当数量的 10M Hub 作为分散式布线中为用户提供长距离信息传输的中继，或作为小型办公室的网络核心。但这种应用在今天已不再是主流，尤其是随着 100M 网络的日益普及，10M 网络及其设备将会越来越少。

虽然纯 100M 的 Hub 给桌面提供了 100M 的传输速度，但当网络升级到 100M 后，原来众多的 10M 设备将无法再使用，所以只有在近期才开始组建的网络，才会无任何顾虑地考虑 100M 的 Hub。很多网络设备生产商正是瞄准了 10M 与 100M 之间的转换的这个时机，纷纷推出了兼容 10M 的 10/100M 自适应 Hub。10/100M 自适应 Hub 在工作中的端口速度可根据工作站网卡的实际速度进行调整：当工作站网卡的速度为 10M 时，与之相连的端口的速度也将自动调整为 10M；当工作站网卡的速度为 100M 时，对应端口的速度也将自动调整到 100M。10/100M 自适应 Hub 也叫做"双速 Hub"。从技术角度来看，双速 Hub 有内置交换模块与无交换模块两类，前者一般作为小型局域网的主干设备，后者一般处于中型网络应用的边缘。在实际应用中，有些用户为减少交换机的负载，提高网络的速度，在选用与交换机相连的 Hub 时，也选择具有交换模块的双速 Hub，因此内置交换模块的双速 Hub 将是从 10M 升级到 100M 时的最佳选择。

在选用 Hub 时，还要注意信号输入口的接口类型，与双绞线连接时需要具有 RJ-45 接口；如果与细缆相连，需要具有 BNC 接口；与粗缆相连需要有 AUI 接口；当局域网长距离连接时，还需要具有与光纤连接的光纤接口。早期的 10M Hub 一般具有 RJ-45，BNC 和 AUI 三种接口。100M Hub 和 10/100M Hub 一般只有 RJ-45 接口，有些还具有光纤接口。

常用的 Hub 品牌。像网卡一样，目前市面上的 Hub 基本由美国品牌和台湾品牌占据。其中高档 Hub 主要由美国品牌占领，如 3COM、INTEL 等；台湾的 D-LINK 和 ACCTON 占有了中低端 Hub 的主要份额集线器的实例图，如图 6-18 所示。

图 6-18　集线器

6.6.5　交换机

1. 概述

1993 年，局域网交换设备出现，1994 年，国内掀起了交换网络技术的热潮。其实，交换技术是一个具有简化、低价、高性能和高端口密集特点的交换产品，体现了桥接技术的复杂交换技术在 OSI 参考模型的第二层操作。与桥接器一样，交换机按每一个包中的 MAC 地址相对简单地决策信息转发。而这种转发决策一般不考虑包中隐藏的更深的其他信息。与桥接器不同的是交换机转发延迟很小，操作接近单个局域网性能，远远超过了普通桥接互联网络之间的转发性能。

交换技术允许共享型和专用型的局域网段进行带宽调整，以减轻局域网之间信息流通出现的瓶颈问题。现在已有以太网、快速以太网、FDDI 和 ATM 技术的交换产品。

类似传统的桥接器，交换机提供了许多网络互联功能。交换机能经济地将网络分成小的冲突网域，为每个工作站提供更高的带宽。协议的透明性使得交换机在软件配置简单的情况下直接安装在多协议网络中；交换机使用现有的电缆、中继器、集线器和工作站的网卡，不必作高层的硬件升级；交换机对工作站是透明的，这样管理开销低廉，简化了网络节点的增加、移动和网络变化的操作。

利用专门设计的集成电路可使交换机以线路速率在所有的端口并行转发信息，提供了比传统桥接器高得多的操作性能。如理论上单个以太网端口对含有 64 个八进制数的数据包，可提供 14880b/s 的传输速率。这意味着一台具有 12 个端口、支持 6 道并行数据流的"线路速率"以太网交换器必须提供 89280b/s 的总体吞吐率（6 道信息流×14880b/s／道信息流）。专用集成电路技术使得交换器在更多端口的情况下以上述性能运行，其端口造价低于传统型桥接器。

2. 三种交换技术

（1）端口交换。端口交换技术最早出现在插槽式的集线器中，这类集线器的背板通常划分有多条以太网段（每条网段为一个广播域），不用网桥或路由连接，网络之间是互不相通的。以大主模块插入后通常被分配到某个背板的网段上，端口交换用于将以太模块的端口在背板的多个网段之间进行分配、平衡。根据支持的程度，端口交换还可细分为以下三种。

1）模块交换：将整个模块进行网段迁移。

2）端口组交换：通常模块上的端口被划分为若干组，每组端口允许进行网段迁移。

3）端口级交换：支持每个端口在不同网段之间进行迁移。这种交换技术是基于 OSI 第一层上完成的，具有灵活性和负载平衡能力等优点。如果配置得当，那么还可以在一定程度进行容错，但没有改变共享传输介质的特点，自而未能称之为真正的交换。

（2）帧交换。帧交换是目前应用最广的局域网交换技术，它通过对传统传输媒介进行微分段，提供并行传送的机制，以减小冲突域，获得高的带宽。一般来讲每个公司的产品的实现技术均会有差异，但对网络帧的处理方式一般有以下几种。

1）直通交换：提供线速处理能力，交换机只读出网络帧的前14个字节，便将网络帧传送到相应的端口上。

2）存储转发：通过对网络帧的读取进行验错和控制。

前一种方法的交换速度非常快，但缺乏对网络帧进行更高级的控制，缺乏智能性和安全性，同时也无法支持具有不同速率的端口的交换。因此，各厂商把后一种技术作为重点。

有的厂商甚至对网络帧进行分解，将帧分解成固定大小的信元，该信元处理极易用硬件实现，处理速度快，同时能够完成高级控制功能（如美国 MADGE 公司的 LET 集线器）如优先级控制。

（3）信元交换。ATM 技术代表了网络和通信技术发展的未来方向，也是解决目前网络通信中众多难题的一剂"良药"，ATM 采用固定长度 53 个字节的信元交换。由于长度固定，因而便于用硬件实现。ATM 采用专用的非差别连接，并行运行，可以通过一个交换机同时建立多个节点，但并不会影响每个节点之间的通信能力。ATM 还容许在源节点和目标、节点建立多个虚拟链接，以保障足够的带宽和容错能力。ATM 采用了统计时分电路进行复用，因而能大大提高通道的利用率。ATM 的带宽可以达到 25M、155M、622M 甚至数 Gb 的传输能力。

3．局域网交换机的种类和选择

局域网交换机根据使用的网络技术可以分为以太网交换机、令牌环交换机、FDDI 交换机、ATM 交换机、快速以太网交换机等。

如果按交换机应用领域来划分，可分为台式交换机、工作组交换机、主干交换机、企业交换机、分段交换机、端口交换机、网络交换机等。

局域网交换机是组成网络系统的核心设备。对用户而言，局域网交换机最主要的指标是端口的配置、数据交换能力、包交换速度等因素。因此，在选择交换机时要注意以下事项：交换端口的数量、交换端口的类型、系统的扩充能力、主干线连接手段、交换机总交换能力、是否需要路由选择能力、是否需要热切换能力、是否需要容错能力、能否与现有设备兼容与顺利衔接、网络管理能力。

4．交换机应用中几个值得注意的问题

（1）交换机网络中的瓶颈问题。交换机本身的处理速度可以达到很高，用户往往迷信厂商宣传的 Gb/s 级的高速背板。其实这是一种误解，连接入网的工作站或服务器使用的网络是以太网，它遵循 CSMA/CD 介质访问规则。在当前的客户／服务器模式的网络中多台工作站会同时访问服务器，因此非常容易形成服务器瓶颈。有的厂商已经考虑到这一点，在交换机中设计了一个或多个高速端口（如 3COM 的 Linkswitch1000 可以配置一个或两个 100Mb/s 端口），方便用户连接服务器或高速主干网。用户也可以通过设计多台服务器（进行业务划分）或追加多个网卡来消除瓶颈。交换机还可支持生成树算法，方便用户架构容错的冗余连接。

（2）网络中的广播帧。目前广泛使用的网络操作系统有 Netware、Windows NT 等，而 Lan Server 的服务器是通过发送网络广播帧来向客户机提供服务的。这类局域网中广播包的存在会大大降低交换机的效率，这时可以利用交换机的虚拟网功能（并非每种交换机都支持虚拟网）将广播包限制在一定范围内。

每台文交换机的端口都支持一定数目的 MAC 地址，这样交换机能够"记忆"住该端口一组连接站点的情况，厂商提供的定位不同的交换机端口支持 MAC 数也不一样，用户使用时一定要注意交换机端口的连接端点数。如果超过厂商给定的 MAC 数，交换机接收到一个网络帧时，只有其目的站的 MAC 地址不存在于该交换机端口的 MAC 地址表中，那么该帧会以广播方式发向交换机的每个端口。

（3）虚拟网的划分。虚拟网是交换机的重要功能，通常虚拟网的实现形式有三种：

1）静态端口分配。静态虚拟网的划分通常是网管人员使用网管软件或直接设置交换机的端口，使其直接从属某个虚拟网。这些端口一直保持这些从属性，除非网管人员重新设置。这种方法虽然比较麻烦，但比较安全，容易配置和维护。

2）动态虚拟网。支持动态虚拟网的端口，可以借助智能管理软件自动确定它们的从属。端口是通过借助网络包的 MAC 地址、逻辑地址或协议类型来确定虚拟网的从属。当一网络节点刚连接入网时，交换机端口还未分配，于是交换机通过读取网络节点的 MAC 地址动态地将该端口划入某个虚拟网。这样一旦网管人员配置好后，用户的计算机可以灵活地改变交换机端口，而不会改变该用户的虚拟网的从属性，而且如果网络中出现未定义的 MAC 地址，则可以向网管人员报警。

3）多虚拟网端口配置。该配置支持一用户或一端口可以同时访问多个虚拟网。这样可以将一台网络服务器配置成多个业务部门（每种业务设置成一个虚拟网）都可同时访问，也可以同时访问多个虚拟网的资源，还可让多个虚拟网间的连接只需一个路由端口即可完成。但这样会带来安全上的隐患。虚拟网的业界规范正在制定当中，因而各个公司的产品还谈不上互操作性。Cisco 公司开发了 Inter-Switch Link（ISL）虚拟网络协议，该协议支持跨骨干网（ATM、FDDI、Fast Ethernet）的虚拟网。但该协议被指责为缺乏安全性上的考虑。传统的计算机网络中使用了大量的共享式 Hub，通过灵活接入计算机端口也可以获得好的效果。

5. 高速局域网技术的应用

快速以太网技术虽然在某些方面与传统以太网保持了很好的兼容性，但 100BASE-TX、100BASAE-T4 及 100BASE-FX 对传输距离和级连都有了比较大的限制。通过 100Mb/s 的交换机可以打破这些局限。同时也只有交换机端口才可以支持双工高速传输。

目前也出现了 CDDI/FDDI 的交换技术，另外该 CDDI/FDDI 的端口价格也呈下降趋势，同时在传输距离和安全性方面也有比较大的优势，因此它是大型网络骨干的一种比较好的选择。除了设计中要考虑网络环境的具体需要（强调端口的搭配合理）外，还需从整体上考虑，例如网管、网络应用等。随着 ATM 技术的发展和成熟以及市场竞争的加剧，帧交换机的价格将会进一步下跌，它将成为工作组网的重要解决方案。交换机实物图如图 6-19 所示。

（a）千兆以太网的主干交换机　　　　　　　　　　（b）普通交换机

图 6-19　交换机实物图

6.6.6　路由器

路由器是一种网络设备，如图 6-20 所示，它能够利用一种或几种网络协议将本地或远程的一些独立的网络连接起来，每个网络都有自己的逻辑标识。路由器通过逻辑标识将指定类型的封包（比如 IP）从一个逻辑网络中的某个节点，进行路由择，传输到另一个网络上某个节点。

图 6-20　一款 3Com 路由器实物图

6.7　常见局域网的类型

我们知道局域网 LAN 是将小区域内的各种通信设备互联在一起所形成的网络，覆盖范围一般局限在房间、大楼或园区内。局域网的特点是距离短、延迟小、数据速率高、传输可靠。

目前常见的局域网类型包括：以太网（Ethernet）、光纤分布式数据接口（FDDI）、异步传输模式（ATM）、令牌环网（Token Ring）、交换网 Switching 等，它们在拓扑结构、传输介质、传输速率、数据格式等多方面都有许多不同。其中应用最广泛的当属以太网——一种总线结构的 LAN，是目前发展最迅速、也最经济的局域网。下面简单对以太网（Ethernet）、光纤分布式数据接口（FDDI）、异步传输模式（ATM）进行介绍。

6.7.1　以太网 Ethernet

Ethernet 是 Xerox、Digital Equipment 和 Intel 三家公司开发的局域网组网规范，并于 80 年代初首次出版，称为 DIX1.0。1982 年修改后的版本为 DIX2.0。这三家公司将此规范提交给 IEEE（电子电气工程师协会）802 委员会，经过 IEEE 成员的修改并通过，变成了 IEEE 的正式标准，并编号为 IEEE802.3。Ethernet 和 IEEE802.3 虽然有很多规定不同，但术语 Ethernet 通常认为与 802.3 是兼容的。IEEE 将 802.3 标准提交国际标准化组织（ISO）第一联合技术委员会（JTC1），再次经过修订变成了国际标准 ISO 8802.3。

早期局域网技术的关键是如何解决连接在同一总线上的多个网络节点有秩序的共享一个信道的问题，而以太网络正是利用载波监听多路访问/碰撞检测（CSMA/CD）技术成功地提高了局域网络共享信道的传输利用率，从而得以发展和流行的。交换式快速以太网及千兆以太网是近几年发展起来的先进的网络技术，使以太网络成为当今局域网应用较为广泛的主流技术之一。随着电子邮件数量的不断增加，以及网络数据库管理系统和多媒体应用的不断普及，迫切需要高速高带宽的网络技术。交换式快速以太网技术便应运而生。快速以太网及千兆以太网从根本上讲还是以太网，只是速度快。它基于现有的标准和技术（IEEE 802.3 标准，CSMA/CD 介质存取协议，总线性或星型拓扑结构，支持细缆、UTP、光纤介质，支持全双工传输），可以使用现有的电缆和软件，因此它是一种简单、经济、安全的选择。然而，以太网络在发展早期所提出的共享带宽、信道争用机制极大地限制了网络后来的发展，即使是近几年发展起来的链路层交换技术（即交换式以太网技术）和提高收发时钟频率（即快速以太网技术）也不能从根本上解决这一问题，具体表现在以下几个方面。

（1）以太网提供是一种所谓"无连接"的网络服务，网络本身对所传输的信息包无法进行诸如交付时间、包间延迟、占用带宽等关于服务质量的控制。因此没有服务质量保证（Quality of Service）。

（2）对信道的共享及争用机制导致信道的实际利用带宽远低于物理提供的带宽，因此带宽利用率低。

除以上两点以外，以太网传输机制所固有的对网络半径、冗余拓扑和负载平衡能力的限制以及网络的附加服务能力薄弱等，也都是以太网络的不足之处。但以太网以成熟的技术、广泛的用户基础和较高的性能价格比，仍是传统数据传输网络应用中较为优秀的解决方案。

以太网几个术语介绍：

（1）以太网根据不同的媒体可分为 10BASE-2、10BASE-5、10BASE-T 及 10BASE-FL。10Base2 以太网是采用细同轴电缆组网，最大的网段长度是 200m，每网段节点数是 30，它是相对最便宜的系统；10Base5 以太网是采用粗同轴电缆，最大网段长度为 500m，每网段节点数是 100，它适合用于主干网；10Base-T 以太网是采用双绞线，最大网段长度为 100m，每网段节点数是 1024，它的特点是易于维护；10Base-F 以太网采用光纤连接，最大网段长度是 2000m，每网段节点数为 1024，此类网络最适在楼间使用。

（2）交换以太网：其支持的协议仍然是 IEEE802.3/以太网，但提供多个单独的 10Mb/s 端口。它与原来 IEEE802.3/以太网完全兼容，并且克服了共享 10Mb/s 带来的网络效率下降。

（3）100BASE-T 快速以太网：与 10BASE-T 的区别在于将网络的速率提高了十倍，即 100M。采用了 FDDI 的 PMD 协议，但价格比 FDDI 便宜。100BASE-T 的标准由 IEEE802.3 制定。与 10BASE-T 采用相同的媒体访问技术、类似的布线规则和相同的引出线，易于与 10BASE-T 集成。每个网段只允许两个中继器，最大网络跨度为 210m。

6.7.2　FDDI 网络

光纤分布数据接口（FDDI）是目前成熟的 LAN 技术中传输速率最高的一种。这种传输速率高达 100Mb/s 的网络技术所依据的标准是 ANSIX3T9.5。该网络具有定时令牌协议的特性，支持多种拓扑结构，传输媒体为光纤。使用光纤作为传输媒体具有多种优点：

（1）较长的传输距离，相邻站间的最大长度可达 2km，最大站间距离为 200km。

（2）具有较大的带宽，FDDI 的设计带宽为 100Mb/s。

（3）具有对电磁和射频干扰抑制能力，在传输过程中不受电磁和射频噪声的影响,也不影响其设备。

（4）光纤可防止传输过程中被分接偷听，也杜绝了辐射波的窃听，因而是最安全的传输媒体。

光纤分布式数据接口 FDDI 是一种使用光纤作为传输介质的、高速的、通用的环形网络。它能以 100Mb/s 的速率跨越长达 100km 的距离，连接多达 500 个设备，既可用于城域网络，也可用于小范围局域网。FDDI 采用令牌传递的方式解决共享信道冲突问题，与共享式以太网的 CSMA/CD 的效率相比在理论上要稍高一点（但仍远比不上交换式以太网），采用双环结构的 FDDI 还具有链路连接的冗余能力，因而非常适于做多个局域网络的主干。然而 FDDI 与以太网一样，其本质仍是介质共享、无连接的网络，这就意味着它仍然不能提供服务质量保证和更高的带宽利用率。在少量站点通信的网络环境中，它可达到比共享以太网稍高的通信效率，但随着站点的增多，效率会急剧下降，这时候无论从性能和价格都无法与交换式以太网、ATM 网相比。交换式 FDDI 会提高介质共享效率，但同交换式以太网一样，这一提高也是有限的，不能解决本质问题。另外，FDDI 有两个突出的问题极大地影响了这一技术的进一步推广，一个是其居高不下的建设成本,特别是交换式 FDDI 的价格甚至会高出某些 ATM

交换机;另一个是其停滞不前的组网技术,由于网络半径和令牌长度的制约,现有条件下 FDDI 将不可能出现高出 100M 的带宽。面对不断降低成本同时在技术上不断发展创新的 ATM 和快速交换以太网技术的激烈竞争,FDDI 的市场占有率逐年缩减。据相关部门统计,现在各大型院校、教学院所、政府职能机关建立局域或城域网络的设计,倾向较为集中的在 ATM 和快速以太网这两种技术上,原先建立较早的 FDDI 网络,也在向星型、交换式的其他网络技术过渡。

6.7.3　ATM 网络

随着人们对集话音、图像和数据为一体的多媒体通信需求的日益增加,特别是为了适应今后信息高速公路建设的需要,人们又提出了的宽带综合业务数字网(B-ISDN)这种全新的通信网络,而 B-ISDN 的实现需要一种全新的传输模式,此即异步传输模式(ATM)。在 1990 年,国际电报电话咨询委员会(CCITT)正式建议将 ATM 作为实现 B-ISDN 的一项技术基础,这样,以 ATM 为机制的信息传输和交换模式也就成为电信和计算机网络操作的基础和 21 世纪通信的主体之一。尽管目前世界各国,都在积极开展 ATM 技术研究和 B-ISDN 的建设,但以 ATM 为基础的 B-ISDN 的完善和普及却还要等到下一世纪,所以称 ATM 为一项跨世纪的新兴通信技术。不过,ATM 技术仍然是当前国际网络界所注意的焦点,其相关产品的开发也是各厂商想要抢占的网络市场的一个制高点。

ATM 是目前网络发展的最新技术,它采用基于信元的异步传输模式和虚电路结构,根本上解决了多媒体的实时性及带宽问题。实现面向虚链路的点到点传输,它通常提供 155Mb/s 的带宽。它既汲取了话务通信中电路交换的"有连接"服务和服务质量保证,又保持了以太、FDDI 等传统网络中带宽可变、适于突发性传输的灵活性,从而成为迄今为止适用范围最广、技术最先进、传输效果最理想的网络互联手段。ATM 技术具有如下特点:

(1)实现网络传输有连接服务,实现服务质量保证(QoS)。

(2)交换吞吐量大、带宽利用率高。

(3)具有灵活的组网拓扑结构和负载平衡能力,伸缩性、可靠性极高。

(4)ATM 是现今唯一可同时应用于局域网、广域网两种网络应用领域的网络技术,它将局域网与广域网技术统一。

6.7.4　其他局域网

令牌环是 IBM 公司于 80 年代初开发成功的一种网络技术。之所以称为环,是因为这种网络的物理结构具有环的形状。环上有多个站逐个与环相连,相邻站之间是一种点对点的链路,因此令牌环与广播方式的 Ethernet 不同,它是一种顺序向下一站广播的 LAN。与 Ethernet 不同的另一个诱人的特点是,即使负载很重,仍具有确定的响应时间。令牌环所遵循的标准是 IEEE802.5,它规定了三种操作速率:1Mb/s、4Mb/s 和 16Mb/s。开始时,UTP 电缆只能在 1Mb/s 的速率下操作,STP 电缆可操作在 4Mb/s 和 16Mb/s,现已有多家厂商的产品突破了这种限制。

交换网是随着多媒体通信以及客户／服务器(Client/Server)体系结构的发展而产生的,由于网络传输变得越来越拥挤,传统的共享 LAN 难以满足用户需要,曾经采用的网络区段化,由于区段越多,路由器等连接设备投资越大,同时众多区段的网络也难于管理。

当网络用户数目增加时,如何保持网络在拓展后的性能及其可管理性呢?网络交换技术就是一个新的解决方案。

　　传统的共享媒体局域网依赖桥接 / 路由选择，交换技术却为终端用户提供专用点对点连接，它可以把一个提供"一次一用户服务"的网络，转变成一个平行系统，同时支持多对通信设备的连接，即每个与网络连接的设备均可独立与换机连接。

　　目前学校用得比较多的是以太网。

6.8　OSI 参考模型

　　在计算机网络产生之初，每个计算机厂商都有一套自己的网络体系结构的概念，它们之间互不相容。为此，国际标准化组织（ISO）在 1979 年建立了一个分委员会来专门研究一种用于开放系统互联的体系结构（Open Systems Interconnection，OSI）"开放"这个词表示：只要遵循 OSI 标准，一个系统可以和位于世界上任何地方的、也遵循 OSI 标准的其他任何系统进行连接。这个分委员提出了开放系统互联，即 OSI 参考模型，它定义了连接异种计算机的标准框架。

　　OSI 参考模型分为 7 层，分别是物理层、数据链路层、网络层、传输层、会话层、表示层和应用层。

　　各层的主要功能及其相应的数据单位如下。

　　1. 物理层（Physical Layer）

　　我们知道，要传递信息就要利用一些物理媒体，如双绞线、同轴电缆等，但具体的物理媒体并不在 OSI 的 7 层之内，有人把物理媒体当作第 0 层，物理层的任务就是为它的上一层提供一个物理连接，以及它们的机械、电气、功能和过程特性。 如规定使用电缆和接头的类型，传送信号的电压等。在这一层，数据还没有被组织，仅作为原始的位流或电气电压处理，单位是比特。

　　2. 数据链路层（Data Link Layer）

　　数据链路层负责在两个相邻结点间的线路上，无差错的传送以帧为单位的数据。每一帧包括一定数量的数据和一些必要的控制信息。和物理层相似，数据链路层要负责建立、维持和释放数据链路的连接。在传送数据时，如果接收点检测到所传数据中有差错，就要通知发方重发这一帧。

　　3. 网络层（Network Layer）

　　在计算机网络中进行通信的两个计算机之间可能会经过很多个数据链路，也可能还要经过很多通信子网。网络层的任务就是选择合适的网间路由和交换结点，确保数据及时传送。网络层将数据链路层提供的帧组成数据包，包中封装有网络层包头，其中含有逻辑地址信息——源站点和目的站点地址的网络地址。

　　4. 传输层（Transport Layer）

　　该层的任务是根据通信子网的特性最佳的利用网络资源，并以可靠和经济的方式，为两个端系统（也就是源站和目的站）的会话层之间，提供建立、维护和取消传输连接的功能，负责可靠地传输数据。在这一层，信息的传送单位是报文。

　　5. 会话层（Session Layer）

　　这一层也可以称为会晤层或对话层，在会话层及以上的高层次中，数据传送的单位不再另外命名，统称为报文。会话层不参与具体的传输，它提供包括访问验证和会话管理在内的建立和维护应用之间通信的机制。如服务器验证用户登录便是由会话层完成的。

6. 表示层（Presentation Layer）

这一层主要解决拥护信息的语法表示问题。它将欲交换的数据从适合于某一用户的抽象语法，转换为适合于 OSI 系统内部使用的传送语法。即提供格式化的表示和转换数据服务。数据的压缩和解压缩，加密和解密等工作都由表示层负责。

7. 应用层（Application Layer）

应用层确定进程之间通信的性质以满足用户需要，以及提供网络与用户应用软件之间的接口服务。

6.9 网络互联设备

网络互联通常是指将不同的网络或相同的网络用互联设备连接在一起而形成一个范围更大的网络，也可以是为增加网络性能和易于管理而将一个原来很大的网络划分为几个子网或网段。

对局域网而言，所涉及的网络互联问题有网络距离延长；网段数量的增加；不同 LAN 之间的互联及广域互联等。网络互联中常用的设备有路由器（Router）和调制解调器（Modem）等，下面分别进行介绍。

6.9.1 路由器（Router）

1. 什么是路由器

在互联网日益发展的今天，是什么把网络相互连接起来？是路由器。路由器在互联网中扮演着十分重要的角色，那么什么是路由器呢？通俗来讲，路由器是互联网的枢纽、"交通警察"。路由器的定义是用来实现路由选择功能的一种媒介系统设备。所谓路由就是指通过相互连接的网络把信息从源地点移动到目标地点的活动。一般来说，在路由过程中，信息至少会经过一个或多个中间节点。通常，人们会把路由和交换进行对比，这主要是因为在普通用户看来两者所实现的功能是完全一样的。其实，路由和交换之间的主要区别就是交换发生在 OSI 参考模型的第二层（数据链路层），而路由发生在第三层，即网络层。这一区别决定了路由和交换在移动信息的过程中需要使用不同的控制信息，所以两者实现各自功能的方式是不同的。

路由器是互联网的主要节点设备。路由器通过路由决定数据的转发。转发策略称为路由选择（routing），这也是路由器名称的由来（router，转发者）。作为不同网络之间互相连接的枢纽，路由器系统构成了基于 TCP/IP 的国际互联网 Internet 的主体脉络，也可以说，路由器构成了 Internet 的骨架。它的处理速度是网络通信的主要瓶颈之一，它的可靠性则直接影响着网络互联的质量。因此，在园区网、地区网，乃至整个 Internet 研究领域中，路由器技术始终处于核心地位，其发展历程和方向，成为整个 Internet 研究的一个缩影。

2. 路由器的作用

路由器的一个作用是连通不同的网络，另一个作用是选择信息传送的线路。选择通畅快捷的近路，能大大提高通信速度，减轻网络系统通信负荷，节约网络系统资源，提高网络系统畅通率，从而让网络系统发挥出更大的效益来。

从过滤网络流量的角度来看，路由器的作用与交换机和网桥非常相似。但是与工作在网络物理层，从物理上划分网段的交换机不同，路由器使用专门的软件协议从逻辑上对整个网络进行划分。例如，一台支持 IP 协议的路由器可以把网络划分成多个子网段，只有指向特殊 IP 地址的网络流量才可以通过路由器。对于每一个接收到的数据包，路由器都会重新计算其校验值，并写入新的物理地址。因此，使用路由器转发和过滤数据的速度往往要比只查看数据包物理地址的交换机慢。但是，对于那些结构复杂的网络，使用路由器可以提高网络的整体效率。路由器的另外一个明显优势就是可以自动过滤网络广播。从总体上说，在网络中添加路由器的整个安装过程要比即插即用的交换机复杂很多。

一般说来，异种网络互联与多个子网互联都应采用路由器来完成。路由器的主要工作就是为经过路由器的每个数据帧寻找一条最佳传输路径，并将该数据有效地传送到目的站点。由此可见，选择最佳路径的策略即路由算法是路由器的关键所在。为了完成；这项工作，在路由器中保存着各种传输路径的相关数据——路径表（Routing Table），供路由选择时使用。路径表中保存着子网的标志信息、网上路由器的个数和下一个路由器的名字等内容。路径表可以是由系统管理员固定设置好的，也可以由系统动态修改，可以由路由器自动调整，也可以由主机控制。

（1）静态路径表。由系统管理员事先设置好固定的路径表称之为静态（static）路径表，一般是在系统安装时就根据网络的配置情况预先设定的，它不会随未来网络结构的改变而改变。

（2）动态路径表。动态（Dynamic）路径表是路由器根据网络系统的运行情况而自动调整的路径表。路由器根据路由选择协议（Routing Protocol）提供的功能，自动学习和记忆网络运行情况，在需要时自动计算数据传输的最佳路径。

3．路由器的结构

（1）路由器的体系结构。从体系结构上看，路由器可以分为第一代单总线单 CPU 结构路由器、第二代单总线主从 CPU 结构路由器、第三代单总线对称式多 CPU 结构路由器；第四代多总线多 CPU 结构路由器、第五代共享内存式结构路由器、第六代交叉开关体系结构路由器和基于机群系统的路由器等多类。

（2）路由器的构成。路由器具有四个要素：输入端口、输出端口、交换开关和路由处理器。

输入端口是物理链路和输入包的进口处。端口通常由线卡提供，一块线卡一般支持 4、8 或 16 个端口，一个输入端口具有许多功能。第一个功能是进行数据链路层的封装和解封装。第二个功能是在转发表中查找输入包目的地址从而决定目的端口（称为路由查找），路由查找可以使用一般的硬件来实现，或者通过在每块线卡上嵌入一个微处理器来完成。第三，为了提供 QoS（服务质量），端口要对收到的包分成几个预定义的服务级别。第四，端口可能需要运行诸如 SLIP（串行线网际协议）和 PPP（点对点协议）这样的数据链路级协议或者诸如 PPTP（点对点隧道协议）这样的网络级协议。一旦路由查找完成，必须用交换开关将包送到其输出端口。如果路由器是输入端加队列的，则有几个输入端共享同一个交换开关。这样输入端口的最后一项功能是参加对公共资源（如交换开关）的仲裁协议。

交换开关可以使用多种不同的技术来实现。迄今为止使用最多的交换开关技术是总线、交叉开关和共享存储器。最简单的开关使用一条总线来连接所有输入和输出端口，总线开关的缺点是其交换容量受限于总线的容量，以及为共享总线仲裁所带来的额外开销。交叉开关通过开关提供多条数据通路，具有 $N \times N$ 个交叉点的交叉开关可以被认为具有 $2N$ 条总线。如果一个交叉是闭合，输入总线上的数据在输出总线上可用，否则不可用。交叉点的闭合与打开由调度器来控制，因此，调度器限制了交换开关的速度。在共享存储器路由器中，进来的包被存储在共享存储器中，所交换的仅是包的指针，这提高了交换容量，但是，开关的速度受限于存储器的存取速度。尽管存储器容量每18个月能够翻一番，但存储器的存取时间每年仅降低5%，这是共享存储器交换开关的一个固有限制。

输出端口在包被发送到输出链路之前对包存贮，可以实现复杂的调度算法以支持优先级等要求。与输入端口一样，输出端口同样要能支持数据链路层的封装和解封装，以及许多较高级协议。

路由处理器计算转发表实现路由协议，并运行对路由器进行配置和管理的软件。同时，它还处理那些目的地址不在线卡转发表中的包。

4. 路由器的类型

互联网各种级别的网络中随处都可见到路由器。接入网络使得家庭和小型企业可以连接到某个互联网服务提供商；企业网中的路由器连接一个校园或企业内成千上万的计算机；骨干网上的路由器终端系统通常是不能直接访问的，它们连接长距离骨干网上的 ISP 和企业网络。互联网的快速发展无论是对骨干网、企业网还是接入网都带来了不同的挑战。骨干网要求路由器能对少数链路进行高速路由转发。企业级路由器不但要求端口数目多、价格低廉，而且要求配置起来简单方便，并提供 QoS。

（1）接入路由器。接入路由器连接家庭或 ISP 内的小型企业客户。接入路由器已经开始不只是提供 SLIP 或 PPP 连接，还支持诸如 PPTP 和 IPSec 等虚拟私有网络协议。这些协议要能在每个端口上运行。诸如 ADSL 等技术将很快提高各家庭的可用带宽，这将进一步增加接入路由器的负担。由于这些趋势，接入路由器将来会支持许多异构和高速端口，并在各个端口能够运行多种协议，同时还要避开电话交换网。

（2）企业级路由器。企业或校园级路由器连接许多终端系统，其主要目标是以尽量便宜的方法实现尽可能多的端点互联，并且进一步要求支持不同的服务质量。许多现有的企业网络都是由 Hub 或网桥连接起来的以太网段。尽管这些设备价格便宜、易于安装、无需配置，但是它们不支持服务等级。相反，有路由器参与的网络能够将机器分成多个碰撞域，并因此能够控制一个网络的大小。此外，路由器还支持一定的服务等级，至少允许分成多个优先级别。但是路由器的每端口造价要贵些，并且在能够使用之前要进行大量的配置工作。因此，企业路由器的成败就在于是否提供大量端口且每端口的造价很低，是否容易配置，是否支持 QoS。另外还要求企业级路由器有效地支持广播和组播。企业网络还要处理历史遗留的各种 LAN 技术，支持多种协议，包括 IP、IPX 和 Vine。它们还要支持防火墙、包过滤以及大量的管理和安全策略以及 VLAN。

（3）骨干级路由器。骨干级路由器实现企业级网络的互联。对它的要求是速度和可靠性，而代价则处于次要地位。硬件可靠性可以采用电话交换网中使用的技术，如热备份、双电源、双数据通路等来获得。这些技术对所有骨干路由器而言差不多是标准的。骨干 IP 路由器的主要性能瓶颈是在转发表中查找某个路由所耗的时间。当收到一个包时，输入端口在转发表中查找该包的目的地址以确定其目的端口，当包越短或者当包要发往许多目的端口时，势必增加路由查找的代价。因此，将一些常访问的目的端口放到缓存中能够提高路由查找的效率。不管是输入缓冲还是输出缓冲路由器，都存在路由查找的瓶颈问题。除了性能瓶颈问题，路由器的稳定性也是一个常被忽视的问题。

（4）太比特路由器。在未来核心互联网使用的三种主要技术中，光纤和 DWDM 都已经是很成熟的并且是现成的。如果没有与现有的光纤技术和 DWDM 技术提供的原始带宽对应的路由器，新的网络基础设施将无法从根本上得到性能的改善，因此开发高性能的骨干交换/路由器（太比特路由器）已经成为一项迫切的要求。太比特路由器技术现在还主要处于开发实验阶段。

6.9.2　调制解调器（Modem）

调制解调器（Modem）作为末端系统和通信系统之间信号转换的设备，是广域网中必不可少的设备之一。分为同步和异步两种，分别用来与路由器的同步和异步串口相连接，同步可用于专线、帧中继、X.25 等，异步用于 PSTN 的连接。

6.10　网络拓扑结构

网络拓扑结构是指用传输媒体互联各种设备的物理布局。将参与 LAN 工作的各种设备用媒体互联在一起有多种方法，实际上只有几种方式能适合 LAN 的工作。

如果一个网络只连接几台设备，最简单的方法是将它们都直接相连在一起，这种连接称为点对点连接。用这种方式形成的网络称为全互联网络，如图 6-21 所示。

图 6-21 中有 6 个设备，在全互联情况下，需要 15 条传输线路。如果要连的设备有 n 个，所需线路将达到 $n(n-1)/2$ 条。显而易见，这种方式只有在涉及地理范围不大，设备数很少的条件下才有使用的可能。即使属于这种环境，在 LAN 技术中也不使用。我们所说的拓扑结构，是因为当需要通过互联设备（如路由器）互联多个 LAN 时，将有可能遇到这种广域网（WAN）的互联技术。目前大多数网络使用的拓扑结构有三种：星型拓扑结构、环型拓扑结构、总线型拓扑结构。

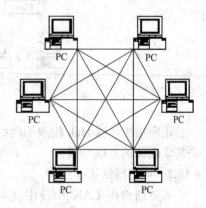

图 6-21　网络拓扑结构

6.10.1　星型拓扑结构

星型结构是最古老的一种连接方式，人们每天都使用的电话都属于这种结构，如图 6-22 所示。其中，图 6-22（a）为电话网的星型结构，图 6-22（b）为目前使用最普遍的以太网（Ethernet）星型结构，处于中心位置的网络设备称为集线器，英文名为 Hub。

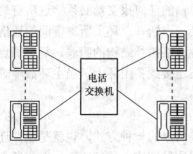

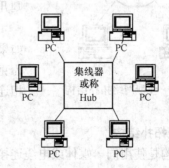

（a）电话网的呈行结构　　　　（b）以Hub为中心的结构

图 6-22　星型拓扑结构

这种结构便于集中控制，因为端用户之间的通信必须经过中心站。由于这一特点，也带来了易于维护和安全等优点。端用户设备因为故障而停机时也不会影响其他端用户间的通信但这种结构非常不利的一点是，中心系统必须具有极高的可靠性，因为中心系统一旦损坏，整个系统便趋于瘫痪。对此中心系统通常采用双机热备份，以提高系统的可靠性。

这种网络拓扑结构的一种扩充便是星型树，如图 6-23 所示。每个 Hub 与端用户的连接仍为星型，Hub 的级连而形成树。然而，应当指出，Hub 级连的个数是有限制的，并随厂商的不同而有变化。

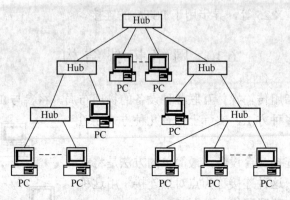

图 6-23　星型树

还应指出，以 Hub 构成的网络结构，虽然呈星型布局，但它使用的访问媒体的机制却仍是共享媒体的总线方式。

6.10.2　环型网络拓扑结构

环型结构在 LAN 中使用较多。这种结构中的传输媒体从一个端用户到另一个端用户，直到将所有端用户连成环型，如图 6-24 所示。这种结构显而易见消除了端用户通信时对中心系统的依赖性。

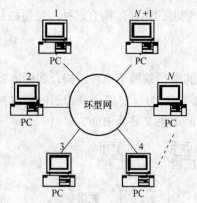

图 6-24　环型网络拓扑结构

环型结构的特点是，每个端用户都与两个相邻的端用户相连，因而存在着点到点链路，但总是以单向方式操作。于是，便有上游端用户和下游端用户之称。例如图 6-24 中，用户 N 是用户 $N+1$ 的上游端用户，$N+1$ 是 N 的下游端用户。如果 $N+1$ 端需将数据发送到 N 端，则几乎要绕环一周才能到达 N 端。

环上传输的任何报文都必须穿过所有端点，因此，如果环的某一点断开，环上所有端间的通信便会终止。为克服这种网络拓扑结构的脆弱，每个端点除与一个环相连外，还连接到备用环上，当主环故障时，自动转到备用环上。

6.10.3　总线拓扑结构

总线结构是使用同一媒体或电缆连接所有端用户的一种方式，也就是说，连接端用户的物理媒体由所有设备共享，如图 6-25 所示。使用这种结构必须解决的一个问题是确保端用户使用媒体发送数据时不能出现冲突。在点到点链路配置时，这是相当简单的。如果这条链路是半双工操作，只需使用很简单的机制便可保证两个端用户轮流工作。在一点到多点方式中，对线路的访问依靠控制端的探询来确定。然而，在 LAN 环境下，由于所有数据站都是平等的，不能采取上述机制。对此，研究了一种在总线共享型网络使用的媒体访问方法：带有碰撞检测的载波侦听多路访问，英文缩写成 CSMA/CD。

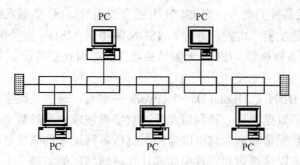

图 6-25　总线结构

这种结构具有费用低、数据端用户入网灵活、站点或某个端用户失效不影响其他站点或端用户通信的优点。缺点是一次仅能一个端用户发送数据，其他端用户必须等待到获得发送权。媒体访问获取机制较复杂。尽管有上述一些缺点，但由于布线要求简单，扩充容易，端用户失效、增删不影响全网工作，所以是网络技术中使用最普遍的一种。

6.11　网络互联的方式

由于互联网络的规模不一样，网络互联有以下几种形式：

（1）局域网的互联。由于局域网种类较多（如令牌环网、以太网等），使用的软件也较多，因此局域网的互联较为复杂。对不同标准的异种局域网来讲，既可实现从低层到高层的互联，也可只实现低层（在数据链路层上，例如网桥）上的互联。

（2）局域网与广域网的互联。不同地方（可能相隔很远）的局域网要借助于广域网互联。这时每个独立工作的局域网都能相当于广域网的互联常用网络接入、网络服务和协议功能。

（3）广域网与广域网的互联。这种互联相对以上两种互联要容易些。这是因为广域网的协议层次常处于 OSI 7 层模型的低层，不涉及高层协议。著名的 X.25 标准就是实现 X.25 网、连的协议。帧中继与 X.25 网、DDN 均为广域网。它们之间的互联属于广域网的互联，目前没有公开的统一标准。我们下面所要说的网络互联的方式就是针对上述的网络互联来说的。

目前常见的上网方式通常有以下几种：

（1）ISDN（综合业务数字网）。ISDN 的英文全称是 Integrated Services Digital Network，中文意思就是综合业务数字网。在国内近十年才开始应用，而国外整整比我们早了二十多年。ISDN 的概念是在 1972 年首次提出的，是以电话综合数字网（IDN）为基础发展而成的通信网，它能提供端到端的数字连接，用来承载包括语音和非语音等多种电信业务。ISDN 分为两种：N-ISDN（窄带综合业务数字网）和 B-ISDN（宽带综合业务数字网）。目前国内使用的是 N-ISDN。

ISDN 可以形象地比喻成两条 64K 速率电话线的合并，虽然这两者完全不是一回事。就目前市场上的上网方式来看，ISDN 是想快速上网用户的最佳选择。虽然它在价格上比普通

Modem 上网要高，但从实用性来看，还是值得的。特别是对于上网下载东西和查资料的用户，最为有利。

由于 ISDN 是数字信号，所以比普通模拟电话信号更加稳定，而上网的稳定性是速度的最根本的保证。ISDN 比模拟电路更不易塞车，并且它可以按需拨号。

ISDN 用户终端设备种类很多，有 ISDN 电视会议系统、PC 桌面系统（包括可视电话）、ISDN 小交换机、TA 适配器（内置、外置）、ISDN 路由器、ISDN 拨号服务器、数字电话机、四类传真机、DDN 后备转换器、ISDN 无数转换器等。在如此多的设备中，TA 适配器是目前用户端的主要设备。

（2）DDN 专线。DDN 是 Digital Data Network 的缩写，意思是数字数据网，即平时所说的专线上网方式。数字数据网是一种利用光纤、数字微波或卫星等数字传输通道和数字交叉复用设备组成的数字数据传输网，它可以为用户提供各种速率的高质量数字专用电路和其他新业务，以满足用户多媒体通信和组建中高速计算机通信网的需要。主要有六个部分组成：光纤或数字微波通信系统、智能节点或集线器设备、网络管理系统、数据电路终端设备、用户环路、用户端计算机或终端设备。它的速率从 64Kb/s～2Mb/s 可选。

（3）ATM 异步传输方式。ATM 是目前网络发展的最新技术，它采用基于信元的异步传输模式和虚电路结构，根本上解决了多媒体的实时性及带宽问题。实现面向虚链路的点到点传输，它通常提供 155Mb/s 的带宽。它既汲取了话务通信中电路交换的"有连接"服务和服务质量保证，又保持了以太、FDDI 等传统网络中带宽可变、适于突发性传输的灵活性，从而成为迄今为止适用范围最广、技术最先进、传输效果最理想的网络互联手段。

（4）ADSL（不对称数字用户服务线）。ADSL 是 Asymmetric Digital Subscriber Loop（非对称数字用户回路）的缩写，它的特点是能在现有的铜双绞普通电话线上提供高达 8Mb/s 的高速下载速率和 1Mb/s 的上行速率，而其传输距离为 3km 到 5km。其优势在于可以不需要重新布线，它充分利用现有的电话线网络，只需在线路两端加装 ADSL 设备即可为用户提供高速高带宽的接入服务。它的速度是普通 Modem 拨号速度所不能及的，就连最新的 ISDN 一线通的传输率也约只有它的百分之一。这种上网方式不但降低了技术成本，而且大大提高了网络速度。因而受到了许多用户的关注。

ADSL 的其他特点还有：

（1）上因特网和打电话互不干扰：像 ISDN 一样，ADSL 可以与普通电话共存于一条电话线上，可在同一条电话线上接听、拨打电话并且同时进行 ADSL 传输，之间互不影响。

（2）ADSL 在同一线路上分别传送数据和语音信号，由于它不需拨号，因而它的数据信号并不通过电话交换机设备，这意味着使用 ADSL 上网不需要缴付另外的电话费，这就节省了一部分使用费。

（3）ADSL 还提供不少额外服务，用户可以通过 ADSL 接入因特网后，独享 8Mb/s 带宽，在这么高的速度下，可自主选择流量为 1.5Mb/s 的影视节目，同时还可以举行一个视频会议、高速下载文件和使用电话等，其速度一般下行可以达到 8Mb/s，上行可以达到 1Mb/s。

ADSL 的用途是十分广泛的，对于商业用户来说，可组建局域网共享 ADSL 专线上网，利用 ADSL 还可以达到远程办公家庭办公等高速数据应用，获取高速低价的极高的价格性能比。对于公益事业来说，ADSL 还可以实现高速远程医疗、教学、视频会议的即时传送，达到以前所不能及的效果。

ADSL 的安装也很方便快捷。用户现有线路不需改动，改动只需在电信局的交换机房内进行。

（4）有线电视网。利用有线电视网进行通信，可以使用 Cable Modem，即电缆调制解调器，可以进行数据传输。Cable Modem 主要面向计算机用户的终端。它连接有线电视同轴电缆与用户计算机之间的中间设备。目前的有线电视节目传输所占用的带宽一般在 50～550MHz 范围内，有很多的频带资源都没有得到有效利用。由于大多数新建的 CATV 网都采用光纤同轴混合网络（Hybrid Fiber Coax Network，HFC 网），使原有的 550MHz CATV 网扩展为 750MHz 的 HFC 双向 CATV 网，其中有 200MHz 的带宽用于数据传输，接入国际互联网。这种模式的带宽上限为 860～1000MHz。Cable Modem 技术就是基于 750MHz HFC 双向 CATV 网的网络接入技术的。

有线电视一般从 42～750MHz 之间电视频道中分离出一条 6MHz 的信道，用于下行传送数据。它无须拨号上网，不占用电话线，可永久连接。服务商的设备同用户的 Modem 之间建立了一个 VLAN（虚拟专网）连接，大多数的 Modem 提供一个标准的 10BaseT 以太网接口同用户的 PC 设备或局域网集线器相连。

Cabel Modem 采用一种视频信号格式来传送 Internet 信息。视频信号所表示的是在同步脉冲信号之间插入视频扫描线的数字数据。数据是在物理层上被插入到视频信号的。同步脉冲使任何标准的 Cabel Modem 设备都可以不加修改地应用。Cabel Modem 采用幅度键控（ASK）突发解调技术对每一条视频线上的数据进行译码。

Cable Modem 与普通 Modem 在原理上都是将数据进行调制后，在 Cable（电缆）的一个频率范围内传输、接收时进行解调。Cable Modem 在有线电缆上将数据进行调制，然后在有线网（Cable）的某个频率范围内进行传输，接收一方再在同一频率范围内对该已调制的信号进行解调，解析出数据，传递给接收方。它在物理层上的传输机制与电话线上的调制解调器无异，同样也是通过调频或调幅对数据编码。

（5）VPN（虚拟专用网络）。它是利用 Internet 或其他公共互联网络的基础设施为用户创建数据通道，实现不同网络组件和资源之间的相互连接，并提供与专用网络一样的安全和功能保障。

6.12　网络安全的重要性

不管公司内部连接的是至关重要的公司数据库，还是仅仅承担公司内部的电话呼叫与 E-mail 的传输服务，保证网络上的数据传输都是非常重要的工作。试想，一个公司通过 WAN 连接到 Internet 上进行销售或采购时，每一分钟的掉线都将给公司带来成千上万的损失。网络存在的问题主要有三类：

1. 机房安全

机房是网络设备运行的关键地，避免发生安全问题，如物理安全（火灾、雷击、盗贼等）、电气安全（停电、负载不均等）等情况。

2. 病毒的侵入和黑客的攻击

Internet 开拓性的发展使病毒可能成为灾难。据美国国家计算机安全协会（NCSA）最近一项调查发现，几乎 100%的美国大公司都曾在他们的网络或台式机上经历过计算机病毒的危害。黑客对计算机网络构成的威胁大体可分为两种：

（1）对网络中信息的威胁。

（2）对网络中设备的威胁。

以各种方式有选择地破坏信息的有效性和完整性；进行截获、窃取、破译，以获得重要机密信息。

3. 管理不健全而造成的安全漏洞

从广泛的网络安全意义范围来看，网络安全不仅仅是技术问题，更是一个管理问题。它包含管理机构、法律、技术、经济各方面。网络安全技术只是实现网络安全的工具。因此要解决网络安全问题，必须要有综合的解决方案。

6.12.1　机房安全

1. 机房物理安全

需要布置一个宽大、安全的设备间。每排设备架间要留出足够的空间，以便于安全移动设备而不必担心撞上设备架。其实哪怕是一小堆电缆也能引起停工。给每个电缆贴上标签，并保持良好的排放顺序是完全必要的。设备间的选址，通常在大部分办公楼的中间层位置，并有相应的防盗措施，保证了安全性。

设备间有防火灾、防地震、防雷击的措施，放置防火设备、避雷设备。所有造成在地板上，不但能预防灾难，还能防止由于人员不小心碰撞所为公司造成的损失。

网络备份点放在和设备间不同的地方。为了防止数据失效，应该在晚上或 WAN 流量很小时进行数据备份。应考虑在需要时把某个地点作为备份的数据中心。预先做好紧急情况下的步骤清单，清单中应包括在备份站点所需要提供的服务和怎样得到从原来站点到复制站点的备份数据。对于关键设备配置的备份，当任何时候所需设备改变时，都要及时做修改备份。

2. 机房电气安全

系统故障往往先出在通信设备的电源上，因此首要的任务是保证网络设备的电源供应。如果设备是直流供电，那么首先需要一个从交流变换到直流的整流器。变换过程并不能保证不出现电源故障，因而需要电池作为备用的不间断能源。同样，如果系统设备需要使用交流供电系统供电的话，可以考虑采用 UPS 来为系统设备提供备用的交流电源。当地面空间较小时，可以为设备分别提供小型的 UPS；而如果采用一个大型的 UPS 系统，则会增加监控和管理的难度。一个 UPS 仅仅能使路由器维持一小段时间。当电池耗尽时，WAN 线路就中断了。如果在某个时刻需要为设备提供30min 或更长时间的备用电力时，发电机是必需的。

仅仅保证提供持续稳定的电源是不够的，还需要给设备分配电力。大多数企业都采用配电箱来分配电力负荷。通过配电箱把电源分成多路，每一路送给不同的房间，或同一房间的不同设备。当某路电源及其设备断路或短路时，可切断故障电源而不会影响其他设备的正常工作。

6.12.2　网络病毒与防治

1. 什么是网络病毒

病毒本身已是令人头痛的问题。但随着 Internet 开拓性的发展，网络病毒出现了，它是在网络上传播的病毒，为网络带来灾难性后果。

网络病毒的来源主要有两种：

一种威胁是来自文件下载。这些被浏览的或是通过 FTP 下载的文件中可能存在病毒。而共享软件（public shareware）和各种可执行的文件，如格式化的介绍性文件（formatted presentation）已经成为病毒传播的重要途径。并且，Internet 上还出现了 Java 和 Active X 形式的恶意小程序。

另一种主要威胁来自于电子邮件。大多数的 Internet 邮件系统提供了在网络间传送附带格式化文档邮件的功能。只要简单地敲敲键盘，邮件就可以发给一个或一组收信人。因此，受病毒感染的文档或文件就可能通过网关和邮件服务器涌入企业网络。

2. 网络病毒的防治

网络病毒防治必须考虑安装病毒防治软件。

安装的病毒防治软件应具备四个特性：

（1）集成性：所有的保护措施必须在逻辑上是统一的和相互配合的。

（2）单点管理：作为一个集成的解决方案，最基本的一条是必须有一个安全管理的聚焦点。

（3）自动化：系统需要有能自动更新病毒特征码数据库和其他相关信息的功能。

（4）多层分布：这个解决方案应该是多层次的，适当的防毒部件在适当的位置分发出去，最大限度地发挥作用，而又不会影响网络负担。防毒软件应该安装在服务器工作站和邮件系统上。

（1）病毒防治软件安装位置。工作站是病毒进入网络的主要途径，所以应该在工作站上安装防病毒软件。这种做法是比较合理的。因为病毒扫描的任务是由网络上所有工作站共同承担的，这使得每台工作站承担的任务都很轻松，如果每台工作站都安装最新防毒软件，这样就可以在工作站的日常工作中加入病毒扫描的任务，性能可能会有少许下降，但无需增添新的设备。

邮件服务器是防病毒软件的第二个着眼点。邮件是重要的病毒来源。邮件在发往其目的地前，首先进入邮件服务器并被存放在邮箱内，所以在这里安装防病毒软件是十分有效的。假设工作站与邮件服务器的数量比是 100:1，那么这种做法显而易见节省费用。

备份服务器是用来保存重要数据的。如果备份服务器也崩溃了，那么整个系统也就彻底瘫痪了。备份服务器中受破坏的文件将不能被重新恢复使用，甚至会反过来感染系统。避免备份服务器被病毒感染是保护网络安全的重要组成部分，因此好的防病毒软件必须能够解决这个冲突，它能与备份系统相配合，提供无病毒的实时备份和恢复。

网络中任何存放文件和数据库的地方都可能出问题，因此需要保护好这些地方。文件服务器中存放企业重要的数据。在 Internet 服务器上安装防病毒软件是头等重要的，上传和下载的文件不带有病毒对你和你客户的网络都是非常重要的。

（2）防病毒软件的部署和管理。部署一种防病毒的实际操作一般包括以下步骤：

1）制订计划：了解在你所管理的网络上存放的是什么类型的数据和信息。

2）调查：选择一种能满足你的要求，并且具备尽量多的前面所提到的各种功能的防病毒软件。

3）测试：在小范围内安装和测试所选择的防病毒软件，确保其工作正常并且与现有的网络系统和应用软件相兼容。

4）维护：管理和更新系统确保其能发挥预计的功能，并且可以利用现有的设备和人员进行管理；下载病毒特征码数据库更新文件，在测试范围内进行升级，彻底理解这种防病毒系统的重要方面。

5）系统安装：在测试得到满意结果后，就可以将此种防病毒软件安装在整个网络范围内。

（3）常用防病毒软件。目前流行的几个国产反病毒软件几乎占有了80%以上的国内市场，其中江民KV300、信源VRV、金辰KILL、瑞星RAV等四个产品更是颇具影响。近几年国外产品陆续进入中国，如NAI、ISS、CA等。

下面介绍一下NAI的防病毒软件：NAI（美国网络联盟）是世界第五大独立软件公司、全球最大的网络安全与管理的专业厂商之一。NAI以其成熟领先的技术、合理的价格为银行、电信、证券、税务、交通、能源等重点行业企业提供全面完整的网络安全解决方案。NAI的防病毒软件占有国际市场上超过60%的份额。它可以提供适合于各类企业网络及个人台式机的全面的防病毒解决方案TVD。这个解决方案包括四个套装软件，第一个套装软件叫Virus Scan，它是一个高级桌面反病毒解决方案；第二个套装软件叫Netshield，它是高级的服务器级反病毒解决方案。它可以提供对企业的基于NT、Netware、Unix的文件服务器或应用程序服务器的保护，第三个套件Groupshield提供基于Microsoft Exchange和LotusNotes的群件服务器的保护，同时也包括Distribution Console（分发控制台）的全部功能；第四个套装软件叫Webshield，它是一个高级的INTERNET网关的反病毒解决方案。它可以提供对基于SMTP的电子邮件中病毒的清除，对HTTP/FTP代理服务器的保护，对恶意JAVA和ActiveX小程序的检查；TVD中同时也包括有Distribution Console（分发控制台）和监控功能的管理平台。

6.12.3 网络黑客与防范措施

1. 什么是网络黑客

提起黑客，总是那么神秘莫测。在人们眼中，黑客是一群聪明绝顶、精力旺盛的年轻人，一门心思地破译各种密码，以便偷偷地、未经允许地打入政府、企业或他人的计算机系统，窥视他人的隐私。那么，什么是黑客？

首先我们来了解一下黑客的定义——黑客是那些检查（网络）系统完整性和完全性的人。黑客（hacker），源于英语动词hack，意为"劈，砍"，引申为"干了一件非常漂亮的工作"。在早期麻省理工学院的校园俚语中，"黑客"则有"恶作剧"之意，尤指手法巧妙、技术高明的恶作剧。在日本《新黑客词典》中，对黑客的定义是"喜欢探索软件程序奥秘，并从中增长了其个人才干的人。他们不像绝大多数电脑使用者那样，只规规矩矩地了解别人指定了解的狭小部分知识。"由这些定义中，我们还看不出太贬义的意味。他们通常具有硬件和软件的高级知识，并有能力通过创新的方法剖析系统。"黑客"能使更多的网络趋于完善和安全，他们以保护网络为目的，而以不正当侵入为手段找出网络漏洞。

另一种入侵者是那些利用网络漏洞破坏网络的人。他们往往做一些重复的工作（如用暴力法破解口令），他们也具备广泛的电脑知识，但与黑客不同的是他们以破坏为目的。这些群体成为"骇客"。当然还有一种人兼于黑客与入侵者之间。

一般认为，黑客起源于20世纪50年代麻省理工学院的实验室中，他们精力充沛，热衷于解决难题。在20世纪的60、70年代，"黑客"一词极富褒义，用于指代那些独立思考、奉公守法的计算机迷，他们智力超群，对电脑全身心投入，从事黑客活动意味着对计算机的最大潜力进行智力上的自由探索，为电脑技术的发展作出了巨大贡献。正是这些黑客，倡导了一场个人计算机革命，倡导了现行的计算机开放式体系结构，打破了以往计算机技术只掌握在少数人手里的局面，开了个人计算机的先河，提出了"计算机为人民所用"的观点，他们是电脑发展史上的英雄。现在黑客使用的侵入计算机系统的基本技巧，例如破解口令（password cracking）、开天窗（trapdoor）、走后门（backdoor）、安放特洛伊木马（Trojan horse）等，都是在这一时期发明的。从事黑客活动的经历，成为后米许多计算机业巨子简历上不可或缺的一部分。例如，苹果公司创始人之一乔布斯就是一个典型的例子。

在 60 年代，计算机的使用还远未普及，还没有多少存储重要信息的数据库，也谈不上黑客对数据的非法拷贝等问题。到了 80、90 年代，计算机越来越重要，大型数据库也越来越多，同时，信息越来越集中在少数人的手里。这样一场新时期的"圈地运动"引起了黑客们的极大反感。黑客认为，信息应共享而不应被少数人所垄断，于是将注意力转移到涉及各种机密的信息数据库上。而这时，电脑化空间已私有化，成为个人拥有的财产，社会不能再对黑客行为放任不管，而必须采取行动，利用法律等手段来进行控制。黑客活动受到了空前的打击。

但是，政府和公司的管理者现在越来越多地要求黑客传授给他们有关电脑安全的知识。许多公司和政府机构已经邀请黑客为他们检验系统的安全性，甚至还请他们设计新的保安规程。在两名黑客连续发现网景公司设计的信用卡购物程序的缺陷并向商界发出公告之后，网景修正了缺陷并宣布举办名为"网景缺陷大奖赛"的竞赛，那些发现和找到该公司产品中安全漏洞的黑客可获 1000 美元奖金。无疑黑客正在对电脑防护技术的发展作出贡献。

2．网络黑客攻击方法

许多上网的用户对网络安全可能抱着无所谓的态度，认为最多不过是被"黑客"盗用账号，他们往往会认为"安全"只是针对那些大中型企事业单位的，而且黑客与自己无任何关系，为何要攻击自己呢？其实，在一无法纪二无制度的虚拟网络世界中，现实生活中所有的阴险和卑鄙都表现得一览无余，在这样的信息时代里，几乎每个人都面临着安全威胁，都有必要对网络安全有所了解，并能够处理一些安全方面的问题，那些平时不注意安全的人，往往在受到安全方面的攻击时，付出惨重的代价时才会后悔不已。

为了把损失降低到最低限度，用户一定要有安全观念，并掌握一定的安全防范措施，禁绝让黑客无任何机会可趁。下面来研究那些黑客是如何找到计算机中的安全漏洞的，只有了解了他们的攻击手段，才能采取准确的对策对付这些黑客。

（1）获取口令。这有三种方法：一是通过网络监听非法得到用户口令，这类方法有一定的局限性，但危害性极大，监听者往往能够获得其所在网段的所有用户账号和口令，对局域网安全威胁巨大；二是在知道用户的账号后（如电子邮件@前面的部分）利用一些专门软件强行破解用户口令，这种方法不受网段限制，但黑客要有足够的耐心和时间；三是在获得一个服务器上的用户口令文件（此文件成为 Shadow 文件）后，用暴力破解程序破解用户口令，该方法的使用前提是黑客获得口令的 Shadow 文件。此方法在所有方法中危害最大，因为它不需要像第二种方法那样一遍又一遍地尝试登录服务器，而是在本地将加密后的口令与 Shadow 文件中的口令相比较就能非常容易地破获用户密码，尤其对那些弱智用户（指口令安全系数极低的用户，如某用户账号为 zys，其口令就是 zys666、666666，或干脆就是 zys 等）更是在短短的一两分钟内，甚至几十秒内就可以将其干掉。

（2）放置特洛伊木马程序。特洛伊木马程序可以直接侵入用户的电脑并进行破坏，它常被伪装成工具程序或者游戏等，诱使用户打开带有特洛伊木马程序的邮件附件或从网上直接下载，一旦用户打开了这些邮件的附件或者执行了这些程序之后，它们就会像古特洛伊人在敌人城外留下的藏满士兵的木马一样留在自己的电脑中，并在自己的计算机系统中隐藏一个可以在 Windows 启动时悄悄执行的程序。当用户连接到因特网上时，这个程序就会通知黑客，来报告用户的 IP 地址以及预先设定的端口。黑客在收到这些信息后，再利用这个潜伏在其中的程序，就可以任意地修改用户的计算机的参数设定、复制文件、窥视用户整个硬盘中的内容等，从而达到控制用户的计算机的目的。

（3）WWW 的欺骗技术。在网上用户可以利用 IE 等浏览器进行各种各样的 Web 站点的访问，如阅读新闻组、咨询产品价格、订阅报纸、电子商务等。然而一般的用户恐怕不会想到有这些问题存在：正在访问的网页已经被黑客篡改过，网页上的信息是虚假的。例如黑客将用户要浏览的网页的 URL 改写为指向黑客自己的服务器，当用户浏览目标网页的时候，实际上是向黑客服务器发出请求，那么黑客就可以达到欺骗的目的了。

（4）电子邮件攻击。电子邮件攻击主要表现为两种方式：一是电子邮件轰炸和电子邮件"滚雪球"，也就是通常所说的邮件炸弹，指的是用伪造的 IP 地址和电子邮件地址向同一信箱发送数以千计、万计甚至无穷多次的内容相同的垃圾邮件，致使受害人邮箱被"炸"，严重者可能会给电子邮件服务器操作系统带来危险，甚至瘫痪；二是电子邮件欺骗，攻击者佯称自己为系统管理员（邮件地址和系统管理员完全相同），给用户发送邮件要求用户修改口令（口令可能为指定字符串）或在貌似正常的附件中加载病毒或其他木马程序（据笔者所知，某些单位的网络管理员有定期给用户免费发送防火墙升级程序的义务，这为黑客成功地利用该方法提供了可乘之机），这类欺骗只要用户提高警惕，一般危害性不是太大。

（5）通过一个节点来攻击其他节点。黑客在突破一台主机后，往往以此主机作为根据地，攻击其他主机（以隐蔽其入侵路径，避免留下蛛丝马迹）。他们可以使用网络监听方法，尝试攻破同一网络内的其他主机；也可以通过 IP 欺骗和主机信任关系，攻击其他主机。这类攻击很狡猾，但由于某些技术很难掌握，如 IP 欺骗，因此较少被黑客使用。

（6）网络监听。网络监听是主机的一种工作模式，在这种模式下，主机可以接受到本网段在同一条物理通道上传输的所有信息，而不管这些信息的发送方和接受方是谁。此时，如果两台主机进行通信的信息没有加密，只要使用某些网络监听工具，例如 NetXray for windows 95/98/nt，sniffit for linux、solaries 等，就可以轻而易举地截取包括口令和账号在内的信息资料。虽然网络监听获得的用户账号和口令具有一定的局限性，但监听者往往能够获得其所在网段的所有用户账号及口令。

（7）寻找系统漏洞。许多系统都有这样那样的安全漏洞（bugs），其中某些是操作系统或应用软件本身具有的，如 Sendmail 漏洞，Win98 中的共享目录密码验证漏洞和 IE5 漏洞等，这些漏洞在补丁未被开发出来之前一般很难防御黑客的破坏，除非你将网线拔掉；还有一些漏洞是由于系统管理员配置错误引起的，如在网络文件系统中，将目录和文件以可写的方式调出，将未加 Shadow 的用户密码文件以明码方式存放在某一目录下，这都会给黑客带来可乘之机，应及时加以修正。

（8）利用账号进行攻击。有的黑客会利用操作系统提供的缺省账户和密码进行攻击，例如许多 UNIX 主机都有 FTP 和 Guest 等缺省账户（其密码和账户名同名），有的甚至没有口令。黑客用 UNIX 操作系统提供的命令如 Finger 和 Ruser 等收集信息，不断提高自己的攻击能力。这类攻击只要系统管理员提高警惕，将系统提供的缺省账户关掉，或提醒无口令用户增加口令一般都能克服。

（9）偷取特权。利用各种特洛伊木马程序、后门程序和黑客自己编写的导致缓冲区溢出的程序进行攻击，前者可使黑客非法获得对用户机器的完全控制权，后者可使黑客获得超级用户的权限，从而拥有对整个网络的绝对控制权。这种攻击手段，一旦奏效，危害性极大。

3. 防范措施

（1）经常做 telnet、ftp 等需要传送口令的重要机密信息应用的主机应该单独设立一个网段，以避免某一台个人机被攻破，被攻击者装上 sniffer，造成整个网段通信全部暴露。有条件的情况下，重要主机装在交换机上，这样可以避免 sniffer 偷听密码。

（2）专用主机只开专用功能，如运行网管、数据库重要进程的主机上不应该运行如 sendmail 这种 bug 比较多的程序。网管网段路由器中的访问控制应该限制在最小限度，研究清楚各进程必需的进程端口号，关闭不必要的端口。

（3）对用户开放的各个主机的日志文件全部定向到一个 syslogd server 上，集中管理。该服务器可以由一台拥有大容量存贮设备的 Unix 或 NT 主机承当。定期检查备份日志主机上的数据。

（4）网管不得访问 Internet。并建议设立专门机器使用 ftp 或 WWW 下载工具和资料。

（5）提供电子邮件、WWW、DNS 的主机不安装任何开发工具，避免攻击者编译攻击程序。

（6）网络配置原则是"用户权限最小化"，例如关闭不必要或者不了解的网络服务，不用电子邮件寄送密码。

（7）下载安装最新的操作系统及其他应用软件的安全和升级补丁，安装几种必要的安全加强工具，限制对主机的访问，加强日志记录，对系统进行完整性检查，定期检查用户的脆弱口令，并通知用户尽快修改。重要用户的口令应该定期修改（不长于三个月），不同主机使用不同的口令。

（8）定期检查系统日志文件，在备份设备上及时备份。制定完整的系统备份计划，并严格实施。

（9）定期检查关键配置文件（最长不超过一个月）。

（10）制定详尽的入侵应急措施以及汇报制度。发现入侵迹象，立即打开进程记录功能，同时保存内存中的进程列表以及网络连接状态，保护当前的重要日志文件，有条件的话，立即打开网段上另外一台主机监听网络流量，尽力定位入侵者的位置。如有必要，断开网络连接。在服务主机不能继续服务的情况下，应该有能力从备份磁带中恢复服务到备份主机上。

6.12.4　防火墙技术

1. 防火墙原理

防火墙（FireWall）成为近年来新兴的保护计算机网络安全技术性措施。它是一种隔离控制技术，在某个机构的网络和不安全的网络（如 Internet）之间设置屏障，阻止对信息资源的非法访问，也可以使用防火墙阻止重要信息从企业的网络上被非法输出。

作为 Internet 网的安全性保护软件，FireWall 已经得到广泛的应用。通常企业为了维护内部的信息系统安全，在企业网和 Internet 间设立 FireWall 软件。企业信息系统对于来自 Internet 的访问，采取有选择的接收方式。它可以允许或禁止一类具体的 IP 地址访问，也可以接收或拒绝 TCP/IP 上的某一类具体的应用。如果在某一台 IP 主机上有需要禁止的信息或危险的用户，则可以通过设置使用 FireWall 过滤掉从该主机发出的包。如果一个企业只是使用 Internet 的电子邮件和 WWW 服务器向外部提供信息，那么就可以在 FireWall 上设置，使得只有这两类应用的数据包可以通过。这对于路由器来说，就要不仅分析 IP 层的信息，而且还要进一步了解 TCP 传输层甚至应用层的信息以进行取舍。FireWall 一般安装在路由器上以保护一个子网，也可以安装在一台主机上，保护这台主机不受侵犯。

2．防火墙的种类

从实现原理上分，防火墙的技术包括四大类：网络级防火墙（也叫包过滤型防火墙）、应用级网关、电路级网关和规则检查防火墙。它们之间各有所长，具体使用哪一种或是否混合使用，要看具体需要。

（1）网络级防火墙。一般是基于源地址和目的地址、应用、协议以及每个 IP 包的端口来作出通过与否的判断。一个路由器便是一个"传统"的网络级防火墙，大多数的路由器都能通过检查这些信息来决定是否将所收到的包转发，但它不能判断出一个 IP 包来自何方，去向何处。防火墙检查每一条规则直至发现包中的信息与某规则相符。如果没有一条规则能符合，防火墙就会使用默认规则，一般情况下，默认规则就是要求防火墙丢弃该包。其次，通过定义基于 TCP 或 UDP 数据包的端口号，防火墙能够判断是否允许建立特定的连接，如 Telnet、FTP 连接。

（2）应用级网关。应用级网关能够检查进出的数据包，通过网关复制传递数据，防止在受信任服务器和客户机与不受信任的主机间直接建立联系。应用级网关能够理解应用层上的协议，能够做复杂一些的访问控制，并做精细的注册和稽核。它针对特别的网络应用服务协议即数据过滤协议，并且能够对数据包分析并形成相关的报告。应用网关对某些易于登录和控制所有输出输入的通信的环境给予严格的控制，以防有价值的程序和数据被窃取。在实际工作中，应用网关一般由专用工作站系统来完成。但每一种协议需要相应的代理软件，使用时工作量大，效率不如网络级防火墙。应用级网关有较好的访问控制，是目前最安全的防火墙技术，但实现困难，而且有的应用级网关缺乏"透明度"。在实际使用中，用户在受信任的网络上通过防火墙访问 Internet 时，经常会发现存在延迟并且必须进行多次登录（Login）才能访问 Internet 或 Intranet。

（3）电路级网关。电路级网关用来监控受信任的客户或服务器与不受信任的主机间的 TCP 握手信息，这样来决定该会话（Session）是否合法，电路级网关是在 OSI 模型中会话层上来过滤数据包，这样比包过滤防火墙要高二层。

电路级网关还提供一个重要的安全功能：代理服务器（Proxy Server）。代理服务器是设置在 Internet 防火墙网关的专用应用级代码。这种代理服务准许网管员允许或拒绝特定的应用程序或一个应用的特定功能。包过滤技术和应用网关是通过特定的逻辑判断来决定是否允许特定的数据包通过，一旦判断条件满足，防火墙内部网络的结构和运行状态便"暴露"在外来用户面前，这就引入了代理服务的概念，即防火墙内外计算机系统应用层的"链接"由两个终止于代理服务的"链接"来实现，这就成功地实现了防火墙内外计算机系统的隔离。同时，代理服务还可用于实施较强的数据流监控、过滤、记录和报告等功能。代理服务技术主要通过专用计算机硬件（如工作站）来承担。

（4）规则检查防火墙。该防火墙结合了包过滤防火墙、电路级网关和应用级网关的特点。它同包过滤防火墙一样，规则检查防火墙能够在 OSI 网络层上通过 IP 地址和端口号，过滤进出的数据包。它也像电路级网关一样，能够检查 SYN 和 ACK 标记和序列数字是否逻辑有序。当然它也像应用级网关一样，可以在 OSI 应用层上检查数据包的内容，查看这些内容是否能符合企业网络的安全规则。

规则检查防火墙虽然集成前三者的特点，但是不同于一个应用级网关的是，它并不打破客户机/服务器模式来分析应用层的数据，它允许受信任的客户机和不受信任的主机建立直接连接。规则检查防火墙不依靠与应用层有关的代理，而是依靠某种算法来识别进出的应用层数据，这些算法通过已知合法数据包的模式来比较进出数据包，这样从理论上就能比应用级代理在过滤数据包上更有效。

3. 使用防火墙

在具体应用防火墙技术时，还要考虑到两个方面：

（1）防火墙是不能防病毒的，尽管有不少的防火墙产品声称其具有这个功能。

（2）防火墙技术的另外一个弱点在于，数据在防火墙之间的更新是一个难题，如果延迟太大将无法支持实时服务请求。并且，防火墙采用滤波技术，滤波通常使网络的性能降低 50%以上，如果为了改善网络性能而购置高速路由器，又会大大提高经济预算。

总之，防火墙是企业网安全问题的流行方案，即把公共数据和服务置于防火墙外，使其对防火墙内部资源的访问受到限制。作为一种网络安全技术，防火墙具有简单实用的特点，并且透明度高，可以在不修改原有网络应用系统的情况下达到一定的安全要求。

6.12.5　其他安全技术

1. 加密

数据加密技术从技术上的实现分为在软件和硬件两方面。按作用不同，数据加密技术主要分为数据传输、数据存储、数据完整性的鉴别以及密钥管理技术这四种。

在网络应用中一般采取两种加密形式：对称密钥和公开密钥，采用何种加密算法则要结合具体应用环境和系统，而不能简单地根据其加密强度来作出判断。因为除了加密算法本身之外，密钥合理分配、加密效率与现有系统的结合性，以及投入产出分析都应在实际环境中具体考虑。

对于对称密钥加密。其常见加密标准为 DES 等，当使用 DES 时，用户和接受方采用 64位密钥对报文加密和解密，当对安全性有特殊要求时，则要采取 IDEA 和三重 DES 等。作为传统企业网络广泛应用的加密技术，秘密密钥效率高，它采用 KDC 来集中管理和分发密钥并以此为基础验证身份，但是并不适合 Internet 环境。

在 Internet 中使用更多的是公钥系统。即公开密钥加密，它的加密密钥和解密密钥是不同的。一般对于每个用户生成一对密钥后，将其中一个作为公钥公开，另外一个则作为私钥由属主保存。常用的公钥加密算法是 RSA 算法，加密强度很高。具体做作法是将数字签名和数据加密结合起来。发送方在发送数据时必须加上数据签名，做法是用自己的私钥加密一段与发送数据相关的数据作为数字签名，然后与发送数据一起用接收方密钥加密。当这些密文被接收方收到后，接收方用自己的私钥将密文解密得到发送的数据和发送方的数字签名，然后，用发布方公布的公钥对数字签名进行解密，如果成功，则确定是由发送方发出的。数字签名每次还与被传送的数据和时间等因素有关。由于加密强度高，而且并不要求通信双方事先要建立某种信任关系或共享某种秘密，因此十分适合 Internet 网上使用。

2. 认证和识别

认证就是指用户必须提供他是谁的证明，他是某个雇员，某个组织的代理、某个软件过程（如股票交易系统或 Web 订货系统的软件过程）。认证的标准方法就是弄清楚他是谁，他具有什么特征，他知道什么可用于识别他的东西。比如说，系统中存储了他的指纹，他接入网络时，就必须在连接到网络的电子指纹机上提供他的指纹（这就防止他以假的指纹或其他电子信息欺骗系统），只有指纹相符才允许他访问系统。更普通的是通过视网膜血管分布图来识别，原理与指纹识别相同，声波纹识别也是商业系统采用的一种识别方式。网络通讨用户拥有什么东西来识别的方法，一般是用智能卡或其他特殊形式的标志，这类标志可以从连接到计算机上的读出器读出来。至于说到"他知道什么"，最普通的就是口令，口令具有共享秘密的属性。例如，要使服务器操作系统识别要入网的用户，那么用户必须把他的用户名和口令送服务器。服务器就将它仍与数据库里的用户名和口令进行比较，如果相符，就通过了认证，可以上网访问。这个口令就由服务器和用户共享。更保密的认证可以是几种方法组合而成。例如用 ATM 卡和 PIN 卡。在安全方面最薄弱的一环是规程分析仪的窃听，如果口令以明码（未加密）传输，接入到网上的规程分析仪就会在用户输入账户和口令时将它记录下来，任何人只要获得这些信息就可以上网工作。为了解决安全问题，一些公司和机构正千方百计地解决用户身份认证问题，主要有以下几种认证办法。

（1）双重认证。如波士顿的 Beth Isreal Hospital 公司和意大利一家居领导地位的电信公司正采用"双重认证"办法来保证用户的身份证明。也就是说他们不是采用一种方法，而是采用有两种形式的证明方法，这些证明方法包括令牌、智能卡和仿生装置，如视网膜或指纹扫描器。

（2）数字证书。这是一种检验用户身份的电子文件，也是企业现在可以使用的一种工具。这种证书可以授权购买，提供更强的访问控制，并具有很高的安全性和可靠性。随着电信行业坚持放松管制，GTE 已经使用数字证书与其竞争对手（包括 Sprint 公司和 AT&T 公司）共享用户信息。

（3）智能卡。这种解决办法可以持续较长的时间，并且更加灵活，存储信息更多，并具有可供选择的管理方式。

（4）安全电子交易（SET）协议。这是迄今为止最为完整最为权威的电子商务安全保障协议。

附录 A　Windows XP 快捷键的用法表

按　　键	功　　能
Windows XP 通用的快捷键	
F1	查看所选对话框的联机帮助
Alt+F4	退出程序
Shift+F10	查看所选项的快捷菜单
Ctrl+Esc	显示"开始"菜单
Alt+Tab	切换到上次使用的窗口。也可以按住 Alt 键，再重复按 Tab 键切换到其他窗口
Ctrl+X	剪切
Ctrl+C	复制
Ctrl+V	粘贴
Del	删除
Ctrl+Z	撤消
在插入 CD-ROM 时按下 Shift	在插入光盘时跳过"自动播放"
用于"Windows 资源管理器"的快捷键	
Ctrl+G	转到
Num Lock+*（数字键盘上的*）	展开所选文件夹及其所有子文件夹
Num Lock++ （数字键盘上的+）	展开选定的文件夹
Num Lock+- （数字键盘上的-）	折叠选定的文件夹
向右箭头键→	如果当前选定的文件夹处于折叠状态，则将其展开，否则选定其第一个子文件夹
向左箭头键←	如果当前选定的文件夹处于展开状态，则将其折叠，否则选定其父（上一级）文件夹
F6	在左右窗格间切换
用于"属性"对话框的快捷键	
Tab	移到前一个选项
Shift+Tab	移到后一个选项
Ctrl+Tab	移到前一个选项卡
Ctrl+Shift+Tab	移到后一个选项卡
用于"打开"和"另存为"对话框的快捷键	
F4	打开"保存在"或"搜索"列表框
F5	刷新
Backspace	打开当前所选文件夹的父（上一级）文件夹

附录 B　中文输入法的介绍

B.1　五笔字型汉字输入法

五笔字型汉字输入法简称五笔字型，是王永民先生发明的一种汉字输入方法。该方法遵从汉字书写习惯顺序，将汉字理解为由若干个优选出来的汉字基本部件（字根）按一定位置关系拼合而成，在这里，字根是构成汉字的最基本单位，亦是该输入法中的编码单位。

五笔字型将汉字划分为三个结构层次，即笔画、字根和整字。笔画是汉字的基本单元，笔画组合成字根，再由字根组合成汉字。该方法将汉字的笔画归纳为五种，即"横、竖、撇、捺、折"五种，在此基础上，优选出组成全部汉字的字根 130 个。

五笔字型使用世界通用的英文标准键盘，130 个字根被安排在 A～Y 这 25 个字母键位上，任何汉字均可通过敲入这 25 个键中的 4 键而输入电脑。该方法具有字词兼容、重码率低、完全拼形、不需读音等优点，因而输入速度较快、使用面广，是目前最常用的汉字输入法之一。

1. 笔画与字根

笔画与字根示意图见附图 B-1。

附图 B-1　笔画与字根

以上 25 个英文字母前面所列的字根即为该键的汉字名字，即键名字根，英文字母后的数字为此键所在的区位号，如"G11"表明 G 键第 1 区的第 1 键位。键名字根中除"水"以外，其余字根的首笔画代号等于它们所在区的区号。水是由"氵"演变过来的，而"氵"的首笔为点，所以水在第四区也是合理的。

在 25 个英文字母键上分布的 130 个字根，遵从以下分布规律：

（1）字根的首笔画代号等于所在键的区号，字根的次笔画代号等于所在键的位号。

例如，"王"、"士"、"十"、"大"等。

（2）由同一种笔画构成的字根，其笔画的代号等于所在键的区号，笔画的数目等于所在键的位号。

例如，"一"、"二"、"三"，"Ⅰ"、"Ⅱ"、"Ⅲ"等。

（3）与键名汉字形近的字根，摆在键名汉字所在键上。

例如，"五"放在"王"键上；"甲"、"车"放在"田"键上；"舟"、"乃"、"用"放在"月"

键上。

在 130 个字根中，有 12 个字根与以上三条规律不符，它们是"丁"、"西"、"力"、"乂"、"忄"、"灬"、"心"、"羽"、"巴"、"马"、"匕"、"卜"，在下面的字根分布规律总结表中，将它们列为相应键上的"外来户"。

字根及其键盘上的分布规律是初学者必须掌握的重点，亦是后面所讲的汉字拆分及编码的基础。初学者请参考附图 B-2，注意运用图上的五笔字型字根助记词帮助记忆。

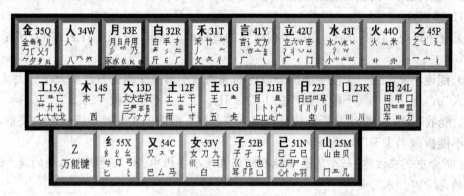

11 王旁青头戋五一，	反文条头共三一。	44 火业头，四点米，
12 土士二干十寸雨，	32 白手看头三二斤，	45 之宝盖，
13 大犬三（羊）古石厂，	33 月彡（衫）乃用家衣底。	摘 礻（示）礻（衣）。
14 木丁西。	34 人和八，三四里，	51 已半巳满不出己，
15 工戈草头右框七。	35 金勺缺点无尾鱼，	左框折尸心和羽。
21 目具上止卜虎皮，	犬旁留儿一点夕，	52 子耳了也框向上。
22 早两竖与虫依。	氏无七（妻）。	53 女刀九臼山朝西（彐）。
23 口与川，字根稀。	41 言文方广在四一，	54 又巴马，丢矢矣（厶）。
24 田甲方框四车力。	高头一捺谁人去。	55 慈母无心弓和匕，幼无力
25 山出贝，下框几。	42 立辛两点六门疒（疒），	
31 禾竹一撇双人立，	43 水旁兴头小倒立。	

附图 B-2 五笔字型键盘字根总图及字根助记词

2. 字根间的结构关系

字根间的结构关系可以概括为单、散、连、交这四种类型。

（1）单：本身就单独成为汉字的字根，这在 130 个基本字根中占很大比重，有八九十个。如：寸、土、米等。

（2）散：构成汉字不止一个字根，且字根间保持一定距离，不相连也不相交。这类汉字中既有左右型汉字，又有上下型汉字，也有杂合型汉字。如江、利、昌、苗、问、闯等。

（3）连：指一个字根与一个单笔画相连，这类汉字一般属于杂合型汉字。五笔字型中字根间的相连关系特指以下两种情况：

1）单笔画与某基本字根相连。如自、且、尺、舟、正、下等。

2）带点结构，认为相连。如勺、术、太、主、义、头、斗等。

这些字中的点与另外的基本字根并不一定相连，其间可连可不连。即不承认它们之间是上下结合或左右结合。这种规定有利于字形判定中简化、明确。

另外：五笔字型中并不把以下字认为是字根相连得到的。如足、充、首、左、页、美、易、麦等。

单笔画与基本字根间有明显距离者不认为相连。如个、少、么、且、全等。

（4）交：指两个或多个字根交叉套迭构成的汉字，这些汉字都属于杂合型汉字。如农、申、果、必、专等。

3. 汉字分解为字根的拆分原则

在汉字的拆分过程中，除了按书写顺序进行拆分外，还要掌握以下四个要点：

（1）取大优先：按书写笔画尽量取笔画多的字根。如夷：一弓人（11 55 34 GXW），无：二儿（12 35 FQ）。

（2）兼顾直观：在拆分时，照顾字根组字的直观性。如自：丿目（31 21 TH），生：丿（31 11 TG）。

（3）能连不交：当一个汉字能拆分成连的关系就不拆成交的关系。如天：一大（不能拆做"二人"），于：一十（不能拆做"二丨"），丑：乙土（不能拆做"刀二"）。

（4）能散不连：一个汉字拆分成几个基本字根时，能散的关系就不拆成连的关系。如午：𠂉十（不能拆做"丿干"）。

注：拆分中还应注意，一个笔画不能割断用在两个字根中。如果的拆分正确的是"日、木"，而不是的是"田、木"。

4. 汉字的三种字型结构

有些汉字，它们的所含字根相同，但字根之间关系不同。如①叭与只；②旭与旮。

为了区分这些字，使含相同的字根的字不重码，还需要字型信息。所谓字型即汉字各部门间位置关系类型。五笔字型法把汉字字型划为三类。如附表 B-1 所示。

各型的划分中，还有以下规定：

1）凡属字根相连（仅指单笔与字根相连或带点结构）：一律视为三型，即杂合型。

2）凡键面字（本身是单个基本字根），有单独编码方法，不必利用字型信息。

3）此外，对属于散、交两类字根结合关系，要区分字型。

附表 B-1　　汉 字 字 型 分 类

类　　型	举　　例
左右型	汉，利，胜
上下型	冒，星，兵
杂合型	万，里，千

5. 五笔字型字根总表

把全部字根都标记在键上，就成了 5 区 25 位的字根总表。同一键位上字根，都使用同一个代号，可分为四种类型。

（1）首笔与区号一致，次笔与位号一致。例如：

王：在 1 区 1 位；　　　白：在 3 区 2 位；

石：在 1 区 3 位；　　　文：在 4 区 1 位。

（2）首笔符合区号，且笔画数目及其外形与位号相符。例如：

三：在 1 区 3 位；　　　水：在 4 区 3 位；

女：在 5 区 3 位；　　　日：在 2 区 2 位。

（3）与主要字根形态相近或渊源一致。例如：

"扌"在"手"键上。

（4）个别例外：笔画顺序与所在区、位号不相同，与其他字根又缺乏联想的字根有"车"、"力"在"24、L"键上（繁体"车"与"甲"相似，"力"的声母为"L"）

"心"在"51、N"键上("心"字最长的笔画为折笔)。

6. 五笔字型的单字输入

（1）编码歌诀。单字的五笔字型输入编码有歌诀如下：

五笔字型均直观，依照笔顺把码编；键名汉字打四下，基本字根请照搬；

一二三末取四码，顺序拆分大优先；不足四码要注意，交叉识别补后边。

歌诀中包括了以下原则：

1）取顺序，依照从左到右，从上到下，从外到内的书写顺序（见"依照笔顺把码编"句）。

2）键名汉字（见："键名汉字打四下"句）。

3）字根数为四或大于四时，按一、二、三、末字根顺序取四码（见"一二三末取四码"句）。

4）不足四个字根时，打完字根识别码后，补交叉识别于尾部。此种情况下，码长为 3 或 4（见歌诀末行）。

歌诀中"基本字根照搬"句和"顺序拆分大优先"是拆分原则。就是说在拆分中以基本字根为单位，并且在拆分时"取大优先"尽可能拆出笔画最多的字根，或者拆分出的字根数要尽量少。

（2）键名汉字的编码。有 25 个键名汉字，即：王 土 大 木 工 目 日 口 田 山 禾 白 月 人 金 言 立 水 火 之 已 子 女 又 纟这 25 个键名汉字各占一键，它们的编码是把所在的键的字母连写四次。

输入方法：连击所在键四下。

例如："王"字编码为：G G G G，输入时需连击四下 G。

"白"字编码为 R R R R，输入时需连击四下 R。

所以这样规定，是由于已把这些单键分给 25 个高频字，对 25 个高频字击一下便输入一个汉字，而键名只好委屈些和其他字统一使用四码。25 个高频字的输入见一级简码。

（3）成字字根汉字的编码。在 130 个基本字根中，除 25 个键名字根外，还有几十个本身就是汉字，称他们为"成字字根"，键名和成字字根合称键面字。

输入方法：键名码＋首笔码＋次笔码＋末笔码，例如，竹 T T G H，当成字字根仅为两笔时，只有三码。

输入方法：键名码＋首笔码＋末笔码，例如，丁 S G H。

注：键名码即所在键字母，击此键又称报户口。

首单笔码、次单笔码和末单笔码，不是按字根取码，而是按单笔画取码，横、竖、撇、捺、折五种单笔的单笔画取码即各区第一字母，对应关系如下：

1）单笔画种类：横、竖、撇、捺、折。

2）单笔画码：G H T Y N。

下面给出几个成字字根的编码：

1）五：G G H G。

2）雨：F G H Y。

3）二：F G G。

4）丁：S G H。

单笔画横和汉字数码"一"及汉字"乙"都是只有一笔的成字字根。用上述公式不能概括，而单笔画有时也需要单独使用，特别规定五个笔画的编码如下：

1）一：GGLL。

2）丨：HHLL。

3）丿：TTLL。

4）、：YYLL。

5）乙：NNLL。

编码的前面两位可视为和前述公式有统一性，第一为户口码或键名码，第二为首笔画码。因无其他笔画补打两次 L 键。

（4）键外字编码。键面字以外的汉字称为键外字，键外字占汉字中的绝大多数。含四个以上字根的汉字，用四个字根码组成编码，不足四个字根的键外字型补一下字型识别码。

1）字根码。每个字根都派在一个字母键上，其的在键上的英文字母就是该字根的"字根码"。凡含四个或超过四个字根的汉字，按正常书写顺序，取其第一、二、三、末四个字根码组成该字的输入码。

输入方法：首笔＋二笔＋三笔＋末笔。

例如：型 GAJF；常 IPKH；藏 ADNT；游 IYTB

2）识别码。键外字其字根不足四个时，依次输入字根码后，再补一个识别码，识别码由末笔画的类型编号的字型编号组成。

为了确定某一汉字的末笔字型交叉识别码，首先要确定该字末笔的编号（区号）即十位，然后确定字型编号（位号），即个位，合并这两个编号形成一个区位号，该区位号所代表的键就是识别码，识别码的组成为：末笔画、字型交叉识别码表。确定汉字的末笔画类型编号，大部分可直接看出。例如："码"的末笔是横即编号是 1；"章"的末笔是竖即编号是 2；"少"的末笔是撇即编号是 3；"父"的末笔是捺即编号是 4；"把"的末笔是折即编号是 5。

注：确定汉字的字型编号时就要注意下面几点：

（1）若是包围结构的汉字，其末笔不是整个字的末笔，而是包围结构内部的末笔。例如：囝末笔编号不是 1 而是内部的末笔 3。

（2）若汉字的最后一个字根是"九、刀，"则末笔编号一般是 5。例如：凡 历 的末笔都是 5。

（3）若汉字的最后二个笔画是点和撇，则一般末笔是撇。例如：栈 的末笔是 3 而不是 4。

7. 简码输入

为提高录入速度，五笔字型编码方案还将大量常用汉字的编码进行简化。经过简化以后，只取汉字全码前一个、二个或三字根输入称简码输入。根据汉字的使用频度高低，简码汉字分为一级简码、二级简码和三级简码。

（1）一级简码。根据每键位上的字根形态特征，在 5 个区的 25 个位上，每键安排了一个使用频度最高的汉字，称为一级简码，即高频字。

输入方法：输入所在键＋［空格］键。

例如：一（G）是（J）国（L）中（K）。

25 个一级简码的编码及位置如附图 B-3 所示。

我	人	有	的	和	主	产	不	为	这
35 Q	34 W	33 E	32 R	31 T	41 Y	42 U	43 I	44 O	45 P

工	要	在	地	一	上	是	中	国
15 A	14 S	13 D	12 F	11 G	21 H	22 J	23 K	24 L

经	以	发	了	民	同
Z 55 X	54 C	53 V	52 B	51 N	25 M

附图 B-3　一级简码表

这些高频字的键位记忆可以与键面字联想起来进行，详细看看，就可以发现其中分区的相似甚至相同。附表 B-2 是高频字对照表与键面字对照表。

为了便于记忆，我们还可以用这些字编成一句有趣的话。例如：有的中国民工在主产地上发了，不要以为这人是我和经同一。

附表 B-2　高频字与键面字对照表

第一区	一—一，地—土，在—大，要—木，工—工
第二区	上—上，是—日，中—口，国—田，同—门
第三区	和—禾，的—白，有—月，人—人，我—金
第四区	主—言，产—立，不—水，为—火，这—之
第五区	民—已，了—了，发—女，以—又，经—纟

（2）二级简码。五笔字型将汉字频度表中排在前面的常用字定为二级简码汉字，共 57 个，占整个汉字频度的 60.04％。

输入方法：输入该字的前两个字根码＋［空格键］。

例如：二（GF）五（GG）灭（PO）睛（HG）。

二级简码如附图 B-4 所示。

```
      11--------15  21-----25  31------35  41------45  51--------55
      GFDSA      HJKLM      TREWQ      YUIOP      NBVCX
11G 五于天末开  下理事画现  玫珠表珍列  玉平不来  与屯妻到互
12F 二寺城霜载  直进吉协南  才垢圾夫无  坩增示赤过  志地雪支
13D 三夯大厅左  丰百右历面  帮原胡春克  太磁砂灰达  成顾肆友龙
14S 本村枯林械  相查可楔机  格析极检构  术样档杰棕  杨李要权楷
15A 七革基苛式  牙划或功贡  攻匠菜共区  芳燕东  芝  世节切芭药

21H 睛睦 盯虎  止此占卤贞  睡  肯具餐  眩瞳步眯瞎  卢 眼皮此
22J 量时晨果虹  早昌蝇署遇  昨蝗明蛤晚  景暗晃显量  电最归紧昆
23K 呈叶顺呆呀  中虽吕另员  呼听吸只史  嘛啼吵 喧  叫啊哪吧哟
24L 车轩因困  四辊加男轴  力斩胃办罗  罚较 边  思 轨轻累
25M 同财央朵曲  由则 崭册  几贩骨内风  凡赠峭 岂邮 凤

31T 生行知条长  处得各务向  笔物秀答称  入科秒秋管  秘季委么第
32R 后持拓打找  年castle押抽  手折扔失换  扩拉朱楼近  所报扫反批
33E 且肝 采肌  胆肿胧肌  用遥朋脸肌  及胶腔 爱  用服妥肥脂
34W 全会估休代  个介保佃仙  作伯仍从你  信们偿伙  亿他分公化
35Q 钱针然铅氏  外旬名甸负  勿铁角久多  久勾乐炙锭  凶色争色

41Y 主计庆订度  让刘训为高  放诉衣认义  方说就变这  记离良充率
42U 闰半关亲并  站间部曾甫  产糕前闪交  六立冰普帝  决闻妆冯北
43I 汪法尖洒江  小浊澡渐没  少泊肖兴光  注济水淡学  沁池当汉涨
44O 业灶类灯煤  粘烛炽烟灿  烊煌粗粉炮  米料炒炎迷  断粘娄烃
45P 定守害宁宽  寂审官军宙  客宾家空宛  社实寄灾之  官字安 它

51N 怀导居 民  收慢避惭届  必怕 愉懈  心习悄屡忧  忆敢恨怪尼
52B 卫际承阝陈  耻职职阵出  隆孤阴队隐  防联孙耽辽  也子限取陛
53V 姨寻姑杂毁  旭如翼  九 奶 婚  妨嫌录灵巡  儿好妇姆娜
54C 对参 戏  台劝观允  矣牟能难允  驻  驼  马邓艰双
55X 线结顷 红  引旨强细纲  张绵级给约  纺弱纱继综  纪驰绿经比
```

附图 B-4　二级简码表

（3）三级简码。由单字的前三个字根码组成，只要一个字的前三个字根码在整个编码体系中是唯一的，一般都选作三级简码，共计有4000多个汉字。

输入方法：输入该字前三个字根编码＋［空格］键。

例如：黛（WAL）带（GKP）频（HID）。

注：有时，同一汉字可能有几种简码。在录入文章时，要利用它最简化的输入码输入以提高速度。例如："经"有四种输入方法：

经：55（X）　　　经：55　54　15（XCA）

经：55 43（XC）经：55 54 15 11（XCAG）

全部简码占常用汉字的绝大多数。在实际录入文章时，应充分利用简码输入以提高录入速度。

8. 词组输入

为了提高录入速度，五笔字型里还可以用常见的词组输入，"词组"(亦称词汇、词语) 指由两个及两个以上汉字构成的汉字串。这些词组有二字词组、三字词组、四字词组和多字词组。 输入词组时与输入汉字单字时一致可直接击入编码，不需另外的键盘操作转换。这就是所谓的"字词兼容"。

（1）二字词。

输入方法：每字取其全码的前两码组成，共四码。

例如：对于 又 寸 一 十 CFGF　　　　　　机器 木 几 口 口 SMKK

注：有一级简码、键名字根或字字根参加组词时，仍从其全码中取前两码参加组合。

例如：工人 工 工 人 人 AAWW　　　　　中国 口 丨 口 王 KHLG

（2）三字词。

输入方法：前两个字各取其第一码，最后一个字取其前两码，共四码。

例如：大部分 大 立 八 刀 DUWV　　　　　电视机 日 ネ 木 几 JPSM

注：键名字根与成字字根参加组词的取码，在三字词里，它和其他字一样。

（3）四字词。

输入方法：每个字各取全码中的第一码，共四码。

例如：全心全意 人 心 人 立 WNWU　　　　　五笔字型 一 竹 宝 一 GTPG

（4）多字词。

输入方法：取第一、二、三和最末一个字汉字的首码，共四码。

例如：中央人民广播电台 口 冂 人 厶 KMWC

华中人民共和国 口 亻 人 口 KWWL

注：（1）省、市名一般为词组。

（2）政治上的专用名词一般为词组。

9. 重码、容错码和Z键

（1）重码和重码的处理。重码是指几个不同的汉字使用了相同的编码。五笔字型的重码率虽然较低，但处理不好也会影响输入的速度和准确性。

在输入汉字时若遇到重码，屏幕上会显示出全部重码字供用户选择。

例如：在输入"去"字时会出现如下选单：

全角 五笔字型：fcu 1、去 2、云 3、支这时可用数字"1"选"去"字，用"2"选"云"，"3"选"支"。

为加快重码字的输入速度，五笔字型提供了几种处理方法。

1）如所需要的字正好是选单中的第一个字，就可继续输入下面的汉字，该字会自动上去。由于在重码选单中的第一个字往往是较常用的，因此遇到大部分重码字都不会影响输入速度。若下面要输入的不是汉字而是其他符号，则第一个汉字就不会自动上去，这时应该用数字或空格键将其选上。

2）如需要选单中的第二个字，有时可用外码输入。所谓外码是指把全码中的最后一键改为 L 后形成的编码。如"云"字可用外码"FCUL"输入。但大部分的汉字都不能使用外码，就只能用数字选上。

3）有许多重码字也是简码，因此使用简码输入不但能减少击键次数，而且可避免重码选字麻烦，大大提高输入的速度。

例如："四、册、晃、蝗、衣"等按全码拆分是重码，但可用二级简码输入。

4）还有一部分必须要用数字选上（绝大部分是使用2）。

（2）容错码。所谓容错码是某些汉字除可按正确的编码输入外，还允许使用错码输入，容错码可分以下几种：

1）拆分容错：拆分时的顺序允许有错。

例如："长"字有四种输入法：

长：TA 长：ATYI 长：GNTY 长：TGNY

2）字型容错：在确定识别码时允许字型类型有错。如"占"字的正确识别是"F"，但也可使用识别码"D"输入。

3）版本容错：允许使用老版本的字根和键位输入汉字。

4）低频重码字后缀：即前面提到的外码。

5）异体容错：如"迎"字的正确码为"QBP"，但也可用容借码"GMHP"。

6）末笔容错："化"字既可用"WXT"，也可用"WXN"输入。

（3）Z 键的应用。在五笔字型汉字输入方案中，Z 键是专门为初学者学习而设的，因此它也称为万能学习键。Z 键的作用是代表任何字根，因此在编码中加上了 Z 键就相当于把所有的字根都试一下，一般有很多重码，需用"翻页键"寻找（－和＋键或〈 和 〉键、空格键或·）。

我们可利用 Z 键来查找确定不下或想不起来的字根，如在输入"曹"字时不知道第三个字根在那个键上，就可用 Z 键来代替，如下所示：

全角　五笔字型：gmzj 1：曹　gmaj 2：刺　gmij 3：瑞 gmdj〔000〕

这时从选单可以知道"曹"字第三个字根是"A"。

在使用 Z 键时一定要注意只能用它来查寻未知的字根而不能靠它来输入汉字，否则会养成不好的习惯，影响输入速度。

Z 键的功能：①代替一切未知字根；②学习正确输入码；③显示全部汉字；④学习和代替识别码。

Z 键的特点：所有符合已键入字根的字，基本上按使用频度顺序显示出来。比如，先是高频字，后是二级简码字、二级简码字，再是全码字。

B.2　智能 ABC 汉字输入法

智能 ABC 输入法是拼音法中常用的一种，它采用标准西文键盘上的 26 个英文字母代表我国法定的标准，是微软公司在 Windows 操作系统中自带的一种中文输入法，最早出现在 Windows 3.2 中文版里面，在以后 Windows 95/98/me/2000/XP 都保留着这种输入法。

1．智能输入法的特点

（1）上手容易，适合于非专业文字录入人员学习使用。

（2）通用性强，现在使用 Windows 的系统都装有这种输入法。

（3）支持专业输入，使用双打输入可以实现高速录入。

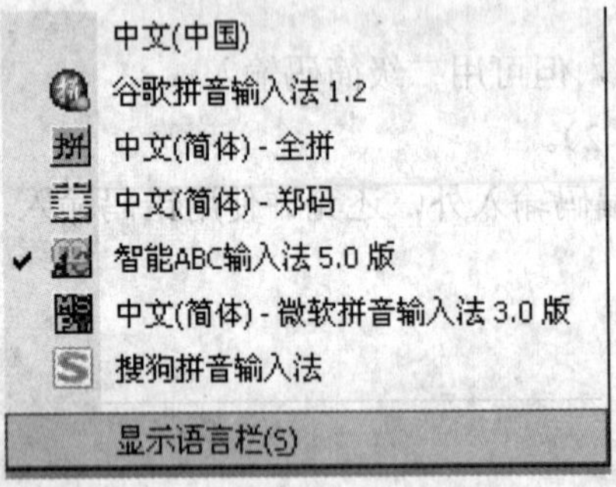

2．输入单个汉字

进入 Windows XP 后，状态栏有输入法图标，如 ▦▦▦▦，单击该图标即可显示输入法选择菜单，如附图 B-5 所示。

单击 ✓ 智能ABC输入法 5.0 版 即可进入全拼输入法，此时，屏幕显示输入法窗口  标准 。此后，逐个字母输入汉字的拼音字母，直到一个汉字的拼音输完，这时，如选择行已出现同音字，即可按选择号输入，如当前选择行没有需要的汉字，重码区右边提示除当前行以外尚有的同音字数，按"＝"键翻页直至出现所需汉字，然后按选择号输入。

附图 B-5　Windows XP 汉字输入法

（1）输入"姜"字。

输入"jiang"并按空格键后，选择行显示如附图 B-6 所示。当前选择行已出现"姜"字，此时输入选择号 8 即可。如拼音码输入后，所需汉字出现在选择行的最前一位，按空格键即完成输入。

（2）输入"中"字。

输入"zhong"并按空格键后，选择行显示如附图 B-7 所示。此时，即可按选择号 1 选择输入，也可按空格键，完成"中"字的输入。

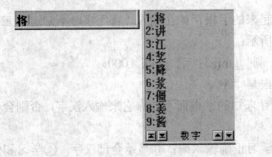

附图 B-6　选择行显示图之一

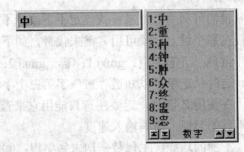

附图 B-7　选择行显示图之二

拼音码输入后，如发现有拼音或输入错误，可按退格键（←）删除错误的字母，改正后继续输入，或者按回车键（Enter）消除当前拼音码，再重新输入。

3. 输入词汇

单个汉字的同音字是极普遍的，但同意的词汇却比较少，因此，可以通过词汇的输入来减少重码，从而提高输入速度。

词汇的输入方法，是先按单字输入方式逐个输入构成词汇的每个汉字的拼音，然后按空格键提示行将显示对应的词汇列表，按选择号即可输入。如果词组排在列表的最前面或列表中仅有一个词组，此时按空格键即可输入。

（1）输入双字词"江西"。

连续输入"jiangxi"并按空格键，选择行显示如附图 B-8 所示。此时，按选择号"1"或按空格键即可输入词组"江西"。

（2）输入三字词"科学院"。

连续输入"kexueyuan"并按空格键，选择行显示：科学院，此时，按空格键即可输入词组"科学院"。

（3）输入四字词"科学技术"。

连续输入"kexuejishu"并按空格键，选择行显示：科学技术，此时，按空格键即可输入词组"科学技术"。

4. 简捷输入法

无论是单个汉字还是词汇，最大的弱点就是输入键数太多，为此，标准输入法特别设计了简捷输入键功能，利用构成词组的每个汉字的汉语拼音首字母即可快捷输入词组。

（1）输入三字词"科学院"。

可输入三个汉字拼音码的首字母"kxy"并按空格键，选择行显示：科学院，此时，按空格键即可输入词组"科学院"词组的输入。

（2）输入三字词"实事求是"。

可输入三个汉字拼音码的首字母"ssqs"并按空格键，选择行显示：实事求是，此时，按空格键即可输入词组"实事求是"词组的输入。

5. 定义词组输入法

并不是所有的词组都可通过词组的方式进行输入，因此，标准输入法允许用户在输入的过程中自定义词组，已经自定义的词组和标准词组一样可以快速输入。自定义词组的方式如下例所示：

输入三字词"苏东坡"并定义词组。

首先输入构成词组的三个汉字的拼音码"sudongpo"，然后按空格键，选择行显示如附图 B-9 所示。

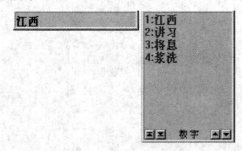

附图 B-8　选择行显示图之三

附图 B-9　选择行显示图之四

按选择号"7"，接着选择行显示：，按选择号"2"，接着选择行显示：，按选择号"2"，接着选择行显示：，此时，按空格键即可输入，并且该词组作为标准词组存入计算机，以后可以作为词组输入，如输入"sudongpo"或"sdp"均可输入人名词组"苏东坡"。

附录 C　全国计算机等级考试一级 MS Office（Windows 环境）
考试大纲（2008 年版）

【基本要求】

（1）具有使用微型计算机的基础知识（包括计算机病毒的防治常识）。

（2）了解微型计算机系统的组成和各组成部分的功能。

（3）了解操作系统的基本功能和作用，掌握 Windows 的基本操作和应用。

（4）了解文字处理的基本知识，掌握文字处理软件 Word 的基本操作和应用，熟练掌握一种汉字（键盘）输入方法。

（5）了解电子表格软件的基本知识，掌握电子表格软件 Excel 的基本操作和应用。

（6）了解多媒体演示软件的基本知识，掌握演示文稿制作软件 PowerPoint 的基本操作和应用。

（7）了解计算机网络的基本概念和因特网（Internet）的初步知识，掌握 IE 浏览器软件和 Outlook Express 软件的基本操作和使用。

【考试内容】

一、基础知识

（1）计算机的概念、类型及其应用领域；计算机系统的配置及主要技术指标。

（2）计算机中数据的表示：二进制的概念，整数的二进制表示，西文字符的 ASCII 码表示，汉字及其编码（国标码）基本概念，数据的存储单位（位、字节、字）。

（3）计算机病毒的概念和病毒的防治。

（4）计算机硬件系统的组成和功能：CPU、存储器（ROM、RAM）以及常用输入输出设备的功能。

（5）计算机软件系统的组成和功能：系统软件和应用软件，程序设计语言（机器语言、汇编语言、高级语言）的概念。

二、操作系统的功能和使用

（1）操作系统的基本概念、功能、组成和分类。

（2）Windows 操作系统的基本概念和常用术语，文件、文件名、目录（文件夹）、目录（文件夹）树和路径等。

（3）Windows 操作系统的基本操作和应用：

1）Windows 概述、特点和功能、配置和运行环境。

2）Windows "开始"按钮、"任务栏"、"菜单"、"图标"等的使用。

3）应用程序的运行和退出。

4）熟练掌握资源管理系统"我的电脑"和"资源管理器"的操作与应用。文件和文件夹的创建、移动、复制、删除、更名、查找、打印和属性设置。

5）软盘的格式化和整盘复制，磁盘属性的查看等操作。

6）中文输入法的安装、删除和选用；显示器的设置。

7）快捷方式的设置和使用。

三、文字处理软件的功能和使用

（1）文字处理软件的基本概念，中文 Word 的基本功能、运行环境、启动和退出。

（2）文档的创建、打开和基本编辑操作，文本的查找与替换，多窗口和多文档的编辑。

（3）文档的保存、保护、复制、删除和插入。

（4）字体格式设置、段落格式设置和文档的页面设置等基本的排版操作、打印预览和打印。

（5）Word 的对象操作：对象的概念及种类，图形、图像对象的编辑，文本框的使用。

（6）Word 的表格制作功能：表格的创建与修饰，表格中数据的输入与编辑，数据的排序和计算。

四、电子表格软件的功能和使用

（1）电子表格的基本概念，中文 Excel 的功能、运行环境、启动和退出。

（2）工作簿和工作表的基本概念，工作表的创建、数据输入、编辑和排版。

（3）工作表的插入、复制、移动、更名、保存和保护等基本操作。

（4）单元格的绝对地址和相对地址的概念，工作表中公式的输入与常用函数的使用。

（5）数据清单的概念，记录单的使用、记录的排序、筛选、查找和分类汇总。

（6）图表的创建和格式设置。

（7）工作表的页面设置、打印预览和打印。

五、电子演示文稿制作软件的功能和使用

（1）中文 PowerPoint 的功能、运行环境、启动和退出。

（2）演示文稿的创建、打开和保存。

（3）演示文稿视图的使用，幻灯片的制作、文字编排、图片和图表插入及模板的选用。

（4）幻灯片的插入和删除、演示顺序的改变，幻灯片格式的设置，幻灯片放映效果的设置，多媒体对象的插入，演示文稿的打包和打印。

六、因特网（Internet）的初步知识和应用

（1）计算机网络的概念和分类。

（2）因特网的基本概念和接入方式。

（3）因特网的简单应用：拨号连接、浏览器（IE 6.0）的使用，电子邮件的收发和搜索引擎的使用。

【考试方式】

（1）采用无纸化考试，上机操作。考试时间：90 分钟。

（2）软件环境：操作系统：Windows 2000；办公软件：Microsoft Office 2000。

（3）指定时间内，使用微机完成下列各项操作：

1）选择题（计算机基础知识和计算机网络的基本知识）。（20 分）

2）汉字录入能力测试（录入约 150 个汉字，限时 10 分钟）。（10 分）

3）Windows 操作系统的使用。（10 分）

4）Word 操作。（25 分）

5）Excel 操作。（15 分）

6）PowerPoint 操作。（10 分）

7）浏览器（IE 6.0）的简单使用和电子邮件收发。（10 分）

根据教育部考试中心通知，2009 年全国计算机等级考试部分科目教材大纲作了修改，全国计算机等级考试一级 MS Office 教程（2009 年版）与 2008 版的大纲相比较，主要作了以下几个方面的修改：

【考试环境】

（1）上机考试在 Windows XP 环境下进行（试机）。

（2）上机考试使用 MS Office 2003 替代 MS Office 2000。

【考试范围】

一级增加了多媒体的概念、保护和隐藏工作簿和工作表、打字要求 250 个字（比 2008 年版增加了 100 个字）等内容。

附录 D 一级 MS Office 模拟试卷 1

一、选择题

1. 计算机之所以按人们的意志自动进行工作，最直接的原因是因为采用了（ ）。
   - A. 二进制数制
   - B. 高速电子元件
   - C. 存储程序控制
   - D. 程序设计语言

2. 微型计算机主机的主要组成部分是（ ）。
   - A. 运算器和控制器
   - B. CPU 和内存储器
   - C. CPU 和硬盘存储器
   - D. CPU、内存储器和硬盘

3. 一个完整的计算机系统应该包括（ ）。
   - A. 主机、键盘和显示器
   - B. 硬件系统和软件系统
   - C. 主机和其他外部设备
   - D. 系统软件和应用软件

4. 能把汇编语言源程序翻译成目标程序的程序称为（ ）。
   - A. 编译程序
   - B. 解释程序
   - C. 编辑程序
   - D. 汇编程序

5. 磁盘格式化时，被划分为一定数量的同心圆磁道，软盘上最外圈的磁道是（ ）。
   - A. 0 磁道
   - B. 39 磁道
   - C. 1 磁道
   - D. 80 磁道

6. CAI 表示为（ ）。
   - A. 计算机辅助设计
   - B. 计算机辅助制造
   - C. 计算机辅助教学
   - D. 计算机辅助军事

7. 十六进制数 1A2H 对应的十进制数是（ ）。
   - A. 418
   - B. 308
   - C. 208
   - D. 578

8. 某汉字的区位码是十进制数 2534，它的国际码是（ ）。
   - A. 4563H
   - B. 3942H
   - C. 3345H
   - D. 6566H

9. 五笔字型码输入法属于（ ）。
   - A. 音码输入法
   - B. 形码输入法
   - C. 音形结合输入法
   - D. 联想输入法

10. 一个 GB2312 编码字符集中的汉字的机内码长度是（ ）。
    - A. 32 位
    - B. 24 位
    - C. 16 位
    - D. 8 位

11. RAM 的特点是（ ）。
    - A. 断电后，存储在其内的数据将会丢失
    - B. 存储在其内的数据将永久保存
    - C. 用户只能读出数据，但不能随机写入数据
    - D. 容量大但存取速度慢

12. 在 32×32 点阵的字形码需要（ ）存储空间？
    - A. 32B
    - B. 64B
    - C. 72B
    - D. 128B

13. 对于 ASCII 码在机器中的表示，下列说法正确的是（   ）。
    A. 使用 8 位二进制代码，最右边一位是 0
    B. 使用 8 位二进制代码，最右边一位是 1
    C. 使用 8 位二进制代码，最左边一位是 0
    D. 使用 8 位二进制代码，最左边一位是 1

14. 无符号二进制整数 10111 转变成十进制整数，其值是（   ）。
    A. 17   B. 19   C. 21   D. 23

15. 一条计算机指令中，通常包含（   ）。
    A. 数据和字符   B. 操作码和操作数
    C. 运算符和数据   D. 被运算数和结果

16. KB（千字节）是度量存储器容量大小的常用单位之一，1KB 实际等于（   ）。
    A. 1000 个字节   B. 1024 个字节
    C. 1000 个二进位   D. 1024 个字

17. 计算机病毒破坏的主要对象是（   ）。
    A. 磁盘片   B. 磁盘驱动器
    C. CPU   D. 程序和数据

18. 下列叙述中，正确的是（   ）。
    A. CPU 能直接读取硬盘上的数据
    B. CUP 能直接存取内存储器中的数据
    C. CPU 由存储器和控制器组成
    D. CPU 主要用来存储程序和数据

19. 在计算机技术指标中，MIPS 用来描述计算机的（   ）。
    A. 运算速度   B. 时钟主频   C. 存储容量   D. 字长

20. 局域网的英文缩写是（   ）。
    A. WAM   B. LAN   C. MAN   D. Internet

二、汉字录入（10 分钟）

录入下列文字，方法不限，限时 10 分钟。

【文档开始】

万维网（World Wide Web，简称 Web）的普及促使人们思考教育事业的前景，尤其是在能够充分利用 Web 的条件下计算机科学教育的前景。有很多把 Web 有效地应用于教育的例子，但也有很多误解和误用。例如，有人认为只要在 Web 上发布信息让用户通过 Internet 访问就万事大吉了，这种简单的想法具有严重的缺陷。有人说 Web 技术将会取代教师从而导致教育机构的消失。

【文档结束】

三、Windows 的基本操作（10 分）

1. 在考生文件夹下创建一个 BOOK 新文件夹。

2. 将考生文件夹下 VOTUNA 文件夹中的 boyable.doc 文件复制到同一文件夹下，并命名为 syad.doc。

3. 将考生文件夹 BENA 文件夹中的文件 PRODUCT.WRI 的"隐藏"和"只读"属性撤

销，并设置为"存档"属性。

4. 将考生文件夹下 JIEGUO 文件夹中的 piacy.txt 文件移动到考生文件夹中。

5. 查找考生文件夹中的 anews.exe 文件，然后为它建立名为 RNEW 的快捷方式，并存放在考生文件夹下。

四、Word 操作题（25 分）

1. 打开考生文件夹下的 Word 文档 WD1.DOC，其内容如下：

【WD1.DOC 文档开始】

负电数的表示方法

负电数是指小数点在数据中的位置可以左右移动的数据，它通常被表示成：$N = M \cdot RE$，这是，M 称为负电数的尾数，R 称为阶的基数，E 称为阶的阶码。

计算机中一般规定 R 为 2、8 或 16，是一常数，不需要在负电数中明确表示出来。

要表示负电数，一是要给出尾数，通常用定点小数的形式表示，它决定了负电数的表示精度；二是要给出阶码，通常用整数形式表示，它指出小数点在数据中的位置，也决定了负电数的表示范围。负电数一般也有符号位。

【WD1.DOC 文档结束】

按要求对文档进行编辑、排版和保存：

（1）将文中的错词"负电"更正为"浮点"。将标题段文字（"浮点数的表示方法"）设置为小二号楷体_GB2312、加粗、居中，并添加黄色底纹；将正文各段文字（"浮点数是指……也有符号位。"）设置为五号黑体；各段落首行缩进 2 个字符，左右各缩进 5 个字符，段前间距位 2 行。

（2）将正文第一段（"浮点数是指……阶码。"）中的"$N = M \cdot RE$"的"E"变为"R"的上标。

（3）插入页眉，并输入页眉内容"第三章 浮点数"，将页眉文字设置为小五号黑体，对齐方式为"右对齐"。

样图如附图 D-1 所示。

浮点数的表示方法

浮点数是指小数点在数据中的位置可以左右移动的数据。它通常被表示成：$N = M \cdot R^E$。这是，M 称为浮点数的尾数，R 称为阶的基数，E 称为阶的阶码。

计算机中一般规定 R 为 2、8 或 16，是一常数，不需要在浮点数中明确表示出来。

要表示浮点数，一是要给出尾数，通常用定点小数的形式表示，它决定了浮点数的表示精度；二是要给出阶码，通常用整数形式表示，它指出小数点在数据中的位置，也决定了浮点数的表示范围。浮点数一般也有符号位。

2. 打开考生文件夹下的 Word 文档 WD2.DOC 文件，其内容如下：

【WD2.DOC 文档开始】

学 号	姓 名	语 文	数 学	英 语
001201	张 敏	66	70	68
001202	王 斌	56	67	50
001203	李 清	88	78	77
001204	孙 灿	78	75	87
001205	陈 诚	94	67	80

【WD2.DOC 文档结束】

按要求完成以下操作并原名保存：

（1）在表格的最后增加一列，列标题为"平均成绩"；计算各考生的平均成绩插入相应的单元格内，要求保留小数 2 位；再将表格中的各行内容按"平均成绩"的递减次序进行排序。

（2）表格列宽设置为 2.5 厘米，行高设置为 0.8 厘米；将表格设置成文字对齐方式为垂直和水平居中；表格内线设置成 0.75 实线，外框线设置成 1.5 磅实线，第 1 行标题行设置为灰色－25% 的底纹；表格居中。

样图：

学 号	姓 名	语 文	数 学	英 语	平均成绩
001203	李 清	88	78	77	81.00
001205	陈 诚	94	67	80	80.33
001204	孙 灿	78	75	87	80.00
001201	张 敏	66	70	68	68.00
001202	王 斌	56	67	50	57.67

五、Excel 操作题（15 分）

考生文件夹有 Excel 工作表如下：

商品名称	第一季度销售额	第二季度销售额	第三季度销售额	第四季度销售额	销售额
电视机	3000000.5	2800000.7	3200000.2	3500000.5	
洗衣机	1600000.1	2000000.4	1800000.4	2200000.4	
冰箱	2250000.6	2500000.5	2700000.2	2650000.4	
空调	2500000.8	2200000.5	2600000.6	2750000.9	
合计					

按要求对此工作表完成如下操作：

1. 将表中各字段名的字体设为楷体、12 号、斜体字。
2. 根据公式"销售额＝商品各季度销售额之和"计算各季度的销售额。
3. 在合计一行中计算出各季度各种商品的销售额之和。
4. 将所有数据的显示格式设置为带千位分隔符的数值，保留两位小数。

5. 将所有记录（除"合计"行）按销售额字段升序重新排列。

样图：

	A	B	C	D	E	F
1	商品名称	第一季度销售额	第二季度销售额	第三季度销售额	第四季度销售额	销售额
2	洗衣机	1,600,000.10	2,000,000.40	1,800,000.40	2,200,000.40	7,600,001.30
3	空调	2,500,000.80	2,200,000.50	2,600,000.60	2,750,000.90	10,050,002.80
4	冰箱	2,250,000.60	2,500,000.50	2,700,000.20	2,650,000.40	10,100,001.70
5	电视机	3,000,000.50	2,800,000.70	3,200,000.20	3,500,000.50	12,500,001.90
6	合计	9,350,002.00	9,500,002.10	10,300,001.40	11,100,002.20	40,250,007.70
7						

六、PowerPoint 操作题（10 分）

打开考生文件夹下如下的演示文稿 yswg.ppt，按要求完成操作并保存。

1. 幻灯片前插入一张"标题"幻灯片，主标题为"什么是 21 世纪的健康人？"，副标题为"专家谈健康"；主标题文字设置：隶书、54 磅、加粗；副标题文字设置成：宋体、40 磅、倾斜。

2. 全部幻灯片用"应用设计模板"中的"Soaring"做背景；幻灯片切换用：中速、向下插入；标题和正文都设置成左侧飞入。最后预览结果并保存。

七、因特网操作题（10 分）

1. 某模拟网站的主页地址是：http://localhost/djksweb/index.htm，打开此主页，浏览"中国地理"页面，将"中国地理的自然数据"的页面内容，以文本文件的格式保存到考生目录下，命名为"zrdl"。

2. 向阳光小区物业管理部门发一个 E-mail，反映自来水漏水问题。具体如下：

【收件人】wygl@sunshine.com.bj.cn

【抄送】

【主题】自来水漏水

【函件内容】"小区管理负责同志：本人看到小区西草坪中的自来水管漏水已有一天了，无人处理，请你们及时修理，免得造成更大的浪费。"

选择题答案：

1. C	2. B	3. B	4. D	5. A	6. C
7. A	8. B	9. B	10. C	11. A	12. D
13. C	14. D	15. B	16. B	17. D	18. B
19. A	20. B				

附录 E 一级 MS Office 模拟试卷 2

一、选择题

1. 下列四种软件中不属于应用软件的是（ ）。
   A. Excel 2000 　　　　　　　　B. WPS 2003
   C. 财务管理系统 　　　　　　　D. Pascal 编译程序

2. 计算机辅助设计简称是（ ）。
   A. CAM 　　　　B. CAD 　　　　C. CAT 　　　　D. CAI

3. 在下列四种不同数制表示的数中，数值最大的一个是（ ）。
   A. 八进制 110 　　　　　　　　B. 十进制数 71
   C. 十六进制数 4A 　　　　　　　D. 二进制数 1001001

4. 二进制数 11000000 对应的十进制数是（ ）。
   A. 384 　　　　B. 192 　　　　C. 96 　　　　D. 320

5. 为避免混淆，十六进制数在书写时常在后面加上字母（ ）。
   A. H 　　　　B. O 　　　　C. D 　　　　D. B

6. 计算机用来表示存储空间大小的最基本单位是（ ）。
   A. Baud 　　　　B. bit 　　　　C. Byte 　　　　D. Word

7. 在计算机中，既可作为输入设备又可作为输出设备的是（ ）。
   A. 显示器 　　　　　　　　B. 磁盘驱动器
   C. 键盘 　　　　　　　　　D. 图形扫描仪

8. 英文大写字母 D 的 ASCII 码值为 44H，英文大写字母 F 的 ASCII 码值为十进制数（ ）。
   A. 46 　　　　B. 68 　　　　C. 70 　　　　D. 15

9. 计算机能直接识别和执行的语言是（ ）。
   A. 机器语言 　　　　　　　B. 高级语言
   C. 数据库语言 　　　　　　D. 汇编程序

10. 以下不属于高级语言的有（ ）。
    A. Fortran 　　　　　　　B. Pascal
    C. C 　　　　　　　　　　D. Unix

11. 在购买计算机时，"Pentium II 300"中的 300 是指（ ）。
    A. CPU 的时钟频率 　　　　　B. 总线频率
    C. 运算速度 　　　　　　　　D. 总线宽度

12. 下列关于计算机的叙述中，不正确的是（ ）。
    A. 在微型计算机中，应用最普遍的字符编码是 ASCII 码
    B. 计算机病毒就是一种程序
    C. 计算机中所有信息的存储采用二进制
    D. 混合计算机就是混合各种硬件的计算机

13. 下列关于计算机的叙述中，不正确的是（　　）。
    A. 外部存储器又称为永久性存储器
    B. 计算机中大多数运算任务都是由运算器完成的
    C. 高速缓存就是 Cache
    D. 借助反病毒软件可以清除所有的病毒

14. 具有多媒体功能的微型计算机系统中，常用的 CD-ROM 是（　　）。
    A. 只读型大容量软盘　　　　　　　　B. 只读型光盘
    C. 只读型硬盘　　　　　　　　　　　D. 半导体只读存储器

15. 微型计算机硬件系统中最核心的部件是（　　）。
    A. 主板　　　　　　　　　　　　　　B. CPU
    C. 内存储器　　　　　　　　　　　　D. I/O 设备

16. 某汉字的国标码是 5650H，它的机内码是（　　）。
    A. D6D0H　　　　　　　　　　　　　B. E5E0H
    C. E5D0H　　　　　　　　　　　　　D. D5E0H

17. 在微型计算机中，ROM 是（　　）。
    A. 顺序存储器　　　　　　　　　　　B. 高速缓冲存储器
    C. 随机存储器　　　　　　　　　　　D. 只读存储器

18. 下列有关软件的叙述中，不正确的是（　　）。
    A. 软件就是为方便使用计算机和提高使用效率而组织的程序以及有关文档
    B. 所谓"裸机"，其实就是没有安装软件的计算机
    C. dBASE III、FoxPro、Oracle 属于数据库管理系统，从某种意义上讲也是编程语言
    D. 通常，软件安装的越多，计算机的性能就越先进

19. 下列关于汉字编码的叙述中，不正确的是（　　）。
    A. 汉字信息交换码就是国标码
    B. 2 个字节存储一个国标码
    C. 汉字的机内码就是区位码
    D. 汉字的内码常用 2 个字节存储

20. 下列关于计算机的叙述中，不正确的是（　　）。
    A. 硬件系统由主机和外部设备组成
    B. 计算机病毒最常用的传播途径就是网络
    C. 软件系统由系统软件和应用软件组成
    D. 汉字的内码也称为字模

二、汉字录入（10 分钟）

录入下列文字，方法不限，限时 10 分钟。

【文档开始】

关系型数据库管理系统负责按照关系模型去定义、建立数据库，并对之进行各种操作。在这些操作中，除了输入记录、删除记录、修改记录等常规处理，用户使用已经建成的数据库时最普遍的需求就是查找。关系型数据库为此提供了三种最基本的关系运算：选择、投影和连接。

【文档结束】

三、Windows 的基本操作（10 分）

1．将考生文件夹下 FIN 文件夹中的文件 KIKK.html 复制到考生文件夹下文件夹 DOIN 中。

2．将考生文件夹下 IBM 文件夹中的文件 CARE.txt 删除。

3．将考生文件夹下 WATER 文件夹删除。

4．为考生文件夹下 FAR 文件夹中的文件 START.exe 创建快捷方式。

5．将考生文件夹下 STUDT 文件夹中的文件 ANG..txt 设置为隐藏属性。

四、Word 操作题（25 分）

在考生文件夹下打开文档 WORD1.doc，其内容如下：

【WORD1.doc 文档开始】

甲 A 第 20 轮前瞻

戚务生和朱广沪无疑是国产教练中的佼佼者，就算在洋帅占主导地位的甲A，他俩也出尽风头。在他们的统领下，云南红塔和深圳平安两队稳居积分榜的前三甲。朱、戚两名国产教练周日面对面的交锋是本轮甲A最引人注目的一场比赛。本场比赛将于明天下午 15:30 在深圳市体育中心进行。红塔和平安两队在打法上有相似的地方，中前场主要靠两三名攻击力出众的球员去突击，平安有堤亚哥和李毅，红塔也有基利亚科夫。相比之下，红塔队的防守较平安队稳固。两队今年首回合交手，红塔在主场 2:1 战胜平安。不过经过十多轮联赛的锤炼，深圳队的实力已有明显的提高。另外，郑智和李建华两名主将的复出，使深圳队如虎添翼。 这场比赛的结果对双方能否保持在积分第一集团都至关重要。现在红塔领先平安两分，但平安少赛一轮，而且红塔下轮轮空。红塔队如果不敌平安，红塔将极有可能被踢出第一集团。对平安队来说，最近两个客场一平一负，前进的脚步悄然放慢。本轮回到主场，只有取胜才能继续保持在前三名。

2002 赛季甲 A 联赛积分榜前三名（截止到 19 轮）

名次	队名	场次	胜	平	负	进球数	失球数	积分
1	大连实德	19	11	4	4	36	20	37
2	深圳平安	18	9	6	3	29	13	33
3	北京国安	19	9	6	4	28	19	33

【WORD1.doc 文档结束】

按要求完成以下操作并原名保存：

1．将标题段文字（"甲 A 第 20 轮前瞻"）设置为三号、红色、仿宋_GB2312（西文使用中文字体）、居中、加蓝色方框，段后间距 0.5 行。

2．将正文各段（"戚务生……前三名。"）设置为悬挂缩进 2 字符，左右各缩进 1 字符，行距为 1.1 倍行距。

3．设置页面纸型为"A4"。

4．将文中最后 4 行文字转换成一个 4 行 9 列的表格，并在"积分"列按公式"积分＝3*胜＋平"计算并输入相应内容。

5．设置表格第 2 列、第 7 列、第 8 列列宽为 1.7 厘米，其余列列宽为 1 厘米，行高为 0.6 厘米、表格居中；设置表格所有文字中部居中；设置所有表格线为 0.75 磅蓝色双窄线。

样图：

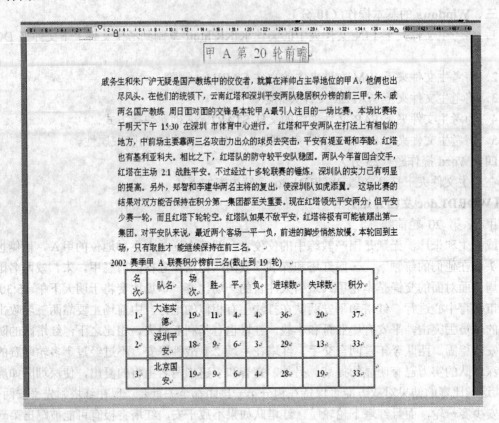

甲A第20轮前瞻

戚务生和朱广沪无疑是国产教练中的佼佼者，就算在洋帅占主导地位的甲A，他俩也出尽风头。在他们的统领下，云南红塔和深圳平安两队稳居积分榜的前三甲。朱、戚两名国产教练 周日面对面的交锋是本轮甲A最引人注目的一场比赛。本场比赛将于明天下午 15:30 在深圳 市体育中心进行。 红塔和平安两队在打法上有相似的地方，中前场主要靠两三名攻击力出众的球员去突击，平安有堤亚哥和李毅，红塔也有基利亚科夫。相比之下，红塔队的防守较平安队稳固。两队今年首回合交手，红塔在主场 2:1 战胜平安。不过经过十多轮联赛的锤炼，深圳队的实力己有明显的提高。另外，郑智和李建华两名主将的复出，使深圳队如虎添翼。 这场比赛的结果对双方能否保持在积分第一集团都至关重要。现在红塔领先平安两分，但平安少赛一轮，而且红塔下轮轮空。红塔队如果不敌平安，红塔将极有可能被踢出第一集团。对平安队来说，最近两个客场一平一负，前进的脚步悄然放慢。本轮回到主场，只有取胜才 能继续保持在前三名。

2002 赛季甲 A 联赛积分榜前三名(截止到 19 轮)

名次	队名	场次	胜	平	负	进球数	失球数	积分
1.	大连实德	19	11	4	4	36	20	37
2.	深圳平安	18	9.	6	3	29	13	33
3.	北京国安	19	9.	6	4.	28	19	33

五、Excel 操作题（15 分）

考生文件夹中有名为 EXCEL.xls 的 Excel 工作表如下：按要求对此工作表完成如下操作并原名保存：

（1）打开工作簿文件 EXCEL.xls，将下列某县学生的大学升学和分配情况数据建成一个数据表（存放在 A1:D6 的区域内），并求出"考取/分配回县比率"（保留小数点后面两位），其计算公式是：考取/分配回县比率＝分配回县人数/考取人数，其数据表保存在 Sheet1 工作表中。

【EXCEL.xls 开始】

时间	考取人数	分配回县人数	考取/分配回县比率
1994	232	152	
1995	353	162	
1996	450	239	
1997	586	267	
1998	705	280	

【EXCEL.xls 结束】

（2）选"时间"和"考取/分配回县比率"两列数据，创建"平滑线散点图"图表，设置分类（X）轴为"时间"，数值（Y）轴为"考取/分配回县比率"，图表标题为"考取/分配回县散点图"，嵌入在工作表 A8:F18 的区域中。

样图：

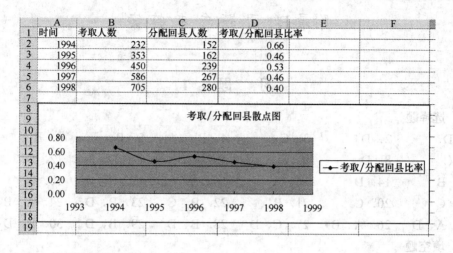

六、PowerPoint 操作题（10 分）

打开考生文件夹下的演示文稿 yswg.ppt，按要求完成此操作并保存。

1. 将第二张幻灯片对象部分的动画效果设置为"溶解"；在演示文稿的开始片插入一张"标题幻灯片"作为文稿的第一张幻灯片，主标题键入"讽刺与幽默"，并设置为 60 磅、加粗、红色（请用自定义标签中的红色 250，绿色 1，蓝色 1）。

2. 整个演示文稿设置为"Notebook 模板"；将全部幻灯片切换效果设置为"左右向中部收缩"。

七、因特网操作题（10 分）

1. 启动 Internet Explorer，访问网站：http：//www.sina.com，选择此 Web 页上的一张图片，将其作为壁纸。

2. 接收并阅读由 xuexq@mail.neea.edu.cn 发来的 E-mail，将来信内容以文本文件的格式保存在考生文件夹下，文件名为 exin.txt。

选择题答案：

1. D	2. B	3. C	4. B	5. A	6. C
7. B	8. C	9. A	10. D	11. A	12. D
13. D	14. B	15. B	16. A	17. D	18. D
19. C	20. D				

附录 F　习题参考答案

习　题　1

一、选择题

1. D　　2. D　　3. C　　4. B　　5. B　　6. B

7. C　　8. D　　9. C　　10. C　　11. D　　12. D

13. B　　14. D　　15. A　　16. A　　17. B　　18. C

19. C　　20. C　　21. B　　22. B、C　　23. B、D　　24. A、B

25. A、D　26. A、B　27. C、D　28. B、D　29. B、D　30. B、D

二、填空题

1. 7 或 7　　　　2. 高级　　3. 程序　　4. 操作系统　　5. 19

6. 每磁道扇区数　　7. J　　　8. 运算器　　9. 512　　　10. 72

习　题　2

一、选择题

1. B　　2. B　　3. D　　4. B　　5. C　　6. D

7. C　　8. A、D　　9. A、D　　10. A、B、D　　11. B、C、D

12. A　　13. C、D　　14. C　　15. A、C

二、填空题

1. ? I*.*　　2. 对话框　　3. 该命令不可执行　　4. 删除

5. 开始　关闭　　6. 打开

7. Ctrl+D（DEL）Shift+D（del）　　　　8. 打印机　打印机

三、操作题

略。

习　题　3

一、选择题

1. B　　2. C　　3. A　　4. B　　5. A　　6. A

7. C　　8. A　　9. C　　10. C、D　　11. A、C　　12. B、D

13. A、C　14. B　　15. B

二、填空题

1. 大纲视图　　2. Ctrl　　3. .doc　　4. 打印预览

5. 两端对齐　　6. 合并单元格　　7. 段落

8. 插入　　9. 该行被选定

10. 剪掉所选内容，且保存到剪贴板或把所选内容移动到剪贴板

三、操作题

略。

习　题　4

一、选择题

1. A	2. C	3. B	4. A	5. B	6. B
7. C	8. A	9. D	10. D	11. D	12. A
13. B	14. A	15. B	16. B	17. B	18. D
19. C	20. D	21. B	22. A	23. A	24. D
25. D					

二、填空题

1. 选中，等号　　2. fals　　3. ＝A4＋$B$3　　4. 一

5. 0 31/5　　6. ＝D3＋D4＋D5＋F5　　7. 窗口　　8. 排序

9. 关键字　　10. 学生成绩表!F6

三、操作题

略。

习　题　5

一、选择题

1. D	2. D	3. B	4. B	5. B	6. A
7. D	8. A	9. B	10. B	11. B	12. A
13. B	14. A	15. C	16. C	17. A	18. D
19. B	20. B				

二、填空题

1. 普通、浏览、放映　　2. 插入，图片，艺术字，艺术字库

3. 幻灯片浏览视图　　4. 文件菜单的打印命令

5. 日期区、页脚区　　6. .POT　　7. 浏览

8. 电子演示文稿　　9. 3种　　10. 执行

三、操作题

略。

参 考 文 献

[1] 冯博琴. 全国计算机等级考试一级教程 MS OFFICE [M]. 2 版. 北京：中国铁道出版社，2005.

[2] 李秀. 计算机文化基础 [M]. 4 版. 北京：清华大学出版社，2003.

[3] 孙奕学，张学林. 计算机应用基础 [M]. 北京：中国计划出版社，2008.

[4] 刘艳丽，曾煌兴. 大学计算机应用基础 [M]. 北京：高等教育出版社，2004.

[5] 卢湘鸿. 计算机公共基础 [M]. 2 版. 北京：电子工业出版社，2004.

[6] 国家电网公司人力资源部，国网人才评价中心组编. 国家电网公司计算机水平考试实用教程 [M].
　　2 版. 北京：中国电力出版社，2006.